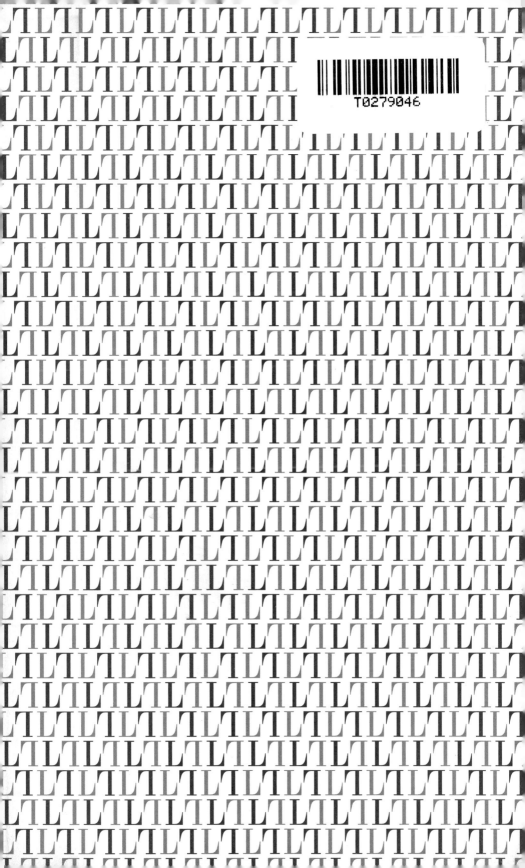

T0279046

Hildegarda

Hildegarda

Anne Lise Marstrand-Jørgensen

Traducción del danés de
Blanca J. de Carranza y Queirós

Lumen

narrativa

Papel certificado por el Forest Stewardship Council®

Título original: *Hildegard I*

Primera edición: octubre de 2021

© 2009, Anne Lise Marstrand-Jørgensen & Gyldendal
Adquirido a través de Immaterial Agents
© 2021, Penguin Random House Grupo Editorial, S. A. U.
Travessera de Gràcia, 47-49. 08021 Barcelona
© 2021, Blanca J. de Carranza y Queirós, por la traducción

Este libro ha recibido una subvención de la Danish Arts Foundation.

Danish Arts
Foundation

Printed in Spain – Impreso en España

ISBN: 978-84-264-1032-0
Depósito legal: B-12.847-2021

Compuesto en M. I. Maquetación, S. L.
Impreso en Egedsa (Sabadell, Barcelona)

H 4 1 0 3 2 0

Quiero expresar mi agradecimiento por el canon estatal de apoyo a los escritores y por las becas que me han concedido el comité de literatura del Fondo de Cultura Estatal danés [Statens Kulturfond] y el Consejo de las Artes [Kunstrådet], que me han permitido viajar siguiendo la huella histórica de Hildegarda de Bingen.

También doy las gracias a todos los que han compartido conmigo sus vastos conocimientos, y a vosotros, que siempre estáis.

If it be your will, that I speak no more
And my voice be still, as it was before.
I will speak no more, I shall abide until
I am spoken for, if it be your will.

LEONARD COHEN

PRIMERA PARTE

Bermersheim (Alemania)
1098-1106

No puedo
Sí puedes.
Pero duele tanto...
Ya casi está.
No puedo.
Sí puedes, ya lo has hecho otras veces.

Es una niña, pero es muy pequeña. Tiene los ojos cerrados. Está tan débil que parece que no respire. Dale la vuelta y un cachete en el trasero para que suelte el llanto; así.

1

21 de julio de 1098
Bermersheim (Alemania)

Luz. Dolor.
El dolor nació con la luz.

Hay un techo. Pero todavía no hay techo. Hay palabras. Pero todavía no hay palabras. Cuerpo: no hay. La habitación, la luz, el fuego del hogar no existen. Un gemido, un grito vibrante que se propaga en todas las direcciones, que hiende el aire, se detiene en los cuerpos, la cama, la mesa, la ventana; blanco. El blanco sí existe.

La luz del sol se cuela por la rendija entre la cortina y el marco de la ventana como un cuchillo que corta el mundo; solo el grito sigue ascendiendo y descendiendo hasta que unos rayos brillantes sustituyen la luz, como cuando la recién nacida todavía era un feto y no sabía que existía otra cosa, que había contrarios y transiciones, los pulmones que respiran, rojo, negro, rojo, negro. Es la misma luz tenue, pero ya no da la seguridad de antes porque ahora es más frágil, frágil y rasgada, ¡chis! Solo son tus párpados, los abres y los cierras, no hay nada que temer.

Un cálido continuo en la nuca, el aire húmedo en el rostro, el miedo al suelo de piedra y al vacío. Un círculo de luz crece delante de la pequeña y va acercándose; hay paz en esa luz. Intenta concentrarse en ella, pero justo cuando consigue atraparla se escapa, se diluye en una corona brillante y húmeda. Los brazos colgando, la cabeza que empuja; no deben dejarla, eso lo sabe, aunque hasta ahora nunca ha tenido que preocuparse de si caía, pues antes flotaba, fluía, nadie la había tocado nunca.

2

—Avisad al señor de la casa, hemos de bautizarla. No vivirá mucho.

La señora de la casa, Mechthild, lo oye y no lo oye. Su cuñada, Ursula von Sponheim, se dirige impaciente a la puerta, sin esperar a que a la gruesa sirvienta le dé tiempo a reaccionar. Deja la puerta abierta, se recoge la falda y se apresura escaleras abajo. La hija de Ursula, Kristin, quien junto con su madre y su séquito llegó el día antes al atardecer, le da a Mechthild un golpecito en la mejilla, pero su rostro redondo es un inexpresivo pozo de agua y lodo.

—¿Está...? —pregunta Mechthild con un hilo de voz.

Quiere incorporarse, pero un dolor lacerante como hierro candente le quema desde el abdomen hasta la espalda y la obliga a tumbarse de nuevo en la cama.

Kristin niega con la cabeza, grandes ojeras oscuras flotan en el pozo de agua, los labios rojos como una cereza se mueven sin decir nada. Es el primer nacimiento que ha presenciado; es como una preparación para lo que le espera. Kristin se casó en primavera y, siguiendo la fértil tradición familiar, ya está embarazada.

A Mechthild le da igual lo que Kristin intenta decirle; lo único que alcanza a entender es que el bebé está vivo. Pero Kristin

continúa susurrando, aunque deduce que el mensaje no llega a
Mechthild, que yace en la cama, tumefacta y sofocada. Ni ella
misma sabe cómo ha llegado de la silla de partos a la cama, pero
ahora descansa sobre varias capas de sábanas de lino bien re-
metidas bajo el colchón. La sala de la parturienta huele a suelo
fresco de serrín, a humo de madera, a sudor y al ácido hedor del
parto, de la sangre y el cuerpo.

El verano está en su apogeo, es el más caluroso que se recuerda, y no se sabe dónde hace más calor, si en el patio o entre
los gruesos muros de la casa. En el hogar, las brasas incandes-
centes mantienen la caldera hirviendo. Las mujeres están sentadas en un banco a lo largo de la pared, con las manos en el regazo
y los rostros encendidos. Han estado ahí desde muy temprano,
ni siquiera han ido a la iglesia, aunque es domingo, y ya no queda mucho para el atardecer. Kristin reza en silencio por Mechthild, por la recién nacida, por ella misma y por el bebé que está
en camino, que no se ha movido en todo el día, como si notara
que se encuentran al borde de un abismo. Si Mechthild o la recién nacida no sobreviven será difícil no tomarlo como un mal
presagio, y Kristin suspira de miedo.

Los pasos de Hildebert son un canto profundo y lento, un
desafío a la llamada precipitada de Ursula. Mechthild no puede
mantener los ojos abiertos, el embarazo ha sido difícil y el parto
ha durado demasiado, más aún teniendo en cuenta que es la
décima criatura a la que da a luz. Roricus, Clementia, Drutwin,
Benedikta, Irmengard, Odilia, Hugo. Y los gemelos, que no llegaron a ser bautizados. Se estruja las manos bajo la manta. No
puede ocurrir otra vez; no más almas de niño condenadas a vagar fuera del paraíso, a merced del diablo. Mechthild querría
protestar: se dice que si un hombre asiste a un parto alguien
morirá, pero la garganta seca le impide hablar. Si ella muere se

las arreglará sin la extremaunción; al fin y al cabo, se confesó con el padre Cedric la semana antes de que empezaran los dolores. Con la recién nacida, en cambio, los demonios tendrán carta blanca. En tal caso, de nada sirve que Ursula haya metido amuletos sagrados entre las sábanas ni que haya cubierto las ventanas para que solo entrara un rayo de luz constante. Aferra la mano de Kristin, pero ella susurra ausente mientras mira a Mechthild, que jadea y se aclara la garganta.

—¿Vive todavía? —pregunta. Pero nadie responde.

Oye la voz de Hildebert, que pronuncia las palabras del bautizo, y piensa en el nombre. No han acordado nada al respecto, pero es obvio que la criatura necesita un nombre fuerte, y confía en que él piense en nombres de santa.

—Llamadla Margaretha —susurra ella.

Pero solo la oye Kristin, que se limita a mirarla con aire ausente mientras le enjuga la frente con un paño húmedo que ya no está ni frío ni caliente, solo le raspa la piel inútilmente.

—¡Hildegarda! —exclama entonces Hildebert.

Mechthild se estremece al pensar que la recién nacida se llamará como su padre y llevará un nombre pagano. Él nunca critica las férreas creencias de su mujer, y nadie podría acusarlo de no temer a Dios. Pero cada vez que ella menciona al padre Cedric o sus obligaciones con la iglesia, nota que a él se le enciende una lasca en el corazón, y una oscuridad emana de sus pupilas. Nadie puede comprender el sufrimiento de Hildebert, ni siquiera su esposa, una mujer confundida y pasional, que tiene visiones y que con su falta de sentido común permite que el demonio se acerque y rompa la paz del hogar. Sea como sea, Margaretha habría sido un nombre más adecuado; Hildegarda es uno guerrero, suena como la rueda de hierro contra el suelo de piedra, como el fuego y el hielo, que nunca serán uno.

Hildebert levanta a la recién nacida, que no se inmuta; simplemente cuelga de uno de los brazos de su padre. Ursula le acerca el recipiente con agua y supervisa con detalle cada uno de sus movimientos para asegurarse de que todo proceda como es debido. No le importa mucho lo que le pase a él, pero si la niña muere, será todavía más importante que durante el bautizo le hayan limpiado los pecados de sus ancestros. Hildebert se arrodilla con la niña en brazos, pesado como un oso, apoyándose en el dosel y evitando mirar a Mechthild, que yace en la cama sucia. Reza en voz alta y durante la plegaria oye la voz de su esposa, que solo alcanza a repetir palabras aisladas:

—*Pater Nostra... santificetur... debitoribus... ne... tentationem.*

Después acerca a la pequeña amoratada y grasienta a la joven Kristin, que es incapaz de levantar los brazos para tomarla y se queda mirándola con tal expresión de asco y horror que hace enrojecer a Hildebert de indignación.

—Estúpida —susurra, y a Kristin se le llenan los ojos de lágrimas.

Ursula tercia entre ambos, coge a la niña y se la entrega a la pequeña Agnes, la hija de una aldeana a quien han llamado para que cuide del bebé. Con un gesto de la mano, indica a Hildebert que ya puede irse. Él duda un instante, pero sabe que no tiene nada más que hacer en la sala de la parturienta. Solo le han llamado para que al bebé no lo bautizara una mujer. Al salir, cierra la pesada puerta de golpe, sin ninguna consideración, y el bebé se sobresalta. Kristin llora como una tonta, avergonzada; es incapaz de contener las lágrimas, aunque sabe que a su madre no le gustan los lloriqueos. Que tenga miedo de Hildebert es comprensible; que no ose tocar al bebé es mucho peor. Sin embargo, por una vez Ursula finge que no lo ha visto y la deja llorar en paz. Al fin y al cabo, si el bebé muere será mejor que no lo haga en brazos de Kristin. La muerte podría llegar al niño que espera, y no hay ninguna necesidad de dar al diablo más oportunidades de cebarse con ellos.

La pequeña Hildegarda tiene los párpados grandes y blancos, y unos pocos pelos pegados al cráneo. Las mejillas y las orejas también están cubiertas de vello transparente, y las uñas son más finas y frágiles de lo normal en otros bebés, nacidos cuando les corresponde. No es una niña sana, pero vive. Agnes no recibe la instrucción de poner la cuna en el rincón más oscuro de la estancia, que en otras circunstancias sería lo más recomendable para los ojos del bebé, sino justo delante del hogar para que la sangre circule más rápidamente por el cuerpo de la pequeña.

Antes de nada, Ursula aprieta y masajea la barriga de Mechthild para asegurarse de que no quede nada dentro; luego se sienta en el banco que hay junto a la pared. Una pequeña congregación de mujeres de las haciendas cercanas ha estado allí de guardia todo el día, observando la escena. Ahora susurran entre sí, y aunque Ursula está impresionada por la capacidad de su cuñada de reunir a gente de bien a su alrededor, y encima en un lugar tan aburrido como Bermersheim, no está de humor para charlas. No le gusta haber tenido que llamar a Hildebert antes de que la sirvienta hubiera tenido tiempo de retirar las ramas sangrientas del suelo, bajo la silla de partos. La suciedad de una parturienta puede ser peligrosa para un hombre y, sin Hildebert, Mechthild y sus hijos podrían acabar en una situación delicada, aunque también es cierto que siempre habrá alguien dispuesto a casarse con una mujer de su posición y dueña de tantas tierras. Ursula saca su aguja y el ovillo de lana y retoma la labor que dejó a medias para ocuparse del parto. Las mujeres murmuran; sabe que los domingos no deben realizarse semejantes tareas, pero en un día como el de hoy bien podrá hacerse una excepción. Si el Señor ha dispuesto que Mechthild pariera en domingo con tanto dolor y angustia, seguro que no juzgará con severidad que ella retome ahora su labor, sobre todo teniendo en cuenta que las plegarias no logran sosegar su alma.

«En realidad, Mechthild no es tan temerosa de Dios como se diría», piensa Ursula, y resopla. Antes del parto le había pedido que llamara a la comadrona del pueblo, pero Ursula no había querido ni oír hablar de ello. «Al padre Cedric no le gustará», le dijo, pero Mechthild insistió. «No olvides que la comadrona asistió al parto de los mellizos», le recordó Ursula, y Mechthild guardó silencio. El abad de Sponheim tenía mucha razón cuando decía que esas mujeres hacían más daño que otra cosa. Es en los conventos donde se conoce la eficacia de las hierbas medicinales y los misterios de la reproducción, y si no puede conseguirse la ayuda de un monje o de una mujer que cuente con la bendición del obispo para practicar sus saberes, es mejor confiar en la fuerza de la plegaria. Además, ella había parido a seis niños, no podía decirse que fuera inexperta en la cuestión.

Que el propio Hildebert hubiera debido bautizar a su hija no era lo mejor que podía ocurrir, por supuesto, pero si la niña vivía pronto podrían sumergirla en el agua bendita de la pila bautismal, y en todo caso, ¿qué diferencia había? Al fin y al cabo, el párroco a quien el tonto de su hermano había permitido entrar en la parroquia era el inepto padre Cedric. Ursula sabe callar, pero le han llegado los mismos rumores y piensa lo mismo que cualquier cristiano fuera de Bermersheim. No se le escapa que quizá la voluntad de su hermano de colaborar con el obispo en esa cuestión sirva a un propósito más alto y complejo, pero también conoce los puntos débiles del carácter de Hildebert. Aunque crecieron en la misma casa cristiana, Hildebert oculta en su corazón una oscura tozudez, que se traduce en cierta negligencia en las cuestiones eclesiásticas. El padre Cedric oficiaba en una iglesia de Suabia, pero cuando la sede papal finalmente dictó sentencia contra los párrocos casados, el obispo le exigió que eligiera entre abandonar su cargo religioso y anular su matrimonio, pues, al fin y al cabo, todavía no había tenido hijos con su esposa. El padre Cedric, que por lo visto consideraba los misterios sagrados menos importantes que las necesidades del cuerpo, se negó a seguir las indicaciones del obispo. Le quitaron el derecho a celebrar la misa, pero poco después Dios le castigó con la muerte repentina de su mujer, y entonces las cosas cambiaron. El obispo consideró que el padre Cedric se había arrepentido y lo readmitió en su cargo, que había quedado vacante. Pero, como es lógico, los aldeanos lo rechazaban, y el obispo tendría que buscarse un modo u otro de ganarse el respeto de los feligreses.

Ursula estira el cuello al oír que la recién nacida emite un débil sonido, pero Agnes ya se ha acercado rápidamente a la niña. Le da un empujoncito a la cuna y mira a la pequeña, que está completamente envuelta en paños y de nuevo calla. Solo cuando Ursula asiente con la cabeza puede Agnes sentarse de nuevo en el banco, cerca del hogar, donde permanece con la boca entreabierta y la mirada fija al frente.

Ursula quiere concentrarse en su labor, pero se da cuenta de que ha cometido un error varias hileras atrás, y ahora tiene que rehacer la tarea. Piensa en Hildebert, no puede apartarlo de su mente. No hay duda de que su hermano es fiel a los aldeanos y a los que trabajan en su hacienda, y también al duque de Sponheim, al que ha servido desde niño, cuando empezó a trabajar en su corte como paje a los siete años. Si a alguien se le ocurriera acusar al duque de estafarle, sin dudarlo un instante sacaría su espada para defenderlo, pero cuando los rumores atañen al padre Cedric se limita a encogerse de hombros. «Es una actitud imprudente —se dice Ursula—, y Dios perdonárselo.» Cuando alguna vez se lo comenta, Hildebert se ríe o le dice que no quiere discutir de eso con ella. El tiempo que pasamos en la tierra es corto, y si uno no puede estar seguro de que el cura le ayudará en el tránsito a la vida eterna, es muy legítimo querer alejarse de él.

Kristin ha dejado de llorar por el enfado de Hildebert. En la sala del parto reina la calma; solo se oye la respiración pesada de Mechthild y el suave frufrú de la ropa cuando una de las mujeres se mueve. Una mosca gorda zumba perezosamente ante el rostro de Kristin. Cuando ella le da un manotazo, cae de golpe al suelo, pesada y lenta por el calor. La aplasta con un pie, y siguiendo el ejemplo de su madre se concentra en su propia labor. Está sentada con la espalda erguida y los ojos fijos en el hilo. Borda una sábana de lino para su primogénito, poniendo todo su empeño en cada puntada; cada vez que mete la aguja por la parte delantera de la tela suelta un «ave» en silencio y un igualmente silencioso «María» cuando la introduce por debajo. El horror del parto de Mechthild sigue atormentándola, pero se esfuerza en no dejarse impresionar por lo que la rodea. Aun así, tiene la sensación de que todas las mujeres están pendientes de ella, y el rostro le arde un poco más. La aguja le resbala entre los dedos húmedos, el sudor le baja desde el borde del pañuelo por las sienes hasta la clavícula. El bebé yace tranquilo en su cuna, Mechthild se queja un poco cuando le lavan la cara con un trapo caliente. Kristin pasa la aguja una y otra vez, bordando una corona de flores. De vez en cuando mira de reojo a Mechthild, que ahora descansa en la cama sobre una montaña de almohadas de seda. Cuando ayer la recibió a su llegada, Kristin apenas la reconoció. Estaba gorda y deforme, los ojos se le habían reducido a dos hendiduras pequeñas y los dedos sobresalían de la mano como salchichas cocidas. Era una enfermedad puerperal, según había entendido, que al parecer aún no había remitido. Alguien que no lo supiera habría jurado que Mechthild seguía embarazada.

Kristin ha oído a las sirvientas cuchichear que esa hinchazón afecta a las mujeres que tienen miedo de dar a luz y no quieren soltar al bebé, pero no sabe qué pensar. Si lo ha entendido bien, la niña ha nacido con antelación. Estaba previsto que ellas tuvieran tiempo de instalarse en casa de Mechthild antes del parto, pero solo llevaban una noche allí cuando todo se precipitó. Hasta ayer, su miedo no era nada que no pudiera controlar bordando y haciendo sus quehaceres cotidianos; ahora, en cambio, le falta el aire y está un poco mareada, y ante la visión de Mechthild no puede evitar pensar en el caballo muerto que encontraron de camino a Bermersheim. Yacía hinchado y con los ojos hacia el cielo justo ante el muro del patio de Mechthild y Hildebert. Una nube de moscas revoloteaba en torno al cadáver, que hedía terriblemente, y a Kristin se le revolvió el estómago.

Mechthild duerme hasta mucho después de que el sol se haya puesto. La sangre se seca, ella recobra las fuerzas. No es capaz de retener a sus hijos en su vientre el tiempo adecuado, y tampoco de parirlos como es debido. Y aun así, el Señor la ha bendecido con siete niños vivos. Y ahora también con ese pequeño ser, que tendrá que demostrar su valor.

Se despierta con el dulce olor a leche de vaca y se incorpora. Agnes está lavando a la pequeña en leche templada. Así pues, todavía vive. Ursula permanece en silencio al lado de la tina, con los brazos cruzados, pero no parece que eso turbe a Agnes, que observa al bebé con sus ojos grandes y azules como el agua. La niña no emite ni el más leve sonido mientras la envuelven con ropa otra vez, y de repente a Mechthild la asalta el temor de que sea muda. El dolor ha disminuido, Ursula la mira con un rostro que parece esculpido en sílex, imposible de descifrar.

—¿Crees que...?

Mechthild necesita predicciones, garantías que nadie puede darle. Aun así, Ursula asiente con la cabeza. A su espalda, la estancia está a oscuras, las llamas del hogar proyectan resplandores en las paredes; una corona brillante circunda el cabello de Ursula y la hace parecer un ángel. Un ángel viejo y cansado sin vestidos blancos y la corona dorada alrededor del cabello. Mechthild se incorpora en la cama. Han puesto una manta bordada sobre las sábanas para que pueda recibir visitas. Es una buena señal.

—Mira cómo mama —dice Mechthild riendo, aunque le duele toda la pelvis.

Quizá la pequeña simplemente necesitaba sobreponerse. No mama con mucho ímpetu y se cansa enseguida, pero eso solo significa que su madre tendrá que llevársela al pecho más a menudo. Mechthild se alegra secretamente de que nadie se atreva a decirle que quizá a la pequeña no le conviene beber de su cuerpo exhausto y débil. Esa criatura será, si Dios quiere, su último hijo, y ella le traspasará todas sus buenas cualidades con su leche. Ha oído hablar de mujeres nobles que dejan que a sus hijos los amamanten simples aldeanas, y siente un escalofrío solo de pensar que a alguien le parezca bien mezclar lo alto con lo bajo.

Al terminar, la niña está más pálida que antes, blanca como la cera y con unas venillas rojas alrededor de las pupilas. Está temblando; mandan a Agnes a buscar una manta de lana para cubrirla. Mechthild toma un par de cucharadas de la sopa que Kristin le acerca a los labios, pero no tiene fuerzas para sostener la cuchara con firmeza. Kristin la ayuda, pero ella aparta su mano y la sopa se derrama en el brazo de la joven. Ursula la envía de vuelta a su labor y se ocupa ella misma de dar la sopa a su cuñada. No entiende por qué Mechthild y Hildebert se empeñan en ofender a la discreta Kristin; quizá se deba a sus temperamentos perturbados. Al fin y al cabo, la muchacha no hace nada malo.

En su momento, Hildebert tomó a Mechthild como esposa por su tez redonda y su cuerpo de formas suaves. Su padre era un campesino con tierras, pero ella no disponía de una gran dote. Ursula pensó entonces que en caso de que no fuera fértil, él podría dejarla sin gran dificultad. Al final, su hermano había tenido un montón de hijos, pero también una mujer sin formación y con un carácter que se tornaba más difícil con el paso de los años, aunque Hildebert apenas se daba cuenta porque ella era hábil y sabía callarse en su presencia. Pero el servicio se percataba y se ponían nerviosos al ver a Mechthild pasar por los salones, cacareando como una gallina cuando inspeccionaba la cocina y los almacenes. «Esperemos que la niña no herede ese temperamento a través de la leche materna», piensa Ursula mientras acerca la cuchara a los labios de su cuñada, y tampoco la poca destreza de su madre con las labores manuales: en sus manos, cualquier labor se convertía siempre en un trabajo de segunda categoría. Pero por otra parte, Mechthild tenía una salud de roble, y eso era exactamente lo que el bebé necesitaba. Ursula piensa en Sponheim; tiene ganas de regresar. En cuanto transcurran cuarenta días y las entrañas de Mechthild se hayan regenerado, ella y Kristin volverán a su casa. Por entonces quizá la niña ya esté muerta y enterrada, y Mechthild llorará y aullará como hizo con los gemelos. Qué escándalo que se negara a aceptar la voluntad de Dios; qué ingratitud, teniendo en cuenta que

Dios le había dado ya siete hijos aptos para la vida. Al menos el padre Cedric se había cuadrado; nadie se ha confesado nunca con tanta asiduidad como Mechthild entonces.

—Sobrevivirá —dice Ursula, aunque no tiene mucha fe en ello ni le importa demasiado.

Mechthild le pide que le lleven a la niña otra vez. Ursula consiente, aunque piensa que para la criatura sería mejor estar en su cuna, pero la coge ella misma, la envuelve con la manta de lana y la pone junto a su madre.

Mechthild se tumba de costado pesadamente, se apoya sobre el codo y observa a su hija.

3

Mechthild dibuja una equis en el pecho de Hildegarda. Es una firma de analfabeta; es el diez, la cruz medio girada. El diez es una bendición, es diez de cien, el diezmo, el impuesto de la Iglesia. La niña conoce el olor de su madre. Es un olor de consuelo, de nido donde descansar. Mechthild dibuja una equis en el pecho de Hildegarda, y el aire que respira es el mismo que inhala la pequeña. La recién nacida quiere abrir los ojos, pero es como si sus cuencas estuvieran llenas de hierro líquido.

Ha nacido con una luz intensa en la frente, una llama que atraviesa la piel y el cráneo. La pequeña ya conoce la voz de su madre: antes era oscura y amortiguada, ahora le llega a través de los oídos, de la llama que rompe el ruido en pedazos, que danzan y se convierten en luciérnagas moviéndose de un lado para otro, cada vez más deprisa, hasta que se encienden con la llama que arde bajo los párpados, y quema, quema, quema hasta que la pequeña grita de dolor.

4

El bebé rompe a llorar con tanta fuerza que Ursula se pone nerviosa. En un primer momento, Mechthild se asusta, pero luego se echa a reír ante la energía vital de la niña. Agnes la coge en brazos y, siguiendo las instrucciones que recibe, ciñe más la ropa en torno a su cuerpecito. Se afana con torpeza, se pone nerviosa y suda mientras lo hace; cuando por fin lo consigue, suspira aliviada. La niña enmudece. Unas manchas de color rosa pálido se le extienden por las mejillas y las sienes. Agnes la mece con cuidado, inhalando el olor de aquel pequeño ser humano, un olor especial y fresco. Apoya suavemente la barbilla en la cabeza blanda del bebé hasta que, con delicadeza, vuelve a dejarla en la cuna.

Mechthild se ha reído con franqueza y alegría mientras Agnes arropaba a Hildegarda. Pero ahora duerme, pesada y largamente, con extraños sueños en que un color lucha contra otro, pero nada adopta ninguna forma concreta.

Cuando despierta, los sueños la acompañan todavía, y le gustaría confiárselos a alguien. Es temprano; Kristin ha dormido en la habitación de invitados y aparece con un pañuelo azul atado alrededor del cabello negro. No ve a Ursula por ninguna parte, y las mujeres se han ido. Agnes mece a la niña en brazos, y cuando la madre se lo pide, se la lleva para que pueda ponérsela al pecho. El bebé sigue mamando perezosamente, tiene un cerco azulado en torno a los labios y la frente fría y seca, aunque en la sala hace calor.

—Quiero que venga la comadrona del pueblo —dice, tocando un poco la mejilla de la niña para que continúe mamando.

Kristin vacila, no sabe si el mensaje va dirigido a ella. A lo mejor puede fingir no haberlo oído, concentrada como está buscando en su costurero el hilo de bordar.

Aunque la sirvienta hace lo que le dicen, la comadrona se hace de rogar. Ursula, que la espera en la puerta, la despacha con brusquedad. El buen nombre que tiene la comadrona como persona responsable y de confianza podría malograrse antes de que se ponga el sol si a alguien se le ocurriera relacionarla con el mal. Así que más vale que se muestre humilde y dé media vuelta, aunque con mucho gusto quisiera ayudar a la señora de la casa con su niña enferma. Por suerte, no ha llegado a pisar el umbral, así que no podrán culparla si el bebé muere.

Mechthild hierve de rabia cuando Ursula le confiesa con vehemencia que no ha dejado entrar a la comadrona, pero no puede echar a su cuñada hasta que hayan pasado los cuarenta días prescriptivos desde el parto. Ursula es astuta y le propone otra manera, mejor, de salvar a la niña. Ella misma irá a la iglesia con Hildebert para que a la pequeña la sumerjan en el agua bendita del bautismo y la presenten a Dios.

—En realidad —dice Ursula con una voz templada y tenue—, solo tienes que acercar a tu hija al Señor, y se hará Su voluntad.

Mechthild querría objetar que a la pequeña ya la han limpiado de sus pecados y bautizado, y que la presentación en la iglesia puede esperar unos días, hasta que la niña haya ganado un poco de fuerza; pero calla. ¿Qué puede hacer contra Ursula, aparte de aguantar los cuarenta días y rezar para que conserve su pureza de corazón? Puede alegrarse de que, al menos, sea verano y la pequeña no tenga que afrontar la nieve y el mal tiempo.

—Hoy es santa María Magdalena —susurra Kristin sentada junto a la pared, en voz tan baja que ellas apenas pueden oírla.

—El día de María penitente; es perfecto —dice Ursula, dando un golpecito a la colcha bordada—. Por supuesto, la bautizarán en la iglesia de piedra, en el pueblo.

Mechthild se recuesta contra las almohadas y guarda silencio. Si dice lo que piensa, o sea, que la capilla de su casa es más que suficiente y que así la niña no tendrá que alejarse de la leche materna, Ursula se lo tomará a mal. Además, decir que quizá el bebé no resistiría el trayecto al pueblo —cosa que por otra parte no cree—, sería como desafiar al demonio.

Agnes quita la ropa a la pequeña y la envuelve en una manta. Cuando la sumerjan en el agua de la fuente bautismal estará desnuda; el vestido de bautizo, con las perlas y bordados, está preparado encima de la silla, junto al hogar. A Kristin le corresponde cuidar de Mechthild mientras los demás se dirigen a la iglesia. Tan pronto como se llevan al bebé de la estancia, Mechthild pide a Kristin que se acerque a la ventana para seguir la procesión. Kristin se sube al banco de piedra para ver mejor y aparta con un dedo la cortina; huele a resina y a lardo.

—¿Qué tiempo hace? —pregunta Mechthild impaciente y respirando con dificultad, apoyada en las almohadas—. ¿Todavía los ves?

—Está lloviendo —contesta Kristin, inhalando profundamente el aire fresco que entra por la ventana. Los últimos días han sido terriblemente calurosos, con enjambres de moscas revoloteando por todas partes y tábanos que no paraban de picar.

—¿De verdad? —dice Mechthild con un hilo de voz, como si se pudiera sumergir a un bebé en agua bendita sin que corra ningún riesgo pero por cuatro gotas de lluvia estuviera en peligro.

—Solo un poco —responde Kristin, sin mencionar los oscuros nubarrones que hay al otro lado de la torre sur y de las dependencias de la cocina—. Ahora están saliendo.

Kristin se esfuerza en describir la procesión, que avanza bajo la lluvia por el patio. Gruesas gotas manchan las fachadas de piedra, y tan pronto como salgan del camino se encontrarán con un fangal. Delante van Hildebert y Ursula. Nadie diría que son hermanos. Ursula es achaparrada, mientras que Hildebert es alto y corpulento. Se ha acostumbrado tanto a encoger el cuello para hablar con los demás, que parece que no pueda volver a erguirlo más. Sostiene a su hija con un brazo, como si fuera un saco, pero eso Kristin no se lo cuenta a Mechthild, quien continúa preguntando desde la cama. Por el ritmo lento al que avanzan y los rostros circunspectos, más parece un funeral que un bautizo. Mechthild pregunta por la comitiva y los vestidos de los padrinos, quiere saber si Agnes se mantiene a una distancia prudente, y quién de la casa se ha sumado a la procesión.

Kristin percibe la satisfacción de Mechthild cuando pronuncia el nombre de una de las madrinas. Sofia von Sponheim viajó con ellos hasta Bermersheim antes del parto, y no es de extrañar que Mechthild esté tan contenta con una madrina de tal rango. Aun así, hay algo en el tono de Mechthild que molesta a Kristin. Ella todavía no sabe qué padrinos ha escogido su marido para su primogénito. Igual que Hildebert, tiene buenos contactos en la corte del duque en Sponheim, donde ambos prestan servicio, como el marido de Sofia, cuando estaba vivo. Kristin no ha osado proponerle que pidiera a su vez ese favor a Sofia, por temor a que le pareciera inoportuno. Pero se ha puesto de mal humor al saber que Sofia había aceptado la propuesta de Hildebert. Es como si Mechthild lo hubiera robado algo, cada vez le gusta menos su tía. Por eso no le describe la elegante ropa que viste la condesa Sofia von Sponheim. Sí menciona la seda de color rojo intenso, pero no dice nada de los preciosos bordados. Alrededor del cuello y de las anchas mangas lleva cosidas finas perlas, rodeadas de seda de un verde oscuro. Se ha recogido el cabello, denso y de un castaño brillante, en una preciosa trenza cubierta delicadamente por un velo. Solo los ve un instante, y entonces la procesión desaparece más allá del imponente portón. Kristin se sienta en el banco bajo la ventana, lo más lejos posible del calor insoportable de la chimenea.

Mechthild mira fijamente delante de ella. Ya no piensa en su bebé recién nacido; sin duda la ha seguido con el pensamiento hasta la puerta de la iglesia, donde el padre Cedric la recibirá, pero luego la ha dejado en manos de Hildebert.

Se arrastra por las cuatro paredes de piedra con ropas negras. Intenta tomar aire y levantarse, pero cae hacia delante y se rasguña las manos y las rodillas contra la piedra fría. Entonces tiene que arrastrarse sobre el vientre, a través de un agua helada que le empaña el vestido, la falda de lana, la ropa interior de lino, y su cuerpo se vuelve pesado e insensible. Cuando ya no puede moverse intenta gritar, pero por más que abre la boca solo consigue emitir un sonido afónico, como de pavo real. Horrorizada, nota que la envuelven en una fina capa de lino, una delicada mortaja. Unas manos siguen envolviéndola más y más con el vestido sepulcral, y la cabeza le da vueltas, cae y cae a través de ropa y agua, incluso a través del suelo de piedra, a través del aire hasta que el viento le arranca la mortaja, y ahora está desnuda. Es un viento suave, que le sopla por todo el cuerpo de arriba abajo, que huele a maíz y a polvo, y ya no siente dolor ni sus miembros están entumecidos. No volverá a tocar la tierra, nunca más llevará ropa, solo será una pluma en la habitación del cielo, llevada por la luz y el viento.

Cuando Mechthild despierta, todavía no han vuelto. En la estancia solo están Kristin y la sirvienta. Kristin duerme con la cabeza inclinada sobre su labor, y la chica está sentada, removiendo las brasas del hogar. A Mechthild le pesa el cuerpo, el calor y el camisón, que se le ha pegado. Sin embargo, se ha despertado tranquila y decidida. De pronto tiene una certeza; es como si alguien se la hubiera susurrado al oído: hará un pacto con el Señor. Si Hildegarda vive, tan pronto como cumpla ocho años será entregada a la Iglesia, pura y virgen.

5

Al principio, Hildebert no quiere ni oír hablar del tema. Pero cuando, una semana más tarde, la niña continúa igual de pálida y débil y sin emitir sonido alguno, después del llanto enérgico que había hecho reír a su madre, el padre cede. Si sobrevive, Hildegarda será entregada a la Iglesia, pura y virgen. Cuando le da el consentimiento a su mujer, procura no mirarla. No debería estar en la sala del parto, pero es de noche y Ursula y Kristin duermen en la habitación de invitados. No debe tocar a Mechthild mientras esté sucia, así que se pone a dar golpes suaves al dosel de la cama, hasta que una sacudida la despierta. Él murmulla la respuesta afirmativa a su petición, y ella llora de alivio. Le da las gracias patéticamente, él asiente con la cabeza, y ella le pide que lo escriba en un papel. Pero Hildebert solo acepta decírselo al padre Cedric. Cuando la puerta se cierra tras él, la pequeña Agnes se incorpora en su lecho cerca del hogar, donde duerme junto a la niña. Mechthild está despierta, pero finge dormir. Con el resplandor de las llamas ve a Agnes levantarse y acercarse a la cuna para comprobar si ha sido la niña quien la ha despertado. Como Hildegarda no hace ni el más leve ruido, vuelve a echarse y al poco ya está roncando. Es un sonido dulce, como un leve silbido, que pone a Mechthild de buen humor.

Dado que Hildebert no menciona a nadie su visita nocturna a la sala del parto, Mechthild se inquieta, preguntándose si habrá cumplido su palabra de hablar con el padre Cedric. Al principio, lo descarta y se enfada consigo misma por no confiar en su marido, pero cuando la duda continúa torturándola decide que se lo contará a Ursula el día que ella y Kristin se marchen a Sponheim.

Mechthild ya lleva unos días levantada. Continúa pálida y débil, pero al menos ahora las piernas la sostienen y no está hinchada como en los días que siguieron al parto. Ursula y Kristin están en el patio dispuestas a emprender el viaje de vuelta, y el hecho de despedirse de ellas, algo que hace días deseaba, la entristece un poco.

Durante cuarenta días no ha tenido ninguna responsabilidad; simplemente ha estado en la cama pensando en sí misma y en Hildegarda. Ursula se ha encargado por completo de la gestión de la casa y de atender a las visitas. Ahora sus otros siete hijos revolotean a su alrededor, le tiran de la falda y hablan y hablan hasta que su cabeza está a punto de estallar.

Mechthild se apoya en su hija mayor, Clementia, que sujeta con fuerza el brazo de su madre y avanza a pasos pequeños por el suelo irregular. Clementia se alegra de que Ursula vuelva a Sponheim, los ha hecho trabajar a todos mucho más de lo que Mechthild hubiera permitido. Mientras las hijas se ocupaban del huerto y cuidaban sus frutos, Ursula y Kristin se encargaban de las tareas menos fatigosas.

Ursula finge no darse cuenta de que Mechthild está cruzando el patio en dirección a ella. La irrita sobremanera que haga un drama de todo y ahora se acerque cojeando, como si estuviera enferma. De modo que, dándole la espalda, Ursula se pone a inspeccionar los baúles y las bolsas de viaje, mientras que Kristin, ante la perspectiva de volver a ver a su marido, está de mejor humor y deja que su tía la bese. Con su prima Clementia, Kristin no sabe muy bien qué hacer: tiene diez años y está siempre tan callada que hasta se diría que es muda, si no fuera porque ya empieza a leer. En casa de Hildebert, las chicas también aprenden latín, por decisión paterna, aunque Mechthild cree que es una estupidez. Ursula le da la razón: las muchachas no necesitan ese tipo de aprendizaje, pero Hildebert insiste en que ya que el padre Cedric se sienta con los chicos en la pequeña sala tres veces a la semana para enseñarles latín, no está de más que ellas lo aprovechen. Por ahora, solo Clementia, Benedikta, Roricus y Drutwin son lo bastante mayores. Roricus tiene doce años y junto con Clementia son los que aprenden con más facilidad. Odilia e Irmengard revolotean alrededor de Estrid, la muchacha que las cuida, cogiéndose a su falda, y el pequeño Hugo, de tres años, entretiene a la familia. Es feo y siempre se ensucia, pero hace reír a todos y siempre termina en el regazo de alguien. «Es algo semejante a lo que pasa con los animales —piensa Ursula—: los potros más feos pueden convertirse en caballos magníficos; un niño patoso puede convertirse en un gran hombre». Por eso la irrita tanto que Mechthild no dedique más atención a su benjamín. Ursula se pone enferma solo de pensar en ello, y para ganar tiempo supervisa una vez más sus enseres hasta que se da cuenta de que Mechthild tose insistentemente a fin de llamar su atención. Aunque ya es toda una mujer e incluso está embarazada, Kristin corre por el patio persiguiendo a los tres pequeños como si fuera un ogro que quiere capturarlos.

—Ursula —la llama Mechthild finalmente, y entonces la aludida no tiene más remedio que volverse.

Mechthild apesta a sudor y a leche agria.

—Mechthild —responde Ursula con respeto, alargando las dos manos.

Mechthild le coge una, pero la suelta inmediatamente para apoyarse de nuevo en Clementia, que se tambalea bajo el peso de su madre.

—Tengo que darte las gracias —dice Mechthild.

Ursula se aparta una mosca del rostro. Ambas saben que era impensable que Kristin y ella no hubieran acudido a ocuparse de todo cuando ella daba a luz. Mechthild ya no tiene ni madre ni hermanas, por lo que Ursula es la única mujer que le queda entre sus parientes.

—Espero que tengáis un buen viaje de regreso a Sponheim —dice entonces, después de un primer intento fallido de mostrarse amable.

Pero Ursula se limita a asentir con la cabeza y ordena al cochero que cargue el carruaje.

— ¿Dónde está mi hermano? —pregunta luego Ursula, mirando hacia la casa.

—Ahora viene —contesta Mechthild, mirando en la misma dirección.

Tiene que apresurarse a hablar antes de que llegue Hildebert, pero no quiere meter la pata y revelar que no habla demasiado de asuntos importantes con su marido.

—¿Te ha mencionado el proyecto del monasterio? —pregunta de pronto, irguiéndose.

—Sí, sí —responde Ursula rápidamente. Sigue con la mirada a los niños, que juguetean en el patio, y hace una señal con la mano a Kristin para que se acerque.

Mechthild siente un profundo alivio, pero la alegría le dura poco.

—Dentro de un año, ¿no?

Mechthild enmudece. ¿Dentro de un año? ¿Hildegarda ha de ingresar en un convento dentro de un año? Entonces lo entiende: Ursula se refiere a Roricus, claro, ¿cómo puede ser tan tonta?

—Sí —dice con una sonrisa un tanto forzada—, claro, Roricus ingresará en el monasterio de San Albano en Maguncia el verano que viene, si Dios quiere.

—Sin duda, con la ayuda de Dios —responde Ursula bruscamente, y añade—: A mi modo de ver, Roricus es un niño muy inteligente y lo aprovechará con creces.

Mechthild recibe la alabanza de su cuñada con una sonrisa, pero no quiere renunciar a obtener una respuesta a su inquietud.

—Y Hildegarda... —empieza a decir, pero al oír los pasos de Hildebert a su espalda se interrumpe.

—¿Sí? —dice Ursula, y mirándola brevemente añade—: Sí, rezaremos para que gane fuerzas.

Permanecen de pie en el patio mientras el carruaje pasa por debajo del portón. Hugo corre detrás con sus piernas patosas, se cae, rompe a llorar y Benedikta lo recoge. A Mechthild la duda no resuelta la reconcome. No tiene manera de saber si Ursula la ha entendido mal o si en verdad no sabe nada de la promesa. Pasará tiempo antes de que vuelvan a verse, con motivo de la misa solemne en Maguncia, y entonces será imposible hablar a solas con ella. Aunque Mechthild sabe perfectamente que la promesa de dar un hijo a la Iglesia no obliga de forma definitiva, el peso de una promesa incumplida tiene que ser todavía más difícil de sobrellevar si un cura sabe de ella. Y por lo que respecta a su marido, Hildebert también tiene conciencia. Aunque seguramente no es de los esposos más tiernos, tiene fama de ser un hombre justo.

Hildebert está a unos pocos metros de su esposa, levanta la mano para despedirse y solo la deja caer cuando el carruaje ha desaparecido por el ancho camino. Hugo continúa lloriqueando, tiene sangre en las rodillas, debajo de la casaca, y tiende los brazos hacia Estrid, que corre a acogerlo. Hildebert chasquea con la lengua para darle ánimos, pero el niño continúa gritando y aprieta la cara contra el hombro de Estrid. Mechthild mantiene la mirada fija en el punto donde el carruaje se ha perdido de vista. Entonces se acerca a Clementia, quien sigue obediente a su madre hacia sus aposentos, donde le espera Hildegarda.

6

La calma que la pequeña sentía cuando Agnes le sujetaba los brazos y las piernas contra el cuerpecito se ha transformado en miedo. La niña lucha contra los movimientos apresurados que quieren sujetarla, se lanza hacia atrás y llora sin consuelo cuando Agnes, con un gesto rápido, la pone cruzada encima de la ropa, en la cama ancha, y empieza a envolverla.

«¿Entiende la niña que el llanto sale de sí misma? ¿Qué es lo que quiere, partir el mundo en dos con sus gritos?». El rostro de Agnes aparece de repente, la voz de Agnes actúa como un tapón en la boca de la criatura.

—¿Ves? —dice Agnes cuando la pequeña ya no puede moverse—. ¿Ves qué bien? Ahora ya no lloras.

La coge en brazos, pasean por la habitación, la cabeza erguida, el cuello se dobla, la cabeza abajo y hacia a un lado, plof, plof, plof.

La niña conoce muchos rostros, pero todavía no el suyo propio. Vive en un océano de oscuridad, un firmamento de estrellas y paredes con manchas de humedad, de aire perfumado en el cual aparecen cuerpos. Un olor es el de Agnes; otro, el de su madre. Los olores de gente extraña se mezclan en bocas que se abren, sonrientes, sorprendentes, chillonas, bocas que brillan, queman, van arriba y abajo y desaparecen en el aire encima de su cuna. Vive en un océano de ruido, la llevan de aquí para allá, moviéndola de un sitio para otro mientras ella succiona sin dientes manos y olores, cosas sumergidas en miel, una muñeca, un gatito al que han cortado las uñas.

Todo desaparece y reaparece. Todo lo que conoce se va, llevado por una corriente invisible que circula por toda la habitación. Espera entre olores y ruidos, atenta a la luz y las sombras, espera las únicas banderas importantes en su mapa: rostros, ojos que de repente están ahí, y de repente ya no están.

El dolor del hambre explota en el centro del mundo, se transforma en leche dulce y cálida en su paladar. Entre las manos danza una oscuridad profunda. En la luz, las personas y las cosas adoptan formas concretas. Ella ve un haz luminoso, un ojo que es mucho más grande que todos los ojos. Siempre vuelve. Incluso cuando hay silencio en la habitación el ojo resplandece fielmente. Cuando ve la luz no llora; permanece en silencio. Los otros se dan cuenta de que, de pronto, la pequeña se tranquiliza. «Fíjate, está mirándose las manos; fíjate, está mirando las nubes, la luz del sol, la pared». Los otros no ven el ojo, pero Hildegarda escucha. La luz cobra vida y habla como si tuviera boca.

7

Hildegarda ha superado su primer año de vida, y ahora Mechthild tiene otras preocupaciones. Cuando por fin a la pequeña le crece el cabello, resulta que es de un tono cobrizo, como la raíz de un jengibre que han cortado por la mitad y de pronto sangra. No es una buena señal. Los otros hijos tienen el cabello rubio de Hildebert, y los rizos rojos de la pequeña son para su madre un enigma. Mechthild no se ha acostado con Hildebert durante su sangrado menstrual, aunque ha seguido los consejos del padre Cedric para saber cuáles son los días en que es más probable que vuelva a quedarse embarazada. El cabello de Hildegarda es bonito al sol, pero dentro de casa es frágil y opaco.

Al principio, la precocidad de la niña la enorgullece, pero luego la inquieta. «No es natural —se dice—. ¿De dónde la ha sacado?». Años más tarde intentará convencerse de que lo recuerda mal, pero los acontecimientos del primer año de vida siempre la desmienten. Fue el primer verano, durante el mes en que Hildegarda cumplió un año. Las sanguijuelas se reproducían en los estanques, los cardos estaban en flor. Tenía que ser julio, Roricus acababa de irse para entrar como novicio en el monasterio de San Albano en Maguncia. Mechthild sufría por su partida. Durante toda la primavera estuvo soñando con el pórtico del monasterio.

Unas veces se le aparecía como un gran arco; otras, como un gran hocico sin dientes. Pero estaba orgullosa de haber enviado a su hijo con los monjes. Tener un hijo siervo de Dios es un honor, y no podían haber encontrado mejor sitio que Maguncia.

La separación de Roricus es dura, pero también le preocupa la extraña precocidad de Hildegarda. Mechthild se avergüenza de la rabia que le revuelve el estómago, como si fuera masa de pan, cada vez que le asalta el sentimiento de que Dios le robó a sus mellizos. Cuando se entera de que Kristin ha tenido también gemelos, dos muchachos fuertes y sanos, siente de nuevo que la ira se apodera de ella, y necesita un tiempo antes de enviar un mensaje de felicitación a Sponheim. ¿Acaso ese enfado, esa rabia cambian de naturaleza cuando contempla a Hildegarda? Mechthild solo sabe que en su hija menor hay algo que no es normal. Hildebert no se da cuenta de nada, pasa mucho tiempo en Sponheim, y ella se pregunta si su propio hogar le preocupa lo más mínimo. Cuando por fin regresa, pregunta siempre por Hildegarda antes que por los otros, como si la pequeña fuera la única que le importara. La llama «Hild», exactamente igual que su padre lo llamaba a él, y a Mechthild no le gusta. «Hil-de», lo corrige ella, pero él no escucha. Los otros niños crecen y pierden los dientes y garabatean palabras latinas en sus tablillas de cera, pero Mechthild se olvida de las fechas. Solo le queda en la memoria la precocidad de Hildegarda, como una guadaña que sesga la felicidad. Cuando intenta calcular las fechas mal adrede, para que no resulte tan extraño, cuando piensa en Roricus y aquel dichoso verano, los acontecimientos vuelven a situarse rápidamente en su lugar.

Sabe muy bien que Hildegarda solo tenía un año, porque todos dijeron que era un milagro cuando empezó a moverse de aquí para allá en el patio, delgada y ligera, alargando los brazos hacia las gallinas, que huían en todas direcciones y la hacían reír. Que aprendiera a andar tan pronto ya era inexplicable. Había llorado todo el invierno y la primavera, y era raro que pasaran cinco días seguidos sin que tuviera fiebre. Había crecido en altura, pero apenas había engordado.

Sus brazos no eran rollizos como los de una criatura pequeña, los huesos de las articulaciones sobresalían como los de un adulto. Solo las mejillas conservaban su redondez. Y los ojos siempre parecían a punto de salirse de las órbitas. Mechthild está de pie con los brazos pegados al cuerpo, observando a su hija pequeña. Es la hora de la siesta, pero a Hildegarda no le gusta dormir. Hay una inquietud en ella que Mechthild atribuye a su salud quebradiza, pero cuando no está enferma se convierte en un torrente de vida. Nunca se queda quieta y Agnes se cansa. Aunque Mechthild se había imaginado que la muchacha podría echarle una mano con la casa, Hildegarda es muy difícil de llevar y exige toda su atención. Solo se sienta muy pocas veces, de vez en cuando se queda taciturna, pero por poco tiempo, y casi nunca duerme durante el día. Por la noche, se duerme pronto y despierta antes de que amanezca. Es Agnes quien ha llamado a Mechthild; Agnes, que siempre está cerca de la niña y la sigue a todas partes; Agnes asiente una y otra vez cuando Mechthild le pregunta si está segura. La niña ha hablado. No ha dicho «Mamá» o «Papá» o «Ñam, ñam». No dice «quiquiriquí» ni «Muuu» ni «beee». Ha dicho «Luz», y Agnes no es la única que lo ha oído. El chico de la cocina asiente con la cabeza desde el banco donde está desplumando una gallina en medio de una nube de plumas. Mechthild llama a Hildegarda, que está decidida a atrapar la gallina más grande y no reacciona. Entonces corre hacia la niña, la coge por la cintura y la levanta. La pequeña alarga los brazos hacia la gallina mirándola con frenesí, pero Mechthild la besuquea en la mejilla hasta que la niña se echa a reír.

—Mira —dice Mechthild, señalando el cielo.

—Luz —dice su hija—. Luz.

«Si la niña dice "Luz", tendría que decir algo más», piensa Mechthild, pero después del verano Hildegarda se encierra en un mutismo un tanto inquietante. Si ella o Agnes le preguntan dónde está el perro, la niña lo señala. Leche, nariz, mamá, papá, Drutwin, Irmengard, Odilia, Hugo, Benedikta, Clementia, Agnes. Lo señala todo. Pero continúa diciendo una sola palabra. *Luz.* A menudo lo dice para sí, cuando juega en el suelo con sus juguetes: un cinturón de piel con perlitas de colores, un caballo que Roricus talló antes de irse, una muñeca que le regaló Hildebert, con ojitos de cristal y una cara que parece tan real que da un poco de miedo. De vez en cuando, Hildegarda coge la muñeca, le da un beso y la cubre con una manta, pero si no fuera porque es demasiado pequeña, se diría que lo hace, más que por verdadero interés, como muestra de agradecimiento por un regalo tan bonito. Acaricia los perros en el lomo y se queda mirando los pelos que se le quedan en las manos. Ya no corre detrás de las gallinas, pero coge granos de cereal, los observa como si fueran piedras preciosas y los aplasta con cuidado con el pulgar. Señala con la mano la luz que entra por la ventana y apoya una mejilla en el suelo calentado por el sol. Observa el polvo que revolotea en el aire y sus manos danzan también. A Mechthild no le parece normal que esté ahí en esa posición. Que diga «Luz» es raro, ¿y acaso no le interesa nada más? De modo que coge a la niña y se la lleva a ver las vacas, que las muchachas están ordeñando. La niña observa con atención, pero se mantiene a distancia. Se toma la leche cálida que le ofrecen, pero no da señal de querer más. Es introvertida y diferente a los demás. La inquietud de Mechthild crece con mayor rapidez que la pequeña, y después de un verano muy bueno Hildegarda cae enferma, con fiebre, en cuanto llega el frío. Es como si se abriese una vena y todo el miedo acumulado de su madre saliera a borbotones.

Mechthild se apresura hacia la despensa a coger hierbas medicinales mientras Agnes permanece junto a la pequeña, pasándole un paño húmedo por el rostro. A menudo le canta para que se duerma, pero ahora su voz la hace llorar. Mechthild da órdenes al cocinero; permanece de pie detrás de él, controlando la infusión que prepara, y al final acaba ocupándose personalmente, como si el muchacho no fuera capaz de hacerlo.

Cinco días después, Hildegarda se incorpora en la cama y Agnes avisa a Mechthild, que llega corriendo seguida de Drutwin y Hugo, ansiosos por saludar a su hermana pequeña, sentada en la cama con su cabello rojizo pegado a la frente.

—Parece un monje —dice Hugo, soltando una risilla, pero Mechthild no le ve la gracia y levanta una mano amenazadora que amedrenta a los niños.

Hildegarda mantiene la mirada fija delante, como si durmiera con los ojos abiertos. Su madre le pone la mano en la frente. Tiene la piel seca y fría, la fiebre ha desaparecido. Entonces se deja caer en la silla que hay junto a la cama, vencida por el cansancio. Hildegarda la mira y alarga las manos. Su madre aferra una, pero no logra levantarla. Hildegarda ladea la cabeza y alza la vista hacia la ventana, luego echa el cuello atrás y observa el techo. No es una postura nada natural; Mechthild le suelta la mano y la coge de la nuca para hacerla mirar en otra dirección, pero la pequeña está rígida como un palo. Hugo y Drutwin también se dan cuenta de la rareza de su hermana, y se mantienen a una distancia prudencial, a los pies de la cama. Dan patadas a los postes de la cama y la llaman:

—¡Hild, Hild, mira aquí, Hild!

Pero la niña permanece impasible, alza los brazos hacia el techo y sonríe como una bendita.

—Luz —repite sin parar—. Luz, luz, luz.

Mechthild está desesperada; Drutwin ríe, incómodo, Agnes se ha quedado de pie a un lado de la cama con el atizador en la mano, como una tonta, mirando a la niña y a Mechthild, que tiembla. Nada puede quitarle a Hildegarda la sonrisa, incluso cuando duerme continúa sonriendo, y Mechthild tiene que salir de la habitación para recuperar el aliento. Agnes ha reavivado el fuego y se ha sentado junto a la cama. Abriga bien a la niña con la manta, tapándole la boca para no tener que ver esa maldita sonrisa.

Cuando Hildegarda despierta, de pronto es capaz de hablar como un torbellino. «Mamá», dice. Y «Agnes, tengo hambre». «Y también tengo sed». Forma cada una de las letras con la pequeña boca que hasta ahora solo decía «Luz», y la casa entera vuelve a ponerse en movimiento.

Hildebert regresa de Sponheim con unas perdices colgadas de la silla de montar; cuando entra en la habitación huele a caballo y a tierra, y sonríe a su benjamina.

—Papá —dice—. Papá está en casa.

8

Año 1102

El ruido que hacen los perros de papá se parece al musgo y sabe a metal. La voz de mamá tiene el mismo color que la cerveza ligera, pero su sabor no es ni dulce ni amargo, sino más bien como cuando se abre la boca al viento. La voz de Agnes es luminosa como el cielo después de la lluvia, huele a tomillo y a hierba húmeda. Los pasos de papá cambian constantemente de color: cuando habla con los demás, su voz tiene el color de la tierra y de los guijarros planos y secos del riachuelo; cuando habla a su Hild, su voz se convierte en un deshilachado sol de invierno. Los sonidos fluyen, se entremezclan y se organizan en formas variadas, dan vueltas como peonzas, giran y giran sin parar.

Cuando estuvieron en Maguncia, Hildegarda vio cómo los monjes teñían lana en el río. Primero metían la lana en grandes tinajas de madera, con los diferentes colores. Después la enjuagaban en el agua fría, que se llevaba los colores serpenteando como banderas en el viento. Cuando el agua de las tinajas ya no se podía usar, la vertían en el río. Rojo, ocre, verde. Los colores se mezclaban y dejaban el agua de color marrón plomizo, bajo el cual los pies de los monjes desaparecían.

En el camino de vuelta a Bermersheim, Hildegarda lloró porque los bonitos colores se habían vuelto feos al desaparecer en el agua. Hugo se burló de ella y Mechthild también se rio. Hildegarda lloraba, pero era incapaz de explicarse, y la boca se le llenó de lágrimas y mocos. Clementia le enjugó el rostro con sus mangas, le dio unos golpecitos en las mejillas e intentó ocultar que ella también lo encontraba gracioso. Solo Drutwin estaba serio; con un brazo colgando fuera del carruaje, miraba fijamente el paisaje, los prados y los árboles, como si buscara algo. Papá tampoco reía. Estaba concentrado guiando el macho moteado de manchas marrones que tiraba del carruaje y ni oía ni veía nada.

9

Mechthild no quiere flores en casa, solo ramitas de lavanda que se mezclan con la paja del suelo y perfuman las habitaciones. Pero Drutwin no le hace caso. Extiende un montón de flores silvestres sobre el cobertor de Hildegarda, le enseña sus nombres para que ella los repita correctamente: hierbas lombrigueras, sardonias, aquileas, juncias reales. Cuando terminan, Mechthild recoge las flores y las echa al hogar, donde arden y se carbonizan. Drutwin quiere mucho a su hermana pequeña y prefiere sentarse con ella junto a la cama a jugar con los demás. Cuando vuelve de las clases con el padre Cedric y no tiene que ir a Sponheim con Hildebert, donde lo ayuda como paje, le cuenta a Hildegarda todo lo que sabe. Le cuenta la historia de Daniel en el foso de los leones; le explica que un león es como un gato, pero cientos, no, más bien miles de veces más grande, como un caballo o un buey. No viven en el bosque junto a Bermersheim, sino muy muy lejos, porque el mundo es mucho más grande de lo que un caballo podría recorrer en un año entero, y ambos se admiran ante tal maravilla.

Los ojos de Hildegarda se agrandan cuando está enferma. Su piel se vuelve transparente y azulada en el cuello y el pecho. Un día, a finales del verano en que ha cumplido cuatro años, las cosas se complican de verdad. Empieza a toser, el rostro se le pone morado, le falta el aire y respira con silbidos. Ni las infusiones ni las plegarias de Mechthild sirven de nada.

En el pueblo la gente ha empezado a hablar mal de la comadrona, de modo que Mechthild no se atreve a enviarle un mensaje rogándole que vaya. Si la ven en el patio, los rumores no tardarán en llegar al padre Cedric y quizá también a Sponheim. Fue Ursula la primera que hizo circular las habladurías más feas cuando estuvo en Bermersheim la primavera anterior. Dijo que si mueren tantos niños en los partos que ella asiste es porque tiene un pacto con el diablo, a quien regala sus almas. A Mechthild le cuesta creerlo, pero no se atreve a contradecir a su cuñada. En vez de mandar llamar a la muchacha, deberá buscar ayuda en el pueblo.

Cuando ve que la tos de la niña empeora y ningún remedio surte efecto, decide ir ella misma. No entiende por qué a la pequeña no le hace bien la mejor estación del año, cuando las frutas colman las ramas de los árboles. Los manzanos están espléndidos, y las flores cubren el arco de la entrada, por debajo del cual pasa al abandonar Bermersheim. Los campos de maíz son un mar dorado, el verano ha sido bueno y cada espiga inclina la cabeza para recoger agradecida el sol y la lluvia; en los largos y generosos tallos los granos crecen densos y firmes. Pero Hildegarda ha adelgazado y no tiene fuerzas, no para de toser y gemir, aunque Mechthild le ha dado infusiones y vino, le ha atado hierbas a los pies y ha puesto en su cama un cobertor rojo. Tiene que haber alguna de las bendiciones de Dios para sanar a la pequeña que ella todavía no conoce, o que le ha pasado por alto, y quizá la comadrona pueda enseñarle alguna.

Mechthild camina a zancadas, y su soledad la va llenando de terquedad. Ursula siempre presume de lo que aprendió de los monjes en Sponheim, y aunque se les conoce por su huerto medicinal y su sabiduría, es muy presuntuoso creer que sabes más que los otros. Mechthild se ríe un poco y halla cierto sosiego en sus pasos acelerados. Ursula también se atribuye algún mérito en que Kristin haya tenido unos gemelos tan fuertes y sanos, cuando lo único que hizo fue asistir al parto.

Los temporeros han empezado a llegar a la casa para la cosecha, y pronto ella estará tan ocupada con las tareas de procurarles comida y un sitio para dormir que es posible que tenga que dejar a Hildegarda sola en la cama todo el día, sin poder cuidarla. La pequeña es buena y nunca se queja de su soledad, pero Mechthild se acongoja solo de pensar que un día pudiera encontrársela muerta. Agnes estará para ayudar, claro, pero con tanta gente a la que alimentar también ella tendrá que echar una mano en la casa.

Mechthild avanza por el camino de tierra hasta la casa de la comadrona, donde de un salto esquiva un charco de lodo apestoso y se planta en el escalón de piedra de la entrada. Tiene que inclinar la cabeza para cruzar el umbral; parpadea un poco para acostumbrarse a la oscuridad, pues la única luz que entra en esa estancia sin ventanas es la que se cuela por el hueco de la chimenea. Al fondo está el establo de las vacas, que durante el día se halla vacío porque los animales pacen en el campo con el resto del ganado del pueblo. Y aunque ahora solo hay una fina capa de paja fresca en el suelo, el fuerte hedor y las moscas no se van. La mujer está sentada junto a la pared sobre una manta de lana gruesa y vulgar, con un niño al pecho. Cuando Mechthild le comenta el motivo de su visita, ella deja al niño en el suelo y rebusca en la oscuridad. La oye susurrar y murmurar, y aunque no entiende ni una palabra de lo que dice, distingue algo de latín, alemán y otra lengua que no conoce. La estancia es tan pequeña que casi no se puede respirar; el niño gime y se tumba en la manta de lana con el trasero al aire, se chupa las manos, se gira de un lado y del otro, peligrosamente junto al hogar. La mujer tiende una bolsita de cuero a Mechthild, y cuando ella va a cogerla le aferra la mano con fuerza. Si las hierbas funcionan, le pagará bien, promete Mechthild, pero la mujer no la suelta. Se zafa a la fuerza y pierde el equilibrio, está a punto de caer hacia atrás, contra la puerta. La mujer no se inmuta; se pasa un mechón de pelo detrás de la oreja y se da dos golpecitos con el índice en el pómulo, justo debajo del ojo.

Mechthild cruza el pueblo a la carrera. Había ido bien hasta que la mujer ha hecho ese gesto con el dedo, que no llega a comprender. ¿Es una maldición? ¿O bien una advertencia de que estará vigilándola?

A mitad de camino, junto al riachuelo, Mechthild tropieza y se cae cuan larga es. Se hace un rasguño en la barbilla y las manos, y la bolsita sale disparada. Se levanta, la agarra, se la mete en el escote y prosigue su camino cojeando.

No puede entrar a ver a Hildegarda en semejante estado de agitación; la congoja podría asustar a la niña. Su corazón late con tanta violencia que seguro que se le nota a través del vestido. En la capilla del patio se arrodilla frente al Salvador, que mira victorioso con sus ojos de madera.

—Señor, perdóname mis pecados —susurra Mechthild, juntando las manos. Habla al Salvador como si fuera de carne y hueso, y como si no pudiera esconderle nada—. Ayúdame —susurra, y se pone a cuatro patas antes de tumbarse esforzadamente bocabajo en el frío suelo de piedra—. Ayúdame. —Se queda ahí tendida hasta que el Señor pone un palo en la rueda de sus pensamientos agitados. Se levanta, se yergue y se toca la barbilla herida. Da unos toquecitos a los pies de Cristo, deja descansar la mano en la madera pintada, hurga en el escote para sacarse la bolsita de hierbas y la posa sobre los pies de madera un instante.

Nadie llega a saber si lo que sana a la pequeña son las hierbas o las plegarias de Mechthild. Pero Mechthild se promete no volver a pedir jamás ayuda a la mujer. No consigue quitarse de la cabeza la señal que le hizo con el índice, y a veces el recuerdo la despierta en plena noche. No le pagó lo que le debe, como prometió, porque no osa ir a verla de nuevo, y no puede pedir a nadie que lo haga por ella.

Por la noche se levanta y recorre sigilosamente los dormitorios de los niños. Drutwin frunce la nariz mientras duerme, y alza con desdén el labio inferior. Después de haber seguido a su padre durante años como paje, ahora Hildebert lo deja en casa la mayoría de las veces que va a Sponheim, aunque el chico pronto tendría que empezar a servir como caballero de la corte. Drutwin finge que no le importa, pero no es difícil deducir que en realidad para él no hay nada peor que el rechazo de su padre.

Hugo no para quieto, y a menudo yace con la cabeza a los pies de la cama. Mechthild lo tapa con la manta, aunque sabe que se destapará tan pronto como ella se dé la vuelta. Irmengard y Odilia duermen en la misma cama, ambas se chupan todavía el pulgar, aunque ya tienen diez y ocho años, y cuando Mechthild les saca el dedo de sus bocas dormidas, le siguen unas estelas de saliva. Clementia y Benedikta están en la habitación de al lado, vigiladas por el maestro Otto, que duerme justo en la entrada. Las mayores son su gran orgullo, y observarlas durmiendo le da paz. Clementia tiene el rostro girado hacia la pared, sus hombros se mueven muy ligeramente. El cabello de Benedikta es como un nido de pájaro en torno al pequeño huevo de la cara.

En las noches de insomnio, Mechthild nunca entra en la habitación de Hildegarda. Permanece de pie largo rato junto a su puerta. Escucha, pero no oye nada. Si Hildegarda está muerta, no quiere enterarse hasta que sea de día.

En la primavera previa a su quinto cumpleaños, Hildegarda tiene más vigor que nunca. Mechthild le asigna solo pequeñas responsabilidades, y la niña pasa la mayor parte del tiempo jugando sola. Le gusta esconderse fuera del muro del patio, y a veces tardan horas en descubrir su escondrijo. Agnes se desespera, y siempre amenaza a los otros niños para que no digan ni una palabra a Mechthild.

Cuando está en casa, a Hildebert le encanta hacer reír a los niños, pero con Hildegarda no es una tarea fácil. Se queda mirándolo con ojos serios, casi indiferentes, no importa cuánto se esfuerce él. Cuando al final se da por vencido y aplaude, ella de pronto suelta una carcajada y él se ríe con ella, la toma en brazos y la levanta al aire.

A Hildegarda le dan miedo las cosas más extrañas y en cambio otras no le asustan lo más mínimo. Hildebert recuerda divertido aquella vez en que, cuando la niña tenía dos años, jugaban en el patio soleado. De pronto, la pequeña se asustó al ver un pato negro que no paraba de seguirla. Hildebert no conseguía hacerle entender que era su propia sombra, y ella no dejaba de gritar y de sacudir las manos por debajo de los pies para ahuyentar al pato.

Una vez se echó a llorar al ver cómo un perro cazaba a una liebre y le despellejaba las orejas. Pero en casa asistía con interés al sacrificio y descuartizamiento de un animal. Cuando Hugo intenta asustarla con historias paganas sobre ninfas del río o almas perdidas que deambulan por el cementerio, la pequeña presta atención sin inmutarse. Pero los mendigos jorobados de la plaza de Maguncia o la noticia de la muerte de un niño la hacen llorar desconsoladamente. Aunque no es fácil entender a Hildegarda, Hildebert no desearía que fuera diferente por nada del mundo, y cuando está lejos de casa sus pensamientos son siempre para ella.

Cada vez que Mechthild quiere hablar de los niños, él se impacienta. A grandes rasgos, su destino ya está trazado: Roricus ingresó en el monasterio, las chicas se casarán, y en el futuro Drutwin o Hugo heredarán la hacienda. A Hildebert le parece poco probable que sea Drutwin. Lo llevó ante el conde de Sponheim cuando el chico cumplió ocho años. La idea era que el muchacho sirviera en la corte y que sustituyera a su padre cuando este estuviera en el campo de batalla. Se daba casi por hecho que tanto Drutwin como Hugo terminarían siendo caballeros de la corte. Pero a Hildebert se le hacía cada vez más difícil imaginarse a Drutwin en el campo de batalla. Se la daba muy mal la espada y en los adiestramientos con lanza dejaba a su padre en ridículo. Para castigarlo, Hildebert había decidido no llevarse consigo al muchacho durante unos meses, pero parecía que eso había sido un alivio para el chico tanto como para él. En su fuero interno, Hildebert ya tenía claro que lo mejor sería que el muchacho ingresara en un monasterio, como su hermano mayor. De hecho, ya se había informado en secreto de uno en Francia y se lo diría a Mechthild cuando la decisión fuera definitiva.

Cada vez que Mechthild intenta hablar sobre el futuro de Hildegarda, él la interrumpe. Una noche Hildebert soñó que la pequeña volaba a lomos de un águila, y despertó con el corazón liviano. Solo más tarde, cuando durante el día se acordó de la visión nocturna, empezó a preocuparse por si había sido un presagio de muerte.

—No hay que ocuparse por el futuro —le dice a Mechthild—, el futuro no nos pertenece.

Entonces ella se calla. Baja la mirada y enmudece, aunque el silencio entre ambos rebosa hostilidad.

Hildebert no puede quejarse del destino, aunque Mechthild le niegue el acceso a su alcoba. Ya de muy pequeño destacó en la corte de Sponheim, donde se convirtió en uno de los mejores caballeros, imbatible en los duelos. En agradecimiento se le entregó Bermersheim y el derecho a sus tierras y bosques. Para su padre fue un alivio no tener que dividir las tierras entre sus hijos, y cuando llegue el momento desea lo mismo para sí. Tiene un administrador fiel y buena gente a su servicio. Ha tomado las decisiones adecuadas en relación con el mantenimiento de la finca y las cosechas le devuelven cada año el fruto de su trabajo. Cuando cabalga hacia Sponheim, no lleva consigo ninguna preocupación. A veces, antes de adentrarse en el bosque se detiene para contemplar su hacienda. Las torres cuadradas con sus banderas, el muro circular de piedra, la colina sobre la que erigieron la casa destacan en medio de los campos.

10

A Mechthild la llena de satisfacción que Hildegarda se interese por los animales de la hacienda; es la única de sus hijos que lo hace.

Mechthild se ocupa personalmente de dar de comer a las gallinas, porque le gusta. Pide a la muchacha que se encarga de ellas que se haga a un lado y hurga en la paja buscando huevos. También inspecciona las ovejas y los corderos, hunde las manos en su lana grasienta y le explica a Hildegarda cuándo habrá que esquilarlas. Extiende un ungüento en las orejas de los corderos cuando les supuran, y se preocupa de que a la oveja coja las otras la dejen en paz. Lo único que no le interesa son los perros de caza; son cosa de Hildebert. Él los trata como si fueran príncipes, pero cuando Hildegarda se acerca a ellos, le enseñan sus encías de color violeta y gruñen. Cuando Hildebert está en Sponheim, el administrador se los lleva consigo al bosque para comprobar las trampas; de lo contrario, los deja correr en el recinto de la perrera. Allí se persiguen y arman alboroto, se muerden unos a otros y también a los niños, y Mechthild les escupe cuando pasa por su lado. La perra más grande es la jefa del grupo. Hildebert la llama Octubre, porque el pelaje moteado es del color de las hojas otoñales. Cuando tuvo cachorros el invierno anterior, mordió a dos de ellos hasta matarlos la primera noche. Mechthild quería ahogar al tercero, porque no merece la pena que la prole de un perro malo conserve la vida. Pero Hildegarda se puso a llorar cuando se enteró, y entonces Hildebert se enterneció. Al final, Mechthild tuvo que aceptar quedárselo, si lograba sobrevivir. Es un macho, y enseguida lo separaron de su madre. Es el único perro que no está en la perrera. Se pasea ufano por dentro y por fuera de la casa, como si la vigilara, aunque a Mechthild no le gusta nada. Tiene la cabeza ancha y unas patas grandes y chatas. Los ojos amarillos no desprenden tanta maldad como los de Octubre, pero no es un buen perro de caza y Hildebert ya no intenta adiestrarlo. En cambio, es muy bueno identificando ruidos que nadie puede oír, y cuando alguien se acerca a la casa, es el primero en ponerse a ladrar. Se llama Halcón. Fue Hildegarda quien le puso el nombre. Hildebert se había reído, objetando que no era nombre para un perro, pero la niña había insistido. «Tiene plumas», dijo, acariciando su pelaje dorado. Hildebert se había reído de ella, y la pequeña también se había echado a reír. A Mechthild no le parecía nada gracioso. Algunas veces, cuando la niña se sume en sus pensamientos y hace gestos en el vacío, Halcón se pone a su lado con una pata delantera levantada y olfatea el aire. Es como si ella y el perro pudieran ver algo que los otros no consiguen ver. A veces Hildegarda empieza a dar saltos señalando hacia delante mientras el perro da brincos también y ladra, aunque no parece que haya nada a lo que ladrar. En esas ocasiones a Mechthild le dan ganas de atar una cuerda al cuello del animal y colgarlo del olmo del patio. «Entonces veríamos si puedes volar —murmura, dándole un rodillazo—, entonces veríamos si te sale alguna pluma en ese cuerpo tan feo».

Lo que más le gusta a Mechthild son las vacas; le encanta mirarlas a los ojos, ponerles una mano en la testuz y cogerlas por los cuernos. Le gusta la leche cálida que fluye hasta el cubo espumando cuando las muchachas las ordeñan. Si se ponen de parto, disfruta echando una mano y ayudando a los becerros a recorrer el último tramo hacia este mundo. Hildegarda sigue a su madre al establo. Se queda a su lado y observa las vacas que rumian, trepa por la valla, y señala y llama a cada vaca por su nombre. Mechthild no sabe leer ni escribir, pero sí cuándo va a llegar un becerro. Se lo explica a Hildegarda; ella conoce el milagro de la vida, y la niña escucha de pie en el poste de la valla, sosteniéndose en el travesaño. De vez en cuando resbala, se deja caer un poco hacia atrás, antes de cogerse otra vez a la valla. «La vaca marrón tiene la misma edad que tú», le cuenta Mechthild, y a Hildegarda le cuesta creerlo. Tiene el abdomen hinchado, tiembla y se tambalea sobre las patas frágiles. Mechthild la llama para que se acerque a la valla, la atrae con un montón de hierba. Hildegarda acerca una mejilla al enorme animal, le ahuyenta las moscas. La pequeña permanece muy quieta con las palmas de las manos encima del animal y sonríe. Mechthild la llama, pero la niña continúa sonriendo. Mechthild la coge por los hombros y la sacude, y ella vuelve en sí.

La vaca preñada es como una caldera en ebullición. Hildegarda se divierte siguiendo con sus deditos las venas de su vientre tenso. Son como ríos, pero no fluyen cavando la tierra, sino que bombean en el aire. Cuando le aprieta una con cuidado, sobresale un denso grumo entre sus dedos.

La vaca arranca la hierba, tiene los gruesos belfos brillantes. Hildegarda apoya las manos en el animal, que está a punto de parir. «Hueles a dulce y cálido olor a vida, dulce vaca lechera», le susurra la pequeña, sonriendo de alegría. Sonríe porque de repente logra ver al becerro flotando en el vientre de su madre; lo ve envuelto en una aureola de luz, como una sombra en el campo, con los ojos negros y las patitas inseguras. Lleva joyas en el cuello y en las patas delanteras, y una corona de piedras y perlas, blancas como la tiza y negras como el carbón, y sonríe.

Aunque Mechthild está al lado de Hildegarda, le grita. Le agita el brazo hasta que le hace daño y la niña se baja de la valla.

—El becerro lleva un collar y un brazalete —dice Hildegarda.

La vaca da pesadamente un paso adelante, hacia la valla. Mechthild se agacha y mira a su hija con los ojos muy abiertos, seria, en silencio.

—¿De qué becerro hablas?

—Del becerro de la vaca.

—¿Qué vaca?

—¡Esta vaca!

Mechthild mira a Hildegarda atentamente, como si quisiera advertirla de algo.

—Eso no tiene ningún sentido, Hildegarda. No se puede ver un becerro antes de que haya nacido. Es una tontería —le dice, y la niña agacha la cabeza. La palma de la mano de Mechthild es pálida y carnosa, como una luz fría. Da un golpe seco con la mano en el poste de la valla—. Haz el favor de contenerte. Y aprende a estar callada.

Cuando la vaca está a punto de parir, Mechthild va al establo. Es su mejor vaca lechera. Hildegarda quiere ayudar, y Mechthild le acaricia el cabello amorosamente.

La niña, entre Agnes y Mechthild, ve cómo el becerro llega al mundo; sus ojos son los primeros que se posan en el pequeño animal, húmedo y con los miembros replegados. Una bola de moco y sangre, agua y olor acre a paja húmeda. Mechthild pone una mano en el hombro de su hija mientras ambas observan cómo la vaca madre le lame la placenta que impregna a su becerro.

—Mira, mamá. Mira, Agnes —dice Hildegarda—. Lleva piedras preciosas y perlas, justo como lo vi.

La vaca lame el pelaje dorado de su pequeño, rítmicamente y con aspereza. El becerro tiene un collar de pequeñas manchas blancas regulares alrededor del cuello, y una línea oscura en torno al cráneo. Y Mechthild lo ve. No dice nada a su hija, pero lo ve. Su mirada no trasluce enfado, ni preocupación, ni alegría. Se limita a asentir una sola vez, mientras la niña guarda silencio. Permanecen un buen rato contemplando el becerro enjoyado. Los pensamientos de Mechthild se llenan de sombrías sospechas. Hildegarda no se da cuenta y habla al becerro, llamándole «pequeña princesa». Agnes evita los ojos de la niña. Cada vez que ella la mira, Agnes estruja la falda de su vestido y mira hacia delante.

—Se lo quedará Agnes —dice Mechthild con frialdad.

—¡Pero, señora! —Agnes se tapa el rostro con las manos.

—¿El becerro, mamá? —pregunta Hildegarda.

—¡Pero, señora!

—Sí, Hildegarda, el becerro. Agnes, se lo llevarás a tu madre tan pronto como deje de mamar —dice Mechthild; da media vuelta y abandona el establo en dirección a la luz, al día, donde no hay oscuridad como dentro de una gruta. Cuando está en el umbral se vuelve y señala a Agnes—. Y no se llama Princesa.

—No, señora.

—¿Y cómo se llama entonces, mamá? —pregunta Hildegarda, parpadeando ante la luz que se cuela por la puerta del establo.

—Domingo. Se llama Domingo.

11

Noviembre de 1104

Hildebert vuelve de Sponheim con la noticia de que pronto llegarán huéspedes a Bermersheim. Ursula y su marido, Kuntz; Kristin y Georg, y los duques de Sponheim con todo su séquito. Aunque solo se quedarán una noche en su camino hacia la catedral de Worms, en la casa se preparan durante semanas para recibir a los invitados. Las clases matutinas de los niños se suspenden, pues todos tienen que colaborar. Es noviembre, tiempo de la matanza. Hay que traer de vuelta a los cerdos, que han estado engordando en el bosque, comiendo bellotas, para sacrificarlos en el patio con el resto de los animales más viejos, ya que sería un desperdicio continuar alimentándolos durante el invierno. Llegan muchos vecinos del pueblo para ayudar con la matanza. Los niños se encargan de ir al bosque a recoger ramas y leña para encender hogueras en el patio. Atan a los cerdos al banco de matanza uno tras otro; cuando les cortan el cuello, la sangre sale a borbotones y cae en una tinaja. Mechthild la remueve para que no se coagule; hay que utilizarla para hacer salchichas. Coge el gran cucharón con las dos manos y lo hace girar y girar, raspando la base de la tinaja con un ruido prolongado. Empieza a sudar. Es una tarea agotadora, porque la sangre es densa y oscura, y cuando deja de manar hay que escaldar al cerdo con agua hirviendo y limpiarlo antes de colgarlo y hacer sitio para el siguiente. Mechthild grita a los niños que se aparten de las ollas de agua que hay sobre las grandes hogueras que arden en el patio. Una vez uno de los niños de la comadrona del pueblo, que andaba jugueteando cerca, se tiró encima una, y la piel se le cubrió de ampollas. Los cerdos se cuelgan en una hilera cabeza abajo; luego los abren en canal, y los intestinos caen en forma de guirnaldas de color violeta. Solo al atardecer los cerdos están fríos, y entonces pueden trocearlos y poner la carne en unas tinajas en salmuera, donde la sal amarillenta se hace visible en la superficie, con unos dibujos quebradizos.

A Mechthild le gusta ese ajetreo, huele a humo, a grasa y a sangre de animal; da órdenes y las cambia cuando se le ocurren nuevas ideas para el gran banquete que están organizando. A Clementia le duelen las manos, que se le han agrietado preparando la salmuera; Irmengard y Odilia tienen ampollas de tanto trabajar la mantequilla. Benedikta se dedica a zurcir sábanas y mantas, y Hildegarda saca el hilo y las agujas y echa una mano cuando se lo piden. Drutwin y Hugo van a cazar con Hildebert y vuelven a casa con ciervos, perdices y palomas. Hay que preparar mucha comida y colgar tapices en las paredes, y las habitaciones de los huéspedes tienen que estar perfectas. Los duques dormirán en la de Hildebert, y todas las niñas se trasladarán a otra.

El día de la llegada de los invitados, Mechthild convoca a sus hijos: deben bañarse. Mientras las chicas esperan su turno después de Hildebert y los niños, Mechthild dispone la ropa de todos. El agua todavía está caliente cuando les toca a ellas; antes de meterse en el barreño tiemblan de frío, tienen la tez pálida y los labios azulados, y se dan empellones para sumergirse. En el agua flotan pétalos de flores secas, que se les pegan en el cuerpo y el pelo, y a

Hildegarda se le meten en la boca cuando Clementia la hunde en el agua. Agnes la espera fuera con una toalla de lino; la levantan y de nuevo sale al aire frío. Los dientes le castañetean y todas se ríen. Le quema la espalda de tan caliente y roja como se la ha dejado Mechthild tras fregársela a conciencia, aunque no le han quedado arañazos en la piel como en el muslo de Clementina, después de frotarse ella misma con jabón y un estropajo de madera. Agnes ayuda a Hildegarda a vestirse, pero a pesar del vestido de lana y el abrigo de lino sigue teniendo frío y ha de sentarse junto al hogar con los pies en el taburete para que se le calienten las plantas. Agnes le echa unas pieles sobre los hombros, y la niña acerca las manos al fuego. Benedikta la peina, pero con tanta fuerza que a Hildegarda se le llenan los ojos de lágrimas. Cuando le enjuga los ojos con una de las pieles, Clementia le pellizca una mejilla y le dice que es tierna como una flor. Una flor de lino, dice Odilia riéndose, y hace como si lanzara al aire un montón de pétalos azules. Hildegarda no dice nada; se frota las manos y finge no oír sus burlas. «Flor de lino», repite Odilia, que no se resigna a dejar a su hermana pequeña en paz. Mechthild también ríe, pero comenta que la flor de lino es sumamente resistente, que crece incluso cuando la sequía agrieta la tierra. Hildegarda piensa en los campos de lino que hay en el camino a Maguncia, las flores de color azul ángel por el suelo, revoleteando como el aire cálido del verano. Pero ahora Irmengard también se anima a tomarle el pelo:

—Hildegarda es una flor de lino —dice—, con un tallo larguirucho y seco.

—¡Flor de lino, flor de lino! —le gritan, y Mechthild hace como si no lo oyera mientras se recoge el cabello en una trenza alta, que se sujeta en la coronilla con un pasador de oro.

Flor de lino es una expresión gris, marrón y áspera, tan desagradable a la piel como el estropajo de madera. Hildegarda sabe que protestar no servirá de nada, de modo que se limita a mirar las llamas hasta que se le secan los ojos.

Entonces les llevan los vestidos y Odilia e Irmengard se olvidan de sus bromitas. A Hildegarda le hace tanta ilusión como a sus hermanas ponerse la tela lisa y fresca, de colores brillantes, que cae tan suavemente sobre el cuerpo. Para que no se resfríe, le dejan puesto el vestido de lana debajo. Además, así le da un poco de volumen, y por una vez la niña parece un poco más rellenita y sana.

Al final de la tarde ven acercarse al séquito por el bosque. A Hildegarda y a Hugo les dan permiso para subir a una de las torres y observar mejor la llegada. Se suben a una piedra justo debajo de una aspillera y desde allí divisan todos los campos. Un instante antes de que aparezca el primer caballo en el lindero del bosque, una bandada de pájaros se alza del paisaje oscuro y sus plumas relucen como plata antes de adentrarse en el bosque y desaparecer entre las copas de los árboles. Sobre el bosque, la luz del atardecer es rojiza y ocre; en los troncos de los árboles retumba el eco de los caballos y los carruajes, el ruido de las herraduras, y el chirriar de las ruedas rompen el silencio. Hugo chilla de entusiasmo, grita a los que están en el patio, se precipita escaleras abajo saltando como una liebre. Hildegarda se queda quieta. El séquito serpentea por el campo, es imposible distinguir los rostros; la escarcha cruje bajo los cascos de los caballos.

En el patio reina el alboroto. Desde el puesto de observación de Hildegarda y Hugo los caballos se veían muy pequeños, pero ahora que están frente a los muros parecen enormes y violentos, con pelambres grises entre los ollares, grumos de espuma en torno a los bocados. Hildebert da unas palmaditas en la espalda de los huéspedes, se inclina ante la duquesa y sonríe; Mechthild y las chicas mayores inclinan la cabeza bajando la mirada; Hugo

corre entre los caballos hasta que el maestro de cuadras le dice
que se mantenga a distancia.

Hildegarda está de pie, con la espalda apoyada contra la fachada de la cocina y los oídos bien atentos. Nadie se fija en ella,
y retrocede a lo largo de la pared hasta la puerta. El aire en la
cocina es denso, está lleno de vapores, y de pronto aparece el
rostro rojo brillante del cocinero, como una mancha en medio
de un agua sucia. Todo el mundo anda ajetreado, se arremangan
y se apartan mechones de pelo con el dorso de la mano. Huele a
especias, leche de almendras, miel y lardo, y uno casi se sacia
con solo respirar. Cerca de la puerta un muchacho, que no debe
de ser mucho mayor que Hildegarda, mezcla con ambas manos
en un recipiente leche y moras secas. Tiene las manos y los brazos azulados y con manchas rojas, se le ve concentrado y parece
de mal humor mientras aplasta las moras para que su jugo se mez-
cle con la leche.

Hildegarda se adentra con sigilo en la penumbra, tratando
de no entorpecer el paso de nadie. A pesar del ajetreo, ahí dentro se está más tranquilo que fuera; ahí cada ruido tiene su lugar. Se oyen las manos del muchacho al aplastar las moras en la
leche, el crepitar del aceite en torno a los pequeños pastelillos
salados, el cucharón que raspa y chirría en el fondo de un perol.
Pero es demasiado, a Hildegarda le escuecen los ojos, el olor que
emana de todos los rincones se cuela por debajo de los ruidos,
los hace chocar en una gran montaña. Hildegarda quiere irse a
los establos, con las vacas, y sale corriendo al patio lleno de gente, con la tierra húmeda y repleto de pies y herraduras. Antes de
que le dé tiempo de llegar al establo, Agnes la coge por la nuca
y, tirándole del pelo, se la lleva consigo.

En el comedor parpadean las antorchas y las lámparas; el
ruido sube de intensidad y se mezcla con el humo y los olores,

ondeando como niebla bajo el techo. A la mesa principal se sientan Hildebert y Mechthild, la tía Ursula, el tío Kuntz y otros nobles. El duque es un hombre robusto, de cabello negro brillante y piel olivácea. Ha dejado su túnica en el banco y golpea con el puño en la mesa, aunque no está enfadado. La duquesa es tan robusta como su marido, y de su cuello corto y ancho pende una cruz de oro con brillantes. Susurra algo a su acompañante de mesa, que con una inclinación de la cabeza saluda a Mechthild, sentada al lado de Hildebert.

Los niños ocupan las mesas más próximas a la principal. Agnes, Estrid y el maestro Otto están sentados también cerca. Hildegarda y Drutwin están juntos, y al final de su mesa hay un grupo de caballeros muy ruidosos. Las sombras danzan sin parar en los tapices, las sirvientas abren y cierran la boca sin que nadie logre oír lo que dicen. Kristin está sentada a una mesa junto a la de Hildegarda, pero cada vez que sus miradas se cruzan es como si su prima no la viera en absoluto.

Drutwin conoce a algunos hombres de Sponheim, quienes le gastan bromas bienintencionadas, y él, en vez de contestarles, se ríe de un modo que desarma. Hildegarda intenta seguir la conversación de los adultos, pero las palabras se le escapan. Kristin se ha manchado de salsa el labio inferior y no se da cuenta hasta que su compañero de mesa se inclina hacia delante y se la limpia con un gesto rápido, lo que la hacer enrojecer y reír. Hildegarda come hasta que se siente a punto de estallar bajo las costillas, y cuando sacan las codornices rellenas de nueces apenas puede levantar los brazos. Se limita a quedarse sentada, adormilada y llena. Hildebert se fija en que su hija menor está medio sentada medio tumbada: ha apoyado una oreja en la mesa y se tapa la otra con un dedo. Hildebert llama a una sirvienta y le pide que le lleve a la pequeña. Observa a la muchacha sortear las mesas hasta llegar a Hildegarda. Antes de coger a su benjamina, él sumerge las manos en agua perfumada y las sacude con brío, de forma que las gotas salen disparadas en todas direcciones.

Hildegarda está sentada en el regazo de Hildebert, que le acaricia el pelo. A su lado está Ursula, y más allá hay una mujer de pelo claro con una cicatriz en la boca. La señora de cabello claro se inclina hacia Ursula y le pellizca una mejilla a Hildegarda, que se ríe. Hildegarda apoya la cabeza en el pecho de su padre, cuyo corazón late con fuerza, aunque no consigue oírlo.

Un joven caballero de rizos morenos y con una cicatriz que le cruza la mejilla desde una ceja hasta el labio superior, se levanta y da una palmada a Hildebert, que en ese momento acaba de levantar su jarra. El vino le chorrea por las manos y las muñecas.

—Dicen —comenta el joven riendo y limpiándose la boca grasienta con el dorso de la mano— que la paz en Renania se mide por la cantidad de hijos que tiene Hildebert de Bermersheim. —Suelta una carcajada y la mujer de cabello claro se cubre la boca con una mano y emite también una risilla.

—¿Eso dicen? —contesta Hildebert, sonriendo con moderación mientras levanta su jarra para que la sirvienta vuelva a llenarla—. ¿En serio dicen eso?

El joven da una sonora palmada en la mesa.

—Sí, lo dicen porque solo en tiempos de paz puede uno criar tan bien.

Hildebert ríe, ciñe el brazo que tiene libre alrededor de Hildegarda y la estrecha tanto que la niña casi pierde el aliento. Huele a vino, y ella aparta la cara. Él le acaricia el pelo, la separa un poco y la mira a los ojos.

—¿Has oído lo que dicen de tu padre, Hildegarda? —le pregunta—. Y encima lo dice este joven caballero, que ha estado en

Tierra Santa, así que debe de estar empachado de palabras piadosas —añade.

El joven de rizos negros echa la cabeza atrás y apura su jarra de un trago. Entonces inclina la cabeza y se lleva la mano a la altura del corazón. Hildebert asiente mirando a Hildegarda, le toca con el índice la barriga llena y ella se encoge, le tira de las orejas con cariño y la besa en la cabeza. Un instante después el caballero se ha dormido; la cabeza le cuelga pesadamente contra el pecho. Hildebert se ríe, se levanta con Hildegarda en brazos y la columpia en el aire. Después se tambalea hacia delante y tropieza, y la sirvienta tiene que apartarse de un salto para que no se la lleve por delante cuando cae al suelo cuan largo es. Mechthild se levanta de un brinco. La mujer rubia deja de taparse la boca y ríe con Ursula mirando a Hildebert. El duque mira a su caballero, que está en el suelo con la pequeña en brazos. Mechthild se acerca a Hildebert, le pega una patada en las costillas y forcejea para quitarle a la niña. Hildegarda, en medio, aferra con una mano la muñeca de su madre y con la otra la túnica de su padre. Hildebert la agarra con tal fuerza que le hace daño. Mechthild tira de ella, que no para de gemir, mientras todos en la sala ríen. Por fin Hildebert la suelta y la pequeña sale disparada hacia su madre, que casi cae de espaldas. Aunque intenta contenerse, Hildegarda rompe a llorar con la cabeza contra el pecho de su madre. Mechthild le enjuga las lágrimas y le sopla en la cara para apartarle el pelo. Hildebert se ha levantado, permanece de pie un instante con la mano sobre el hombro del joven de rizos negros y entonces suelta una carcajada que resuena en toda la sala, antes de cruzarla tambaleándose para salir.

El duque se inclina hacia Hildegarda. Le alza la barbilla con el pulgar y la mira a los ojos. Ella quiere apartar la mirada, pero hay algo en los ojos de él que la atrae, algo zahiriente y amable a la vez. Entonces él la suelta, le da un golpecito en la mejilla y levanta el índice.

—Escúchame, pequeña —dice bien alto y mirando alrededor, y en la mesa principal todos se callan—: la última vez que cabalgué de Tréveris a Sponheim me encontré a una vieja por el camino. Tenía las piernas mal y había andado tanto que se le había agrietado toda la piel de los pies. Me ofrecí a llevarla en mi caballo, la mujer no pesaba casi nada y ocupaba todavía menos espacio, de modo que se sentó a horcajadas en el animal delante de mí. A cambio, le pedí que durante el viaje nos entretuviera a mí y a mis hombres contándonos historias. —El duque levanta una mano para que cesen las risas en la sala y asegurarles que lo que va a contarles es verídico—. «No conozco ninguna historia que no sea la de Cristo nuestro Salvador», respondió la vieja con bondad. «Pero quizá puedo pedir a mi honorable señor que me ayude a resolver una adivinanza sobre la que he meditado largamente». —El duque se interrumpe, se inclina hacia Hildegarda y le pregunta si le parece bien que deje ahí el relato.

La pequeña niega con la cabeza con tal ímpetu que él se ríe y le da unos cachetes cariñosos en las mejillas.

—Pues bien —continúa él—, le dije que adelante. «De acuerdo», repuso la vieja. —El duque asiente a derecha e izquierda imitando la voz de una anciana, de modo que Hildegarda se olvida completamente de llorar—. «Mi casa no está en silencio, pero yo no emito ruido alguno. Mi casa es la más resistente de todas las casas. A veces yo me detengo, pero mi casa siempre está en movimiento. Vivo en ella toda mi vida, porque Dios dispuso las cosas de tal manera que si me separaran un día de mi casa, me moriría». —El duque abre tanto los ojos que parecen dos bolas y se pone las manos detrás de las orejas, mirando alrededor con aire interrogativo—. ¿Y bien? ¿Quién sabe de qué se trata?

—¡Un caracol! —grita un caballero sin barba, alzando su jarra muy seguro de sí mismo.

El duque niega con el índice.

—Buen intento, amigo mío, pero el caparazón de un caracol
no se mueve, o sea, que no has acertado. —Echa un vistazo de
un extremo a otro de la sala, pero nadie sabe la respuesta.

—¿La respiración? —prueba Ursula, y todos ríen.

—Eso está mejor —dice el duque—, pero entre guerreros y
madres, ¿alguien osaría decir que el cuerpo humano es la más
resistente de todas las casas? —Se echa a reír y hace como si
blandiera una espada invisible en el aire.

—Un pez —dice Hildegarda, que está sentada erguida en el
regazo de Mechthild, y tira del brazo del duque.

—¿Cómo dices? —El duque abre mucho la boca, como si se
hubiera asustado.

—Un pez —repite la niña—, es un pez.

El duque sujeta con ambas manos el rostro de Mechthild y la
atrae hacia sí, de modo que Hildegarda está a punto de caerse. Le
da un beso en la frente y después besa a Hildegarda en la boca.
La niña se quita de los labios el olor acre y viejo con el dorso de
la mano. Mechthild no sabe si reír o llorar. Sonríe brevemente,
pero levanta la mano y hace una señal a Agnes para que se acerque a la mesa principal. Agnes alarga los brazos hacia Hildegarda, que está más que dispuesta a irse a la cama, pero el duque la
aparta a un lado y pone una mano en el brazo de Mechthild.

—Esta niña me divierte —dice, vaciando su jarra—, dejadla
que se quede un rato.

Mechthild no responde, pasea la mirada por la sala. Hildebert
ha vuelto a entrar y se dirige a su sitio, tambaleándose un poco.

El duque coge de nuevo su jarra y, levantándola hacia Hildebert, alaba la inteligencia de Hildegarda, a lo que Hildebert res-

ponde dando un golpetazo en la mesa y admitiendo que su benjamina es la más despierta de todos sus hijos. Entonces se gira y da un vistazo al salón. Ve a Drutwin, que sigue hablando con los jóvenes caballeros, quienes ahora bromean con él más groseramente y le dan empujones sin que él se queje.

—Hildegarda es inteligente —declara, y señala a su hija—. Drutwin es una chica o un monje —dice, señalando con la otra mano a su hijo.

En la mesa principal se hace el silencio.

—¡¿Y qué hace un monje en mi corte?! —chilla el duque, dando un codazo a Hildebert.

Ursula ríe a carcajadas.

—Eres muy generoso con la Iglesia —dice la duquesa con una sonrisa gélida—. Primero tu primogénito, y ahora también tu segundo hijo.

—Hildebert está bromeando —tercia Mechthild, que acude al rescate de su marido, aunque él no parece percatarse. Se vuelve y, dando la espalda a la mesa principal, observa a Drutwin, que no se ha enterado de lo sucedido.

—¡Pero, Hildebert! —grita el duque, de tal modo que el señor de la casa tiene que girarse y olvidarse de Drutwin.

—¿Mi señor? —dice Hildebert, haciendo una ridícula reverencia ante el duque, que ha cruzado los brazos como si tuviera algo muy importante que decir.

—Si la duquesa muere antes que yo... —dice, haciendo un gesto con la cabeza en dirección a su esposa y reprimiendo una sonrisa.

Mechthild se sobresalta, no se atreve a mirar a la duquesa.

—¿Sí, mi señor? —replica Hildebert. Todavía no se ha sentado en su sitio, está de pie delante del duque, apoyándose en la mesa e impidiendo el paso de los sirvientes.

—Lo único que quiero es... —Entonces el duque hace una
larga pausa y se esfuerza por adoptar una actitud solemne.

—¿Sí?

—¡A Hildegarda! —exclama el duque, alargando los brazos
para coger a la pequeña, que se echa para atrás.

Hildebert parece asombrado. Las palabras del duque tardan
un poco en penetrar en su mente a causa del alcohol. Entonces
ríe, tiene un brazo por encima de la mesa y estrecha la mano de
su señor. Ursula pone la suya encima de las de ellos, afectada-
mente, como si sellara el pacto.

Hildegarda no puede contener las lágrimas. Oye a su madre decir que no es más que una broma, pero ella no lo cree.
A Mechthild el corazón se le ha desbocado y le sudan las manos. Un acuerdo matrimonial no es algo con lo que deba bro-
mearse, menos aún borrachos y con una mujer como selladora
del pacto.

El duque se vuelve hacia la pequeña, quien aprieta la cabeza
contra el pecho de Mechthild. Él le acaricia la espalda y se inclina hacia ella.

—¿De verdad me encuentras tan feo? —le pregunta, y Hildegarda oculta el rostro todavía más contra su madre.

Él mete las manos entre ella y su madre y la atrae hacia sí.
La niña lucha y se defiende con brazos y piernas. El duque es
más fuerte, y la sujeta de tal modo que ella no puede moverse;
la barba le araña las mejillas y sus lágrimas y mocos quedan colgando de los pelos negros del hombre. Al final a la pequeña no
le quedan lágrimas.

—Creo que está cansada —intenta decir Mechthild mientras Agnes se acerca con pasos nerviosos hasta la mesa principal.

El duque afloja un poco y Hildegarda se abraza de nuevo a
su madre. Mira abajo, hacia el mantel manchado y el plato su-

cio de Mechthild. En el borde se acumulan los huesecitos de codornices y palomas.

—No es una niña muy fuerte —se disculpa Mechthild.

—Ahora verás —dice el duque con una voz dulce e infantil—, tengo algo para mi prometida.

Mechthild le dirige una sonrisa tensa, pero Hildegarda no se esfuerza en aparentar interés.

El duque se mete la mano en la túnica y saca un collar de cuero con un colgante pulido. Se lo pone a Hildegarda, que lo observa con unos ojos que no transmiten rabia ni miedo, pero tan penetrantes que el mismo duque se encoge un poco.

Le tiembla la mano cuando coge su jarra. Con un movimiento rápido, Mechthild deja a Hildegarda en el suelo, donde Agnes la espera para llevársela a la cama.

—Es de cuerno de unicornio —dice el duque, volviéndose y señalando el colgante que la niña lleva ahora al cuello.

Hildegarda no dice nada, pero Mechthild se yergue en su silla. El cuerno del unicornio tiene poderes curativos, pero es difícil de conseguir; sonríe aliviada y llena de agradecimiento.

12

Ya antes de despertar, Hildegarda se da cuenta. Un animal grande y húmedo se le ha agarrado al pecho. Permanece muy quieta en la oscuridad. ¿Es un gato? Parece más grande. ¿Quizá una de las ovejas de papá? Tiene un pelaje largo y suave. Seguramente llega del riachuelo, por lo mojado que está, ha atravesado el prado, ha trepado por el muro y se ha colado por algún agujero. Tiene escarcha en el pelaje y sus garras afiladas le raspan el cuello, pero no hay nada que temer porque está ahí quieto, respira húmeda y cálidamente contra su barbilla, lo único que quiere es entrar un poco en calor. Ni siquiera abriendo mucho los ojos puede verlo. Todavía falta bastante para el alba, y el bulto le pesa. Bajo su peso tiembla, al ritmo que tiembla él; es difícil respirar con esa presión; el animal se mueve arriba y abajo, según la respiración de ella. Si llama a alguien, lo asustará. Quizá sea un animal desconocido, llegado de los bosques, las montañas o el riachuelo. Un animal que —igual que los unicornios— nunca se esconde de los hombres y ahora ha salido porque ha llegado el invierno y no encuentra comida.

«¿Va a morirse en mi pecho? ¿Acaso ha llegado hasta aquí buscando un buen sitio donde morir?».

No es el animal en sí lo que le da miedo, sino más bien que cada vez hace más frío. Le está robando el calor del cuerpo, de modo que ahora ella tiene un frío terrible, que se le extiende desde las costillas hasta las caderas y las piernas.

«Es un animal —piensa Hildegarda—, solo un animal», pero ahora que está más despierta se da cuenta de que no es nada lógico que un animal haya llegado hasta allí, atravesando un muro de piedra en plena noche, para acostarse pesadamente y en silencio junto al cuerpo de una niña que duerme. Ahora el frío le llega hasta los pies, y cada uno de sus dedos parece de hielo.

Hildegarda querría gritar, pero la bestia pesa tanto que de sus labios no sale ni un solo sonido. Querría llamar a sus hermanas o a Agnes, que ronca ignorante de lo que ocurre, pedirles que enciendan el fuego y las luces y que echen al animal, pero no le sale ni una palabra. Tampoco puede empujar al animal, porque cada vez que le pone los dedos encima empieza a respirar de un modo extraño y jadeante y saca las garras. En la oscuridad solo puede imaginarse sus dientes blancos como la tiza; tal vez se los clave en el cuello porque no entiende que ella no quiere hacerle ningún daño.

El leve latir de su corazón. Un oscuro y desesperado hedor de agua de río en el dormitorio. Agnes, que duerme como un tronco junto al hogar, sin enterarse de nada. Las hermanas de Hildegarda, que han desaparecido entre montañas de mantas y cojines. Su voz, atascada en la garganta. Rasguños de garras, dientes, aliento. Sabe que va a morir.

13

Agnes se precipita desesperada en la pequeña habitación, arrastrando a Hildegarda tras de sí. Lleva fuertemente agarrada a la niña del brazo, la sacude como si fuera una muñeca. Es ya media mañana y los huéspedes se han marchado, pero la pequeña sigue en camisón. Sus piernas delgadas y blancas despuntan como palillos debajo de la tela ocre.

Agnes no consigue pronunciar ni una sola palabra, simplemente señala a la niña, pero a la vez la cubre con su cuerpo, de modo que Mechthild no ve ni entiende nada. Hildegarda se limita a mirar al frente, cansada y un poco confundida después de que la hayan sacado de la cama y arrastrado por media casa con el frío que hace. Mechthild se levanta, aparta a Agnes y, cuando esta suelta a su pequeña prisionera, de pronto recupera el habla y las palabras salen a borbotones, lo que hace reír a Hildegarda. Agnes levanta una mano amenazante a espaldas de Mechthild, como si quisiera pegar a la niña. Mechthild acaricia el cuello de su hija, con esos dedos suaves y redondos que Hildegarda adora. Está seria y concentrada, y para ver mejor aparta un poco el camisón.

—Así me la he encontrado cuando la he despertado —susurra Agnes—; no se ha despertado sola, como suele hacer, de modo que he pensado que a lo mejor tenía fiebre otra vez, señora. Entonces me he acercado. —Agnes inclina la cabeza y mueve los brazos teatralmente detrás de Mechthild, que no se vuelve ni le dirige una sola mirada—. Sí, estaba allí como una muerta, eso es —continúa Agnes con el mismo tono alterado, captando por fin la atención de Mechthild.

Mechthild se gira bruscamente y da un bofetón a la chica que retumba en las paredes y le deja una marca en la mejilla.

—Eso ha sido injusto —dice la niña, mirando a su madre a los ojos.

A Mechthild le entran ganas de pegarle también a ella, pero se contiene y, en cambio, manda a Agnes fuera. La chica sale a la carrera, y Hildegarda la sigue con la mirada mientras Mechthild, de nuevo, le inspecciona el cuello con sus dedos suaves.

—¿Cómo ha ocurrido? —le pregunta.

Hildegarda se toca el cuello, mete la barbilla y se mira. Tiene cuatro rasguños gruesos y enrojecidos justo en medio de pecho. Parecen rayos que despide el colgante del duque. No le duele, pero está sorprendida. Cierra los ojos un par de segundos para recordar mejor.

—Me lo ha hecho un animal —dice la niña—. Y pensé que iba a morir.

Los rasguños son superficiales, pero no es eso lo que preocupa realmente a Mechthild, que recorre el comedor arriba y abajo muy nerviosa después de que se hayan llevado a Hildegarda para vestirla. Que la pequeña se haya arañado ella misma mientras dormía no es tan extraño, sobre todo si ha soñado que la atacaba un animal horrible. Más bien es su afirmación categórica sobre la existencia real del animal, y la calma con que ha amonestado a su madre y le ha dicho que había sido injusto que pegara a Agnes. ¡Injusticia! ¿Qué sabrá una niña de seis años de la injusticia? Agnes cambia de humor cientos de veces a lo largo del día, y cuando algo la impresiona no escucha, así que a Mechthild no le queda más alternativa que darle un bofetón. «A lo mejor Agnes no le ha hecho ningún bien a Hildegarda», piensa Mechthild, apoyándose en el borde de la mesa. Se aferra al tablero de madera y, aun así, no encuentra el motivo de su propia indignación ante el comportamiento ridículo de Agnes. Es el animal diabólico, que continúa rondándole. Hildegarda insistió en afirmar que era así, describió el pelaje, los dientes y el peso del animal. Si bien las marcas en el cuello podrían parecerse a las que deja un animal, la niña es demasiado mayor para fantasear así. ¿Un animal? ¿Que trepa por los muros después de cruzar el jardín? ¿Con escarcha en el pelaje? Mechthild da un golpetazo en la mesa y reanuda su inquieto ir y venir por el salón. Le ha quitado el collar de cuero con el colgante, que todavía tiene en la mano. «A veces parece que la niña esté loca, o...». Se lleva una mano al cuello. No quiere hablar así de su propia hija, no quiere pensar que el demonio tenga nada que ver, pero no puede evitar estremecerse sin cesar.

Desde que nació Hildegarda, no ha cumplido más con sus obligaciones matrimoniales. Ha rechazado a Hildebert tratándolo como si ya hubiera muerto y ella hubiera ingresado en un convento, igual que hacen muchas viudas. Pero ¿puede bastar eso para que el demonio la aceche? Cuando Hildegarda era una recién nacida, Mechthild entendió que la fragilidad de la niña era una señal que le enviaba Dios para que no tuviera más hijos. Sin embargo, no había osado confiar en que Dios se acordaría de arrebatarle la fertilidad, así que cerró la puerta de su alcoba a Hildebert.

Mechthild se aprieta tanto las sienes que acaba clavándose las uñas. Los pensamientos se precipitan en su cabeza, rostros que

creía haber olvidado reaparecen y se confunden unos con otros
—muchachas que sirvieron en la casa a lo largo de los años, el
chico de la cocina que se ahogó en el río—. Cada vez que le
ocurría algo a alguien del servicio, se reían de ella a sus espaldas;
lo había notado claramente.

«Tienes que ser valiente», le había dicho su madre cuando se
despidió de ella justo después de casarse mientras ella lloraba
desconsoladamente. Pensó que un soldado era valiente, un caballero también, pero ella no era más que una chica de catorce
años con una túnica forrada de piel y un vestido de seda, que
Hildebert le quitó tan pronto como llegaron a casa. A su casa,
donde los sirvientes se reían de ella. A veces ni siquiera se toma-
ban la molestia de disimular, y ella estaba aterrada. Por la noche, yacía despierta mucho después de que Hildebert se hubiera
dormido, y escuchaba tras las paredes, los pasos tras la pesada
puerta de madera. Temía que aquella casa estuviera maldita, y aunque tiempo después se reiría de ello, ahora aquel pensamiento
volvía desde el pasado para aferrarla de una pierna y encadenar-
la, haciéndola tambalearse. Apretarse las sienes con las uñas no
sirve de nada, así que apoya todo el peso de su cuerpo en el borde
de la mesa y golpea con las caderas contra la madera hasta que
el dolor le atraviesa el vientre.

Se habían reído. Ella era una chica de catorce años sin experiencia, con unos preciosos ojos castaños y un cuerpo que había
llevado a un hombre cuya condición estaba muy por encima de
la de ella a tomarla como esposa. Una risa maligna y oculta, que
ahora volvía a percibir, como si se hubiera quedado pegada a los
muros de piedra o escondida en el riachuelo, que expande el
hedor del otoño por la casa. Aunque ella había intentado explicárselo, Hildebert no había querido escucharla. Él estaba satisfecho con su administrador y su gente, quienes cumplían sus ta-

reas con diligencia y habían demostrado que eran muy capaces de cuidar de la finca cuando él se encontraba en la corte o en el campo de batalla.

Cuando Hildebert estaba en casa, la tomaba varias veces cada noche, y ella no lograba entender cómo un ser humano podía tener tanta energía. A menudo deseaba que dejara en paz su bajo vientre dolorido, pero cuando se ausentaba lo echaba de menos. En aquella época, al pensar en él sentía las punzadas del deseo. Él le había inflamado la carne con su fuego y ella se avergonzaba del desenfreno de que era presa por las noches. Aunque al día siguiente él reía con picardía mostrándole las marcas que le había dejado en el cuello y el pecho, ella se avergonzaba. «No es normal», pensaba. No era normal que sintiera tal deseo animal por la noche y a la mañana siguiente se transformara en una muchacha sumisa y miedosa.

Al menos ahora Hildebert está en Sponheim y no volverá antes de diez días, de modo que no se enterará de la escena del animal del sueño. Al principio, cuando ella empezó a cerrarle la puerta de su alcoba, él le rogó que lo dejara entrar, pero nunca recurrió a la violencia. Una vez se echó a dormir delante de la habitación, junto a la puerta. Los sirvientes lo vieron y se rieron. Ella incluso estuvo a punto de tropezar con su corpachón, ovillado como un perro en el suelo de piedra. Se había tapado con su capa y apoyaba la cabeza en un brazo. Cuando ella se inclinó hacia él, Hildebert despertó y la miró a los ojos con encono. Luego cabalgó hasta Sponheim y no lo vieron durante varias semanas.

Cierra los ojos y una paz sorprendente la invade cuando piensa en él. Ahora ya no llama más a su puerta y hace mucho que no le dirige vulgares alusiones. «Seguramente satisface su lujuria en otros lugares», se dice Mechthild mientras con mirada ausente le da vueltas a su anillo en el dedo. No le gusta pensarlo, pero siempre y cuando no le lleguen rumores y no tenga que acoger a niños bastardos en su casa, que haga lo que quiera.

Se sienta a la mesa y apoya la cabeza en las manos. A la indignación le sigue el cansancio, y es como si no pudiera recordar qué la ha turbado tanto. Cuando aparecen Agnes y Hildegarda las mira un poco desorientada. La niña lleva el cabello trenzado y un vestido azul claro; Agnes agacha la cabeza, todavía tiene la mejilla enrojecida.

Agnes es una buena chica. Quizá no la más despierta, pero leal y buena. Mechthild se da cuenta de que no ha estado bien pegarle, y quiere compensarla dejando que se siente a la mesa y coma con ellas. Parte el pan y primero le da un trozo a Hildegarda, que se sienta junto a ella y balancea las piernas adelante y atrás, ablanda el pan en cerveza y lo chupa como si fuera un bebé. Agnes manosea su vestido bajo la mesa, con cara de preocupación.

—¿Cuándo volverá papá? —pregunta Hildegarda, y Mechthild, a quien suele irritar que la niña pregunte tanto por su padre, esta vez siente alivio y le acaricia el cabello mientras le contesta.

—Ha acompañado al duque hasta Worms —le recuerda—, volverá dentro de unos días.

—¿Podré contarle lo del animal? —pregunta mientras moja otro trozo de pan.

Mechthild se asusta de su propia voz cuando dice que no. Es como si el «no» se hubiera metido ahí en medio. Hildegarda no se inmuta, se lleva el último trozo de pan a la boca y se levanta. Entonces coge la cabeza de su madre con ambas manos y le da un beso en la frente.

14

—¿No podría Hildegarda tomar lecciones con sus hermanos? —pregunta Mechthild a Hildebert cuando finalmente se
quedan a solas después de cenar.

Él, inquieto, reclina un poco su corpachón y mira a Mechthild. Durante la cena, la espalda erguida de ella y sus gestos ya
le habían hecho sospechar que quería decirle algo, y ahora se
pregunta si se trata simplemente de eso.

—Creo que sería bueno para ella que no se pasara todo el
día arriba y abajo con Agnes —continúa Mechthild, mirando
con atención su aguja de tejer.

Es raro ver a su esposa ocupada en la labor. Dice que su vista
ya no es tan aguda, pero a él no se le escapa que se trata de una
excusa para estar ociosa. No es que sea holgazana; sería injusto
decir eso. Simplemente nunca ha sido muy hábil para ese tipo de
tareas, y prefiere cuidar de la casa y de los animales.

—¿Qué pasa con Agnes? —le pregunta, tratando de mostrar
indiferencia.

Desde aquella vez en que él, por abstinencia y desesperación, durmió con la niñera que precedió a Agnes (y cuyo nombre, por más que se esfuerce, no logra recordar), jamás han vuelto a hablar de las sirvientas. Se da por hecho que Mechthild se
encarga de gestionar esa parte de la administración de la casa.

—No pasa nada con Agnes —responde ella con frialdad.

Hildebert no contesta enseguida. Se llamaba Edel, ahora lo recuerda. Tenía los ojos grises y el rostro con forma de corazón. Cuando se quedó embarazada, la gente empezó a rumorear y la mandaron a Maguncia, donde un comerciante la acogió en su casa. Del niño no sabe nada. Le dio dinero a Edel, pero al niño no le procuró ningún derecho, sabiendo bien que Mechthild se opondría a tener en casa al bastardo de su esposo.

—¿Por qué quieres que Hildegarda tome lecciones, si solo tiene seis años? —Hildebert no se deja impresionar por el tono de su esposa.

—Solo pienso en lo que es mejor para ella —dice Mechthild, distante, y él no entiende por qué no se esfuerza en defender mejor su postura.

—Hildegarda es muy despierta —dice él, satisfecho al pensar en su benjamina.

Mechthild asiente y pone una mano encima de la de él. Hildebert la deja reposar ahí. Es una mano suave, suave como la de una esposa, como la de una prostituta; no hay mucha diferencia. Hildebert toma la mano de Mechthild y la envuelve en la suya; es tan pequeña en comparación. La gira y la mira como si fuera un objeto que tasar. Entonces se la lleva a los labios, la besa en el dorso y la suelta. Ella deja la mano suspendida en el aire unos segundos frente al rostro de Hildebert y mira con expresión ausente las brasas del hogar. La aguja le ha resbalado al suelo, pero no parece haberse dado cuenta.

—El ocio no le sienta bien —constata Mechthild sin apartar la mirada del hogar—. Tiene una fantasía incontrolable.

Hildebert no sabe qué decir. Es como una rueda que no cesa de girar y nunca salen del mismo sitio. Se levanta; no quiere oír lo que cuenta Mechthild de Hildegarda: que si esto, que si lo otro. Es como si nunca hubiera aceptado en serio a su hija, como si todo el tiempo la tratara como algo extraño. La escruta, la amonesta, la vigila; Hildebert no lo entiende.

Hildebert está contento de que Hildegarda sea tan inteligente, pero no leerá libros ni escribirá en su tablilla antes de los ocho años. Mechthild no entiende por qué él se muestra tan testarudamente rígido en ese punto, pero debe conformarse. Se plantea despedir a Agnes o, al menos, encomendarle otras tareas en vez de cuidar a Hildegarda. Pero cuando le dice a la niña que a partir de ahora dormirá con sus hermanas y que Agnes lo hará en otra habitación, la pequeña rompe a llorar. Aquella misma noche tienen que acostarla por la maldita fiebre, y Mechthild casi empieza a creer que su hija tiene una voluntad tan férrea y maligna que puede llegar a alterar el equilibrio de los humores de su cuerpo. Se niega a quedarse con ella; encarga a Clementia que vele a su hermana pequeña y se limita a recibir sin inmutarse las noticias que le lleva regularmente de su hija enferma.

Hildegarda se comporta como si fuera la reina en persona, y Mechthild quiere darle una lección, así que la deja sola la mayor parte del tiempo. Pasa cuatro días en cama hasta que la fiebre remite. Entretanto, Mechthild ha ordenado a Agnes y a sus otros hijos que no permitan que la niña escuche más historias que las del cura y que solo canten salmos cuando ella esté presente.

Hasta mediados de diciembre, únicamente nieva durante la noche y por la mañana la nieve se deshace. El resto del mes y durante todo enero, el paisaje queda cubierto de nieve. El invierno empequeñece el mundo, la nieve amortigua los sonidos, el hielo hace que el río enmudezca. Cuando se muestra en el cielo, el sol está tan bajo que las sombras se vuelven extrañas. El bosque se cierra más en torno a los campos abiertos para proteger el patio y la hacienda de los animales salvajes. La quietud del invierno invade la casa y se instala como la sequedad en la garganta, como las llagas en la boca y la lasitud en el cuerpo. Cuando el frío es intenso, no hay mucho que hacer afuera. Celebran el día del nacimiento de Cristo con sobriedad, pues Hildebert ha acompañado al duque hasta Tréveris, y Mechthild cree que es lo más apropiado.

Hildegarda está bien y Mechthild la observa. Tiene permiso para seguir a su madre cuando va a los establos, pero si no Mechthild la mantiene a distancia. A la niña ya no le permiten sentarse junto a su madre a la mesa, sino que debe hacerlo en el otro extremo. A Mechthild le gustaría que la pequeña entendiera que es un castigo, pero nada hace pensar que ella lo viva como tal. No puede castigarla más duramente sin explicarle a Hildebert en qué consiste su mal comportamiento. No puede decirle que la niña se provocara la fiebre ante la perspectiva de tener que separarse de Agnes. Tampoco que debería aprender a controlar su fantasía. Si ni siquiera logra explicárselo a sí misma, ¿cómo iba a hacérselo entender a Hildebert? Hildebert, que parte a caballo y vuelve a principios de febrero dejando un rastro de fango en los campos nevados; Hildebert, que se prodiga en regalos con su benjamina: perlas, figuritas de madera, un pequeño cuchillo de hueso. A la pequeña no le hacen especial ilusión, y lo regala todo a sus hermanas tan pronto como llega a sus manos. A Mechthild no le sorprendería que en realidad lo hiciera con intención y cálculo. Si no les diera nada, las chicas todavía estarían más celosas y le tomarían más el pelo por su debilidad y por su comportamiento extraño. Porque si a Mechthild le molesta que la pequeña se pase horas sentada mirando la luz del sol, ¿cómo no van a irritarse las chicas ante las rarezas de su hermana? Drutwin es el único que suele tener paciencia y ser amable con ella, pasean juntos y hablan a saber de qué. Pero Hugo la provoca y molesta, y hace que Irmengard y Odilia también le tomen el pelo. Mechthild finge no darse cuenta; cree que eso endurecerá a Hildegarda.

La severidad de Mechthild no hace cambiar el comportamiento de la niña, pero sí que a ella le resulte más soportable. Se fuerza a encogerse de hombros cada vez que Hildegarda, a lo largo de la primavera, enferma de esto o de aquello. De pie en la habitación, con los brazos pegados al cuerpo, da órdenes sobre cómo atender a su hija, y deja que Agnes le eche un vistazo si no hacen falta manos en otras tareas domésticas. Sin embargo, siempre que la niña se pone a delirar, Mechthild se sienta a su lado. La trastorna a tal punto que es incapaz de dejarla sola. Pero tan pronto como la fiebre remite, de nuevo dedica todo su tiempo a las tareas de la casa. Ha decidido ampliar el huerto y tiene que encargarse de supervisar que se cumplan sus indicaciones sobre la disposición de los parterres. También está muy pendiente de Clementia y Benedikta, que tienen que aprender muchas cosas lo más rápidamente posible, y se opone a que continúen recibiendo lecciones con el padre Cedric. Hildebert no protesta. Cuando por fin vuelve a Bermersheim, pasa la mayor parte del tiempo con el administrador, supervisa las cosechas en los campos y las reparaciones de los muros que el hielo ha agrietado. Después de cenar no tiene ganas de oír hablar de pequeños problemas.

15

Hildegarda está enferma y llama a su madre, pero ella no acude. Cuando ve a Agnes, esta le explica qué tareas ocupan a Mechthild: en primavera trabaja en el huerto, en agosto hay que poner a secar las ciruelas al sol. Cuando la niña está bien, los animales en el establo son su salvación. Asienten tan graciosamente con la cabeza a Mechthild que esta se ablanda y coge a su hija de la mano. Por la noche, Hildegarda duerme con la piedra negra y brillante que Mechthild recogió aquella vez en el riachuelo apretada en su puño.

Cada estación tiene su propio sonido, y Hildegarda ha pasado tanto tiempo sola en la cama que los conoce todos. Cuando los árboles y los arbustos arden de crepitantes colores otoñales, cuando el aire es dulce y está cargado de manzanas, de tallos y hojas húmedas que se marchitan, entonces las vacas mugen el doble de alto, aumenta el relincho de los caballos, y los pasos y las voces ruidosas se oyen a través de la ventana. Cada estación tiene su propio sonido, y el del otoño anuncia el invierno, trae consigo los primeros copos de nieve, que primero se posan y luego germinan en dibujos de escarcha, extienden un manto en los campos segados, la hierba y el tejado. A veces el invierno llega de repente, como una espada fría y afilada que atraviesa las nubes, la nieve cae de verdad, se acumula en los muros, hostiga las ventanas, las puertas, deja charcos húmedos en el suelo. Otras veces el frío llega disimulando, hace que el olor de otoño vaya menguando y desaparezca entre tonos verdosos y musgosos, se arrastra trepando por las paredes y deja las flores congeladas. El hielo y la nieve despojan de vida a las voces y los pasos, sustituyéndolos por silbidos entre las cortinas y golpes de puertas. Solo la primavera puede, con su fuerza vital y desbordante, deshacer el hielo de la tierra, dejando que los sonidos cobren vida a través de todo lo que germina, verde y jugoso. Hildegarda ansía que llegue el verano, cargado de joyas, de calor que se transforma en agua en el rostro, alguien que ríe, las gallinas, los gallos, los cubos de la leche que vuelcan, la bofetada a la lechera que continúa resonando en el aire vibrante. El verano se eleva hasta el cielo infinito, el verano construye escaleras de sol y calor, y Hildegarda se imagina la gigantesca iglesia a la que acuden tantos peregrinos en Roma, la iglesia del Papa, que una vez Drutwin describió tan vivamente como si hubiera estado. Se despierta, suda, duerme durante el día. Cuando está sola en la habitación ve los sonidos cobrar formas humanas y se divierte. Los mugidos vespertinos de las vacas parecen voces de mujeres gordas, de extracción humilde, con las manos tostadas por el sol y los rostros arrugados. Los pájaros que alzan súbitamente el vuelo desde el tejado del establo, cuando alguien abre la puerta para que salgan los caballos, se convierten en risitas de muchachas de rizos gruesos y oscuros que se ensortijan en torno a sus rostros serios. El sonido tenue de las campanas de la capilla, que se encuentra con el sonido grave del campanario del pueblo al atardecer, se transforma en un monje vestido de negro con tonsura. El monje viaja con Drutwin, y cabalgando desaparecen muy lejos en un país cuyo nombre Hildegarda ignora. Las mujeres, las muchachas, el monje,

Drutwin, ella misma: todos se agolpan en los anchos escalones de piedra blanca de la iglesia; avanzan hacia las imponentes puertas, que brillan porque son del oro más puro. Solo en otoño llegarán todos a esa puerta, solo entonces los sonidos se concentrarán y crecerán, como si quisieran protestar antes de que los aten con las cadenas del invierno.

Ahora el patio es un enjambre de hombres y mujeres que trabajan en la cosecha, de un entrechocar de tarros y cacharros, de jarras de cerveza que van de mano en mano, de temporeros que duermen en tiendas en el patio. Y la puerta de la iglesia está abierta de par en par cuando la cosecha acaba, y la noche es una cinta que huele a grano, una hoguera de celebración, de tambores y zambombas, de canciones y bailes. Hildegarda está junto a los peregrinos en el escalón superior delante de la iglesia, en medio de una multitud, de rostros encendidos por el cansancio y contentos de haber al fin llegado. Después de la fiesta de la cosecha, las voces se amortiguan, y aunque lo único que ocurre es que vuelven los días ordinarios, su sonido ya está a punto de morir.

Mechthild es un riachuelo que unas veces crece, y otras está seco como una muda de piel de serpiente. Hildegarda entiende que cada río debe seguir el ritmo cíclico de todas las cosas. El cielo da lluvia, da sol, da una crujiente corteza de hielo, que a su vez se deshace con la lluvia y el sol.

Desearía que el riachuelo de Bermersheim fuera tan grande como el Rin. Cuando la nieve se deshace y el riachuelo crece, la niña juega a hacer como si realmente viviera al lado de un río.

En primavera le sangra la nariz. Una vez de forma tan violenta que la sangre fluye hasta el paladar y sale por la boca. Agnes llama a Mechthild, que acude inmediatamente. Sostiene la cabeza de su hija hacia sí, le aprieta la nariz, pero la niña escupe una y otra vez. El vestido de Mechthild queda manchado de sangre y ella frunce el ceño.

La sangre de Hildegarda es un río que fluye a través de Mechthild, y ella vuelve. Vuelve a sentarse junto a la cama de la niña y le acaricia la frente. La piedra negra parece un caballo, y Mechthild lo hace galopar por los brazos y las manos de Hildegarda.

16

Octubre de 1105

Hildebert ha dejado de llevarse a Drutwin a Sponheim, y un día
a principios de octubre ordena al chico que se vista antes del
amanecer y despierta a Mechthild para que pueda despedirse de
su hijo. Al principio, ella no entiende lo que su esposo está diciéndole, piensa que ha recuperado el respeto hacia su hijo y
quiere partir con él a Sponheim antes de que salga el sol. Luego,
el mensaje llega lentamente a su entendimiento: Drutwin se va
para ingresar en un monasterio. Hildebert quiere mandarlo a
Francia, donde ha cerrado un acuerdo muy ventajoso con los
monjes de Cluny. Mechthild chilla y se tira del pelo.

—¡No puedes hacerme esto! —dice, llorando, mientras el
niño está sentado a la mesa, pálido y medio dormido.

Hace tiempo que está claro que no tiene cualidades como
caballero, incluso para su madre. Pero la preocupación por el
futuro de Drutwin no le ha impedido disfrutar en secreto de la
perspectiva de seguir teniendo a su segundo hijo en la finca. Sin
embargo, ahora Hildebert le ha tendido una trampa, como haría un cazador con un animal. Ella está desesperada y no tiene
ninguna posibilidad de impedir nada; se queda de pie, descalza
en el comedor, aferrando a su hijo por la ropa. No quiere soltarlo,

aunque él intenta liberarse. Hildebert levanta la mano como si fuera a pegarlo, pero ella se abraza a su hijo, abraza su cuerpo delgado, que todavía no da señales de querer convertirse en un hombre, aunque haya cumplido dieciséis años. Drutwin le ruega que lo suelte, se zafa de su madre y se sienta con la cabeza agachada y las mejillas rojas. Tiembla de frío y tensión, no levanta la mirada, come muy despacio.

Hildebert le dice que se apresure. Quiere cabalgar con él hasta Worms, donde un hermano de la orden de Cluny está de visita en el monasterio, y aprovechará para llevarse al chico a su regreso.

—Me ha costado un gran esfuerzo convencerlo —dice Hildebert—, muchas conversaciones y negociaciones.

El chico se amedrenta al oír a su padre, sumerge la cuchara en las gachas y sin querer tira la jarra de cerveza, que se desparrama por la mesa.

—¿Puedo despedirme? —susurra Drutwin.

—Ya lo has hecho —dice Hildebert, señalando con un gesto de la cabeza a Mechthild.

—¿Puedo despedirme de Hildegarda? —pregunta Drutwin.

—Hildegarda está durmiendo —responde su padre, y repiquetea con los dedos en la mesa, impaciente, de modo que el chico aparta el cuenco a un lado y asiente, dando a entender que está listo.

Mechthild los sigue hasta el patio. El frío le atraviesa los pies, la humedad penetra el camisón, pero ella no lo nota. Aprieta los brazos contra el cuerpo y los dientes le castañetean mientras observa a su hijo montar en el caballo, y a su marido, de espaldas, inclinarse hacia el cuello del animal y darle una palmadita cariñosa. La gran copa del olmo permanece inmóvil. Una sola hoja cae lentamente justo a los pies de Mechthild, dorada y húmeda. Mira la hoja como si fuera portadora de un mensaje oculto. Cuando alza la vista, ya se han puesto en marcha y avanzan hacia el portón de entrada. Drutwin se gira para mirarla y levanta una mano en señal de despedida. Sus ojos son grandes y oscuros, pero no está llorando. Más allá del bosque aparece una luz pálida bajo el cielo azul oscuro. En el establo las vacas mugen; les duelen las ubres llenas de leche. Mechthild se queda allí de pie, mirando el portón. Unas cuantas hojas caen a sus pies. Rojas, amarillas, marrones. Las recoge y hace un pequeño ramo con ellas, parece una novia fantasma, con el pelo suelto y las manos heladas. Entonces tira las hojas bruscamente, da una patada al gato, que se escabulle hacia el establo, da una patada a una piedra, a unas ramas, a unos leños, que ruedan por el suelo con un ruido sordo.

Solo cuando Hildebert regresa de Worms sin Drutwin pregunta Hildegarda por su hermano. Hildebert no responde y Mechthild tampoco dice nada. Un día que Hildebert se lleva a Hugo a Sponheim, Agnes le explica, en pocas palabras y atropelladamente, que Drutwin ha sido llamado a servir a Dios. Hildegarda se desespera, porque enseguida entiende que su hermano no volverá. Llora y patalea, y Mechthild opina que es mejor dejarla. Tarde o temprano aprenderá que uno tiene que acostumbrarse y que las personas pueden desaparecer un día, y que hemos venido al mundo para perder.

17

La muchacha de la cocina está agachada junto al hogar —con gran esfuerzo a causa de su inmensa barriga— atizando las brasas, y es entonces cuando Hildegarda lo ve y grita. Agnes llega corriendo, primero con expresión de enfado ante tanto alboroto, luego de espanto. Mechthild oye a la niña chillar y se protege del sol detrás de la puerta de la cocina.

—¿Qué te pasa, criatura? Venga, cálmate.

Agnes aprieta el brazo de la niña, pero eso no hace que desaparezca su visión, y la voz de Hildegarda se aguza hasta llegar al cielo, donde se redobla con un eco que asusta a los pájaros, que abandonan al unísono el tejado.

—Yo no he hecho nada, la niña se acercó, se quedó mirándome y entonces se puso a gritar. —La muchacha de la cocina se tapa los oídos con las manos y niega con la cabeza: parece que la niña haya perdido el juicio.

Mechthild se lleva a la pequeña y a Agnes, sujeta la cabeza a su hija con las manos aún húmedas de leche agria después de ordeñar.

—Dime, Hildegarda, ¿qué te ocurre?

—Es el niño —dice ella—, se ha muerto.

El tiempo es una telaraña entre dos ramas. La pequeña no dice nada más, todavía lucha contra la visión. No ha sido solo la muerte lo que ha visto, sino a un demonio bailando sobre la espalda de la muchacha y riendo, y su larga lengua roja en llamas le llegaba a los tobillos. Luego frotó su trasero contra la barriga de la chica, y entonces Hildegarda lo vio y a la vez no lo vio. De lo que está segura es de que estaba allí, pero no puede explicarlo. El demonio ha dejado un rastro de muerte, en forma de olor a podrido.

Luego una bilis negra se extiende por la carne de Hildegarda, le tiñe los labios del color del jugo de las moras, y ella yace congelada bajo cobertores de plumas y colchas de lana. Mechthild vela a su niña, como cuando era muy pequeña, la vigila porque teme que su delirio febril llegue a oídos de terceros.

«Hildegarda, no digas nada, ¿me oyes? No digas nada, o te ataré un trapo a la boca».

Cuando semanas más tarde llega la noticia de que la muchacha de la cocina está de parto, Mechthild se apresura hacia su casa, al pueblo, con Hildegarda de la mano. La chica está tumbada sobre una manta en el suelo cubierto de paja en la única habitación de la vivienda. Ya ha acabado, y ella sigue mirando fijamente la pared irregular, ni siquiera se gira cuando entran la señora y su hija loca.

Hildegarda aparta el rostro del bebé muerto, que yace tapado con una manta de lana, como si tuvieran miedo de que pudiera resfriarse. Mechthild empieza a decir algo, confundida, farfulla una plegaria y retira la manta para ver al niño. Es feo y está lí-

vido, deforme como un hijo del diablo, y la parturienta tiembla
de miedo

Gime y no para de jurar que ella no ha hecho nada malo. Mechthild manda salir de la habitación a todas las mujeres y se queda
sola con Hildegarda, apretándole con fuerza la mano para que
no pueda soltarse. Mechthild señala al hijo del diablo. Quiere
una explicación para no temer que haya sido culpa de su hija.

—¿Es el padre del niño? ¿Es eso? ¿Has pecado? Dime: ¿has
pecado?

Pero no sirve de nada: la muchacha solloza y sangra tan violentamente que pronto se extienden por la manta bajo su cuerpo
manchas de un rojo oscuro. Mechthild llama a la comadrona,
y juntas presionan el vientre de la muchacha con fuerza tratando
de detener la hemorragia.

—No digas nada, cierra la puerta, no digas nada.

Hildegarda se apresura a obedecer mientras el hijo del diablo
yace muerto bajo la manta y la vida abandona el cuerpo de la
muchacha.

18

—Hildegarda cumplirá ocho años en verano —dice Mechthild mientras recoge migas con las manos.

Como Hildebert solo responde con un gruñido, ella continúa:

—La prometimos a la Iglesia cuando apenas era una recién nacida, y el Señor la dejó vivir... —Se interrumpe. Las palabras que un momento antes eran claras en su mente se difuminan cuando Hildebert se yergue con un gesto brusco.

—Nada está decidido. —Levanta una mano amenazante hacia Falco, que le empuja con el hocico para que su amo le dé un trocito de su pan—. Ahora que Roricus y Drutwin son hermanos de la orden, no debemos nada a la Iglesia —prosigue y da una patada al perro, que se ha puesto pesado, y este se aleja con el rabo entre las patas.

—No, pero... —Mechthild sabe que si se enfada ya no habrá manera de hablar con él. Cuando cierra los ojos resurgen las palabras que ha ensayado, pero a la luz del sol no hay más que remolinos de polvo.

—Un hijo de diez dedicado a Dios es ya una décima parte —la alecciona él—, es nuestro deber; dos es ya un excedente, y tres... —Abre los brazos, con las palmas hacia arriba.

El enfado ante el tono condescendiente de Hildebert le forma un nudo en la garganta.

—Pero Hildegarda no se hará más fuerte.

No le gusta quedarse ahí sentada; se levanta y empuja al perro, que le cierra el paso tonta y patosamente. El modo en que le quitó a Drutwin todavía le quema por dentro. A menudo querría vengarse de su marido, aunque sabe que es un pecado. Sin embargo, no le molestaría que él sintiera el mismo dolor, la misma amargura vacía que la devora.

Hildebert se rasca la nuca, se remueve un poco en la silla, pero no dice nada. Mechthild le hace una seña a la sirvienta para que se vaya. Teme que a Hildebert lo obnubile tanto su amor por la niña que sea incapaz de ver lo rara e inútil que es.

El perro se tumba al sol con la estrecha cabeza sobre las patas delanteras cruzadas. Junto a la ventana, el abedul se yergue con sus brotes a punto de salir. Las ramas se inclinan con el viento, y dos de ellas le llaman la atención porque son negras, están peladas en medio del verdor. «Al árbol se le agotó la fuerza —piensa— y ha tenido que dejar que esas ramas se sequen». En el vaivén del árbol hay algo inquietante que se propaga hacia ella, hacia el suelo de piedra, hacia todas sus extremidades. Se acerca a la otra ventana, sus pasos retumban en el suelo, los postigos solo están entreabiertos, los empuja un poco. «Misa de difuntos», piensa, sin saber de dónde le viene esa idea; ve cómo se dibuja una cruz con óleo sobre unos ojos y una boca y se horroriza. Se lleva una mano al pecho para obligar al aire a llegar a sus pulmones. Ve a Hildegarda junto al muro que circunda el huerto. Hildegarda, con su pelo rojizo y su piel transparente. Va descalza, y ha puesto las manos y la frente contra la pared irregular del muro, con el que parece estar hablando.

—Sal de la sombra y ponte al sol, niña estúpida —susurra Mechthild en voz tan baja que Hildebert no la oye.

La pequeña está de pie, inmóvil, como si hubiera perdido la razón, en la fría sombra de la primavera. Menuda y delgada, con su vestido color verde hierba del otoño anterior. Mechthild se lo había tejido para celebrar en secreto que la niña había estado sana todo un verano, y entonces le sentaba muy bien. Ahora le cuelga un poco. La falda está oscura de humedad, un estrecho camino en la hierba revela el sitio por donde ha pasado la niña. Mechthild no lo soporta y de nuevo rompe el silencio que, lo sabe perfectamente, Hildebert tanto aprecia durante la cena.

—Hildebert, tengo miedo —dice, entrelazando los dedos.

Quiere sentarse a la mesa con calma y hablar con sensatez, pero en cambio va de aquí para allá por el suelo de piedra. No puede permanecer junto a la ventana observando el comportamiento extraño de su hija, inmóvil, pero sentada a la mesa tampoco está tranquila.

—Te preocupas demasiado —contesta él, pero ella nota una inquietud en la voz de su esposo que le devuelve la esperanza y el coraje.

—Hace una semana estaba todavía en cama, enferma, luchando... —Se sienta en el borde de la silla—. No sé cuántas veces he pensado que estaría mejor si el Señor se la llevara. —Esto lo dice con una voz tan débil que después duda de si las palabras han salido realmente de su boca.

Hildebert no responde, sigue cenando, cortando diligentemente trozos de carne salada con el cuchillo que ella misma compró hace muchos años en Maguncia a un vendedor ambulante de Venecia. Eligió uno con el mango de hueso para contentar a su esposo, y él, con las bruscas maneras que lo caracterizan, lo sopesó en su enorme mano y resiguió con un dedo índice los pavos reales y las flores talladas, asintiendo sin decir una palabra. Desde entonces le muestra su satisfacción utilizán-

dolo en todas las comidas. El cuchillo ahora desaparece en su
mano, y ella no soporta que la ignore.

—Si mi hija ha de convertirse en tierra y polvo —dice con
voz firme—, dejemos al menos que antes se acerque un poco
más al Señor.

El perro alza la cabeza, parpadea y olfatea un instante el aire
antes de volver a tumbarse.

—¿Y qué propones? —pregunta él con calma.

—He estado pensando en Jutta —dice ella, apretándose con
el índice la piedra roja del anillo.

—¿Jutta? —pregunta él, incrédulo—. ¿Jutta von Sponheim?
¿La hija de Sofia?

—Sí —responde Mechthild, recuperando el coraje.

Ha pensado en ello detenidamente, incluso lo ha visualizado
tan bien que es casi como si se hubiera hecho realidad. Ha visto a Hildegarda con Jutta en su propiedad de Sponheim, que no
está tan lejos para que ella no pueda visitarla; ha visto cómo
Hildegarda seguirá a Jutta al convento en unos años, cuando tome los votos, y cómo a ella también le parecerá normal seguir los pasos de su mentora y hacerse monja cuando sea mayor.
Con toda esa claridad se imagina Mechthild que una vida
piadosa puede proteger a la niña de las sospechas que la rodean, y hasta qué punto le asegurará un lugar destacado en el
paraíso, si muriera antes de llegar a adulta.

Hildebert niega con la cabeza y se levanta, pero ella lo conoce bastante para saber que está reflexionando.

—Sofia es, después de todo, la madrina de Hildegarda —continúa Mechthild—, y la piedad de Jutta es alabada en todas partes. Tu propia hermana, Ursula, me contó que Jutta había decidido servir a Dios cuando solo tenía trece años, después de
superar una fiebre terrible, y que desde entonces ha rechazado a

todos los hombres que la han pretendido atraídos por su belleza y condición... —Mechthild duda un instante—. Incluso el padre Cedric ha oído hablar de ella y la considera un ejemplo para mujeres jóvenes —añade, pero evita mencionar cuántas veces ha visitado al padre Cedric para pedirle consejo sobre Hildegarda—. Y ha recibido las mismas lecciones de latín que su hermano y podría...

—Todo eso ya lo sé —la interrumpe él, enfadado.

Ella no quiere avivar más su ira y calla.

En el salón se hace un silencio tenso. Halcón gime en sueños e inconscientemente araña el aire con las patas delanteras.

—Jutta —dice él entonces, encogiéndose de hombros— quiere ser ermitaña, ¿lo sabías? Ha ido a ver el arzobispo para pedirle que la encierren en una celda del monasterio de Disibodenberg, cuando consagren el lugar, lo que ocurrirá a lo sumo dentro de dos años. Para entonces Hildegarda tendrá diez y Jutta no habrá cumplido todavía los dieciocho.

Mechthild asiente. Eso hace que la idea sea aún mejor, pero él no lo entiende. Si Hildegarda solo habla con Jutta, será asunto de Jutta decidir qué hacer con las visiones y premoniciones de la niña. En el convento será la abadesa quien decidirá si el problema de Hildegarda viene del cielo o del infierno, y en cualquier caso ella nunca ha oído hablar de ningún niño que haya sido expulsado de una comunidad religiosa para irse con el diablo. Sus manos tiemblan solo de pensarlo, y se levanta de nuevo. Se acerca al hogar, extiende las manos hacia las brasas. Antes de que Hildebert abra la boca, ella sabe que él no lo ve así. Lo único que Hildebert ve es una celda opresiva y a Hildegarda abandonando a su padre para buscar a Dios. A Mechthild la indigna que se niegue a entender la necesidad de ofrecer ese sacrificio.

—Diez años, solo una niña —dice Hildebert—. ¿De verdad crees que Hildegarda tiene que morir para el mundo? ¿Ha de pasar el resto de su vida en el aislamiento y la pobreza? Enterrada viva... ¡No es así como los niños ingresan en un convento! —Ahora es él quien recorre el salón con pasos impacientes—. Si tu propuesta hubiera sido que ingresara como oblata en uno de los conventos de Maguncia o Worms, lo entendería, ¡pero Disibodenberg! —Se detiene y alza las manos en un gesto de rechazo.

Mechthild se da cuenta de que debe esperar a que él dé rienda suelta a su rabia.

—Disibodenberg —repite él, hurgando en las brasas.

Entonces da un golpe con el atizador contra el suelo, se le resbala y cae con un estruendo, que despierta al perro y lo pone en guardia. El animal se levanta y mira a su amo con aire estúpido y confundido.

—Ni siquiera habrán terminado de reconstruirlo para entonces —continúa él—. El arzobispo Ruthardt volvió de su exilio hace apenas un año, y aunque Hildegarda era una recién nacida cuando él manifestó su deseo de echar a los religiosos que ahora viven en Disibodenberg, todavía no se ha concretado en nada. Y me imagino que no se te habrá pasado por la cabeza mandarla con una panda de indeseables y borrachos, ¿verdad? Los han acusado de corrupción, avaricia y gula... —Mechthild da un paso atrás cuando Hildebert se sitúa justo delante de su rostro, rojo y encendido—. ¡Incluso de fornicación! —grita entonces, dejando un rastro de saliva.

—No —susurra ella, agachando la cabeza—, no será así —añade. Como él no la interrumpe, continúa, con el mismo tono bajo—: El arzobispo justamente quiere hacer honor a la santidad del lugar, ¿no es así? —Mira la espalda de su marido mientras él se sienta a la mesa—. El padre Cedric dice que el arzobispo Ruthardt alberga grandes planes para el convento. Hará que se trasladen a vivir allí monjes del monasterio de San Albano de Maguncia; a lo mejor entre ellos estará Roricus..., y Ruthardt quiere reformar el lugar y ser muy severo con la santificación, y no permitirá de ninguna manera que las cosas se tuerzan otra vez. El padre Cedric ha oído decir al arzobispo que desea que el monasterio sea rehabilitado como en tiempos de san Disibodo, con la misma devoción y rigidez.

Las palabras se le escapan de la boca, se le seca la garganta y le disgusta estar ahí de pie hablando a su marido como si fuera un niño ignorante. En definitiva, él conoce mejor que ella al arzobispo, a quien solo tuvo ocasión de saludar una vez en la catedral de Maguncia, poco después de que regresara de su exilio. También ha pensado en Roricus y en que, con el tiempo, podría convertirse en abad del nuevo monasterio. Mechthild da la espalda a su marido.

—Jutta ni siquiera ha obtenido el permiso del arzobispo, y por norma nadie puede ser eremita sin haber jurado los votos monacales, haber sido admitido en una orden y haber vivido en un convento durante varios años. ¿Qué te hace creer que podrá llevarse a Hildegarda consigo? —Hildebert entorna los ojos.

—No lo sé —susurra Mechthild—, pero lo que sé es que necesitan muchas tierras para autoabastecerse.

Hildebert da una palmada y ríe desdeñosamente.

—Claro, podemos deshacernos de ella a cambio de donar tierras a la Iglesia —comenta con ironía—. ¿Es así como pretendes librarte de nuestra pequeña?

—No lo sé —susurra ella de nuevo, y es cierto.

Le gustaría llorar. Lo único que consigue es que Hildebert se burle de ella con tono despectivo. «No lo sé».

—Pero si no lo intentamos, nunca lo sabremos —murmura.

—Así que se trata de que viva en un monte frío y apartado. ¿Y se supone que eso le hará bien? —Él se levanta y se acerca a ella.

—Su devoción la ayudará —dice Mechthild, que sigue dando la espalda a su esposo. Aunque duda, no tiene más argumentos—. Es su única salvación.

—¿Sí? —Hildebert se detiene detrás de ella, la coge por los hombros y la gira, de modo que ahora tiene su rostro delante. Ella observa la punta de los zapatos de su esposo—. ¿Y cómo puedes estar tan segura de la devoción de Hildegarda, Mechthild?

—Lo estoy con todo mi corazón —miente, y se fuerza a mirarlo a los ojos. Ya conoce su severidad, pero no está preparada para ver a su marido preocupado—. Tienes que entender que le ruego al Señor día y noche que nos envíe una señal para que sepamos qué hacer con nuestra hija, suplico su compasión, le imploro... —No puede contener las palabras y lo suelta todo, justo lo contrario de lo que se había propuesto—. Nunca sobrevivirá a un parto, si por algún milagro vive lo suficiente para llegar a adulta. Ella está fuera de los afanes de los hombres y los animales que nos rodean, Hildebert. ¿No ves cómo sus ojos y su cabello pierden el brillo tan pronto como llega el frío? ¿No te das cuenta de cómo la asustan los ruidos fuertes, de cómo mengua la fuerza de la vida en ella, contraviniendo las leyes de la naturaleza, cuando esta reverdece? El hedor del pueblo se le mete en la sangre y sus labios se ponen del color de la bilis. Creo que ha pasado tanto tiempo enferma en cama como levantada. ¡Y tú mismo has oído algunas de las cosas que dice! —Mechthild se lanza violentamente contra él—. Tienes que escucharme —dice llorando—, ¡ya no sé qué hacer!

Él la empuja y ella se tambalea, y solloza como si hubiera perdido el juicio, se acerca tanto al hogar que casi se quema. Él da un puñetazo en la mesa, con rabia contenida.

—Hildegarda predijo que el niño de Hedwig nacería muerto —susurra, y se aprieta los nudillos de una mano contra los labios.

Él tarda una eternidad en ir de la mesa a la chimenea. Ella lo mira fijamente todo el rato, se fija en el cuchillo, que todavía lleva en la mano, en la mancha de grasa en su caftán, en una miga que le ha quedado en la barba bien recortada.

—¿Qué es lo que has dicho?

Hildebert se arrodilla delante de su esposa, el enfado ha transmutado en miedo. Pero Mechthild no dice nada más, oculta el rostro y siente cierto alivio por no tener ya que escondérselo.

—¿Es cierto? —Él continúa apoyado sobre una rodilla ante ella, pero Mechthild solo ve la parte interior de sus propias manos, solo la luz roja entre sus dedos.

Asiente. Susurra que no es ni de lejos la primera vez, pero que ha intentado mantenerlo en secreto. Él pregunta si lo sabe alguien más aparte de Mechthild y agacha la cabeza cuando ella le contesta que no.

—¿Y qué dice la niña? —Hildebert continúa agachado.

—Dice que durante mucho tiempo creyó que todas las personas veían lo mismo, pero que ahora sabe que hay ciertas cosas que solo puede ver ella. —Mechthild se lleva dos dedos a los labios, suspira y continúa—. También dice que ve a Dios en la luz y que oye una voz que le habla. —Ahora ya lo ha dicho todo, y le toca a él decidir.

Hildebert permanece en silencio tanto rato que a Mechthild se le acelera el pulso de nervios.

—Hablaré con Sofía y con Jutta la próxima vez que vaya a Sponheim —dice, levantándose.

Ella querría cogerlo de las manos, acurrucarse en su abrazo. Querría volver a abrirle su alcoba tan a menudo como él deseara, ser la esposa diligente que se merece, pero lo máximo que consigue es rozarle el brazo con los dedos antes de que se deshaga de ella, llame a Halcón y se vaya.

—Todo saldrá bien, si Dios quiere —le dice, pero él ya ha cerrado la puerta a sus espaldas.

Mechthild se siente aliviada e intranquila a la vez. Se acerca a la ventana y llama a la niña. Está enfadada porque sigue ahí de pie, en el frío primaveral, descalza, y enfadada porque no ve a Agnes por ningún lado. Hildegarda no reacciona, es como si fuera ciega y sorda. Mechthild cruza a la carrera el salón, enojada con su hija, tan extraña e independiente. Atraviesa la entrada, da la vuelta a la casa y franquea la valla hasta el huerto, con la hierba alta raspándole los tobillos.

19

Hildegarda siente las piedras, los montículos, las cavidades en su interior, todos los rincones donde el agua puede penetrar, la lluvia incesante, que pugna por salirse con la suya, que cuando empieza a helar abre grietas en las piedras, rompiendo el granito.

Hildegarda nota el dolor cuando presiona la frente, los labios, las palmas de las manos contra el muro gélido, oye la sombra que canta, la humedad que le sube por los pies como las llamas suben por una estaca.

Nota el dolor que se le extiende por las piernas, le hormiguea en las rodillas, serpentea hasta los codos, las mejillas, las cuencas de los ojos, el frío que pincha como agujas.

Está hecha de piedra; solo sus entrañas, muy dentro de su cuerpo, son un sol en llamas, como el olor de los establos o el viento pesado del verano. Escucha; las piedras cantan, el gris canta, los montículos son una canción, las cavidades otra. Tonos lentos y escurridizos que fluyen al unísono a través de los oídos y los pies.

Salta y se aparta de la pared hasta un pequeño montículo al sol, hasta el olor a tomillo, salvia, agua estancada y moho. Cuando las extremidades dejan de ser piedra para volver a ser carne, se convierte en una columna, zumbante, dolorosa, calurosa como después de una picadura. El olor tiene una voz que no puede interpretar, pero que busca en todas partes y en todo lo que hace; un secreto, un frenesí, mejor que la tranquilidad en la voz de Hildebert y mejor que la sonrisa más dulce de Mechthild.

La tierra retumba y se remueve en toda su humedad; se acercan unos pasos llenos de ansiedad, fuertes, pero Hildegarda no abre los ojos; se concentra en la voz y el canto de la piedra. El vestido se le pega a las piernas, pero la tierra es cálida. Ella continúa siendo una bola de fuego.

«¡Hildegarda!, ¡Hildegarda!», grita a cada paso mientras las almas desesperadas corren entre los árboles frutales, y ella se agacha y tamborilea con los dedos una respuesta en la tierra. Es la corteza terrestre, que en primavera se agrieta y ya no puede contener nada dentro: gusanos rosados, topos, brotes, semillas, humedad que se filtra a través de todo; barro y tierra en transformación.

«¿Mamá? ¿Por qué lloras? ¿Mamá?».

La piedra no solo es piedra; está llena de la húmeda fuerza verde que la mantiene de una pieza, llena de energía, para que las personas puedan construir muros que las protejan, llena de fuego que las caliente y les dé fuerza.

«Mamá, yo misma lo he oído, no eran solo las piedras, era la Luz, era la Voz, lo he visto, lo he oído, era un canto, es importante, ¿no quieres oírlo, mamá?».

20

Solo cuando Mechthild está a unos pocos pasos de ella, Hildegarda se gira. Su mirada está lejos, abierta, en la frente y las mejillas tiene marcas de la áspera piedra del muro. La niña da un respingo cuando Mechthild la agarra por el brazo. Intenta explicarle algo, pero su madre la hace callar con tono amenazante. Se lleva a su hija a rastras y Agnes llega corriendo de la cocina al oír los gritos de Mechthild.

Al entrar en el salón, Mechthild le ordena a Hildegarda que se siente en la silla delante de la chimenea y que acerque los pies al fuego. Luego se arrodilla ante su hija y se los frota para que entre en calor. Sin decir una palabra, la niña le pone una mano a su madre en la cabeza y ella interrumpe el frotar enérgico.

—He oído... —dice Hildegarda, pero Mechthild aparta bruscamente la cabeza de su mano y la niña calla.

—¡Tú!

Mechthild quiere reñirla, gritarle por haberse distraído de nuevo, por la idiotez de las cosas que dice, por congelarse en la sombra, por el frío de la tierra y su fragilidad, pero las palabras no le salen. En cambio, pide a Agnes, que las ha seguido hasta el salón, que vaya a buscar lardo para los pies de la pequeña, porque con las manos de Mechthild no es suficiente.

Cuando Agnes regresa con el lardo, Mechthild se ha calmado. Hildegarda está sentada con los ojos cerrados y parece que se haya dormido al calor del fuego. A pesar de las friegas, su piel sigue fría como una hoja de nenúfar. Y pronto se confirma que la preocupación de Mechthild no era infundada: esa misma noche Hildegarda yace en la cama con fiebre y delira hablando de las piedras y la Santísima Trinidad, de tal modo que Mechthild y Agnes se ven obligadas a santiguarse.

21

Es el ajetreo y la intranquilidad. Es el ruido de Agnes, que ronca tan fuerte que Hildegarda se despierta y tiene que taparse la cabeza para volver a dormirse. Es Hugo, que lanza piedrecitas a Irmengard porque ella le ha dado una patada, es la voz autoritaria de Mechthild, cuando habla con los sirvientes, son los pasos que retumban en el suelo de piedra, y con ellos también retumban los pensamientos de Hildegarda. Es Odilia, que le ha cogido su muñeca sin preguntar y la ha dejado en medio de unos arbustos del huerto, donde la tierra es un fangal, y donde ella la encuentra por casualidad al cabo de unos días. Es alguien que sigue llamando a Hildegarda una y otra vez, u otra persona, voces que se entremezclan durante las comidas, interrumpidas por el ruido de las cucharas de madera que raspan el fondo del recipiente, por la hoja del cuchillo que corta la manzana en manos de Hildebert. Son sonidos que aumentan y aumentan sin parar hasta que Hildegarda ya no distingue unos de otros, y entonces se deja caer bajo la mesa y se tapa los oídos hasta que alguien la encuentra, se ríe de ella, la saca a rastras para sentarla de nuevo en el banco, o hasta que abandonan la mesa, con las mejillas encendidas, riendo, y ella entonces sale rápidamente de su escondrijo y nadie habrá notado que por unos instantes no estaba allí. Es el ladrido de los perros, las campanas de la capilla, el ajetreo de los días de fiesta, el mantel que se despliega en la mesa con un largo ..... de admiración, el vestido de lana, que le raspa la piel, un pliegue en la tela que la atormenta cuando está sentada en misa. Es la fiesta de la cosecha, los gritos y el llanto, es la vaca, la gallina y el gallo: la finca de Hildebert.

Hildegarda se esconde en el huerto, junto al riachuelo, bajo la mesa. Es su revancha, su conquista. Dos extremos que deberían juntarse formando un círculo, pero que se evitan todo el tiempo.

¿Acaso quiere irse lejos? No lo sabe, porque «lejos» no existe. Lejos es como ver con las plantas de los pies o pensar hacia dónde corre el riachuelo. Lejos es Francia y pensar en Drutwin con la tonsura. No hay nada más que puntitos que bailan ante los ojos, el viento poderoso a través del maíz. El mundo es aquí. Termina donde el camino se adentra en el bosque al otro lado de Bermersheim, termina en una nube de polvo amarillento que se arremolina en torno a los caballos, en torno a Drutwin y a Roricus. Y luego solo queda el camino.

Mechthild y Hildebert han hablado. Hildegarda lo sabe porque oyó sus voces ininteligibles a través de la ventana. Lo sabe porque Hildebert no aparece durante las comidas, porque en cambio Mechthild está todo el día pendiente de él, intentando prever su más mínimo gesto; ordena a la sirvienta que se vaya para servirle la cerveza ella misma antes de que se haya terminado la de su jarra, antes de que él se lo pida. Hildegarda mira a su madre, su cuello, la vena azul en la piel clara, como un animal asustado que intenta salir de la tierra. Mira a su padre, la barba poblada, la cicatriz que se hizo en el campo de batalla antes de que ella naciera, una cicatriz rosada y gruesa que le cruza una ceja y que a Hildegarda siempre la ha entristecido. Sus caras están inquietas del mismo modo que las hojas reflejadas en el agua. Ondeando, infranqueables, aparecen de pronto en el agua oscura y se convierten en una parte del río que nunca se puede arrancar de la superficie, ni siquiera con el cuchillo más afilado. Sus rostros son los sauces reflejados en el agua junto a las piedras justo antes del pequeño meandro. Sus rostros son agua, y cada vez llueve más y más violentamente, la lluvia salpica en el agua, y Hildegarda es incapaz de probar bocado. Sus rostros son rostros, y el agua es el aceite hirviendo que dora los pastelillos salados, que arranca la piel de los hombres y los disuelve en la nada.

¿A lo mejor es la luz, que cambia? ¿Quizá las llamas arden en la chimenea todavía más? ¿Quizá se confunden con la lluvia?

Pero el cielo es de un azul engañoso, el sol extiende sus cabellos densos y dorados y los deja entrar frívolamente por la ventana. En la chimenea, las brasas duermen bajo cenizas y polvo.

Una sombra aparece en el rayo de luz, recuerda a la huella de un animal en el barro oscuro del campo, solo que cientos de veces más grande y hecha de oscuridad, justo como una sombra. Son agua, tierra, hojas, rostros despellejados a punto de ser engullidos por la huella de sombra. ¿Y Hildegarda? ¿Qué es Hildegarda?

22

De pronto, mientras cenan, Hildegarda se echa a llorar, y sus sollozos son tan estridentes que todos dejan de comer y la miran.

—¿Qué ocurre? —pregunta Hildebert, pero ella no contesta; continúa chillando aún más fuerte—. Irmengard, Odilia, ¿habéis sido vosotras? Hugo, ¿le has hecho algo? —Hildebert se levanta a medias de la silla y se inclina amenazante por encima de la mesa. Los niños agachan la cabeza.

—Entonces, ¿qué ocurre? —pregunta Mechthild, abrazando a su hija, que se aparta—. Pero ¿qué te pasa? ¿Te duele algo? —Mechthild se levanta: puede aguantar los chillidos, pero la crispación que deforma el rostro de la niña dividiéndolo en dos partes asimétricas es más de lo que puede soportar.

Hildegarda apoya el cuerpo en la mesa y sigue sollozando sin encontrar consuelo. Hildebert se levanta, con un gesto rápido se pone a la niña en el regazo y ríe cuando ella le da puñetazos en los hombros. Tiene los ojos abiertos y vacíos, de una forma nada natural, él la sacude y ella reacciona con más lágrimas y gritos, y moviendo las pequeñas manos para agarrarse a la barba de su padre.

Cuando se llevan a Hildegarda del comedor, Mechthild va detrás. Hugo se ríe, Benedikta le da una colleja para castigarle por su inadecuada reacción. Odilia sigue comiendo como si nada. «Si toda la casa tuviera que agitarse cada vez que Hildegarda sufre un ataque —dice—, sería imposible estar tranquilos», y por esa observación recibe también una colleja.

En el dormitorio la niña se calma. Agnes llega corriendo, pero Mechthild le dice que se marche. Se arrodilla al lado de su hija, que le da patadas y rechaza sus caricias. Hildebert parece un oso desorientado que por error ha salido de un claro y no sabe cómo volver sobre sus pasos al bosque, y se queda ahí esperando estúpidamente la flecha que ya está tensada en el arco.

—¿Lo ves? —susurra Mechthild, justo como él se temía, y aunque ni siquiera ella sabe de qué se trata, a él no le cabe duda de que la culpa es suya.

Y aun así, él no ha hecho nada, solo estaba ahí sentado pensando en la conversación que habían mantenido antes, en la horrible propuesta de Mechthild de encerrar a Hildegarda en una celda del monasterio en Disibodenberg, propuesta que a él no le gusta pero a la que tampoco puede oponerse. Pero no ha hecho nada. Como de costumbre, su enfado va en aumento y querría pegar a Mechthild, que está sentada junto a la cama de la niña, pero al ver el rostro de Hildegarda, pálido como un cadáver, y sus manos pequeñas agarradas al cobertor de plumas, se contiene. En lugar de eso, gira sobre sus talones y vuelve al comedor con pasos que retumban; se sienta ruidosamente, mira de reojo a los niños, que parecen conejos asustados. Hildebert apura la jarra de un trago, se limpia la boca, mete los dedos en el recipiente con agua y salpica la cara de Hugo, que está sentado a su lado. El niño mira a su padre asustado y sorprendido, pero luego descubre el brillo en sus ojos y se echa a reír. Los otros también ríen, con carcajadas fuertes y eufóricas, y Hildebert se levanta, ahueca ambas manos en torno a la boca y grita: «¡Buuu!». Los niños se ríen tanto que tienen que cogerse la barriga; se ríen porque entienden lo divertido de la situación: su padre los ha visto ahí sentados con cara de estar aterrados, y debía de parecer cómico. Clementia es la única que no lo entiende, o que lo entiende pero piensa en su hermana pequeña y se inquieta. Quiere preguntar, pero no encuentra el momento, y además ya sabe la respuesta: Hildegarda necesita estar tranquila.

Mechthild sigue sentada junto a la niña. Le acaricia las mejillas y la frente, y Hildegarda ya no protesta. Mechthild reconocería el dulce olor de su hija incluso si le taparan los ojos y la rodearan de todos los niños de Bermersheim. Le pasa lo mismo con todos sus hijos, exactamente como ocurre con los animales, se dice, y posa los labios con suavidad en la mejilla de la pequeña. Fría y blanca, respira tan débilmente que le pone un dedo bajo la nariz para asegurarse de que está viva.

—Mi niña —susurra, y Hildegarda oye su voz, pero no las palabras. De entre todas las voces de Mechthild, esa es la que más le gusta—. ¿Qué ha ocurrido? —susurra Mechthild cuando intuye que la niña ya no la rechaza. Continúa respirando débilmente y está casi dormida.

—No lo sé.

—¿Te dolía algo? —pregunta Mechthild, examinando sus brazos y su cuello con la esperanza de encontrar una picadura de abeja u otro signo que explique la excitación de la niña.

Pero Hildegarda niega con la cabeza, muy despacio, y escucha el casi inaudible sonido del cabello contra la sábana.

—Ha ocurrido que... —Hildegarda duda, no quiere perder la voz suave de su madre, pero Mechthild le aprieta la mano en silencio animándola a continuar con un simple y dulce «¿Sí?».

—Estabais...

—¿Sí?

—Papá y tú...

—¿Sí?

—Era...

—¿Sí?

—Erais hojas que desaparecían. Era...

—¿Hojas?

—Y aceite hirviendo, como cuando en la cocina elaboran pastelillos salados, pero la piel...

—¿La piel?

—Era una sombra que parecía una huella. No era la muerte, pero lo parecía.

—¿La muerte? —Mechthild se esfuerza en seguir acariciando la mejilla de la niña con la misma serenidad, pero sus dedos no se lo ponen fácil.

—Pero no la muerte buena —susurra Hildegarda—. No el jardín del paraíso. —Se calla, abre las dos pequeñas rendijas luminosas de los ojos y se vuelve un poco hacia su madre.

Aunque Mechthild no dice nada, Hildegarda sabe que ha perdido su voz delicada y suave.

—Solo era algo que yo no podía entender. —Luego cierra los ojos, su cabeza se hunde un poco más en la almohada. Un hilillo de saliva le sale de la comisura de la boca y deja una mancha oscura en la sábana. Parece que esté muerta, pero solo duerme. Exhausta, inmóvil, duerme toda la noche de un tirón, una noche en que Mechthild apenas osa moverse, hasta que siente un hormigueo en ambas piernas y tiene que levantarse.

Agnes la espera al otro lado de la puerta, se ha tumbado en el suelo y se ha quedado dormida. Mechthild la empuja un poco con el pie y ella se incorpora asustada.

—Señora —dice, levantándose; se tambalea un poco y se yergue.

—Está dormida —la informa Mechthild con brusquedad, y no apoya contra la pared para masajearse un pie, que todavía le hormiguea.

—¿Tiene fiebre?

—No.

—Ay, gracias a Dios —dice Agnes, y parece tan aliviada que Mechthild siente una punzada de agradecimiento.

Mechthild no consigue tranquilizarse. Cada vez que está a punto de dormirse, se despierta sobresaltada con visiones terribles. Hildegarda ha muerto. Hildegarda está loca. Y esos pensamientos arden en llamas de color rojo y naranja en una hoguera de ramas y troncos secos, y pequeños animales, que huyen chillando del humo. También hay un caballo negro que cabalga hacia el patio y el estruendo de un trueno, y Mechthild no sabe si está dormida o despierta. Cuando amanece, se levanta. Ha dormido con la ropa puesta y tiene la espalda rígida y dolorida. Va al dormitorio de Hildebert sin haberse peinado. Golpea la puerta, primero con suavidad y luego con más ímpetu, hasta que todo retumba y el maestro Otto aparece con ojos de sueño. Hildebert se ha marchado antes de que saliera el sol.

—A Sponheim, señora.

—¿Por qué tan temprano? —A Mechthild no le gusta que Otto conozca mejor que ella misma los planes de su esposo, y le formula la pregunta con tono duro e imperioso para ocultar su inseguridad.

—Eso no lo ha dicho, señora. Solo pidió al muchacho que le ensillara el caballo.

—¿Cuándo volverá? —Su voz es seca.

—No lo ha dicho, señora.

Otto no puede hacer nada al respecto, y Mechthild desata su rabia. Con un gesto de la cabeza y de la mano le indica que se vaya, y vuelve a su dormitorio. Se tiende en la cama para tratar de aliviar el dolor de espalda. Del patio le llegan los sonidos del día que comienza: la joven que se lleva a pasturar las cabras, el cloqueo de los pavos y las gallinas, las muchachas que se afanan en la cocina, alguien que ha dejado caer algo con gran ruido, uno de los niños del servicio que llora. El tañido agudo de las campanas de la iglesia del pueblo, los niños que siguen a Clementia. La ve delante, a Clementia. Echará de menos su forma autoritaria de poner orden entre sus hermanos cuando pronto les deje. Ese momento no tardará, lo sabe muy bien; el matrimonio se pactó hace años. Incluso Clementia, que durante mucho tiempo parecía más bien escéptica, está ahora impaciente; la fecha ya está fijada: será el día de la Visitación de María, el 2 de julio.

El futuro marido de su hija es afortunado; Clementia ha sido educada para ser esposa, para tener hijos con sus caderas anchas y dispuestas. Mechthild se vuelve y suspira con satisfacción. Le encontraron un buen partido. Es un poco mayor, casi de la misma edad que Hildebert, y viaja a menudo al norte, cerca de Aquisgrán, pero por otra parte los hijos de Clementia heredarán su título nobiliario, y ella no conoce a nadie que posea tantas tierras como él. Además, mantiene buenas relaciones con el emperador Enrique IV, del cual obtuvo el permiso para erigir un modesto castillo a cambio de que en caso de guerra ponga a su disposición un pequeño ejército. Es viudo, pero por suerte su primer matrimonio no le dio hijos. Lo mejor es que fue él mismo quien escogió a Clementia, lo cual les ahorró negociaciones y regateos. Por entonces, Clementia acababa de cumplir trece años, y él se detuvo en Bermersheim camino de su casa. Llegó con Hildebert tras haber comprado un halcón en Heidelberg, donde tienen las mejores aves, las más caras. Cuando entraron a caballo en el patio, llevaba en la muñeca un manguito de piel donde iba apoyado un gran halcón de plumaje castaño dorado, y era difícil no interpretar como señal de alegría y excitación infantil por la reciente adquisición.

Al principio, a Mechthild no le gustó la forma en que había entrado y aquel modo de mirar atentamente a Clementia. Le entregó con aire divertido dos conejos muertos, como si fuera una simple chica de la cocina, aunque el elegante vestido de su hija hacía imposible semejante confusión. Por suerte Clementia salvó la situación con dignidad y se limitó a decir que era una pena que los conejos no hubieran sido capturados en trampas, porque en ese caso no tendrían el pelaje medio arrancado y el lomo sanguinolento, y habrían podido servir como forro para unos guantes, y luego ella misma los llevó a la cocina.

Cuando volvió a Bermersheim en el tiempo de la cosecha, el conde Gerbert presentó a Hildebert y a Mechthild su petición de mano. Hildebert puso como condición que la boda se celebrara al cabo de unos años, a fin de que la muchacha pudiera estar preparada para gobernar un hogar de tal magnitud, y Gerbert aceptó sin más. Las protestas de Clementia pronto se acallaron. Era un alma tranquila, y se resignó a la situación, pues era su deber para honrar a la familia.

A Mechthild le tranquiliza pensar en la boda de Clementia, en los preparativos y las invitaciones, y en el banquete de celebración. Le ayuda a mantener los pensamientos lejos de su espalda y de Hildegarda.

Se duerme, pero cuando despierta la espalda le duele tanto que apenas puede moverse. Llama a la sirvienta, que llega después de una eternidad. Clementia ha ido al pueblo con Estrid y Otto, porque han recibido la noticia de que un comerciante de especies de Oriente ha llegado a Bermersheim. Benedikta entra corriendo cuando oye los quejidos de su madre. Envuelven en una piel suave una piedra caliente del hogar, y ella le pone a su madre una mano en la mejilla.

Se pasa todo el día acostada con un gran dolor, y no puede estar pendiente de Hildegarda. Llama a Agnes, y después de haberla interrogado a fondo, Mechthild la envía de vuelta a la habitación de la pequeña, con el encargo de darle una infusión de perifollo y perejil y de velar por ella junto a su cama. Benedikta le cambia la cataplasma en las lumbares, pero con el calor el dolor empeora, y Mechthild se enfada y grita a su hija, que responde malhumorada a su madre indefensa.

Clementia regresa del pueblo sin el azafrán para las tartas con que había soñado. Cuando ve a su hija mayor, Mechthild se tranquiliza y le dice a Benedikta que retome sus quehaceres.

Nadie en la casa borda con más gracia y delicadeza que Benedikta, y por ello su tía Ursula y su prima Kristin la han alabado tanto y tan a menudo que ella se siente orgullosa. Pero cuando le mandaron la tarea de bordar el dobladillo de las sábanas nupciales, enseguida dejó de divertirle. Porque aunque Mechthild no cose bien, se dedica a inspeccionar a fondo su labor, y cada vez que encuentra un punto torcido le ordena deshacerlo todo y rehacerlo.

Le duelen el cuello y los dedos, e incluso usando el dedal algunas veces se pincha bajo las uñas. Las sábanas llegaron de Sponheim, donde su tía Ursula y su prima Kristin bordaron las enredaderas de flores del centro, en el lino blanco inmaculado, pero del dobladillo tiene que encargarse ella. Clementia y Gerbert pasarán la noche de bodas en la propiedad natal de la novia, porque el viaje a Aquisgrán es largo y Mechthild quiere estar segura de que esa primera noche como marido y mujer todo esté preparado como Dios manda. Benedikta tiembla solo de pensar en el viejo asqueroso con quien va a casarse su hermana, y se alegra de no haber sido ella el objeto de su amor. Desde entonces, él les ha visitado varias veces en Bermersheim, y siempre se ha acercado mucho a Clementia. En una ocasión, olvidándose de las buenas maneras, la acorraló en el lavadero de detrás de las dependencias de la cocina, donde intentó meterle una mano bajo el vestido. Por suerte Hugo la salvó, pues en aquel momento pasaba por allí huyendo de Irmengard y Odilia y se detuvo al ver a su hermana y su futuro esposo junto al muro. Clementia amenazó a Hugo para que no dijera nada, y su hermano obedeció. Estaba muy asustada y no osaba contárselo a nadie más que a Benedikta. Pero cuando Mechthild se dio cuenta de que cada vez que Gerbert llegaba de visita su hija no se separaba ni un instante de su hermana Estrid, Clementia, llorosa y avergonzada, se vio forzada a confesarlo todo. Benedikta estaba también en el salón, irritada al ver a su hermana mayor lloriqueando sin parar.

De pie ante la chimenea, Mechthild escuchó a Clementia sin inmutarse. Al cabo de poco se fijó la fecha de la boda, y durante una semana entera Clementia se quedó dormida llorando. Benedikta no sabía cómo consolar a su hermana, porque solo de pensar en Gerbert le entraban ganas de vomitar. No es que ella no fantasee con el matrimonio, pero en su imaginación su marido es rico como Gerbert aunque la mitad de viejo y con un rostro tan bello como el del nuevo maestro de establos, Joachim. Este baja la mirada cuando ella pasa por su lado, pero de vez en cuando, con la excusa de que necesita algo o quiere ver a los potros, Benedikta consigue ir a las caballerizas sin que la vean. Al mozo de los caballos, el desdentado Heine, lo conoce desde que tenía cinco años y la coz de una yegua agresiva aún no lo había dejado sin dientes. En aquella época, él le hacía muecas y ella se reía. Ahora tiene catorce años y nadie se atreve a hacerle muecas porque el castigo por intentar seducir a las hijas del señor de la casa es muy duro. Pero Joachim no siempre baja la mirada, y ella a menudo le devuelve el atrevimiento.

Benedikta detiene las manos, sumida en sus pensamientos, y sin darse cuenta estruja la sábana nupcial. Piensa en una tarde, no hace mucho, en que bajó al riachuelo con Hugo y Odilia. Los pequeños se pusieron a lanzar ramas y trozos de cortezas al agua y ella se tumbó en la hierba. Primero no pensaba en nada. Unas nubes finas y blancas, que se deshilachaban, bogaban por el cielo con formas de animales deformes. Si volvía la cabeza a un lado, de vez en cuando veía las cabezas de Hugo y Odilia entre los juncos. Al otro lado estaban los establos, y de pronto sintió la necesidad apremiante de ir a echar un vistazo. Aunque Mechthild le había encargado que vigilara a sus hermanos, no cabía duda de que en realidad era una excusa para que ellos la vigilaran a ella.

Los establos estaban a oscuras, pero franjas de luz se filtraban por el tejado, y el polvo y la paja danzaban en torno a Joachim, que esparcía heno en los compartimentos después de haber mandado a Heine a buscar a los caballos. El olor a paja fresca se había mezclado con el olor de los animales y el hedor a orina. Él se giró, se apoyó en un compartimento y sonrió. Su ropa estaba polvorienta y sucia después de la jornada, y ella se quedó ahí, incapaz de moverse. Él se rio, se quitó los restos de heno de la ropa, dio un paso hacia ella y, con un gesto rápido, movió la cadera adelante y atrás, mirándola fijamente.

Ella escapó a la carrera, confundida y sin aliento, y se quedó temblando en medio del patio. Cuando Clementia salió de la cocina, Benedikta echó a correr, franqueó la valla y se escondió entre los arbustos de frutos del bosque. No se lo contó a nadie, pero se prometió no volver nunca jamás a los establos. Sin embargo, no había podido cumplir su palabra; estaba hecha un lío de hilos desatados, como el reverso de una labor de bordado antes de atar los extremos, hilos que Joachim estiraba con sus manos gruesas. Por regla general, se limitaba a pasar por el establo con la cabeza erguida, convenciéndose de que aquello no significaba nada, pero era difícil fingir que no se sentía decepcionada si él no estaba o, aún peor, si estaba pero hacía como si no la viera. Entonces sus pensamientos se arremolinaban en torno a la atención que no había recibido, la forzaban a volver a la menor oportunidad. Era una estupidez, lo sabía, y cuando por fin conseguía lo que buscaba, se reñía por su obsesión y puerilidad.

Después de aquella tarde en la que se había asustado, Benedikta se mantuvo alejada del establo unos días, hasta que una noche, en medio de la confusión tras la cena, se había escabullido y la curiosidad la había llevado de nuevo allí. A medio camino vio a Heine, que se dirigía al pueblo, y el corazón le dio un brinco de pensar en la posibilidad de encontrar a Joachim solo. Los caballos se movían inquietos en sus compartimentos, agitaban las colas para ahuyentar los insectos sedientos de sangre; era época de moscardones y garrapatas. A la derecha de la puerta estaban el arnés y demás accesorios de montar de Hildebert, que había regresado de Sponheim ese mismo atardecer y todavía no los habían guardado en el cuarto de los arneses. Con los dedos recorrió el mango de la fusta de su padre, que estaba apoyado contra la pared, y luego resiguió las tablas. El silencio le restó valor: aparte de a los caballos, solo se oía su respiración contenida. Joachim entró tras ella y se quedó en el umbral, llenándolo prácticamente todo, con las piernas separadas y los brazos cruzados. Ella buscó su rostro, más segura de sí misma que nunca; encontró su mirada, una mirada terrible y desafiante. Él avanzó un paso, ella retrocedió. Él avanzó un paso más, lento y amenazante, mientras ella se quedaba quieta con la espalda contra la pared, como perdida.

Él tenía el rostro sucio y notó su pestilente hedor a sudor y cerveza.

—¿Por qué sigues viniendo? —le susurró.

La lengua se le hinchó en la boca, colmándosela hasta la garganta, y tuvo la sensación de que iba a vomitar. Él se inclinó hacia ella con tanta fuerza que ella, aterrorizada, se golpeó la cabeza contra la pared de tablas. Él le enseñó los dientes y gruñó como un perro. «No», dijo ella, levantando las manos. Era un no tan débil y ridículo que él se echó a reír. Se reía calladamente, burlón, pero luego alargó su mano enorme hacia ella, que no se movió, que no hizo el menor esfuerzo por escabullirse, de lo que más tarde se avergonzaría. Él le puso una mano en el cuello, apretándoselo con tanta fuerza que Benedikta no pudo emitir ni un solo sonido; era como si el «¡NO!» le creciera en el cuerpo hasta convertirse en un grito que podría haber alertado a Mechthild y Hildebert, una sombra que habría podido salir de ella y alertar a todo el pueblo, evitando que el silencio la traicionara. Pero el grito quedó prisionero, se cortó dentro, justo donde él le apretaba el cuello con fuerza. Ella lo miró, miró hacia abajo, hacia su pelo, cuando él agachó su cabeza desaliñada hacia su pecho.

—Si se lo cuentas a alguien... —dijo él, y pasó la mano que tenía libre por el borde de su escote, sin tocarle el vestido. Entonces la soltó, escupiendo en la paja al lado de Benedikta.

Ella se precipitó afuera con el grito sofocado en la garganta, se frotó y restregó la piel del cuello, corrió hasta el huerto, dio vueltas y más vueltas entre los árboles.

Si les contaba a Mechthild o Hildebert lo ocurrido, seguramente contигarían a Joachim. Las piernas le temblaban, y se acu-
rrucó en la hierba, apretándose tanto la frente contra las rodillas
que se hizo daño. Quizá le preguntarían por qué había ido sola al
establo. A lo mejor creerían que lo único que había sucedido es
que ella había desafiado su mirada. ¿Y él? ¿Qué diría él? Aunque
no fuera más que un maestro de establo, también lo escucharían.
Entonces el rumor empezaría a correr por el pueblo, crecería y se
enquistaría, y si castigaban a Joachim, todos pensarían que la había mancillado, y a ojos de la gente del pueblo ya no sería virgen.

Solo entró en el salón cuando recuperó el control de la respiración. Mechthild estaba sentada a la mesa, a la luz del crepúsculo, rodeada de sus hijos.

—¿Y bien? —Su madre la miró, esperando una explicación
al verla entrar medio aturdida.

—He ido a ver a los potros —contestó Benedikta, y se quedó de pie como una tonta.

—¿Sola?

—Sí, mamá... Bueno no, mamá... Quiero decir que también
estaban Heine y Joachim.

—Es decir, que has ido sola.

—Sí, mamá.

Mechthild no dijo nada más, y Benedikta se sentó en el banco, con la barbilla sobre la cara interior del codo y esforzándose
por parecer interesada en el juego de mesa que practicaban
Hugo e Irmengard. Hildegarda estaba sentada, sin hacer nada
en particular, como de costumbre. De vez en cuando pasaba
ambas manos por la superficie de la mesa, igual que si fuera un
carpintero que comprueba la calidad de su trabajo. Benedikta
notó que su hermana pequeña no paraba de mirarla, y la irritó
que no la dejara en paz como los otros.

—Tienes marcas en la frente —dijo Hildegarda de pronto, con una voz que parecía un cuchillo capaz de hacer un corte tan limpio en la piel que en un primer momento no sangra.

Mechthild se volvió hacia ellas, rápida como un rayo. Hildegarda continuaba mirando a Benedikta con fijeza; su mirada era como la del halcón de Gerbert, justo en el momento en que lo sueltan y empieza a buscar una presa con sus pequeños ojos. Luego Benedikta entendió lo que decía su hermana: marcas en la frente, como las huellas de las garras del diablo, que la habían llevado a tentar a Joachim, le habían encendido con rabia y pensamientos lascivos. Benedikta ocultó el rostro entre las manos mientras el Mal, en forma de chivo, le pisoteaba el pecho.

Mechthild se levantó, le apartó las manos de la cara, y ella se hizo un mar de lágrimas y mocos, gorgoteando, como si el mismo Mal también le hubiera robado la voz. Quería cubrirse, esconder su frente a cualquier precio, porque notaba que las marcas le ardían y temía que en cualquier momento Mechthild la cogería por los cuernos y la arrastraría por el salón.

Mechthild, que la había forzado a apartar las manos del rostro con un movimiento brusco, le inspeccionó la cara en silencio. Con el índice le frotó con tal fuerza que a ella le dolió.

—Sí, tienes unas marcas —constató Mechthild.

—He estado sentada con la frente contra las rodillas —dijo Benedikta, sollozando—. Me he sentado a descansar en el huerto y he apoyado la frente en las rodillas.

—¿A descansar? ¿En el huerto? —Su madre estaba de pie delante de ella.

Benedikta se limitó a asentir; era mejor no explicar nada.

Mechthild también asintió. Y entonces se volvió hacia Hildegarda y sin mediar palabra le pegó un bofetón. Hildegarda se quedó sentada, muy quieta, y aceptó la riña sin quejarse; ni siquiera se tocó la mejilla. Pero los ojos se le llenaron de lágrimas.

No era justo; Benedikta lo sabía, pero se alegró de que por una vez recibiera Hildegarda. La niña, con sus rarezas, siempre necesitaba tranquilidad y acaparaba toda la atención de su madre, de modo que apenas quedaba margen para nada más. De haber sido Hugo, habría lloriqueado hasta que lo hubieran mandado afuera. Pero Hildegarda había encajado el golpe en silencio, lo cual empañaba un poco la alegría de Benedikta. A la hora de ir a la cama, Benedikta no se marchó directamente con Clementia, sino que siguió a Hildegarda y a Agnes por el pasillo sin saber muy bien por qué. Cuando Agnes entró en la habitación, las dos hermanas se quedaron de pie la una frente a la otra. Hildegarda ya le llegaba casi hasta el pecho, aunque solo tenía ocho años. Benedikta sintió una punzada de remordimiento y le acarició el pelo a su hermana sin decir nada.

23

Hildebert regresa a Bermersheim al cabo de ocho días. Pasa por delante de su esposa sin saludarla. Mechthild va arriba y abajo en la pequeña habitación, porque si se sienta le duele la espalda. No le pregunta nada, y lo deja en paz toda la tarde. Después de la cena, el silencio de su marido, el dolor de espalda y los chillidos de los niños le resultan insoportables, y manda a sus hijos y a los sirvientes afuera. Tan pronto como se quedan a solas, él se levanta dispuesto a irse, pero ella lo retiene. Mechthild le coge del brazo antes de que llegue a la puerta y él se detiene, pero evita su mirada.

—Se hará como deseas con Hildegarda —dice, todavía sin mirarla, y ella lo suelta.

Desde la ventana, Mechthild lo ve cruzar el patio hacia los establos, donde la silueta de Joachim se recorta contra el marco de la puerta, oscura como el carbón, seguido del desdentado Heine, que ríe tontamente llevando en los brazos el arnés y la silla de montar del caballo de Hildebert. Este da la orden, y Heine mueve la cabeza de un lado a otro para zafarse de las moscas, que en verano son una plaga. Mechthild se queda de pie, se frota las lumbares con mirada ausente, excitada por una tensión que le provoca ganas de reír y de llorar al mismo tiempo. Si Hildebert ha llegado a un acuerdo con Sofia, su hijo Meinhardt y la

piadosa Jutta se encargarán de que se incluya a Hildegarda en la
solicitud al arzobispo para que Jutta se convierta en una ermitaña. No se sabe cuánto tardará el clérigo en tomar una decisión,
y dependerá de muchas cosas. Aunque probablemente quieran
aprovechar una parte de la iglesia de Disibodenberg, hay que
hacer un gran trabajo de reconstrucción antes de que el monasterio pueda utilizarse, y falta aún más para que logren autoabastecerse. Pero si han aceptado acoger a Hildegarda, seguramente
ya podrán enviarla a Sponheim ese mismo otoño, a fin de que
Jutta le enseñe y la prepare para la vida en el convento y al final
pueda decidir si es apta.

Joachim saca dos caballos; Hugo también ha salido y monta
el pequeño, de pelaje castaño, mientras que Hildebert monta el
capón moteado. Se dirigen al portón de la entrada, y Mechthild
se siente aliviada de que su esposo no regrese inmediatamente a
Sponheim.

Un dolor lacerante le recorre desde la pelvis hasta los muslos, se siente vieja y se aprieta los párpados con los dedos para
no llorar.

La de Drutwin fue la despedida más dura, porque ella había
dado por hecho que sería él quien se quedaría en Bermersheim
y heredaría la finca. Sin que nadie le preguntara, ha cedido su
herencia a Hugo y se ha sometido a la voluntad paterna. Aunque era evidente que al chico le faltaba carácter y virilidad, Hildebert no tenía por qué enviarlo tan lejos. Está segura de que
nunca podrá volver a verlo. Al menos a Roricus puede visitarlo,
en Maguncia, aunque no ocurra a menudo.

De sus hijas, Clementia será la primera que abandonará el
hogar, y pronto encontrarán un buen esposo para Benedikta.
Tiene demasiada energía y es demasiado independiente, así que
no le resultará fácil someterse a la voluntad de su marido. Pero

es bonita y alegre, lo que atraerá a muchos pretendientes. En el caso de Irmengard y Odilia, ya están cerradas las negociaciones, aunque todavía no se lo han dicho a ellas. Hugo parece nacido para una vida a caballo, y cuando a Hildebert le fallen las fuerzas, él tomará las riendas de la finca siguiendo los pasos de su padre. «Una boda al año», piensa Mechthild, cerrando los ojos: eso les espera en los próximos cuatro años, y tendrán que arreglárselas para que todo salga bien. Y entonces solo quedarán ella, Hildebert y Hugo. Y de la futura esposa de Hugo se encargará personalmente con sumo esmero; va a ser una tarea laboriosa y delicada, porque si la chica y ella no se entendieran, la cosa no funcionaría.

El día de la boda de Clementia, la finca vibra de vida y alboroto. La familia está de celebración, pero el resto tiene que trabajar con ahínco. Ya muy temprano, Mechthild supervisa la cocina y el salón, donde Otto se encarga de la colocación de los preciosos tapices en la pared. Cuando está satisfecha y convencida de que todo se halla bajo control, se retira a la pequeña habitación, donde sus hijas la esperan. Por una vez en la vida, Hildegarda no está enferma; lleva un vestido de seda de un azul cielo y observa con atención a la futura novia. De vez en cuando empieza una frase que interrumpe, pero ni su madre ni sus hermanas están para escucharla.

Irmengard y Odilia discuten sobre quién tiene la trenza más larga; Mechthild se harta de oírlas y les amenaza con coger las tijeras. Benedikta no para de gastar bromas cada vez más desagradables hasta que hace una insinuación grosera sobre la noche de bodas y Clementia se pone a llorar. Entonces Benedikta se arrepiente y se lanza al cuello de su hermana llorando todavía más que ella. Mechthild se echa a reír, de modo que las dos chicas no tienen más remedio que enjugarse las lágrimas. Clementia provoca luego a Benedikta diciéndole que quizá ese día mismo escogerán a su futuro esposo, y Benedikta hace una mueca. Pero sabe muy bien que las bodas son ocasiones perfectas para que los jóvenes admiren a las muchachas solteras de la casa.

—Para mí no —dice Hildegarda con convencimiento, y todas ríen.

Hildegarda se esfuerza en reír también, sin acabar de entenderlo, y Mechthild la estrecha contra sí.

—¿Para ti no? —pregunta, y se separa un poco de ella—. ¿Así que para ti no debemos buscar esposo?

Sus hermanas no pueden parar de reír, pero Mechthild besa a su benjamina; ella no parece inmutarse ante los comentarios burlones de Irmengard y Odilia, que la tratan de renacuajo y enanita que nadie está interesado en quedarse. Mechthild tiene muchas ganas de contarle a su hija los planes de futuro que tienen para ella, pero debe reprimirse hasta que reciba el consentimiento definitivo de Hildebert.

—¿Es que no querrás casarte, Hildegarda? —pregunta Clementia riendo, pero ella no dice nada y mira el fuego del hogar.

Hildebert llama a la puerta; lleva una elegante capa de color azul oscuro sobre un caftán rojo. La tía Ursula llega corriendo detrás de su hermano menor, muy excitada porque el centinela acaba de anunciar que Gerbert y su séquito están entrando con sus caballos en el patio para dar inicio a la fiesta. Ursula no para de hablar, lo que irrita a Mechthild, que permanece en silencio. ¿Qué le importan a ella las opiniones de Ursula? Se comporta como si fuera la propietaria y se alegrara, al llegar a casa, de ver que todo está en orden. A Mechthild se le escapa una risilla y Ursula por fin se calla.

Las hijas menores encabezan la comitiva que baja la escalera; se detienen delante de la puerta, se alisan los vestidos y se retocan el cabello antes de salir afuera, al sol radiante. Mechthild va detrás de ellas, seguida de Hugo, que conoce a más invitados que su madre. En el patio se oyen risas y comentarios; cae un sol de justicia sobre la multitud, los rostros brillan y empiezan a tostarse; huele a sudor y a carne asada. Hildegarda está pegada a Agnes y a sus hermanas, sobrepasada por tantas piernas y barrigas y manos de gente a quien no conoce. Las voces se entremezclan unas con otras, se convierten en una masa uniforme e impenetrable. Hildegarda se aferra a la mano de Agnes para no caerse; intenta tomar aire, pero nadie se da cuenta de sus tribulaciones. Solo cuando se abre la puerta de la casa principal y aparece Hildebert con su hija mayor del brazo se hace un instante de silencio, y la multitud se divide en dos para dejar pasar a la novia.

El resultado de varios días de trabajo arduo en la cocina tiene muy buen aspecto sobre las bandejas a medida que las van llevando a la mesa. Los músicos han llegado desde Maguncia; hay flautistas, timbaleros y una mujer parecida a una cabra que toca el tamborín y se mueve al ritmo. Como es día de celebración, se sirve vino y cerveza fuerte, además de la habitual cerveza ligera. Han dorado el ternero girándolo sobre el espetón. Los cochinillos abren la boca ofreciendo manzanas troceadas, están rellenos de carne especiada y bañada en miel; hay pasteles de cordero, palomas y codornices asadas, fricasé de cordero, menudillos de ganso en salsa dulce, carne de oveja salada, frutas servidas con motivos artísticos y pastelillos con forma de animal.

En el patio festejan juntos la gente del pueblo y los sirvientes que no están atareados con la comida. Con motivo de la ce-

lebración, hoy disfrutan de los deliciosos platos de carne y del
pan tostado con miel servido en fuentes de madera, y de la cerveza fuerte en jarras. Con los músicos también ha acudido un
bailarín. Las luces se apagan para que la danza pueda lucir ante
la mesa principal. Benedikta se pone en pie en el banco para ver
mejor. El bailarín tiene el cuerpo untado en lardo, de modo que
su torso desnudo brilla bajo las antorchas que sujeta en las manos. Un trino del flautista marca el inicio de la danza, lo sigue el
timbalero con un retumbe, y el bailarín medio desnudo empieza a girar y girar sobre sí mismo. En la oscuridad del salón, sus
antorchas parecen una rueda en movimiento que encierra su
cuerpo y su rostro y proyecta sombras en los de los espectado-
res. Cuando termina, Benedikta está mareada, y el fragor de los
vítores y los aplausos se le meten en la cabeza. El bailarín pasa
junto al banco donde está sentada: tiene cara de águila y emana
un sudor acre tan fuerte que ella tiene que taparse la nariz. Ve a
Agnes acompañar a su dormitorio a Hildegarda, que tiene las
mejillas rojas y los ojos cansados. Benedikta no quiere acostarse
aún: acaban de servir el tercer plato y la luz de las antorchas baila alegremente en el salón. Quiere quedarse despierta hasta que
acompañen a la novia y al novio a la cama nupcial, que ella
también ha ayudado a preparar.

—Que la esposa, pues, se someta en todo a su marido, como
la Iglesia se somete a Cristo[1] —dijo el padre Cedric durante la
bendición.*

Bajo el cielo abierto, el padre hablaba en la lengua que todos
entendían, en vez del latín que empleaba en la iglesia. Clementia había permanecido con la cabeza agachada junto a Gerbert,

---

* Para la traducción de las citas de la Biblia que aparecen en el texto, se
ha usado la versión de la Biblia Latinoamericana, 1960. *(N. de la T.)*

que estaba erguido y al lado del cual Clementia parecía una niña pequeña. Benedikta pensó en el lecho nupcial. Pensó en la corona dorada en torno al largo cabello de Clementia, pensó en su piel, que parecía nata, y pensó en las manos llenas de manchas de Gerbert. Cuando se sentaron a la mesa, había obsequiado a la novia con un halcón, y aunque Clementia entendió que se trataba de un regalo muy caro, no supo qué hacer con el animal. El ave llevaba una capucha de plumas y joyas que le cubría los ojos, y estaba en su jaula de madera. Era blanco como la tiza. Hildegarda se levantó de su sitio para acercarse a la jaula. Ver a aquella niña pequeña delgada y pelirroja observar el halcón con tanta perseverancia evitó que la gente se fijara en Clementia, que había enmudecido.

—En la corte del emperador Enrique, las mujeres también cabalgan y participan en la caza del halcón —explicó Gerbert, alzando su copa ante los invitados.

Clementia seguía sin atreverse a mirar a su marido a los ojos, pero sonreía como si estuviera de acuerdo con él en todo.

Hildegarda miró el halcón y a Gerbert alternativamente, y le preguntó sin reservas cómo se llamaba el animal. Él se rio con su risa ruda y le dio unas palmaditas en la cabeza. No, el ave no tenía nombre, pero Clementia podía escoger uno si le apetecía, dijo, pasando un brazo por la cintura de la novia. Entonces explicó detalladamente y sin prisa cómo se crían y adiestran los halcones, cómo los privan de horas de sueño y de comida para que sean obedientes, y luego los premian con polluelos recién nacidos, si hacen lo que se les pide. Hildegarda escuchó más atentamente que nadie, y le hizo varias preguntas al respecto, y aunque el tema interesaba mucho a Gerbert, se cansó de aquella niña tan preguntona.

Benedikta probó la cerveza fuerte para ver cómo sabía. Era muy amarga, pero caía bien en el estómago. Casi sin darse cuenta, vació su vaso, y cuando se puso de pie, tuvo que apoyarse en el borde de la mesa. Fuera inspiró a fondo el fresco aire nocturno, y aquella ligereza se le extendió hasta los dedos de las manos y los pies.

«La próxima vez te tocará a ti», le había asegurado Hildebert mientras aún estaban rodeados de los parientes y conocidos de Gerbert.

Hildebert explicó en voz alta, para que todo el que quisiera pudiera escucharle, que hacía años había llegado a un acuerdo con Jonás de Coblenza, que había muerto de fiebre el invierno anterior. Benedikta había oído hablar de su futuro marido y de su muerte prematura, pero no había sentido nada en absoluto, pues no había llegado a conocerlo. Ahora, allí, en medio del patio rodeada de todos aquellos hombres y mujeres, se sentía como un animal cazado. Un hombre bajo, que sudaba profusamente bajo su capa de terciopelo forrada de seda, le sonrió. Ella bajó la mirada y salió corriendo tan pronto como pudo escabullirse. Su prima Kristin, después de la bendición, le señaló discretamente al hombre bajo y le contó que era su cuñado, Andreas de Boppard, un hombre rico y respetable, cuya esposa había muerto en el parto y se había llevado al bebé a la tumba. Rico o no, Benedikta tuvo la misma sensación de ahogarse con su propia lengua que había sentido aquella vez que Joachim se le había acercado demasiado en el establo.

Benedikta alza la mirada y observa el cielo nocturno. Entre la cerveza fuerte y el bullicio del salón, la cabeza empieza a darle vueltas, y tiene ganas de echarse. Busca un sitio entre los árboles frutales. La hierba es alta, y el rocío resulta fresco y agradable en sus manos. Le llega el rumor del riachuelo a lo lejos, y el susurro del viento entre las copas de los árboles, con su olor a manzanilla y perifollo.

A lo mejor ha dormido profundamente, quizá solo haya dormitado un rato; no está segura y se levanta con un movimiento rápido. Desorientada, nota que alguien se mueve detrás de ella, en la oscuridad. Se pone en pie de un salto, quiere volver a la fiesta y al bullicio que atraviesa la noche. Solo ha tenido tiempo de dar dos pasos cuando alguien la agarra de un tobillo y la hace caer en la hierba. Alguien la aferra con fuerza, se sienta en su espalda, le tuerce los brazos hacia atrás y le aprieta una mano rugosa contra la boca. Ella quiere morderla, pero siente que algo presiona su cuello; la hoja de un cuchillo, tan fría que le corta la respiración.

—Si estás callada, no te pasará nada —susurra el atacante, y ella sabe enseguida que es Joachim.

Joachim le clava las rodillas en las caderas, le ata una cuerda de cuero a las muñecas. Le echa el aliento caliente y apestoso en las mejillas, hurga en su espalda, la agarra del pelo y la levanta, tensándole la piel del cuello.

—¿Te apetece? —le susurra—. Dime que te apetece.

Ella intenta negar con la cabeza, intenta emitir un sonido pero se le atasca en la garganta, y él presiona un poco más el cuchillo contra la carne.

—¿Dices que sí? —pregunta, girando el cuchillo un poco, de modo que le quema, y entonces le pone la otra mano en la nuca y le aprieta la cara contra el suelo.

Ella niega con la cabeza otra vez y entonces él la hiere con la punta del cuchillo; la sangre brota caliente en la piel. Llora sin emitir ni sonidos, no se atreve a luchar contra el cuchillo, el puño y el peso del cuerpo de Joachim.

Él sigue repitiendo la pregunta, y hasta que ella asiente, no aparta el cuchillo.

—Eso está mejor —susurra; el hedor a caballo de su ropa es tan repugnante que a ella se le revuelve el estómago.

La toquetea por detrás, manosea y hurga entre su ropa, la pone con brusquedad bocarriba. Está tumbada sobre sus propias manos, que ya ni siquiera siente de tan prieto como es el nudo con que él la ha atado. Él continúa presionándole el cuello con una mano y con la otra le raja el vestido con el cuchillo, dejando los pechos al descubierto.

Cada vez que ella cierra los ojos, él le escupe en la cara y le clava el mango del cuchillo entre las costillas, pero el dolor llega de un sitio desconocido y lejano. Él le exige que lo mire. Cuando hunde la cabeza entre sus pechos, le muerde la piel blanca, le araña con su mentón sin afeitar; ella no dice nada y mira con fijeza la oscuridad. Lo mira cuando él, triunfante, continúa rajando la ropa hasta el vientre y el pubis. La mira a los ojos y le aprieta un poco más el cuello mientras acaba de arrancarle el vestido y ella queda desnuda encima de un montón de seda. Es como si su cuerpo ya no le no perteneciera, aunque el dolor en el bajo vientre se le mete dentro como si la hubieran partido en dos. Su incesante «Sí que te apetece» se disuelve en un gruñido cuando le mete el mango del cuchillo en su sitio más secreto. La sangre fluye caliente y pegajosa por los muslos, él se baja los pantalones, se pone a cuatro patas y se muestra. Sin dejar de apretarle el cuello, se arrastra hacia su rostro y le pone el miembro ante la boca. El hedor a queso, sudor, establo y orina le revuelve el estómago y esta vez no puede aguantar el vómito. A él no le da tiempo a apartarse, de modo que le vomita encima y deja una guirlanda de vómito sobre su miembro erecto. Enloquecido de rabia, le introduce el miembro entre los labios, empujando hasta la garganta, y ella vomita otra vez. Entonces le pega con fuerza en la cara, y a ella la engulle la oscuridad, a través del cráneo y la nariz, en un acre hedor a vómito. Cuando vuelve en sí, él se está moviendo sobre ella, dentro de ella, con los ojos en blanco, se contrae, se deja caer con un gruñido ahogado. Se queda tumbado, inmóvil, con la cabeza en el hombro de ella, que llega a creer que gracias a un milagro está muerto, pero entonces él se levanta y se pone a cuatro patas. La empuja a un lado, como si se la hubiera encontrado en medio del camino.

Justo antes de que amanezca, Benedikta continúa tirada en la hierba. Se la encuentra el desdentado Heine, con las manos atadas a la espalda, fría y herida. Todos están buscándola, y Hildebert ha ido hacia el pueblo con una antorcha. Tan pronto como Mechthild se dio cuenta de que Benedikta había desaparecido, los convocaron a todos en el patio. Primero se enfadó con su hija por no estar presente cuando la comitiva acompañó a Clementia y a Gerbert al lecho nupcial. Una vez que los recién casados se metieron en la cama, Mechthild fue a buscar a Benedikta a su dormitorio. Al encontrar su cama vacía, se enfadó todavía más, y solo mientras se precipitaba a través la cocina y el salón medio vacío empezó a sentir miedo.

Heine se queda aterrorizado al ver a la muchacha desnuda, inmóvil, no se atreve a tocarla; su grito atrae a los otros, a los sirvientes, a Mechthild, que ve a Hildebert entrar corriendo por el portón; la sigue pisándole los talones, pero ella llega antes hasta su hija. Es su niña, y todos los sirvientes forman un corro alrededor de la señora de la casa que llora, se abalanza sobre su hija como un animal rabioso, le arranca la cuerda de piel de las muñecas y la abraza.

Diez días después, Benedikta muere. Al tercer día, Clementia se fue con Gerbert a Aquisgrán, porque pareció que su hermana mejoraba. La agresión hizo enmudecer a Benedikta; la fiebre bajó un poco, aunque la parte de su vientre bajo el ombligo todavía estaba hinchada, y ella gemía de dolor.

Mechthild no tenía ninguna duda de quién la había reducido a aquel estado. Aquella misma noche, Joachim había desaparecido y bastaba con pronunciar su nombre para que la muchacha enloqueciera. Mechthild intentó por todos los medios que dijera algo, pero no hubo manera. Le había inspeccionado la boca para estar segura de que no se había mordido la lengua. Se había sentido incómoda al preguntarle si ella no había opuesto resistencia, pero a esa pregunta Benedikta había reaccionado más violentamente. No se lo contó a Hildebert, que hervía de rabia y sed de venganza, y que fantaseaba con el castigo que recibiría Joachim. Cada vez hablaba más de ello y con más repugnancia, hasta que resultó excesivo incluso para Mechthild, que también deseaba una venganza sangrienta. Hildebert se sentía incapaz incluso de visitar a su hija enferma, que yacía desnuda en la cama en un estado lamentable, envuelta en un hedor a heces, orina y sangre.

Mechthild no estaba segura de hasta qué punto Benedikta era consciente de que Clementia se había ido con el conde Gerbert a Aquisgrán, ya que la tarde de aquel mismo día abrió la boca por primera y única vez en su lecho de enferma y llamó a su hermana mayor. Seguramente estaba delirando, pero aun así Mechthild lo interpretó como una señal de mejora. Sin embargo, a lo largo de la noche la fiebre se le metió en la sangre, unas franjas violetas se extendieron por su cuerpo y le salieron manchas rojas en el cuello y el pecho. Llamaron al padre Cedric, que no sabía qué hacer con la víctima de aquel pecado, pero al final le dio la extremaunción, porque Mechthild, sin dejar de llorar, insistía en que la misericordia del Señor era mucho ma-

yor que todos los pecados del mundo. Él pronunció las plegarias con la rapidez de un rayo y apenas miró a Benedikta. Pero,
al fin y al cabo, la muchacha recibió el último óleo, y eso con-
soló a Mechthild.

24

Dos campanadas para las mujeres, tres para los hombres. Hildegarda sabe que así deben sonar cuando alguien muere, pero la mañana después de la muerte de Benedikta todo está en silencio. Es un silencio como una cuña de calma exhausta incrustada en el miedo de antes y el miedo de después.

Una larva de mariposa crecida y envuelta en sábanas, que sacan del dormitorio, llevan por delante de la capilla privada y dejan en el carro cubierto de paja, que el mismo Hildebert se encarga de arrastrar.

La tierra veraniega se abre bajo las palas, facilitando el trabajo de los sepultureros; los huesos de sus manos relucen, su ropa huele a tierra y a polvo.

El padre Cedric está ante la tumba, esparce agua bendita en el nicho, oscuro por el crepúsculo, dando unas delicadas alas de tierra a la crisálida que brilla con una luz azulada ahí abajo. Como en la boda, el cielo es el único tejado en su iglesia. Aunque habla una lengua que Hildegarda conoce, las palabras son oscuras y extrañas, hablan de dolor y eternidad, y cada uno de los rostros presentes son una puerta que no se puede abrir.

La tumba se cierra, y Hildegarda quiere llorar para deshacer el nudo de la garganta, pero Mechthild grita tanto que deja a toda la comitiva sin respiración. Grita y grita sin parar, y los árboles, que proyectan sombras sobre la tumba de Benedikta, se mueven al ritmo de sus lamentos.

«Son las almas», piensa Hildegarda. Esas almas que nunca hallan la paz. Las almas errantes, miserables, sin hogar. ¿Por qué nadie se lo quiere explicar? El jardín sagrado, la tumba bendita. Y las llamas del infierno, el fuego que convierte los árboles en cenizas, la tierra que se lleva a una hermana transformada en crisálida. Hildegarda encoge los dedos de los pies para no caerse y toma a Hildebert de la mano, que cierra el puño en torno a la mano de su hija.

25

Benedikta fue enterrada en tierra consagrada, aunque lejos de la iglesia, junto con las que murieron de parto. Le dieron la extremaunción, y aunque no hubo una ceremonia auténtica, el padre Cedric leyó una plegaria ante la tumba. Ninguno de los invitados a la boda se quedó al entierro, nadie tenía ganas de permanecer en Bermersheim. Ni siquiera Ursula se ofreció a quedarse y ayudar a limpiar y arreglar a Benedikta. Se despidió apresuradamente, igual que los demás, sin molestarse siquiera en buscar una excusa.

Mechthild visita la tumba todos los días, toca la cruz de madera que yace encima de la cabeza de Benedikta. Se esfuerza mucho en no descuidar sus obligaciones en la finca, aunque delega más de lo habitual en Otto, Estrid y Agnes. Cuando los gemelos murieron enloqueció de pena, y el padre Cedric le prohibió que pronunciara sus nombres. Le había hablado largamente de los regalos del Señor, también de sus castigos a los pecadores, de la mano del Señor, que da y se lleva. Ella se aferró a la esperanza de quedarse embarazada de nuevo, y el Señor atendió sus plegarias y le dio a Hildegarda.

La tumba fresca de Benedikta es un huracán que hace que el cielo y los árboles y los sonidos giren y giren cada vez más deprisa, hasta que todo el mundo, Mechthild también, se ve arrastrado dentro del agua espumosa. En el ojo del huracán uno se abandona, pierde la capacidad de sentir, y Mechthild llama en silencio al Señor. Pero Dios se mantiene distante, no hay modo de encontrarlo en el calor trémulo de finales de verano, que hace ondear el aire caliente por encima de los muros de piedra. Las plegarias desesperadas de las primeras semanas enmudecen, los pinos se inclinan melancólicamente unos hacia otros formando una bóveda de iglesia de un verde oscuro. Mechthild mira sin descanso el montón de tierra, que poco a poco va aplanándose. Pasa horas junto a la tumba mientras sus pies echan raíces. Su corazón echa raíces en la tierra del cementerio, una red de raíces que la arrancan y despellejan, donde el tiempo pasa a la vez que las raíces se extienden y crecen más y más profundamente para encontrar alimento en el silencio testarudo de Dios. La ola de calor da paso a días de fuerte lluvia, y aun así ella no se mueve, pesada y lastimosa en su vestido sencillo, que la hace parecer una campesina. Está medio resguardada bajo los árboles mientras la tierra absorbe el agua, mientras los terrones secos finalmente se reblandecen y se convierten en fango negro. Mechthild desea que la hierba crezca y se extienda por la tumba, que las flores dispersen sus semillas y crezcan alrededor de la cruz de madera. Una bilis negra se alza de los muertos, transforma los cuerpos en humus, la corteza de los árboles en hollín; una bilis amarilla se eleva por el aire hacia el cielo, dándole un color antinatural, hasta que estalla y se descompone en otro trueno de finales de verano.

Como todas las mañanas se levanta de la cama y cumple con sus obligaciones, nadie osa decirle nada. Si pudieran leer sus pensamientos, se asustarían. Para sus adentros, ya no habla con Dios; en su fuero interno, los buitres arrancan las vísceras a Joachim todavía vivo, y ella le corta el miembro con un cuchillo. No entiende la voluntad del Señor y se convence de que la quiere mal. Cuando pasó lo de los gemelos, el padre Cedric le habló de cómo Dios concedió a Satanás permiso para torturar a Job, y de cómo Satanás afirmó que Job maldeciría al Señor si se lo quitaba todo. Sin embargo, Job continuó adorando a Dios y se sometió a su voluntad. Entonces fue un consuelo saber de los sufrimientos de los demás y su fidelidad a Dios. Después de la muerte de Benedikta, se tambalea y da palos de ciego en busca de algún alivio, pero no lo encuentra en ningún sitio. Piensa en Job, que maldijo el día en que nació y deseó haber muerto en el vientre de su madre. Piensa que hasta los gemelos no bautizados tuvieron más suerte que Benedikta, más incluso que ella misma, que deberá vivir el resto de su vida atormentada por la visión de una hija torturada. Rebusca en su alma algo que haya podido ofender a Dios, y que explique por qué la castiga tan duramente. Piensa en Job, que no entendía qué satisfacción podía hallar Dios en su sufrimiento; piensa en Job, que rogó al Señor que le ayudara a entender en qué había obrado mal, ya que había sido condenado a sufrir de aquel modo, que le ayudara a entender por qué permite que el infortunio y la injusticia se salgan con la suya cuando todo el poder está en sus manos.

Mechthild se siente culpable por dudar de la bondad de Dios. Una noche en la que se despierta confundida y agitada por los sueños, nota un punzante olor a quemado en la habitación, y por un instante está segura de haber visto la cola del demonio desaparecer detrás del poste de la cama.

A la mañana siguiente visita al padre Cedric. Lo hace en busca de consuelo, pero él habla con dureza. No quiere ni oír hablar de Benedikta, la reprende por decir que fue un asesinato cuando nadie oyó a la muchacha gritar pidiendo ayuda.

—Intentas negociar con el Señor —le dice—, pero el Señor no es el sirviente de nadie. El Señor puede ver a través de las acciones piadosas, puede ver en nuestros oscuros corazones.

Cuando regresa a casa, está todavía más confusa. Tras la muerte de los gemelos, el padre Cedric dijo que debía confiar, porque tenía esperanza, y es en la esperanza donde Cristo extiende su mano. Mechthild sabe que no está bien intentar que un clérigo le dé la esperanza, cuando la ha perdido debido a su propia debilidad. Si Benedikta gritó pidiendo ayuda no puede saberlo nadie, pero nadie en posesión de sus facultades mentales puede creer que una muchacha joven se sometería voluntariamente a semejante maltrato. En el pueblo corren rumores, lo sabe muy bien, pero el padre Cedric fue testigo de hasta qué punto Benedikta yacía en la cama enferma y sumamente atormentada, y aun así osa hablar de ese modo. Mechthild blande un puño en el aire y amenaza al padre Cedric y a Joachim, y a su propia infidelidad y la de Dios.

Mechthild se convierte en una sonámbula que apenas reconoce a los sirvientes o a sus propios hijos. Si les dedica algún pensamiento, es con la esperanza de que la dejen en paz. Que se casen, que ingresen en un convento, que se vayan, para que ella pueda abandonarse a su propio dolor. Hildebert se ha ido a Sponheim por requerimiento del duque. El viejo emperador Enrique IV, que fue obligado a abdicar hace un año, ha muerto. Su hijo, Enrique V, que ha ocupado el trono formalmente desde los trece años pero que en realidad no tenía poder alguno, se alzó contra su padre. Aunque muchos no lloran la muerte del antiguo emperador, nadie sabe cómo se le ocurrirá mostrar su fuerza al nuevo rey. El duque apoyó la rebelión contra el antiguo regente, y eso ha sido una suerte para Hildebert. Ha habido tumultos en

Colonia y los desórdenes se cuecen en otros sitios, de modo que el duque quiere pedir consejo a sus hombres. Por una vez en la vida, Hildebert se esforzó en explicar a Mechthild lo importante que era su participación en el consejo, para que no pudiera protestar ni le rogara que guardara el duelo por su hija. Fue el antiguo emperador quien envió al arzobispo Ruthardt al exilio, y ahora que ha vuelto le debe agradecimiento al nuevo rey, lo cual puede favorecer a Hildegarda.

Hugo se ha ido con su padre, Irmengard y Odilia se pasan el día detrás de Estrid o Agnes, ayudando cuanto pueden, mientras Hildegarda deambula como de costumbre. Un día sigue a su madre cuando se dirige al cementerio, pero al darse cuenta de que lleva a su hija detrás, Mechthild se enfada y la manda de vuelta a casa.

26

En la orilla del riachuelo flota una rana muerta. El bicho blanquecino está bocarriba, y cuando Hildegarda le da la vuelta con una rama y la pone sobre una hoja, ve que tiene un agujero en la piel. Recoge moscas muertas, saltamontes y una abeja en la palma de la mano. Dispone en forma de corona en el borde de la hoja los insectos que la rana hubiera podido comerse si estuviera viva.

Hildegarda despierta al amanecer. La primera luz del día se filtra por las rendijas de las contraventanas. Las franjas de luz danzan y se juntan, y forman un óvalo con los colores del arcoíris que se hace añicos. De los trozos sale una luz incolora, palpitante, una luz viviente que brilla más que el sol. Hildegarda no tiene miedo, aunque la luz le atraviesa el pecho y la frente, porque la colma de una paz bendita. En la luz ve la muerte de la rana el día anterior, ve unos círculos que se entrelazan unos con otros como una rueda de llamas girando. La luz está viva, habla con una voz que ella conoce y quiere más que a nada, le explica con detalle cómo se ordenan el cielo y la tierra en una bella simetría.

Cuando cruza el huerto, se encuentra un pajarillo que ha caído del nido. Yace en la hierba entre los árboles, con el cuello torci-

do hacia atrás. Lo lleva a su exposición particular y lo coloca
sobre la rana.

Da un paso atrás y observa el conjunto. Le preguntó a Agnes
cómo podían estar seguros de que Benedikta estaba realmente
muerta y no la habían enviado a un lugar, donde nadie conoce
su vergüenza. A Agnes se le entornaron los ojos y no dijo absolutamente nada. Hildegarda mira al sol tanto tiempo como puede.

Hildegarda hace una nueva exposición. Arranca la hierba y deja
la tierra húmeda al descubierto; luego la aplana con los pies.
Traza una marca en la tierra con la punta de una rama. Círculos
dentro de círculos. Son ella misma y sus hermanas; ella es el
círculo más pequeño, en el centro. Dibuja dos más, muy cerca
el uno del otro, justo alrededor del suyo. Son los gemelos que
murieron antes de que ella naciera. Una vez preguntó a su madre si habría habido sitio para ella en caso de que los gemelos
hubieran sobrevivido, pero Mechthild fingió no oír la pregunta.
Ahora todo es silencio en la gran casa, incluso durante las comidas. Solo hacen ruido las paredes, y los pensamientos de Mechthild, que susurran como el viento.

Hildegarda coge piedras pequeñas y las dispone a lo largo del
círculo que representa a Benedikta. Debajo coloca el pájaro y
debajo de él, la rana. Después coloca la abeja, el saltamontes, las
moscas y, por último, tres hormigas muertas.

Son como las vigas, que se ponen una encima de otra para construir una casa. Representa a Dios por encima de los hombres, el
hombre por encima de la mujer, la mujer por encima del niño y
el niño por encima de los animales. Todo sigue un orden y una
estructura perfectos. Hay un pájaro que se come a la rana y que

adquiere así algo de su fuerza, igual que el hombre acaba poseyendo la fuerza del buey. Hay un enjambre de cintas de colores, que se enredan entre sí y danzan ante sus ojos. Se concentra en el orden que vio en la Luz Viviente. Pero atravesando ese orden hay algo que se mueve por su propia fuerza, algo que lo une todo. Las piedras no respiran del mismo modo que los animales y las personas, tampoco el metal y el agua y el hielo. ¿Es el hombre un animal? Tiene los mismos ojos y miembros, el mismo respirar que puede interrumpirse. ¿Es también Dios, que creó al hombre a su imagen y semejanza, un animal? Hay cintas de seda que se enredan entre sí formando un ovillo desordenado, y cada vez que ella tira de un extremo para empezar a ordenarlo, se forman nudos y las cintas se enredan todavía más.

Tres días después empieza a llover, y la tierra se vuelve viscosa bajo los pies de Hildegarda, manchándole el vestido de barro. Los círculos casi han desaparecido, pero la corona de piedras sigue ahí. Ella las toca con el pie y se alegra de entender la señal de Dios. Deja que la clave del paraíso brille al sol; ha encerrado a Benedikta en su reino.

27

Sofia y Jutta von Sponheim cruzan el portón del patio en un carruaje ancho y abierto, y se detienen ante los establos. El hermano mayor de Jutta, Meinhardt, y un par de caballeros cabalgan a su lado sobre unos caballos blancos y grandes, aún más bonitos que los de Hildebert. El desdentado Heine llega corriendo, se inclina delante del señor y coge las riendas mientras el cochero baja del pescante. Heine se esfuerza por no mirar a las ocupantes del vehículo, que son damas de mucha categoría, y aunque Jutta resplandece de belleza y juventud, le cuesta más no mirar a Sofia. Meinhardt las ayuda a bajar del carruaje, primero a su madre y después a su hermana. Hildebert sale del umbral oscuro de la puerta de la casa y saluda a los tres cálidamente, sobre todo a Sofia, a quien besa en la mano.

Cuando Mechthild por fin aparece, Hildebert ya les ha mostrado, a petición de Sofia, las diversas edificaciones de la finca. Mechthild tiene un aspecto terrible, pero al menos se ha peinado y recogido el cabello en una trenza bajo el velo, a diferencia de las últimas semanas, en que se dejaba el pelo suelto y ni siquiera se lavaba las manos y la cara. Para la ocasión, ha sustituido el vestido de lana negro que llevaba desde la muerte de Benedikta por uno más adecuado, de seda. Sofia y Meinhardt la saludan amablemente. Un paso por detrás está Jutta, que lleva un vestido simple y basto. Es la última en acercarse a Mechthild. Es bonita y desprende una luz especial; es alta y delgada como un chico, aunque con pecho y rostro femenino. Tiene dieciséis años, por tanto es mayor que Clementia. Mechthild le hace una reverencia, y la muchacha le coge la mano y le susurra que le dolió saber de la pérdida de Benedikta. Que Jutta mencione a Benedikta reconforta a Mechthild, quien a duras penas logra soltar la mano de la chica. Jutta le acaricia la mejilla por un instante. Aunque es muy joven, tiene una arruga profunda entre las cejas.

Envían a Hugo a buscar a Hildegarda, quien tendría que estar con Agnes, pero como de costumbre Agnes le ha perdido el rastro. Hugo corre en pos de su hermana, excitado por la visita de unos nobles invitados. Llama a Hildegarda. Conoce todos sus escondrijos, así que la encuentra donde esperaba, junto al riachuelo, y la lleva con Agnes, que le tira del pelo porque siempre hace lo mismo y desaparece, aunque se le haya dicho que debe estar con la familia. Hildegarda no se defiende, lo que es aún peor que si hubiera replicado, porque si es obediente Agnes se siente incapaz de castigarla. La escolta de vuelta a la casa, y la niña se deja llevar sin oponer resistencia. Agnes le ordena que se quite el vestido sucio de barro y envía a la sirvienta a buscar ropa limpia para Hildegarda mientras le peina la escasa cabellera. La ayuda a ponerse el vestido limpio y se lo alisa con ambas manos; luego la observa con ojo crítico y nerviosa porque duda de si es adecuado recibir a los exquisitos invitados con la misma ropa que vestía en la desafortunada boda de Clementia. Hugo les lleva el mensaje de que la niña tiene que presentarse, bien aseada, directamente en el comedor. Aunque la señora no se lo haya dicho claramente, Agnes sospecha que está en juego algo que afecta al futuro de Hildegarda, y la inquieta no saber exactamente de qué se trata. Es difícil no encariñarse con los niños de los señores, y a Hildegarda la ha cuidado tantas noches que toda la ansiedad sufrida se ha convertido en amor, a tal punto que la sola posibilidad de tener que separarse de ella en el futuro le duele tanto como una úlcera.

En el salón, los invitados esperan con Mechthild y Hildebert, y cuando Agnes la empuja para que entre, desapareciendo ella en una fracción de segundo, Hildegarda se inclina sin alzar la vista. Escucha la charla de los mayores, pero se desconcentra porque hablan de cosas que ella no entiende. Mencionan al rey Enrique y al arzobispo Ruthardt, a los que no conoce. Estira las piernas y los brazos, y de pronto bosteza con tal ímpetu que los adultos callan. Mechthild la mira con aire de reproche, pero los ojos de Jutta sonríen. La muchacha le acaricia el pelo como si la conociera, la coge de la mano y pide permiso a su madre para ir a pasear con ella por el jardín.

Jutta es la mujer más bella que Hildegarda haya visto nunca. Cuando llegan al huerto se lo dice tal cual, sin pensar si el comentario es adecuado.

—Eres tan bonita... —dice simplemente, soltándole la mano.

Jutta sonríe; no replica, pero tampoco da muestra alguna de que la niña haya dicho algo erróneo, como sí habrían hecho Agnes, Mechthild o sus hermanas.

—¿Recibes lecciones de lectura? —le pregunta en cambio Jutta, y vuelve a cogerla de la mano mientras pasean entre los árboles.

Abejas y avispas revolotean alrededor de las flores amarillas y lilas de la hierba.

—No lo haré hasta que haya cumplido ocho años —contesta Hildegarda, y nota que le sudan las manos.

—Ya los has cumplido —dice Jutta mientras continúan paseando en dirección al muro de piedra.

—Pero no empezaré hasta que llegue el invierno —replica Hildegarda, porque Hildebert le dijo que aprendería a leer cuando acabara la cosecha.

Jutta ríe, quiere bajar hacia el riachuelo, y Hildegarda le muestra el camino. Da un rodeo para evitar el sitio donde había hecho el círculo en la tierra. «Hay demasiado barro», dice; teme que Jutta pregunte por el círculo de piedras, pues no sabe cómo explicárselo. Los juncos están erguidos y alargan en el aire sus flores marrones donde el agua se hace más profunda.

Hildegarda muestra a Jutta la piedra ancha y plana donde le gusta sentarse.

Jutta se agacha con los ojos cerrados. Sus manos y brazos son delgados, aunque tiene las mejillas redondas. Los insectos danzan en la superficie del agua, un pez emerge trazando círculos perfectos que van ampliándose perezosamente hasta desaparecer en el agua de un verde marrón. Hildegarda siente una gran calma, aplasta una hoja de junco con las uñas, observa una sombra que se desliza bajo el agua. Jutta suspira. Una libélula se queda inmóvil en el aire aleteando, y Hildegarda alarga la mano hacia ella.

—Qué bella criatura —dice Jutta—. Mira cómo juega la luz con sus alas. Y mira aquel caballito del diablo y aquel escarabajo de hoja, ahí. —Jutta baja el tono de voz y señala el escarabajo, que utiliza una sardonia como balancín—. Fíjate qué vestido más delicado lleva hoy.

Hildegarda se siente llena de un espíritu solemne. Observa el pequeño escarabajo verde y brillante en su viaje entre las hojas de la sardonia. Conoce los nombres de muchas plantas y animales, a menudo los dice para sí y le gusta saberlos.

—El Señor creó toda esta belleza para que nos alegremos de ella —dice Jutta, sonriendo y asintiendo a Hildegarda.

Hildegarda también asiente. Y piensa que también ha creado a Jutta, y a ella misma, aunque ɴᴜᴇɴᴛᴀ ᴄʀᴇᴇʀ ... ᴍᴀ mano.

—Sardonia —dice Jutta, señalando las flores amarillas que se abren en grandes racimos—, ¿sabes por qué se llama así?

La niña contesta que solo sabe que a menudo su jugo se usa para curar verrugas, y cuando Jutta le acaricia una mejilla se siente orgullosa.

—Dicen que los mendigos a veces se frotan la piel con su jugo para provocarse sarpullidos y ampollas que les hacen esbozar una especie de mueca sardónica, y entonces la gente se compadece más de ellos —le explica Jutta, cogiendo un tallo de junco con dos dedos.

Hildegarda piensa en un hombre sin piernas que vio una vez en la plaza de la iglesia de Maguncia. Se arrastraba ayudándose de los brazos y tenía las mejillas cubiertas de heridas. Compadecida del pobre hombre, se quedó de pie frente a él, hasta que Mechthild se la llevó de allí. No puede entender que alguien sea capaz de provocarse dolor.

—Tengo que enseñarte algo —dice Hildegarda, saltando de la piedra. De pronto siente valor y quiere mostrar a Jutta los círculos, quiere explicarle cómo se ordenan las cosas en la Luz Viviente. Da unos saltos impacientes delante de ella, que al principio parece querer levantarse—. Es una cosa que he visto.

Jutta escucha paciente mientras Hildegarda le habla de los círculos y las piedras y los animales muertos, que ahora ya no están. En su ansiedad por explicarse, tropieza y se mete hasta los tobillos en el fango, y Jutta tiene que sacarla, pero eso no detiene el torrente de palabras. Solo cuando tiene la sensación de que lo ha explicado tan bien como ella misma lo entiende, se calla. Jutta permanece largo rato en silencio, mirándola seria.

—Estoy contenta de que me lo hayas enseñado —dice—. ¿Se lo has mostrado a tu madre, también? ¿O a tu padre?

Hildegarda baja la mirada hacia sus zapatos embarrados y niega con la cabeza.

—¿Y a tus hermanos y hermanas? —insiste Jutta, intentando en vano que Hildegarda la mire a los ojos.

Hildegarda niega con la cabeza de nuevo. Se muerde el labio inferior y se trenza un mechón de pelo.

—¿A nadie en absoluto?

—No —contesta la niña con convencimiento. Tiene lágrimas en los ojos, que se enjuga con el dorso de la mano—. Se ríen de mí, dicen... —Duda un instante, pero Jutta asiente animándola a continuar—. Dicen que soy tonta —susurra, y por primera vez desde la muerte de Benedikta da rienda suelta a las lágrimas.

Jutta le posa una mano en la cabeza. Le acaricia el cabello, pero no la atrae hacia sí.

—¿Qué dicen tu padre y tu madre?

—Mi madre... —Hildegarda mira el círculo de piedras en el barro— dice que tendré problemas si algún día hablo con la gente como lo he hecho contigo —explica en un susurro—. Mi madre es... —Se interrumpe, es pecado hablar mal de los padres, y en realidad tampoco sabe si quien se equivoca es Mechthild o ella. En lugar de hablar, niega con la cabeza.

—Tu silencio es una buena respuesta —dice Jutta, cogiendo a Hildegarda de la mano como antes—. Y ahora, volvamos al comedor.

Hildegarda no entiende la reacción de Jutta y reflexiona sobre ello. Le gusta ir de la mano de Jutta; aunque hace un par de horas era una desconocida, ahora tiene la sensación de que la conoce.

Aunque Hildegarda trata de resistir con todas sus fuerzas, en el primer plato el cansancio y el dolor de cabeza la superan. Hugo e Irmengard ríen a carcajadas cuando ven que la pequeña apoya la frente en la mesa. Mechthild les lanza su mirada penetrante, llena de indiferencia, y es Hildebert quien tiene que pedir a Agnes que acompañe a la benjamina a la cama. Cuando se levanta de la mesa, Jutta le hace una señal con la cabeza, seria, y la arruga entre sus cejas se acentúa.

Cuando despierta, en lo primero que Hildegarda piensa es esa mirada que le dirigió Jutta. Teme que al final fuera un error mostrarle el círculo de piedras. Quizá se lo haya contado a Mechthild y Hildebert, a lo mejor también a Sofía y Meinhardt, que ahora la menospreciarán. Bajo las sábanas encuentra el caballo de piedra negra de Mechthild, y lo aprieta contra los labios para tranquilizarse. Tiene miedo y vergüenza porque ha roto la promesa que le había hecho a su madre de no hablar con nadie de lo que ve y oye.

Pero Jutta la saluda con la misma amabilidad del día anterior, y el resto de los adultos apenas parecen fijarse en ella. Hildegarda se siente ligera y corretea como un potrillo mientras los invitados suben al carruaje. Coge de la mano a Hildebert, una mano cálida y seca, y él se la aprieta varias veces con tanta fuerza que hasta le hace daño. Mechthild también ha salido a despedirse, y Hildebert se avergüenza de su mujer, que no es capaz de disimular sus sentimientos ante los otros. Hildegarda acaricia el brazo a su madre mientras el carruaje traquetea bajo el portón, pero Mechthild se gira sobre sus talones sin dirigirle ni una mirada y desaparece dentro de la casa.

Hildebert se agacha delante de su hija menor, la coge de la barbilla y la mira a los ojos con expresión interrogativa. Hildegarda le corresponde mirándolo también a los ojos, y él ríe al ver el semblante grave de la pequeña. Le pellizca la nariz, y ambos se echan a reír. La sonrisa de Hildebert es miel fresca que gotea suavemente de sus ojos, se expande en arrugas sonrientes y por su boca ancha. Él la levanta muy arriba y la hace girar como hacía cuando era una niña pequeña y regresaba de uno de sus viajes. La hace girar y girar, y ella da vueltas y el cielo es un torbellino, así como el viento, las casas, los árboles, los pensamientos. Hildebert da vueltas hasta que se marea, pierde el equilibrio con la niña en el regazo, se apoya en el muro del establo y ríe tanto que casi no puede respirar; entonces la devuelve al suelo con cuidado. Hildegarda cae hacia atrás y se queda en el suelo del patio cuan larga es, confundida y mareada, ríe mirando al cielo.

Hildebert tiene que inspeccionar la tala de árboles en el bosque y quiere que Hildegarda le acompañe. No tiene que pedir permiso; simplemente le dice a la niña que vaya a la cocina, donde Agnes está preparando una masa, y que pida comida para los dos. Agnes no da crédito a lo que oye; se limpia las manos llenas de harina en el delantal y sale un momento al patio para comprobar que la pequeña dice la verdad. Hildegarda nunca ha estado en el bosque con su padre, y antes de la muerte de Benedikta la señora la vigilaba como un pastor. Si tenía que ir a algún sitio, lo hacía envuelta en mantas dentro de un carruaje, nunca a lomos de un caballo.

A Hildegarda no le dan miedo, los inmensos animales, y Agnes se alegra de que la niña pueda disfrutar de un poco de libertad. La casa está sumida en una calma tranquila y oscura. Irmengard y Odilia, a quienes han dado permiso para decorar las tartas con flores y formas geométricas, llegan corriendo y tienen

el tiempo justo de ver cómo su hermana pequeña monta el caballo oscuro, Hugo también se une a ellas, pero Hildebert no da
indicios de querer llevarlo con él: le vuelve la espalda y habla
con Hildegarda mientras ata a la silla la bolsa con la comida. Irmengard y Odilia solo miran un instante antes de volver a la
cocina, el bosque nunca las ha interesado. Hugo se queda allí de
pie, en actitud desafiante, y cuando Hildebert monta en la silla
de un salto, da una patada al suelo, enfadado, antes de desaparecer detrás del establo.

28

Hildegarda pone las manos en torno al cuello del inmenso animal, cuyos músculos tiemblan bajo su piel. Luego se las lleva al rostro e inhala el fuerte olor. Atravesando el terreno abierto que lleva al bosque, Hildebert mantiene los talones en los flancos del caballo y con un brazo sujeta con fuerza a la niña. Ella hunde las manos en las crines del animal y apoya la cabeza en el cuerpo de su padre. Aprieta los muslos contra el caballo para no caerse. La fuerza de la bestia se le contagia por todo el cuerpo como sí fuera una cascada que salta por un precipicio, toda ella se contrae y se echa a reír.

Hildebert deja que los pasos del caballo vayan adentrándose despacio entre los árboles; el animal posa con cuidado los cascos en los terrones, evitando las piedras puntiagudas. Hildebert le canturrea y le habla; Hildegarda suda contra su cuerpo. Un viento ligero acaricia las copas de los árboles; al caballo le asoman manchas de sudor en el cuello, como brotes de flores de saúco. Hildegarda no puede mantenerse quieta, sigue los movimientos del caballo, adelante y atrás, adelante y atrás, y siente una enorme alegría secreta, como de encontrarse en un lugar agradable y fresco un día de calor y bullicio, un lugar solitario donde huele a helechos y a tierra.

Cuando cierra los ojos, el olor del caballo, el sonido del viento y la voz de su padre, y los pasos tambaleantes del animal dibujan líneas cruzadas en su interior, bajo los párpados. Primero parecen un sol, después una golondrina, luego una cara desconocida. Cuando abre de nuevo los ojos, alarga los brazos. Las ramas de los árboles le golpean suavemente las manos, los racimos de serbas juguetean con sus manos como pequeños puños.

En lo profundo del bosque se oyen los golpes secos de los destrales de los hombres sobre los troncos. Hildebert salta del caballo y lo conduce a pie el último trecho de camino hasta el claro. La luz cae desde el cielo, el claro brilla con la fuerza verde de la tierra, una fuerza que se implanta en el caminar acompasado de su padre; en Hildegarda, a quien él levanta por la cintura y deja en el suelo; en sus manos fuertes, que guían al caballo hacia el sol; en el caballo, que relincha y sacude la cabeza cuando lo sueltan.

Hildebert la posa en la hierba suave a la entrada del claro y va a hablar con los taladores. Van y vienen entre los troncos, desaparecen y reaparecen, golpean los árboles con las manos, señalan hacia las anchas copas, asienten sin cesar.

A Hildegarda le duelen las nalgas y el bajo vientre, sus manos huelen a caballo, y ese olor se mezcla con el aroma del bosque: el follaje, la hierba, la tierra, las hojas secas y el punzante olor de las acederas. En una pendiente talada hay un niño. Ya es mediodía, y todos excepto el capataz, que habla con su padre, descansan tumbados bajo la sombra entre los árboles. Si entorna un poco los ojos, Hildegarda los ve perfectamente; tendidos de espaldas o acurrucados en una media luna, con los gorros subidos sobre los rostros bronceados. Solo en un lugar concreto Hildegarda ve a una mujer, seguramente la madre del niño, que ha llevado comida a los hombres. La mujer está encima de su esposo, ruedan lentamente por la hierba, como si estuvieran peleándose.

El niño echa a correr hacia lo alto del claro con la boca abierta, como si gritara, pero el viento se lleva los sonidos y le aparta el pelo de la cara. El sol avanza por el claro, pugnando encarecidamente por mantener la hierba libre de sombras. Entonces el niño se tumba y se lanza rodando hasta los pies de la pendiente en una nube de polvo y hierba. Se sacude el polvo de encima y echa a correr de nuevo hacia la cima, con los brazos en cruz para mantener el equilibrio. Rueda y corre, rueda y corre. Hildegarda lo observa, a él y a las sombras. La luz se filtra por las copas de los árboles, proyectando manchas en la hierba, y hace desaparecer a hombres y troncos, fundidos con la verde oscuridad. Cada vez que el chico sube a la cima de la pendiente, lleva tras de sí una sombra con forma de cuña, que es lo que lo arrastra después hacia abajo.

Un gorrión se posa en una piedra a pocos metros de Hildegarda. Da saltitos adelante y atrás, mueve la cabeza de un lado al otro, observa a la niña como ella lo observa a él. Sus plumas son suaves, de un castaño claro y delicado, igual que el color del cabello de Benedikta, y Hildegarda rebosa de alegría. Busca el caballo de piedra en el bolsillo y se lo alarga al pájaro. El ave ladea la cabeza y asiente a Hildegarda, salta a una piedra más baja y vuelve a subir, como el chico, que baja rodando y vuelve a subir, igual que el suave cabello de Benedikta. Cuando alarga las manos hacia él, el pájaro alza el vuelo. Hildegarda lo sigue con la mirada, por un momento se detiene arriba, en el aire, encima de la tierra, antes de virar y desaparecer entre los troncos. Está segura de que asiente otra vez con la cabeza, y se ríe. Enlaza las manos y da gracias a Dios porque le envía señales.

29

Cuando Hildebert regresa a donde se halla Hildegarda, satisfecho con el trabajo que están llevando a cabo los taladores, la
encuentra dormida, tumbada bocabajo en la hierba. La levanta, es muy liviana. Se sienta sobre sus talones, con la niña en
brazos, y le quita briznas de hierba y musgo del cabello, le acaricia la mejilla dormida. Ella sonríe antes de abrir los ojos; él la
lleva en brazos hasta el caballo. Cuando cabalgan hacia casa,
nota el peso de la niña adormilada contra él en un silencio
acogedor.

Al salir del bosque, Hildebert detiene el caballo. El sol de la
tarde todavía calienta, están a finales de septiembre y ya hace
fresco entre los árboles. Hildebert se hace sombra con una mano
sobre los ojos. Mira los campos más allá de las ovejas que pas-
tan, de los muros de piedra y del portón que lleva a la casa; más
allá de los salones, y aún más, al otro lado, en dirección a Sponheim. Posa la mirada un instante en el rostro inexpresivo de
Mechthild; un fragmento de su pensamiento se queda ahí colgado igual que la lana de las ovejas a menudo se engancha en la
valla. Asiente sin darse cuenta. No le gusta el modo en que ella
ha empezado a tratarlo, con actitud sumisa pero sin serlo realmente; voluntariosa pero siempre medio escondida. Se frota la
frente y los ojos, y Hildegarda se vuelve hacia él.

—¿Voy a tener que marcharme de Bermersheim? —le pregunta sin más.

La pregunta es como una bofetada que él no ha visto venir.

—¿Quién te ha dicho eso?

Hildebert le acaricia el cabello. Ahí sentada, parece más un enanito que una niña de ocho años, con la frente alta, los ojos profundos y el pelo trenzado. Es solo un puntito bajo el cielo y las copas de los árboles, y él siente una punzada de miedo y desesperación porque pronto va a perderla.

Hildegarda no responde a su pregunta; gira la cabeza y mira en la misma dirección que su padre hasta hace un momento. El sol se ha desplazado al otro lado del patio y proyecta una luz especial sobre el paisaje, que suaviza los contornos y hace que los detalles parezcan más desnudos y duros. A contraluz, los sólidos muros son oscuros, como si estuvieran mojados por la lluvia o la humedad de la tierra.

—¿Ha sido tu madre? —pregunta Hildebert.

No hay nadie más, aparte de él mismo, de Mechthild, el padre Cedric y la familia Sponheim, que conozca los planes de llevar a Hildegarda lejos de casa ese mismo invierno. Aunque Mechthild ha estado distante y se ha comportado de forma ridícula desde la muerte de Benedikta, nunca habría imaginado que fuera capaz de revelarle a la niña, por su cuenta, los proyectos que tenían para ella, todavía no concretados. Le había pedido que esperara hasta que hubieran acordado la fecha de partida de la pequeña.

Hildegarda niega con la cabeza sin mirarlo.

—¿Tendré que marcharme de Bermersheim? —pregunta de nuevo.

Él no es capaz de mentirle. Antes de contestarle tiene que tragar saliva.

—¿Te gusta Jutta? —le pregunta, y la niña asiente—. Jutta irá al convento, y tú irás con ella —responde, frotándose la frente otra vez.

—De acuerdo —dice Hildegarda, asintiendo.

No pregunta nada más, y como permanece callada, Hildebert espolea el caballo y galopan hacia la casa.

30

El olmo que hay en el centro del patio es fuerte e imponente. Hildebert explica que ya estaba ahí mucho antes de que construyeran la casa. Es una campana de sombra, un agujero que se extiende tiernamente desde el corazón inquieto del patio.

Hildegarda se tumba en la tierra dura y llana que hay al pie del árbol y mira hasta que los ojos empiezan a lagrimearle, mira hasta que se marea, mira hasta que el tronco le sale de la frente y las hojas se funden con el cielo.

Sin luz nada existe, las hojas crecen sobre sí mismas, desaparecen en campos oscuros, y vuelven a nacer cuando el viento las empuja a la luz, como animales nerviosos y moteados saliendo de un establo. La sombra puede tallar máscaras diabólicas en rostros conocidos, hacer que una boca trace una sonrisa o quitársela. Las sombras pueden cortar brazos y piernas, y solo la luz es capaz de volver a pegarlos al cuerpo.

Una vez que el riachuelo bajaba rebosante por el deshielo, la corriente arrastró consigo un perro muerto. Justo al pasar por delante de la finca, el animal quedó atascado entre dos ramas de árbol gemelas. Fue Hugo quien lo encontró, y Hildegarda bajó para ver por qué chillaba tanto su hermano. Saltó a la piedra más grande con un palo en la mano y empujó y aplastó el animal para liberarlo. Este tenía el pelaje oscuro y enredado, ya había perdido medio hocico y ambos ojos. Se balanceaba pesadamente, pero en el primer intento no cedió. Entonces Hugo levantó el palo y empezó a darle golpes hasta que destrozó el cuerpo. Una pata delantera se desprendió del cuerpo como la de un pollo asado.

En la copa del olmo, las hojas hablan unas con otras. No están de acuerdo; sus palabras ondean primero en una dirección, después en la otra. Se juntan en una cadena interminable de imágenes cambiantes, sin que uno tenga la menor influencia en ellas: primero es un rostro sonriente, después un pato al que le cortan la cabeza, luego una pobre criatura despeñándose por un precipicio.

Benedikta yace en el suelo con el cuerpo destrozado como el del perro arrastrado por la corriente. Las hojas son polvo que el viento arremolina con sus puños poderosos, y después lo deja caer, lo alza y deja caer, como una respiración inquieta, la crin salvaje del caballo. La copa del árbol es un bloque de granito, la superficie áspera que brilla bajo la luz, sobresale y se agita en el aire, se ilumina cuando el sol toca pequeñas motas brillantes. Las hojas son agua que corre sobre el lecho de piedras de un río, son un fuego violento, una hoguera que libera hacia el cielo un ejército de pequeños demonios en el tejado.

Agnes la llama, pero su nombre es un sonido roto y desconocido. Llega corriendo, la levanta de golpe, quiere arrastrarla tirándole de las piernas y los brazos. Hildegarda le grita que la deje en paz, porque ella es también como un perro en la corriente, con guijarros en su pelaje enredado, sus miembros pueden desgajarse fácilmente. Agnes dice: fiebre y tierra fría. Dice: humedad y agua de lluvia. Hildegarda llora: DEJADME EN PAZ.

31

A principios de noviembre empieza a helar. Hildebert ha pasado en casa más de un mes y está inquieto e irritado. Espera un mensaje de Sponheim: que el duque le pida que vuelva, o que Sofia le pida que envíen a su hija menor. Han tenido la mejor cosecha en muchos años. El verano ha sido cálido y húmedo, y eso ha proporcionado al maíz y las frutas las mejores condiciones. Mechthild apenas habla, deambula con expresión ausente por las habitaciones, pero su presencia es arrogante; Hildebert se siente observado e incómodo. Hugo está travieso y excitado, y tanto los niños como los sirvientes andan haciendo ruido y alboroto por todas partes; solo soporta a Hildegarda, y pronto se la arrebatarán. Se sorprende de que la naturaleza pueda haberlos obsequiado con tal abundancia, con un lugar donde todo crece y florece cuando la vida en su hacienda parece marchitarse lentamente. Los almacenes de víveres y los graneros rebosan de dones del Señor mientras el alma sufre de hambre. De Clementia no han tenido noticias, y lo único que de vez en cuando saca a Mechthild de su estado de somnolencia es la preocupación estúpida de si su hija estará o no en condiciones de dar un hijo al conde Gerbert.

En Sponheim, Sofia piensa en la extraña hija de Hildebert. Quiere ayudarlo y que su niña piadosa entre en el convento con Jutta, pero no puede evitar preocuparse. Va contra su sentido común permitir que encierren a una niña, y que Hildebert le explicara directamente que no había sido idea suya sino de Mechthild confirmó lo que le decía la intuición. Hildebert nunca ha hablado mucho de su mujer, y ella solo tiene una impresión superficial de Mechthild. No le gustó ver cómo la pena por la muerte de la pobre Benedikta la ha corroído. Es peligroso abandonarse de esa forma. Cuando la pena y la dejadez penetran en el cuerpo, la piel se vuelve húmeda y floja, como le está pasando a Mechthild: la carne pálida absorbe su desolación.

Ver a Jutta junto a la vulgar esposa de Hildebert fue como poner un lirio junto a un cardo. Jutta saludó enseguida a la niña, y aunque Sofia confía plenamente en ella para las cuestiones religiosas, no puede evitar pensar que quizá se precipitó al darle su palabra. Piensa en su propia hija, una esfera de mármol pulido, tan pura y brillante, y en la posibilidad de que la suciedad se pose en ella. Nadie puede dudar ya de que ha sido llamada a servir a Dios, pero ¿acaso será capaz de cuidar de una criatura? Sofia no puede hablar con el párroco, pues su preocupación no tiene que ver ni con la fe ni con el espíritu, y cuando intenta concentrarse estrictamente en el bienestar de Hildegarda, los pensamientos se deslizan de la niña a Jutta, formando una red estrecha en torno a ella. La preocupación es una niebla fría e informe que la despierta de noche y la hace tiritar. Surge de su amor y preocupación por Jutta, pero en la madrugada sus pensamientos cobran formas secretas y siluetas menos agradables en la niebla. Entonces ve a Mechthild en su lecho de muerte, y que Hildebert se queda viudo. Se imagina que él cabalga hasta Sponheim, y ya nunca más tiene que pagar a su administrador para que no diga nada cuando ella lo recibe en sus habitaciones privadas. Ella y Hildebert: ahí la niebla se disipa y da lugar a un amanecer transparente.

Cuando era una muchacha, era imposible que se casara con Hildebert, porque, a diferencia de ella, él no tenía título. Pero una viuda puede casarse con el hombre que desee; sus padres murieron hace tiempo y no pueden interferir, y Meinhardt tampoco tendría nada que objetar porque eso supondría que se quedaría con la propiedad. Sofia permanece despierta por la noche, y por el día sufre jaquecas. Ve reflejada en el río una imagen de Jutta llevándose consigo a Hildegarda a una celda pequeña hasta que un pez sacude el agua con la cola y la imagen se disuelve entre escamas en el agua, y lo que ve después ya no es a Jutta y a la pequeña, sino a sí misma, atravesando el salón como señora en Bermersheim.

Sofia sabe que el Señor puede ver en su alma oscura. Hace tiempo que no pide perdón, y hay pecados que nunca ha confesado. Piensa que hay mujeres que no están hechas para vivir solas, y se dice que casándose de nuevo protegerá la herencia de Meinhardt. Si el Señor entiende la naturaleza de la mujer, la naturaleza que Él mismo creó, se mostrará misericordioso. Igual que el río rebasa a veces su cauce, también ella tiene ríos y lagos escondidos que la desbordan y, en suma, hacen que su perfume atraiga a los hombres. Sin embargo, se consuela pensando que Jutta haya escogido la vida en el convento. Dios lo verá como una circunstancia atenuante cuando, el día del juicio final, haga balance de su alma y la de Meinhardt.

Por la noche la oscuridad hace que el mundo parezca extraño, pero esa extrañeza es tan inmutable como la que llena la habitación de día. Es solo una cuestión de conocerla. Sofia se mete en la cama y espera a que los ojos se acostumbren a la oscuridad. En el hogar las brasas tienen forma de riñones y corazones. En la oscuridad, cuando los detalles desaparecen, el mundo en realidad es pequeño y simple. La oscuridad difumina las enredaderas talladas en los postes de la cama y las hacen más lisas y pesadas; la oscuridad lava los colores del dosel y los tapices de las paredes, alisa las arrugas que los años han impreso en sus propias manos. Sofia se deja caer de espaldas. Si no temiera despertar a los sirvientes, se levantaría, pero el mero hecho de pensar en su asombro la convence de seguir acostada. En esa cama yació por primera vez con su esposo. En esa cama él murió. En esa cama acogió por primera vez a otro hombre. Es una trenza gruesa la que tiene entre los dedos, toda una vida de la que nadie sabe nada.

Mientras Sofia da vueltas en el lecho, Jutta se levanta para rezar. Le quema el hambre bajo las costillas, aunque Sofia siempre la fuerza a comer. Jutta camina descalza todo el año para disciplinar el cuerpo, e insiste en dormir en un colchón de crin de caballo en lugar de en uno de lana suave. Incluso cuando reza, sus pensamientos vagan de un lado a otro, porque es una terrible pecadora. El padre Thomas afirma que está bien disciplinarse, pero que es malo castigar el cuerpo o el alma por pecados que no se han cometido. Le dice que debe dejar que Dios abra su mente de la misma forma en que hace que se abran los órganos ocultos de una parturienta. Dice que su impaciencia consigo misma y la desesperación de no poder encerrar el mundo fuera de sus pensamientos se parece a los dolores del parto. Pero esos duelen de verdad, así que cuando Jutta se da cuenta de que sus pensamientos vuelan, se muerde el labio. Una vez, se hizo una herida, y el padre Thomas, señalando el labio magullado, le dijo que no está bien causarse heridas para tener la mente bajo control. Al fin y al cabo, era otra forma de desviar el pensamiento de Dios, y ella sabía bien que él podía ver dentro de ella. Otra vez le explicó que los hombres santos que fueron al desierto buscando a Dios también se distanciaban de su cuerpo para romper todo vínculo con este mundo efímero. Era el deseo piadoso de convertirse en el ser humano que Dios creó antes de que Eva pecara contra el Señor comiendo la fruta prohibida, un deseo que los llevó a distanciarse de su cuerpo hasta que ya no tenían ni hambre ni sed. Jutta solo quiere hacer como ellos, aunque sabe que desciende de Eva y no de Adán, de modo que es más débil tanto en cuerpo como en alma.

Ella mismo leyó la solicitud que Meinhardt había enviado al arzobispo Ruthardt y sabe que ofreció a la Iglesia muchas más tierras de las que se esperan de un hombre que consagra a su hermana a Dios. Después insistió tanto a Meinhardt para que fuera a Worms a defender su caso que él le prometió que lo haría después de Año Nuevo si por entonces no habían recibido respuesta del arzobispo. Mientras tanto, Jutta organiza el día en torno a plegarias, ejercicios espirituales, ejercicios físicos y conversaciones con el padre Thomas, como si ya viviera en el convento. En las noches buenas sueña que su cuerpo es una corriente de agua; en las malas, que peca abalanzándose sobre pasteles de carne y pan con miel hasta que lo vomita todo.

Después del encuentro con Hildegarda, está convencida de que Dios le ha enviado una señal. Con sus sorprendentes círculos de piedras al lado del riachuelo, la niña le explicó verdades que nadie le había contado. A Jutta no le cabía duda de que era el mismo orden del universo lo que Hildegarda había entendido con una mirada. Los hermanos mayores de la niña habían recibido lecciones del párroco de Bermersheim, el padre Cedric, pero es evidente que el hombre no valía mucho. Meinhardt se burlaba a menudo de los limitados conocimientos de latín de Drutwin, y en el caso de Hugo todavía es peor, porque no le gusta estudiar. Que ese párroco deslucido hubiera sido capaz de explicar a la niña cómo funcionan las jerarquías en el orden del universo era impensable, y aun así la pequeña se lo contó, con desenvoltura y mucho mejor de lo que cualquier otra persona educada habría podido hacerlo. Que Hildegarda dijera que se lo había revelado una luz que brillaba más que el sol, una luz viva que hablaba, podía significar que Dios le ha hablado directamente, y en ese caso es urgente y necesario que la niña sea tutelada por alguien experimentado.

Jutta no había vivido nada semejante, pero cree a la pequeña. Hildegarda había tenido el coraje de contarle lo que había visto. Eso la había convencido de que Hildegarda no inventaba historias para llamar la atención. Además, ¿qué niño se inventaría algo semejante? ¿Qué niño desearía que los adultos lo vean con ojos críticos y desconfiados, y oír que su propia madre hable de locura y pactos con el diablo? Es cierto que es una niña diferente. Es más pequeña de lo que le correspondería por su edad, muy delgada y débil, con el cabello fino y sombras azuladas en torno a los ojos claros. Solo sus labios son rojos y frescos, tiene tendencia a sacar un poco el labio inferior cuando habla, como si estuviera acostumbrada a llorar. Jutta se da cuenta de que sus padres la querían, pero también percibía la dureza de Mechthild y la simpleza, el carácter poco refinado de Hildebert, que ella conoce bien. Sus hermanos se burlan de la pequeña tan pronto como tienen ocasión, y la joven que la cuida no hace mucho para protegerla. Sin embargo, la niña la cogió de la mano, con confianza y curiosidad. Aunque sus padres le habían prohibido acertadamente hablar de la Luz Viviente y en general de lo que la gente no puede ver, con Jutta se sinceró. Todo fue muy directo y natural, y resultó fácil entenderse mutuamente. Por eso no le preocupa que la encierren en la celda de un convento, igual que a ella misma. Solo debe pensar bien cómo formular la carta que tiene que enviar al arzobispo a modo de apéndice a la primera. Hildebert le ha entregado un documento que describe con detalle las tierras que donará al monasterio. Aunque no es habitual enviar cartas cerradas, esta la han sellado, de forma que no puede leerla, pero está segura de la generosidad de Hildebert. No puede hablar con el padre Thomas de lo que debe escribir, porque las opiniones de otros influyen demasiado en ella. Al principio se imaginó que la celda de la niña estaría cerrada del todo, excepto por una única ventana con barrotes que diera a la iglesia para poder seguir los servicios, y otra para que le pasen comida y bebida. Ahora ha comprendido que hay que asegurarse de que Hildegarda crezca bien. Una criatura debe tener la posibilidad de estar al aire libre y de moverse a fin de que el cuerpo no se le anquilose, y también debe comer dos veces al día en lugar de una, como hacen los monjes o como hará Jutta. En Bermersheim comunicó estos pensamientos, y Hildebert, asintiendo, añadió que podía aceptar que la niña no saliera del convento, pero no que el mundo por el que se pasará toda su vida rezando le fuera completamente desconocido. Desea que Hildegarda pueda ir al río y ver cómo se pescan los peces, que pueda ver los campos y los bosques y la montaña donde vive, y que pueda visitar los animales, la biblioteca, la enfermería y el huerto. Jutta lo entendía muy bien, pero subrayó que en ninguna circunstancia sería ella la persona que siguiera a Hildegarda fuera de la celda. Su puerta se cerrará hasta el día en el que, si Dios quiere, empezará su nueva vida en el convento. No podrá tener ningún tipo de contacto físico con otras personas, tampoco con la niña. Podrían practicar una abertura entre su celda y la de la pequeña, pero con barrotes tan próximos entre sí que ni un niño pudiera colarse entre ellos. Mechthild no dijo ni una palabra, se limitó a estar allí sentada con los brazos cruzados y a mi-

rar al frente, como si aquello no fuera con ella. Sofia y Hildebert acordaron buscar una viuda piadosa que acompañara a la
niña en el convento. Tendrá que ser lo bastante anciana para
que los monjes acepten su presencia, lo bastante ágil para poder
moverse y lo bastante inteligente para no meter ideas estúpidas
en la cabeza de la niña. Jutta se encargaría de la formación de
Hildegarda: deberá enseñarle todo lo que sabe, no le hará falta
saber más. Ninguna mujer necesita tener conocimientos de todas
las artes libres; basta con que sepa latín, un poco de contabilidad
y también composición musical para entender las misas, los ejercicios espirituales, las plegarias y los salmos. Además, también
aprenderá, claro está, a hacer labores manuales, y como no habrá
sitio para una máquina de tejer, Jutta le enseñará a bordar. Es
muy hábil con el bordado, y de ese modo entre ambas propor-
cionarán al convento manteles de altar y otras ropas litúrgicas.

Mientras está sentada bordando, Jutta se pierde en sus pensamientos, hace planes acerca de cuál será la mejor manera de
educar y formar a la pequeña, y reflexiona sobre cómo empleará
su virginidad eterna en Cristo. Cuando por fin lo tiene todo claro, escribe al arzobispo:

Muy distinguido padre Ruthardt:

Usted que en el nombre del Señor lucha contra el pecado y
da gozo al hijo de Dios con el proyecto de convertir Disibodenberg en un lugar donde el nombre del Señor sea de nuevo temido y glorificado como en tiempos de san Disibodo.

Me permito volver a molestarlo, sin ánimo de interrumpir
sus importantes ocupaciones. Cuando le escribí sobre mi deseo
imperioso de obtener permiso para convertirme en ermitaña en
la montaña de San Disibodo, carecía de la información que me

lleva ahora a enviarle esta carta, antes de que haya tenido tiempo de responder a la primera que le envié.

Sé que el honor que supone retirarse totalmente del mundo para vivir una vida en silencio con Dios por lo general no se concede a alguien como yo, que todavía no ha llegado a la edad adulta ni ha jurado los votos del convento. Y aun así, repito que es el mayor de mis deseos servir al Señor en todo lo que pienso y hago. A menudo he rezado a Dios rogándole que me enviara una señal que haga visible para el resto del mundo el camino que se ha abierto en mi corazón. Ahora sé que Dios tiene planes más espléndidos que los míos, más de lo que en un principio imaginé.

Respondiendo a una petición de Hildebert von Bermersheim, fui a visitarlo a él y a su esposa temerosa de Dios, Mechthild von Merxheim, en su casa. Allí tuve la oportunidad de conocer a su hija menor, Hildegarda. Aunque apenas ha cumplido nueve años, desde que era muy pequeña ha demostrado una inmensa fe. Es una niña obediente y humilde, que camina por la tierra con prudencia y amor, y aunque nunca hace nada para darse importancia, no hay nadie que no se fije en ella. Después de una difícil reflexión, sus padres han considerado necesario pedirme que acoja a su hija menor y la eduque en la fe en el único y verdadero Dios. Por eso le ruego, desde el fondo de mi corazón, que me permita llevármela a Disibodenberg. Ya que solo es una niña, quisiéramos llevar al monasterio a una viuda que pueda ocuparse de las necesidades de la criatura. Quién sería esta mujer es algo que el Señor todavía no me ha mostrado, pero con mis modestos conocimientos acerca de Su generosidad, estoy segura de que me lo indicará en el momento oportuno.

Mi hermano Meinhardt quiere, en colaboración con los monjes y el abad de Disibodenberg, velar por que la celda de la niña y la mía sean dispuestas de la mejor forma posible, de modo que yo pueda vivir en mi aislamiento y, a la vez, guiar a esa criatura del Señor.

Cuando hace unos meses el padre de Hildegarda visitó a mi madre, la condesa viuda Sofia von Sponheim, aquí, en el hogar de mi infancia, para tratar la cuestión, entendí que para él es importante que Hildegarda me siga en mi encierro. Al principio me horroricé ante su propuesta. ¿Debe una niña de diez u once años vivir como una ermitaña en un convento? ¿Debía yo, un alma pecadora y débil, asumir la tarea de tutelar su educación en una vida con el Señor? Expresé mis dudas, ¿qué otra cosa podía hacer? Pero al ver la preocupación en sus ojos y en los ojos de su esposa, tuve que aceptar un encuentro con esa niña que, según decían, era tan especial.

En ese encuentro, que, tal como he descrito, tuvo lugar hace pocas semanas, pude constatar que los rumores eran ciertos y que no se trataba solo de una expresión de amor de un padre hacia su hija. Después de haber pasado una hora con Hildegarda, me arrodillé en mi habitación y rogué a Dios con todo mi corazón que me guiara en la difícil cuestión. En aquella habitación en la casa donde Hildegarda ha vivido hasta ahora oí a Dios, que me hablaba. Era una voz clara y diáfana, que decía: «Así tiene que ser». Entonces me colmó una paz inmensa, y vi con mis propios ojos cómo los ángeles del Señor abrían sus alas en torno a mí y a la pequeña.

Por eso le pido muy encarecidamente, como fiel y humilde servidora del Señor, que me permita seguir a Dios y acoger a esa niña en mi seno. Se lo ruego de todo corazón y en el nombre del Señor, Él, que no solo es bueno, sino que es en sí mismo fuente de bondad.

Estoy dispuesta a someterme a cualquier restricción o condición imaginable que pueda conllevar mi deseo. Junto con esta carta le envío, también, otra que lleva el sello de Hildebert von Bermersheim y su generosa propuesta.

Le deseo toda la fuerza en cuerpo y alma. Amén.

Jutta von Sponheim,
día de San Miguel, 29 de septiembre de 1106

Ni Jutta ni Sofia pueden dejar de pensar en Hildegarda, aunque ninguna de las dos habla de ello. Sofia se imagina cómo sería volver a tener a un niño en casa. Si bien la muchacha solo estará en Sponheim uno o dos años, antes de que la celda en Disibodenberg esté lista, y aunque no sea su propia hija, intentará tratarla como si lo fuera. Si entendió bien las palabras de Hildebert, él y Mechthild confiarán a Hildegarda a Jutta independientemente de lo que conteste el arzobispo. Si no les dan permiso, la niña ingresará en otro convento con Jutta. Aun así, Sofia se pregunta cuáles son sus intenciones en el caso de que solo acepten a Jutta en Disibodenberg. Hay algo ambiguo en ese acuerdo. De lo contrario, no tendrían tanta prisa por quitarse a la niña de encima. No hay duda de que la cría es extraña, tiene un carácter débil e inquieto, y, por lo que le pareció entender, sufre de fiebres y enfermedades constantemente. Por otra parte, piensa Sofia, Hildebert hace bien en mandarles a su hija. Con la desgracia que cayó sobre su hacienda y su mujer, es preferible que la niña se aleje de allí.

También ella sufrió la ira de Dios cuando su esposo murió siendo los niños aún pequeños. Se mostró humilde ante el Señor, se cortó el pelo para exponer su cabeza desnuda ante Él, en señal de penitencia. A día de hoy continúa ayunando y sigue las indicaciones del padre Thomas, aunque con el paso de los años se ha infiltrado cierta sordera y desconfianza en su relación con el Señor. Sin embargo, el Señor extendió su mano para proteger su casa y a su familia. Le envió un administrador que la ha aconsejado bien. Sus hijos están sanos y el volumen de sus tierras ha aumentado, el condado es ahora mayor que cuando su esposo vivía. Nadie puede entender la voluntad del Señor, y sabe que no debe hacer conjeturas sobre ello, pero le resulta difícil no preguntarse por qué Dios señaló a la familia de Hildebert y lo castigó llevándose a su hija y dándole una esposa infeliz. De vez en cuando la asalta el amargo pensamiento de que ella en cierto modo es responsable. Desear a un hombre que pertenece a otra mujer es un pecado imperdonable, lo sabe muy bien, pero siempre encuentra una salida al remordimiento oscuro; es como un zorro o un topo que se sacude la tierra del pelaje y saca el hocico al exterior mientras cierra cuidadosamente la entrada con excusas y explicaciones: fue Hildebert quien la visitó la primera vez, y el Señor no le ha enviado a ningún otro esposo. Y fue ella quien se enamoró de él primero, cuando se conocieron en casa del duque mucho antes de que Hildebert se casara con Mechthild.

La siguiente vez que vaya a visitarla intentará sonsacarle sobre su hija, pero los días pasan y él no aparece. Meinhardt dice que no ha estado en Sponheim en las últimas semanas, y aunque Sofia sabe que en otoño hay tanto trabajo en Bermersheim como allí, no puede dejar de preocuparse. No hay ninguna razón para obsesionarse, Sofia lo sabe, pero no es capaz de evitarlo. Hildebert se presenta cuando le va bien, así ha sido durante años, y pese a que ella tiene ganada su confianza, no puede exigirle nada. No los une nada, a excepción de los vínculos que pueden crecer entre un corazón y otro.

Sofia no consigue tranquilizarse. Se enfada con su administrador, va a caballo a inspeccionar en persona las tareas de cosecha. En casa, amonesta a las muchachas y les ordena una y otra vez barrer la paja del suelo de su habitación y echar paja fresca.

La inquietud por Hildebert y su extraña hija es un terremoto que se traga tierra y piedras a cada paso que da o con cada pensamiento que tiene. También lo sufre Jutta, cuyas comidas Sofia supervisa severamente. Cuando Meinhardt no está en casa, Sofia se sienta a la mesa en su silla de respaldo alto y cuenta las cucharadas que Jutta se lleva a la boca. Entiende que su hija quiera renunciar al mundo, pero dejar que su cuerpo se degrade por el hambre es un pecado todavía mayor que la avaricia.

Cuando Meinhardt no está en casa, comen en silencio. Hasta los sirvientes comen deprisa, llevándose las cucharadas a la boca casi sin respirar, oprimidos por el inquietante mutismo de Sofia. Meinhardt pasa mucho tiempo en casa del duque, pero también corren rumores de que se comporta como un soltero sin moral y visita casas de mala reputación. La primera vez que a Sofia le llegaron esos rumores los tomó por estupideces, pero cuando las mismas historias le llegan una y otra vez, es difícil ignorarlas. También le molesta que algunos jóvenes que habían confiado en ser un buen partido para Jutta le digan ahora a Meinhardt que se consideran afortunados por no haber llegado a casarse con ella. Esos chismes enfadan y ofenden a Sofia, pero Meinhardt se lo toma con calma. Le explica confiado y con indiferencia que solo son eso: habladurías, y no defiende a su hermana. Al final terminan por callar, y él solo se pronuncia sobre el tema cuando Sofia le reprende porque no entiende que su hijo se tome tan a la ligera el honor de la familia.

Cuando los rumores sobre su conducta inmoral y sus visitas a casas de prostitución en Maguncia corren más rápido que su caballo, Sofia pierde la paciencia. Meinhardt apenas ha entrado en el patio y ella ya va a su encuentro. En la sien derecha tiene una marca con forma de media luna, y en cuanto desmonta su madre le gira el rostro con una mano para verla mejor. Él se aparta y se toca con cuidado la herida con la yema de los dedos mientras silba para llamar al chico de los caballerizas. Quiere que su hijo le explique qué ha ocurrido, pero él no tiene intención de contestar y se apresura hacia la casa con su madre pegada a los talones. No comprende por qué de pronto se interesa por un rasguño insignificante. Escupe antes de entrar en el salón, Sofia lo sigue; si no fuera su madre, ya la habría echado.

—Esa marca... —insiste ella, con la voz trémula de enfado.

—No es nada —dice él, dejándose caer pesadamente en la silla de madera tallada delante del hogar.

Tiene hambre, pero Sofia ha mandado a la muchacha fuera para poder hablar a solas con él.

—Me he hecho heridas peores —añade, cansado—, ¿por qué de pronto es tan importante?

—Porque no te la has hecho en casa del duque —responde ella, de pie ante él con los brazos pegados al cuerpo.

—Ah, ¿no? —replica él, haciendo ademán de reírse para demostrarle lo tonta que es, pero le duele la cabeza y el rostro no le obedece.

—Por lo que sé, has ido a Maguncia sin tener ningún asunto concreto pendiente allí —le suelta.

—Qué sabrás tú de mis asuntos... —susurra él, pero entonces reflexiona un momento y le pregunta—: Y en caso de que así fuera, ¿cuál sería el problema?

—Tendrías que sentar la cabeza y casarte —contesta Sofia con voz firme, y se sienta a la mesa, detrás de él.

—¿Casarme? —Se ríe sorprendido—. ¿Qué tiene que ver eso con la marca?

—Así no tendrías que merodear por tugurios y casas de prostitutas —responde ella secamente—. Y podrías beber en casa y dormir con una mujer con la bendición del Señor.

Meinhardt se encoge de hombros; Sofia está contrariada.

—En ese caso, tendrías que gobernar la hacienda junto con otra mujer —constata él.

—En ese caso, no te pelearías ni te comportarías como un soltero inmoral —replica ella sin más.

Está horrorizada porque de pronto ha recordado que en sus pensamientos hace mucho que ha llevado a Mechthild a la tumba y ella ocupa su lugar, tanto en el lecho de su esposo como en la administración de su casa. Desearía no haber empezado esa conversación.

—¡Ah! —Él se gira hacia ella—. ¿Estás pensando en mi salvación o en tu propio honor? —le pregunta duramente.

Ella se levanta, herida y enfadada ante la respuesta ambigua de su hijo. No puede responderle nada. Meinhardt ha sido el hombre de la casa desde que Stephan falleció. De hecho, tendría que alegrarse de que prefiera luchar, beber y yacer con prostitutas en lugar de tomar las riendas de la hacienda y mandarla a ella a un convento. Pero está harta de oír rumores sobre sus hijos, rumores malintencionados que hacen imposible distinguir la verdad de la mentira.

—Me peleé porque un desgraciado se metió con Jutta —dice, dándole la espalda.

Aunque Sofia no está segura de si es verdad, siente una punzada de agradecimiento.

—¿Qué dijo?

—Nada nuevo. —Se encoge de hombros y se señala con el índice la sien.

—¿Quién lo dijo? —pregunta Sofia, sentándose otra vez a la mesa.

—Uno que no puede conseguir lo que cree que tiene derecho a obtener —replica él crípticamente mientras se afloja la capa.

Ella se levanta para cogérsela, la dobla y alisa la tela áspera con la mano

—Me he encontrado a Hildebert —dice él justo cuando ella hace ademán de irse para dejarlo tranquilo.

—¿Sí? —Sofia intenta que su voz suene despreocupada, pero el corazón le late desbocado de alegría inesperada: es decir, no le ha ocurrido nada.

—Ha estado muy ocupado con la cosecha, y como ahora tenía tiempo, fue a celebrarlo a Maguncia —responde él, y se gira un poco para ver la reacción de su madre.

Ella se esfuerza por fingir que lo que su hijo le cuenta no la impresiona. Hildebert en una casa de prostitución. Hildebert comportándose como un soltero, con el brazo al cuello de su propio hijo depravado. Sofia ha visto cómo las putas se levantan provocativamente las faldas en las callejuelas de Maguncia, rameras pintadas como loros y con peinados artísticos que se ofrecen por las calles de la ciudad en los días de mercado.

—Me pidió que te saludara y te dijera que tiene previsto visitarte el día de Santa Ursula. —Meinhardt se encoge de hombros: no entiende a su propia madre, que se indigna por momentos por una pequeñez y al instante siguiente lo mira como una bendita.

—¿Sí? —dice Sofia, haciendo un esfuerzo de contención—. Entonces invitaremos también a Ursula y a Kuntz..., y quizá también a Kristin y a Georg. Ha pasado demasiado tiempo desde la última vez que tuve ocasión de hablar con la hermana y la cuñada de Hildebert, y si Hildegarda debe ingresar en el convento con Jutta, esto unirá a nuestras familias todavía más. —Se siente aliviada. Pone una mano en el hombro de su hijo y le hace una caricia con un gesto desmañado.

Aunque no se trate de una gran comitiva, Sofía se alegra de poder ocuparse de ello en la siguiente semana. La gente sabe que en su casa se come bien, y se esfuerza en pensar con detalle qué platos ofrecerá. La idea de Meinhardt y Hildebert en la casa de prostitución continúa atormentándola. No le cuesta demasiado apartar a Meinhardt de su mente. Es joven y todavía no ha sentado cabeza, sería estúpido esperar que se comporte como un monje. Hildebert, en cambio, continúa presentándose en su casa; a todas horas ve su torso desnudo, la ancha y blanca cicatriz que va desde la clavícula hasta el pezón. La primera vez que la vio sintió un escalofrío. Un escalofrío dulce y lleno de deseo mientras él le contaba que lo habían herido en el campo de batalla, en la misma en que se había estrenado como caballero. Y al pensar en la cicatriz sabe de inmediato que no le preguntará nada sobre su hija. Ofrecer a Jutta y a Hildegarda al monasterio de Disibodenberg hará que Dios los vea a todos con ojos más clementes el día del juicio final, y a diferencia de ella tanto Meinhardt como Hildebert saben muy bien lo que hacen al obsequiar al arzobispo con tal riqueza de ofrendas para su nuevo convento. Se da un golpecito en la cabeza y ríe. Su risa resuena en medio de gallinas desplumadas y almendras a medio pelar; la muchacha de la cocina la mira de reojo y también se echa a reír, y parece como si una gran tensión se aflojara.

Jutta, que por lo general come sola cuando hay invitados, se alegra de poder unirse a ellos. Quiere participar de la celebración; siente que es su deber, y le dará la oportunidad de hablar del proyecto del monasterio con alguien que también está al caso de la situación. Continúa preguntando insistentemente a Meinhardt cuándo puede confiar en que el arzobispo le responda. Pregunta con tanto empeño que su hermano se enfada y levanta la voz, y ella rompe a llorar. Ya sabe que él no puede leer la mente del clérigo, pero sin duda tiene más experiencia que ella en el intercambio epistolar y no le pide más que una suposición por su parte. En cambio, se enfadan y él se muestra todavía más irritable que de costumbre.

—Hildegarda llegará pronto, tanto si el arzobispo responde como si no —dice Meinhardt durante la cena, en un intento de reconciliarse.

Pero Jutta lo interpreta justo al revés y las lágrimas le brotan de nuevo. No quiere que su hermano piense que el motivo de su pena es que ya se ha cansado de la soledad, pero no tiene ganas de replicar y se queda mirando su plato mientras con la cuchara corta el pescado en pequeños trozos.

Por la noche sueña con Hildegarda. La niña llora sangre y abre los brazos hacia Jutta, que no puede acudir en su rescate porque un matorral lleno de espinas le crece en los pies. Cuando despierta, siente miedo y está tan cansada como si no hubiera dormido nada. Tiene la sensación de que hay alguien en su dormitorio. Se cubre la cabeza con la manta, se queda inmóvil y aguza el oído. No puede evitar pensar que su miedo es pecado. El padre Thomas siempre le repite que tiene que ir tranquila y sin miedo en la oscuridad para encontrar a Dios, pero la oscuridad continúa pareciéndole temible y plagada de enemigos invisibles. «Te cubrirá con sus plumas y hallarás bajo sus alas un refugio»,[2] susurra. A través de la puerta oye roncar y moverse en sueños a la sirvienta. Los ruidos familiares la tranquilizan, y vuelve a dormirse. Esta vez sueña que la celda del convento es en realidad una tumba donde se hunde hasta que el barro está a punto de engullirla, y grita y grita, pero nadie la oye. Cuando el fango le llega al cuello, ve que la mano infantil de Hildegarda sale de la tierra, justo delante de ella.

Jutta está exhausta debido a las pesadillas y los sueños que tiene estando despierta. Se pasa casi todo el tiempo cavilando y le cuesta encontrar sosiego, incluso cuando reza. No quiere acoger a la niña porque no desea que nada interrumpa su conversación con Dios. Y sin embargo, se dice que si Dios ha decidido enviarle a la pequeña, debe aceptarla. No puede tener amigos cercanos en el convento, el padre Thomas se lo ha explicado muy claramente. «En el fondo, todo lo que aleje mis pensamientos de Cristo puede compararse con la traición de una mujer a su esposo», piensa Jutta.

Hay días en que camina durante horas. Llega hasta el bosque, luego gira y va hasta el río, y lo sigue un rato antes de dar media vuelta y regresar a la casa. Y entonces continúa andando mientras se imagina que el camino es un triángulo y cada lado uno de los tres integrantes de la Trinidad. «Espíritu Santo, Espíritu Santo, Espíritu Santo», repite sin cesar durante el trayecto hacia el bosque. «Padre, Padre, Padre», dice mientras sigue el río. «Hijo, Hijo, Hijo», dice cuando regresa a la casa. A veces tiene la sensación de que un grupo de cuervos anida en sus pensamientos. Le rascan el cráneo y le arrancan los cabellos uno a uno. Ella se coge la cabeza con ambas manos mientras va adelante y atrás. Los días que los cuervos hacen más ruido prefiere caminar a lo largo del río. Está lleno de piedras afiladas y duras y el dolor ahuyenta los pájaros.

El día de las once mil vírgenes, Hildebert llega más tarde que los demás y no parece particularmente contento de ver a sus parientes. La única a quien se esfuerza en saludar como es debido es a Jutta. Ha estado levantada desde antes del amanecer y aún no ha conseguido calmarse. Espera que Hildebert tenga más cosas que contarle que Meinhardt, y está impaciente por preguntarle.

Ursula se ha vestido como si fuera a una boda; su querido Kuntz parece un gorrión al lado del vestido de colores brillantes que lleva puesto. Kristin está enorme debido a su cuarto embarazo, su esposo se encuentra en Heidelberg y no podrá acudir, pero ella les asegura que si hubiera sabido de la celebración, habría dejado de inmediato lo que estuviera haciendo para asistir.

Mucho antes de que se sienten a la mesa, Sofia ya está irritada por las formas indulgentes de Kristin. Sin embargo, se interesa por su embarazo y por el inminente parto. Es el quinto hijo de Kristin, le comenta Ursula antes de que su hija tenga tiempo de decir nada. Por lo visto, la abuela está orgullosa de su prole. A su derecha está sentado Kuntz, y al lado de este, Hildebert, mirando de reojo. Sofia sonríe y asiente y finge escuchar con atención mientras Ursula y Kristin se interrumpen la una a la otra compitiendo por contar historias sin ningún interés.

Cuando les llevan el primer plato se hace por primera vez un silencio bendito en la mesa. Ursula se sirve con ganas, no en vano ha engordado tanto, su barriga sobresale bajo su pecho imponente, y aunque el vestido es nuevo, le aprieta por todos lados. Mientras come no para de sudar, se frota la cara con las manos y sonríe a Sofia. Kristin se chupa los dedos con un ruido pegajoso que pone a Sofia los nervios de punta.

Ursula asiente varias veces, como si escuchara con atención, y luego dice que ha oído que les van a enviar a Hildegarda para que Sofia se haga cargo de ella. Kristin la corrige en voz baja. «Jutta se hará cargo», dice, y mete las manos en el recipiente de agua. Después se las seca con la servilleta sin levantar la mirada. Al otro lado de la mesa, Jutta se despierta al oír el nombre de Hildegarda. Hasta ahora ha estado durmiendo con los ojos abiertos, al punto de que Sofia se ha visto tentada de darle un codazo. Ahora se le ilumina el rostro; mira primero a Ursula y

Kristin, luego a su madre y después a Hildebert para comprobar si también lo ha oído. Pero él está sentado con la espalda encorvada y en silencio. Se sirve comida en abundancia, pero se limita a seguir la conversación de Meinhardt y Kuntz interviniendo solo con gruñidos. No mira en absoluto a las mujeres, y Jutta se encoge de nuevo, pero contesta amablemente que está agradecida de que Dios le haya encomendado la tarea de encargarse de la pequeña. Ursula tose, Kristin asiente varias veces y Sofia quiere decir algo, pero no consigue suficiente atención.

—Dicen que Hildegarda es una niña piadosa —comenta Sofia, dirigiendo su mirada de nuevo a las mujeres.

Ahora es Ursula quien asiente, apoyando todo el pecho en la mesa.

—Sí, desde que nació todo el mundo se dio cuenta de que era una niña especial.

—¿De verdad? —pregunta Sofia.

—Sí, sí. —Ursula sonríe, y Kristin asiente.

—Presenciamos su nacimiento —dice, y bajando un poco la voz, añade—: Temimos que no sobreviviera, pero por un milagro del Señor...

—Fue entonces cuando su madre prometió darla a Dios —la interrumpe Ursula, y tamborilea con el índice en la mesa para recalcar la importancia de esas palabras.

—¿Es eso cierto? —pregunta Sofia, que desconocía por completo los detalles—. ¿Y se lo dijo al cura?

—No. —Ursula se pinza entre las cejas con dos dedos—. No, no lo hizo, pero se lo dijo a Hildebert, y Hildebert se lo comunicó al padre Cedric, ¿no es así, hermano? —pregunta, inclinándose hacia delante para ver a Hildebert—. ¿Verdad que prometisteis a la pequeña Hildegarda a Dios cuando era una recién nacida?

Hildebert gira la cabeza de un lado a otro y se oye un crujido de vértebras. Entonces asiente una sola vez, pero dice:

—No recuerdo nada de eso.

—Pero si fuiste tú quien me lo contó entonces —replica Ursula, y se le enrojece todo el cuello.

Hildebert se encoge de hombros sin mirar a su hermana.

—No me acuerdo —se limita a replicar, pero todos los ojos se posan en él.

—Yo también lo oí —susurra Kristin, saliendo al rescate de su madre—, yo también estaba.

Hildebert alza la mirada. Se queda callado, con el cuchillo en una mano y un trozo de pan en la otra. Meinhardt se reclina en su silla y cruza los brazos. Parece que la escena le divierte.

—¿Cómo está Mechthild? —pregunta Ursula con voz suave y solícita—. ¿No se ha visto con fuerzas para viajar?

Hildebert se gira hacia ella con un gesto brusco, y su hermana evita su mirada, clavando los ojos en su plato.

—Bien —responde él al cabo de unos segundos—, exactamente igual de bien que estarías tú si... —Se calla, y Ursula no dice nada más.

—Hildegarda es una niña verdaderamente piadosa —dice Kristin, dirigiéndose de nuevo amablemente a Sofia, pero ella está mirando a Hildebert y no la escucha.

Entonces Jutta se inclina hacia Kristin y pone una mano encima de la suya.

—Pronto tendremos noticias del arzobispo —comenta entonces Hildebert, asintiendo en dirección a Jutta.

—Estoy tan impaciente... —dice ella, juntando las manos.

—Será un estúpido si no acepta —tercia Meinhardt, tendiendo una mano a Hildebert como si hubiera algo por lo que tuvieran que hacer las paces.

Hildebert deja su mano suspendida en el aire un instante antes de cogérsela. Meinhardt le pone la otra mano encima y la suelta enseguida.

Hildebert asiente, Jutta se santigua y Sofia apenas puede soportarlo. Tiene la sensación de que está ocurriendo algo a sus espaldas, pero no tiene ni idea de qué ni sabe cómo averiguarlo.

—¿Habéis encontrado a alguien que pueda serviros en el convento? —pregunta Ursula, que por lo visto está bien informada—. Hildebert nos lo contó —dice, haciendo un gesto en dirección a su hermano mientras mastica con la boca llena de pastelillos.

Sofia vuelve a mirar a Hildebert. Por lo visto, ha estado en Sponheim visitando a su hermana, pero a ella la ha evitado. El corazón se le acelera y sin querer da un golpe a la sirvienta, que derrama cerveza encima del mantel.

—No, pero Dios nos enviará una señal —contesta Jutta, y vuelve a unir las manos.

Sofia piensa que su hija parece un pájaro gris y malherido que parpadea con sus grandes ojos.

—He pensado que... —dice Meinhardt, irguiéndose; se interrumpe y mira uno a uno los rostros de los comensales— quizá tú también deberías ir con ellas, madre. —Contempla a Sofia, que no entiende lo que su hijo está diciendo.

—¿Yo? —pregunta ella, y ríe bruscamente—. ¿Que yo también debería ir? ¿Como sirvienta de mi hija y de mi ahijada?

Nadie más ríe, y Sofia mira alrededor buscando ayuda desesperadamente. ¿Por eso Hildebert no la ha visitado más? ¿De ahí viene el apretón de manos entre él y Meinhardt? ¿Negocian con ella?

Se levanta, se pone en pie y se tambalea, y se vuelve a sentar. Se siente como una vez que, de pequeña, se cayó de un árbol muy alto, atravesando hojas y ramas, y se dio un golpe tan fuerte contra el suelo que se le cortó la respiración. Kristin se muerde las uñas de los nervios hasta que su madre le aparta la mano. Jutta permanece sentada con los ojos cerrados y parece rezar. Solo los hombres han retomado la conversación, y por primera vez desde que ha llegado, Hildebert participa en ella animadamente. Hablan de caza y de los halcones del conde Gerbert, que según dicen son los más hermosos del mundo.

—No va a poder ser —dice Jutta, golpeando con ambas palmas la mesa.

Meinhardt mira asombrado a su hermana.

—¿Qué no va a poder ser?

—Que madre ingrese en Disibodenberg.

—Por supuesto que sí —replica Meinhardt, malhumorado y vaciando su jarra de golpe—. ¿Por qué diablos dices semejante estupidez?

Jutta no se deja provocar por la irritación de Meinhardt. Cierra los ojos de nuevo y mueve los labios débilmente. Sofia contiene la respiración; ella no puede oponerse a la voluntad de su hijo.

—No —insiste Jutta—. No va a poder ser. No estaría bien.

—¿Cómo que no estaría bien? —dice Meinhardt, echándose a reír—. ¿Qué hay de malo en que nuestra madre ingrese en el convento? —Y entonces, mirando a Sofia, prosigue—: Lo que no está bien es que una viuda temerosa de Dios y de tu condición todavía no haya llegado a un acuerdo para entrar en uno.

—¡No! —Jutta se levanta de golpe. Dobla los codos y alza los puños. Hildebert se reclina en su asiento, Kuntz se ríe al ver a esa mujercita dispuesta a pegar a alguien. Entonces abre las manos y se queda inmóvil unos segundos antes de continuar—: No, no está bien, porque cuando yo entre en el convento como ermitaña, tengo que morir para el mundo y abandonar todo lo que amo.

—¿Y qué tiene que ver eso con tu madre? —le pregunta Meinhardt sin más.

Sofia se encoge. Se ha ocupado de que su hijo recibiera una buena educación y ropas bonitas, de que la finca luzca y florezca, y ahora él quiere deshacerse de ella para poder gobernar la casa.

—¿Insinúas que madre se ocupe de la finca junto con mi esposa?

Ursula chasquea la lengua, Kristin se abanica con ambas manos. Aunque en el salón hace fresco, está sudando y el pelo se le pega a la frente.

—¿Tu mujer? —dice Jutta, y se ríe—. ¿No crees que tendrías que presentárnosla antes? —Niega con la cabeza y lo mira como si estuviera loco, y luego se sienta otra vez.

—No soy un monje —dice Meinhardt, y da una palmada en la mesa con tanta fuerza que la jarra de cerveza se vuelca y Hildebert se aparta de un salto para no mancharse.

—No, no lo eres —dice Jutta en voz baja—, aunque un poco de moderación no te iría mal.

Meinhardt está furioso, pero no dice nada. Nadie sale en su defensa.

—Eso no puede ocurrir en ninguna circunstancia, Meinhardt —dice su hermana—. Tú debes honrar a tu madre, y yo ingresaré sola en el convento. Aunque es cierto que tienes poder, también lo es que no debes desafiar a Dios.

Nadie puede negar esto último, y la conversación se reanuda entre susurros y comentarios a medias. Todos saben que Jutta tiene razón, y Meinhardt se irrita por no haber reparado en ese detalle. Si le hubiera pasado por la cabeza, quizá habría podido negarse a que Jutta se hiciera ermitaña, y simplemente le hubiera permitido que ingresara en el convento, como lo hace todo el mundo. Entonces ella no habría podido oponerse a que su madre la acompañara, y nada habría impedido que se llevara a la niña. Pero la carta ya está en manos del arzobispo, y lo único que ahora cabe esperar es que se dé cuenta de que es una idea de todo punto estúpida encerrar a una mujer joven y a una niña en un convento. Está harto de la mirada inquisitiva de su madre. Quiere casarse, pero no soporta que ella se inmiscuya en todo. Al menos Hildebert podría apoyarle, como le había prometido. Cuando fue a Maguncia para contarle sus planes, Hildebert no se mostró muy de acuerdo. Pero cuando Meinhardt lo amenazó con contar cosas que comprometerían la reputación de Sofia, tuvo que aceptar. A Meinhardt le divirtió constatar lo fácil que era hurgar en la mala conciencia de un hombre, lo fácil que era hacer que se tambaleara por la carga que llevaba. Antes que nada, Hildebert quiso saber qué había averiguado Meinhardt, y de este modo Meinhardt obtuvo la prueba que necesitaba. De hecho, hasta ese momento no tenía prueba alguna de que su madre mantuviera relaciones indebidas con Hildebert; era más bien una intuición. Pero jugó una carta alta y se topó con mucho más que indicios. Hildebert no protestó; se quedó con un aire de perro abandonado que a Meinhardt le sorprendió enormemente. Pero cuando le preguntó si prefería poner en peligro la virginidad de Hildegarda a ayudarlo a meter a Sofia en el convento, Hildebert estalló. Le dio un puñetazo en la cabeza, que Meinhardt no le devolvió.

Sin embargo, le enfurece que Hildebert no encuentre ahora una solución. Que hiciera un pacto con su mujer sobre la niña, del que no puede escapar, lo entiende. Pero justo por eso, bien podría pagarle su silencio sobre los asuntos privados que se trae entre manos ayudándole ahora. Si Sofia no ingresa en Disibodenberg con Jutta, sin duda se quedará en la casa hasta que se muera.

Podría mandarla igualmente, pero será difícil si no puede justificarlo con la necesidad de vigilar a su hija y a su ahijada.

Meinhardt junta las manos bajo la mesa. Pide ayuda a Dios cada vez con menos frecuencia, pero ahora la necesita. Reza y se lamenta con toda su alma: el arzobispo debe negarle el permiso. A partir de ahora, Jutta puede insistir tanto como quiera con el asunto de acelerar el proceso; él no moverá un dedo. Si pudiera retirar su generosa oferta al monasterio, lo haría inmediatamente, pero no se atreve. Al fin y al cabo, él también tiene un alma que un día ansiará la salvación.

Hildebert no quiere quedarse a dormir. Se levanta después de la cena y enseguida da la orden de que le preparen los caballos. Ha dejado a Hugo en casa del duque y declara que tiene asuntos importantes que resolver. Aunque Sofia está ansiosa por preguntarle de qué se trata, qué lo aleja de ella, guarda silencio. Al levantarse de la mesa, Kristin gime y aspira hondo. Se sujeta al respaldo de la silla, y Ursula susurra lo bastante alto para que todos la oigan que su hija salió de cuentas el día anterior pero que no quería rehusar la generosa invitación de Sofia, que no está de humor para formalidades y responde secamente. Jutta ha desaparecido con Hildebert y ella quiere saber adónde han ido. Desde la ventana los ve hablar en el patio. Hildebert asiente una y otra vez mientras Jutta agita las manos con expresión confusa. De vez en cuando, él echa un vistazo a la casa, como si quisiera asegurarse de que nadie se acerca. Sofia no tiene ni idea de qué secretos cuenta Jutta a Hildebert, pero está decidida a investigarlo. Si va a tener que cuidar de la niña, necesita saber de qué se trata. Llena de aplomo, pasa junto a los invitados, que están despidiéndose de Meinhardt. Abre la puerta, cruza el patio y se detiene a un metro de Hildebert. Jutta baja las manos y se queda en silencio mirando a su madre. Hildebert no dice nada, pero tampoco hace ademán de irse. Jutta permanece un rato inmóvil, como si no notara el silencio embarazoso ni la presencia impaciente de su madre. Cuando por fin la muchacha entiende que Sofia quiere que los deje solos, se aleja retrocediendo. Solo a mitad de camino hacia la capilla se da media vuelta y echa a correr.

—¿Y bien? —pregunta Sofia, impasible.

Hildebert primero se limita a negar con la cabeza; su mirada rebosa preocupación, y eso la sorprende.

—No fue mi intención —susurra, dirigiendo una mirada furtiva a la puerta.

Sofia no dice nada. Hildebert se empequeñece, parece un polluelo desamparado.

—¿No lo entiendes? —pregunta entonces con ímpetu. Coge a Sofia de una muñeca y se la aprieta hasta hacerle daño—. ¿No entiendes que mi voluntad no puede hacer nada? Meinhardt quiere mandar sobre la finca, y un hombre de menos linaje no puede hacer nada para impedirlo. —Hildebert le suelta la muñeca, aparta el brazo y vuelve la cabeza.

Ambos guardan silencio un rato. Sofia oye su respiración y se alegra de que él también tenga que esforzarse para contenerse.

—¿Qué vas a hacer ahora? —le pregunta ella.

—¿Qué quieres que haga? —Hildebert abre los brazos—. Voy a recoger a Hugo en casa del duque para tener compañía en el viaje a Worms. Le ofreceré al arzobispo Ruthardt todavía más tierras para que dejen a Hildegarda ingresar en el convento con Jutta. Es la única forma de conseguir que te quedes en la finca, Sofia. A Meinhardt le da igual su hermana, así que me costarás cara.

—¿Y luego qué harás? —Sofia aprieta las manos.

—Luego iré a Bermersheim y descansaré tanto como pueda.

—¿Volverás? —susurra Sofia, pero en ese instante la puerta se abre, y Meinhardt y los invitados salen al patio riéndose y formando alboroto.

Hildebert monta en su caballo. No dice nada, simplemente cabalga hacia el portón, levanta la mano a modo de despedida y desaparece.

Justo antes de Navidad, en el año 1106, después del día de la Encarnación de Cristo, hay fuertes heladas. El río se ha congelado; solo en la orilla la capa de hielo es delgada y quebradiza. Debajo, el agua fluye inquieta, sale por algunos agujeros y se lleva trocitos de hielo. Amarillos, castaños, negros, rígidos y vacíos, fáciles de romper. Jutta sigue haciendo todos los días su paseo descalza. Al regresar a la casa, se detiene de vez en cuando y mira el camino que ha dejado atrás. Escucha el ruido suave, crujiente, que hace al pisar la fina capa de hielo que cubre la nieve acompañada de unos pájaros que se alejan en bandada.

Sofia tiene mucho frío, aunque el fuego esté encendido, y no quiere abrir las ventanas, pero Jutta no puede respirar en la habitación cerrada y abre un poco las cortinas y las contraventanas. Desde la primera planta se ven los campos blancos en el oeste. En el lindero del bosque alguien ha encendido una hoguera que brilla como una estrella lejana y solitaria. Llega el atardecer, el cielo se pone su capa negra encima del rostro helado y rojizo. Jutta se queda embelesada contemplando el crepúsculo. Y entonces lo ve: primero parece un animal oscuro con muchas patas, pero al aproximarse al patio, la figura se divide en cinco caballos con cinco caballeros. Cuando entran en el patio, Jutta ya está esperándolos allí.

Un enviado de la Iglesia le trae una carta que se niega a entregar a nadie que no sea Jutta, por mucho que Meinhardt blanda el puño en el aire. Jutta la lee de inmediato, en el patio, y en plena lectura cae de rodillas. Meinhardt lo atribuye a la decepción, pero luego entiende que el arzobispo ha dado su permiso.

SEGUNDA PARTE

Disibodenberg (Alemania)
1108-1123

1

1 de noviembre de 1108
Sponheim, día de Todos los Santos

Disibodenberg: durante dos años, Hildegarda ha repetido todas las noches el nombre del monasterio para sí misma. No puede imaginar cómo será, pues no conoce ninguno. Lo susurra, escucha y espera. DISI es la llamada de un pájaro, un día de primavera en que el riachuelo está a punto de desbordarse y resuena a través de los campos, arrastrando pasto y tierra con su séquito velado.

DI DI DI DI DI DI DI DI DI DI DI DI DI
SI SI SI SI SI SI SI SI SI SI SI SI SI.

BODEN

huele a tierra y piedra, al vestido de lana negra de Jutta, un sonido profundo, penetrante, desde la nariz hasta el cráneo, sus lentos pasos.

BERG

es una brisa suave, el andar pesado de Hildebert, que está a un par de metros por delante de ella, caminando pendiente arriba un verano, huele a hierba, a maíz que cruje y susurra, al polvo que levanta un carro que pasa cerca conducido por alguien mientras Hildegarda está de pie con demasiada ropa y, saludando con la mano, llora sin saber por qué.

2

Día de Todos los Santos; hay que recordar a los muertos, y Jutta y Hildegarda tienen que morir para este trágico mundo. En la habitación silenciosa de los muertos, en la soledad monótona, Dios puede brillar con más claridad que aquí, donde el zumbido y el trajín constante nublan los pensamientos y obstruyen el espíritu. «Primero te ves reflejada en la puerta del muro —dijo Jutta—; luego tu rostro desaparece, y entonces encuentras a Dios, con los ojos tan puros como los de un recién nacido. Así está uno más cerca de la eternidad en el reino de Dios, de espaldas al mundo vano, que no es otra cosa que una larga respiración que pronto se apagará».

Despiertan a Hildegarda antes del amanecer.

—Arriba, Hildegarda —susurra Jutta, y la niña no necesita abrir los ojos para saber que Jutta ya se ha puesto el vestido negro que se cosió ella misma para hoy. El tejido áspero le frota la mejilla; la piel de Jutta no huele esa mañana, alrededor de ella solo huele suavemente a rayo de luz y al tacto nuevo del vestido de lana. Está de pie junto a la cama sin moverse lo más mínimo mientras Hildegarda se incorpora y se tapa con la manta de pieles.

—He soñado... —empieza a decir, pero entonces Jutta le pone un dedo sobre los labios.

Esta mañana deben permanecer en silencio, ahora se acuerda. Las manos de Jutta tampoco huelen a nada, es extraño y antinatural, y entonces Hildegarda se levanta apoyándose en una
rodilla y en el brazo de Jutta, y mete la nariz en la manga. Inhala el suave olor a maíz que se desprende de la ropa, suelta el aire
con su aliento dulce.

Jutta no come nada, pero observa a Hildegarda, que está
sentada en el banco comiendo gachas con trocitos de carne de
cerdo. La niña tiene su piedra negra en la mano, está jugando,
es un caballo. De vez en cuando le deja comer un poco de sus
gachas y lo frota contra su mejilla. Si Jutta no le hubiera impuesto silencio, Hildegarda le habría contado lo que había soñado y le habría vuelto a preguntar por el viaje. Y Jutta la habría
escuchado pacientemente con su rostro inexpresivo. A lo mejor
le habría comentado el sueño, o explicado el viaje a Disibodenberg y todo el ritual una vez más.

El carruaje está a punto antes de que Hildegarda termine de
desayunar. La niña quiere salir a saludar a los caballos, pero Jutta
la retiene y le señala el cuenco medio lleno; Hildegarda entiende
que no debe dejar nada.

Los trocitos de carne son islas de plomo en las gachas; los
hunde con la cuchara y los deja en el fondo del mar blanco
como la leche. La carne es para los débiles y los enfermos; solo
la carne de venado es diferente, o las empanadas de carne de gallina. Jutta nunca come carne, tiene los huesos fuertes y la piel
mate. Y Hildegarda está impaciente por ser fuerte también,
cuando las plegarias en el convento la curen para siempre,
porque Jutta le ha explicado que podría ocurrir, y Mechthild
dijo, cuando la mandaron a Sponheim hace ya dos años, que
aquella era la esperanza de todos. Rasca el fondo del cuenco
ruidosamente, engulle las cucharadas sin hacer muecas y da

gracias a Dios por cada una de ellas, como Jutta le ha enseñado a hacer.

Gracias, mastica, mastica, gracias, mastica, mastica, gracias, mastica, mastica, gracias, mastica, mastica.

La carne es suave entre los dientes, se hincha con su sabor salado y ácido y tiene que empujarla garganta abajo con la lengua. Jutta aguarda en silencio a su lado con el abrigo sobre los hombros. Está seria y asustada, entiende mejor que la niña el significado de ese día. El vestido negro de Hildegarda le gusta; rasca un poco, pero es cuestión de tiempo que la piel se acostumbre, le dice Jutta. Sin embargo, le ha dado una combinación con mangas largas de lino suave. Cuando Hildegarda llegó a Sponheim, Jutta no había visto nunca una ropa tan bonita para una niña como las que llevaba ella. «Se diría que es la hija de un rey», pensó entonces mientras Sofia admiraba el contenido de su baúl de viaje. Al principio la dejaron ponerse sus elegantes vestidos, pero poco a poco Jutta le fue cambiando la ropa. Daba la impresión de que la pequeña apenas se fijara en ello, y Jutta se alegró al comprobar la facilidad con que la niña renunciaba a las cosas. Sin embargo, el primer invierno fue duro. Hildegarda lloró todos los días, y por las noches, en sueños, llamaba a su madre y a Agnes. Cada vez que veía un perro, un gato o un caballo pensaba que se parecía a Halcón, y cuando Meinhardt iba a casa del duque ella luego le preguntaba si había hablado con su padre.

El primer día de Navidad estuvo ausente, mirando por la ventana sin cesar. Al anochecer la embargó el desconsuelo, y entonces Jutta se enteró de que Mechthild, cuando se despidieron, había prometido a su hija menor que la visitaría todos los días señalados y celebraciones. A Jutta la irritó un acuerdo tan estúpido, pero no dijo nada, y por una vez no dejó que la niña se durmiera sola, sino que estuvo a su lado cogiéndole la mano hasta que logró conciliar el sueño. Desde aquel día, todo mejoró. De vez en cuando, Jutta veía que Hildegarda miraba a lo lejos, escrutaba los campos, sobre todo los días festivos, pero cuando la llamaban obedecía y ya casi nunca lloraba. En cambio, aferraba con firmeza su piedra con forma de caballo: de noche se dormía con él en la mano, y por el día se metía la mano en el bolsillo a menudo para asegurarse de que no lo había perdido. Jutta le permitió quedarse con él. Todo el mundo tiene que ingresar en un convento con las manos vacías, pero en Sponheim había otras reglas.

Hildegarda mira la mesa mientras desayuna. Será una jornada dura para la pequeña, pero Jutta reza al Señor para que le dé fuerzas. También a ella misma, claro. Apenas hace un mes, Jutta notó de nuevo el peso de todo lo que tendrá que abandonar.

La pilló por sorpresa. Estaba sentada en las escaleras de piedra delante de la casa principal mirando el valle. Era una mañana fría de principios de octubre, la hierba estaba salpicada de rocío, la luz se posaba en los árboles como aceite en el agua.

Quizá fue simplemente la belleza, quizá el sonido familiar de los cencerros y de las llamadas del joven pastor. Quizá fue el fresco súbito, el aire, que era como un muro de humedad, todo aquel verdor decorado con frutos rojos y moras entre el follaje frondoso; quizá fue el recuerdo de mañanas anteriores, que surgían desde las profundidades de su infancia y llegaban a aquel preciso instante, que le crecía dentro convirtiéndose de pronto en nostalgia. Los pensamientos iban y venían, llenos de recuerdos de celebraciones, de mañanas en que se despertaba con el mugido de las vacas lecheras y saludaba al nuevo día sin ninguna preocupación. Pensó en los tiempos previos a la muerte de su padre, a la hemorragia; pensó en la energía que rebosaba aquel hombre corpulento. Era un pensamiento que abarcaba todo a lo que cualquier persona un día tiene que renunciar, que cada uno debe perder para siempre. Aquel repentino dolor había dejado el paisaje, arrastrando consigo a los animales, los días del año, el paso de las estaciones, así como alegrías y tristezas, sangre, bilis y saliva, y estuvo a punto de caer. Se vio asaltada por la duda y por la necesidad urgente de rogar a Dios que le ofreciera otra voz a la que seguir, otra llamada que no fuera la de la vida monástica. Corrió lo más rápido que pudo hasta la capilla, metiéndose un mechón de pelo bajo el pañuelo y ciñéndoselo tanto que notaba el sudor en el cráneo. Lo peor no era que el día a día la tentara con promesas infantiles de bienestar y fertilidad; era mucho peor el rostro de muchacho que la perseguía. Era el rostro de Wilhelm, que continuaba mirándola con los mismos ojos heridos que el día en que ella le dijo que no podría mantener la promesa que le había hecho de niña.

Jutta se pierde en sus pensamientos mientras observa a Hildegarda, que no alza la mirada. En su cabeza hay aire, un aire que le presiona los ojos. Apenas ha dormido en toda la noche, nerviosa como estaba por el inminente viaje al monasterio, pero ahora ya sin dudas. Ha hecho un pacto con Dios, y no se trata solo de ella. Si no se encargara de Hildegarda, a saber qué pasaría con esa niña tan extraña. Hildegarda es obediente, hace lo que le dice Jutta, escucha con atención todas las cosas que le enseña y tiene una relación íntima con los salmos y las historias de la Biblia. A veces es obstinada, pero jamás rebelde, y Jutta casi nunca necesita emplear palabras duras para refrenarla. Al principio Jutta la había encontrado un poco pasiva, pero ahora sabe que la niña tiene un mundo interior más rico que el de la mayoría de las personas. A veces pasa horas sentada y taciturna, moviendo de vez en cuando las manos y hablando quedamente consigo misma. Los santos son sus amigos; charla con ellos, y a Jutta no le parece que haya nada malo en ello. En Bermersheim, Mechthild la amenazó para que callara, prohibiéndole que contara sus extrañas visiones y su parloteo sobre la Luz Viviente. En Sponheim, Jutta le advierte de que solo tiene que hablar de esas cosas con ella; los otros no deben oír nunca sus relatos. «Perteneces al Señor —le dice—; tu voz es la de Dios en toda la eternidad, no te pertenece a ti».

Mientras Hildegarda termina de desayunar, en el patio preparan el carruaje; el mozo de cuadra arrastra el saco de viaje por el suelo. Si fuera por Jutta, se encaminaría a su nueva vida con las manos vacías, pero Sofia ha insistido en que deben llevarse su propia ropa de lino, y ha ido metiendo otras cosas en el saco de las que Jutta más tarde se deshará dándoselas a los pobres. Ahora mismo, el trasiego de su madre no le interesa en absoluto; quiere atar sus pensamientos a un pequeño ovillo que concierna solo a las plegarias y al viaje. Pero en un instante de distracción, el ovillo empieza a deshacerse y un extremo del hilo se suelta y va a aquella mañana en que estaba sentada en los escalones de piedra y lloró tan desesperadamente, y continúa desenvolviéndose hasta llegar a los ojos de Wilhelm, a la promesa y el corazón y los caminos de la voluntad propia del cuerpo.

«Una promesa a Dios borra cualquier promesa entre hombres», le aseguró el padre Thomas cuando ella se sinceró con él. Y como nunca hubo un acuerdo oficial de boda, sino que se trataba simplemente de un pacto fruto de las bobadas de dos niños, ni siquiera había nadie a quien tuvieran que dar cuenta de nada.

En contra de la costumbre habitual, Sofia y el conde Stephan no habían cerrado ningún acuerdo de matrimonio para su hija cuando era pequeña, y aunque podría decirse que aquello era tan solo una formalidad, ya que dada la belleza y la condición social de Jutta no le faltarían pretendientes, también podía interpretarse como una señal de su predestinación a la vida monástica. Nadie se había preocupado demasiado por la cuestión hasta aquel invierno en que Jutta enfermó, cuando tenía trece años, y se encontró en la cama debatiéndose entre la vida y la muerte. Ahora que tiene que partir y piensa en su lecho de enferma, es como si alguien hubiera cogido las grandes tijeras de esquilar ovejas y hubiera recortado varias semanas para dejar en su lugar una remota sensación de haberse ausentado de este mundo. Dondequiera que estuvo, cualesquiera que fueran las extrañas visiones que tuvo y las pesadillas terribles que sufrió, es algo de lo que siempre fue consciente con una gran calma. Quienes la velaron en su lecho lo percibieron. Cuando empezó a mejorar, le pidió a su madre que mandara buscar al párroco. Quería hablar con él a solas, le dijo, y Sofia se apresuró a llamarlo, aliviada de que la fiebre hubiera remitido. Cuando Jutta y el padre Thomas estuvieron a solas en el dormitorio de la enferma, el cura se arrodilló junto a la cama y ambos rezaron.

—Si sobrevivo —dijo ella—, quiero entregar mi vida al Señor.

El padre Thomas permaneció sentado largo rato sin decir nada. Entonces puso las manos sobre las de ella y asintió. No la aleccionó ni le habló de salvación ni de privaciones.

Cuando tuvo fuerzas de nuevo para salir a pasear por el patio, con Sofia cogiéndola de un brazo y la sirvienta Kunlein del otro,

Jutta agradeció a Dios cada paso que daba, lo alabó por haberle conservado la vida y haberla llamado con una voz tan clara.

Cuando Jutta le habló de su promesa a Dios, Sofía bajó la cabeza y se limitó a escuchar en silencio. Lo guardó durante más de veinticuatro horas, pero al día siguiente, después de la cena, cogió la cruz de cristal de su joyero y la colgó al cuello de Jutta. Ella primero notó el peso y el tacto frío contra su piel, pero la cruz pronto recibió la calidez del cuerpo, y Jutta pensó que era como su propia decisión: al inicio fue un simple acto de voluntad, un agradecimiento, hasta que se convirtió en una llamada tan intensa que nada podía acallarla.

Mientras se recuperaba, Jutta sintió en todo momento una felicidad eufórica. Solo varias semanas más tarde, un atardecer en que estaba sentada en el banco que había en la fachada sur de la casa principal, pensó en Wilhelm. Fue casi como si no lo reconociera, aunque antes de su enfermedad no pensaba más que en él. Sin embargo, pronto el diablo empezó con sus juegos sucios, tramposos y avariciosos, codiciando el pecado. La perseguía y le susurraba: «Si lo haces, un día oirás que se ha casado y ha tenido hijos con otra. Lo verás con tu prima al lado, erguida y orgullosa; él apenas te dirigirá una mirada, se burlará de que ingresaras en un convento, y no dormirás con él ni una sola noche».

Jutta buscó refugio en la capilla, y se dio cuenta de que si se había obsesionado con Wilhelm de aquel modo era porque le debía una explicación, y tenía que evitar que se enterara por boca de otros de la decisión que había tomado. Eso la tranquilizó hasta que se presentó la oportunidad de volver a verlo.

Fue un Viernes Santo, con ocasión de la misa en conmemoración de la Crucifixión de Jesús. Cuando estuvo segura de que Wilhelm asistiría, preparó a conciencia lo que tenía que decirle.

Había llovido intensamente durante días y los caminos hasta la nueva iglesia de Sponheim estaban enfangados. El día anterior, el carro del administrador se había atascado en un charco, y cuando consiguió ponerse en marcha pasó al lado de otro carro que había volcado y había quedado destrozado. Sofia no tenía ningún interés en perderse la misa y el mercado, pero aún menos en arriesgar su seguridad y la de sus hijos tal como estaban los caminos. Meinhardt insistía en ir, aunque tuviera que conducir él mismo. Sofia no dijo nada. Sabía que las muchachas y las jarras de cerveza en los puestos del mercado atraían a su primogénito mucho más que la misa. El caso de Jutta era muy distinto, y cuando Sofia expresó su preocupación por el viaje, se puso pálida y enmudeció; se limitó a mirar al suelo. Sofia interpretó la indignación de Jutta como una señal de que tenían que emprender el viaje como fuese.

Apenas la procesión entró en la iglesia, todavía en construcción, Jutta vio a Wilhelm. Estaba de pie entre su padre y su hermano mayor y no se esforzó por disimular una mirada de curiosidad: la miró de tal modo que ella tuvo que bajar los ojos.

Ella le había dado su promesa justo antes del día de la Ascensión de María del año anterior, en agosto. Conrad von Staudernheim, el padre de Wilhelm, había ido a visitar a Sofia por un asunto relacionado con unas tierras colindantes de ambos. Tenían que hablar a solas, y Sofia envió fuera a Jutta y al servicio.

Jutta y Wilhelm se conocían muy bien, habían jugado juntos de niños. Por entonces, a ella él le resultaba irritante, un sabelotodo; además, se había peleado con Meinhardt varias veces. Pero luego Wilhelm y Meinhardt se hicieron amigos y salían juntos de caza. Jutta no lo había visto desde hacía tiempo; él había estado ocupado en la corte, donde destacaba como uno de los mejores arqueros. Le interesaba la caza de halcones y pasaba mucho tiempo con los del castillo, aprendiendo a adiestrar aquellas aves tan raras y costosas. De todo eso le hablaba a Jutta cuando ella le rogaba que se sentara junto al hogar delante de ella, y Kunlein le servía. Aunque el verano tenía que haber llegado ya, el aire era frío y el viento húmedo atravesaba la ropa. Solo cuando ella también se sentó, lo vio bien. Fue un movimiento de la mano, el modo como se pasaba los dedos por el cabello, despeinándose por completo. Jutta lo observaba sin decir una palabra mientras él hablaba de aves y caballos y caza, que según él sería muy buena. Entonces se calló, y en vez de un silencio incómodo se instaló una agradable calidez entre ellos. Lo que él vio en el rostro grave de ella se lo comunicó un instante después, apenas Kunlein salió de la estancia: lanzándose a sus pies con ímpetu, le confesó que jamás había visto una belleza tan grande como la suya, y estaba seguro de que nunca volvería a encontrar nada igual. Jutta se echó atrás, sorprendida y asustada, y él se levantó, de pronto avergonzado, retrocedió un par de pasos y se disculpó por su comportamiento inadecuado. Se quedó junto a la ventana, en el rincón más alejado de la habitación, dándole la espalda. Ante la incomodidad de Wilhelm, que parecía un chiquillo, ella se echó a reír tapándose la boca con la mano en un intento de contener la risa. Entonces él se giró, con el rostro enrojecido y enfadado. Ahora le tocaba a ella disculparse, y entonces también él se echó a reír, y se reconocieron como los compañeros de juego que fueran de niños, y la incomodidad desapareció al instante. Jugaron a las damas y ganó él, pero no se mostró exultante como cuando eran pequeños, sino que se limitó a bromear y a contarle historias increíbles, y a Jutta le costó recordar cuándo había sido la última vez que se había divertido tanto.

Hacia la hora de comer, Sofia y Conrad salieron del pequeño salón. Habían llegado a un acuerdo, y ella lo había invitado
a ver los graneros y los establos. Aunque el viento no se había
apaciguado, el día era luminoso, y, en el patio, Jutta alargó los
brazos hacia el sol, como si quisiera atraerlo hacia sí y calentarse
con sus rayos. Wilhelm se quedó allí mirándola, y ella experimentó la misma sensación inquietante y tentadora que ya la había asaltado antes, cuando advirtió la mirada de un hombre desconocido en el niño que ella creía conocer.

Wilhelm deseaba ver los caballos, y Jutta lo siguió hasta las
caballerizas. No quería entrar, tenía miedo de los inmensos animales desde que una vez, de pequeña, vio cómo un caballo de
su padre le destrozaba el rostro a uno de los mozos de cuadra.
Se quedó fuera esperando, y oyó a Wilhelm hablando con el
mozo en la penumbra, oyó los relinchos de los animales, se imaginó las manos de Wilhelm acariciando el pelaje oscuro de los
caballos, los hocicos cálidos lo lamían. Entonces se avergonzó
de su propia fantasía, se sintió un poco tonta por esperarlo delante del establo y dio la vuelta a la casa, pasando una mano por
la superficie irregular del muro, y se adentró entre los rosales,
pero él la encontró.

Antes del crepúsculo, ella le hizo su promesa. De pie junto a
Sofia, lo vio alejarse con su padre por el camino; los caballos
aumentaron el ritmo de su trote y desaparecieron en el bosque.
Ella respiró con emoción y se perdió en ensoñaciones sobre el futuro y algo que parecía irreal: que un día pertenecería a Wilhelm.

Ella le hizo su promesa entre los rosales mientras el viento de
agosto soplaba y los mecía, mientras las ramas llenas de espinas
golpeaban la tierra, y ahora él la observaba con mirada posesi-
va en la iglesia. La primera vez que se encontraron después de
aquella tarde de verano, él le dijo que sus padres se habían mos-

trado conformes con el cortejo, y Sofia y Meinhardt no tendrían
ninguna razón por oponerse. Sin embargo, lo mantendrían en
secreto unos años para que nadie pudiera decir que él no era todavía lo suficientemente hombre para casarse.

Wilhelm estalló en una risa abierta y contagiosa cuando después de la misa Jutta se le acercó. Se inclinó ante ella sin dejar
de mirarla. Había estado enferma, él se había enterado; había
luchado por su vida, pero había salido victoriosa y ahora la tenía
delante. Se la veía pálida y más delgada, los ojos se le llenaron
de lágrimas a plena luz del día. No le devolvió ni la sonrisa ni la
mirada, se mantuvo a un brazo de distancia de él y le soltó
cuanto tenía que decirle de una forma tan rápida y monótona
que parecía que hablara en sueños. Cuando terminó, dio media
vuelta y se alejó, dejándolo a él destrozado y humillado mientras ella se sentaba en el carruaje decidida a no participar en los
festejos del mercado, aunque Sofia intentara sin éxito atraerla
con zarandajas y amenazas. Kunlein se quedó a vigilarla, y el
cochero se rio al ver el rostro enfadado de la muchacha, que por
tener que hacer de niñera se quedaba sin feria. También ella intentó convencer a Jutta, diciéndole: «Mira los domadores de
osos, y el faquir, ¿y has visto qué bien huelen las galletas de miel
tostada?». Pero Jutta permaneció inflexible. Erguida y sin expresión alguna, se limitaba a asentir con la cabeza.

Una vez en casa, en Sponheim, rezó y ayunó, y empujó con
todo su peso contra la puerta cada vez que el diablo intentaba
tentarla con pensamientos impuros y el deseo obstinado de la
carne. Lo peor de todo eran las noches. Por la noche, el diablo
jugaba con ella, se colaba en sus sueños adoptando la forma de
Wilhelm y la tocaba de manera que su cuerpo empezaba a tem-
blar, revolviéndose de miedo, un miedo tan intenso como el dolor. Al final terminó por temer el sueño y pedía a Kunlein que la

velara y la despertara a horas intempestivas. Quería prepararse para la vida en el convento, decía, acostumbrarse a las horas de plegarias y a dormir poco. No paraba de incordiar a su madre y a su hermano pidiéndoles permiso para peregrinar a Santiago de Compostela, pero Meinhardt no quería ni oír hablar de ello. Ciertamente, su tía había emprendido ese viaje por su cuenta, pero era demasiado peligroso para una muchacha tan joven, por muy protegida que estuviera bajo la llamada del Señor. Entonces Jutta pasó unos días de nuevo en silencio hasta que encontró una nueva distracción. No quería ir al convento de Tréveris, como había dicho en un principio. Lo que en realidad quería era encontrar un monasterio donde la aceptaran como ermitaña y le permitieran llevar una vida de extrema piedad y ascesis. Llamaron de nuevo al padre Thomas, que le explicó que normalmente eran monjes y monjas que ya habían jurado los votos del convento, y ya habían vivido varios años piadosamente, quienes obtenían permiso para ser encerrados. «Entonces tendrán que hacer una excepción», replicó Jutta sin dudar.

El padre Thomas fue a verla a diario durante un mes para hablar con ella. Jutta le hablaba de sus noches terribles, y él le explicaba que es preciso deshacer los lazos con el mundo y castigar el cuerpo antes de poder unirse a Dios. El diablo se alimenta de los pecados de los hombres, se harta y engorda con la inmoralidad y la fornicación, se infiltra en el cuerpo y se muestra exigente. Una boca inmensa se abre en su barriga, tiene dientes y garras por todas partes, envuelve a las almas perdidas con su cola espinosa. El padre Thomas le propuso que se hiciera novicia en el convento de Tréveris y que esperara un par de años antes de tomar la decisión de convertirse en ermitaña. Le explicó detalladamente cómo se celebra una misa de difuntos para aquellos que se encierran; cómo, si tomaba tal decisión, llevaría una vida de soledad y silencio, con apenas contacto con otros seres humanos. Jutta insistió. Si ofrecía su vida a Dios, tenía que hacerlo lo más plenamente posible. Lo interrogó sobre los Padres del Desierto y sobre la regla acerca de las mujeres ermitañas, y el padre Thomas empezó a creer que era la mente aguda de la muchacha, y no su carne fácilmente inflamable, lo que acabaría creando más distancia entre ella y Dios.

Al final, el padre Thomas cedió. Primero informó a Meinhardt y a Sofia, les explicó que Jutta insistía en cumplir su deseo con tanta determinación que era difícil interpretarlo como algo que no fuera la voluntad de Dios. Ahora le llegaba a Sofia el turno de protestar. Dijo que no permitiría que su hija muriera a los ojos del mundo, pero el padre Thomas se limitó a mirarla con dureza, sin responder. Cuando ella terminó, él continuó hablando, de tal modo que poco a poco el plan fue cobrando forma, y pronto pareció que Jutta ya estaba en un convento construido con piedras, no con pensamientos, como era el caso. El monasterio en Disibodenberg iba a ser reformado, y un ermitaño era quien mejor podía demostrar al resto del mundo el rigor de las intenciones de reforma. Si encima resultaba ser un ermitaño en disposición de ofrecer generosos regalos en forma de tierras y de apoyo a la construcción y ampliación del convento, le costaba entender que pudieran rechazarlo. Normalmente, cuando había que tomar ese tipo de decisiones, se nombraba un consejo clerical, pero considerando las circunstancias, quizá tendrían suerte y el arzobispo en persona lo aprobaría a fin de acelerar los trámites.

Meinhardt se enfureció por la confabulación de Jutta y el padre Thomas, y desapareció durante una semana entera. Sofia dejó de protestar cuando se dio cuenta de que causaba en Jutta justo el efecto contrario del que ella se proponía. La muchacha escribió de su puño y letra una solicitud al arzobispo, y antes de que hubiera recibido su respuesta, Hildegarda llegó con sus padres desde Bermersheim y hablaron con Sofía a puerta cerrada. Luego le contaron a Jutta que Hildegarda ingresaría con ella en el convento, y Jutta lo interpretó como un premio de Dios por su perseverancia.

Hildegarda se ha terminado las gachas y mira interrogativamente a Jutta, que no dice nada. Sabe que no debe hablar, pero no puede permanecer sentada en el banco ni un segundo más. Da un golpecito suave con el caballo de piedra en la mesa, pero Jutta solo mira ante sí, con una mirada que Hildegarda conoce muy bien, una mirada que atraviesa las cosas y a las personas, como si todo fuera espíritu y apariencia. Hildegarda da otro golpecito, esta vez un poco más fuerte, y luego otro más, con toda la fuerza de que es capaz. Entonces Jutta da un respingo y asiente como si no se hubiera dado cuenta en absoluto de que Hildegarda golpeaba en la mesa. Jutta le indica con un gesto que ya puede levantarse. Está satisfecha de que la niña entienda que en un día tan especial como ese no debe hablar para poder dedicarse a conversar con Dios. Aunque ella misma esté sufriendo porque sus propios pensamientos se agolpan y ninguna plegaria la tranquiliza.

En los últimos años, Jutta ha aprendido bastante de su propia naturaleza para saber que su mente no es más que un montón de polvo que, ante la menor distracción, se arremolina sin parar. Por esa razón rompió a llorar hace menos de un mes. Los pensamientos sobre Wilhelm se mezclaron con sus preocupaciones por la despedida. Aquel día tomó la determinación de acabar de una vez por todas con su deseo de vida terrenal. Se tumbó bocabajo en el suelo frío de la capilla y juntó las manos bajo su cuerpo de modo que los nudillos le presionaban el pecho. La preocupación y la duda no querían disiparse, pero se quedó tendida, sabiendo que la resistencia era su mayor fortaleza. Cuando Meinhardt, bien entrada la mañana, entró en la capilla para rezar y obligó a su hermana a levantarse, ella ya no se notaba los pies ni las piernas, pero había vencido su deseo desafiante. Meinhardt la reprendió y habló con dureza. A modo de respuesta, ella se limitó a cogerle el rostro con las manos, posando sus dedos fríos en las mejillas, en la barba de su hermano. Cuando lo miró a los ojos, su expresión era de total desesperación, y habría dado su propio brazo por hacerle entender hasta qué punto quería y temía a Dios. Él la miró con desprecio, orgulloso, se volvió y buscó un rincón cerca del altar donde ella no pudiera molestarlo. Aquel mismo día pidió al cochero que las llevara, a ella y a Hildegarda, a la iglesia de Sponheim para confesarse. Mientras ella se confesaba, Hildegarda permaneció sentada en la iglesia, mirando a Cristo a los ojos. Cada vez que lo veía, la asaltaba una fuerte compasión. Su aspecto era victorioso, la túnica de oro le llegaba a los tobillos, pero tenía las manos clavadas en la cruz. «Piensa en las heridas de Cristo —le había dicho Jutta—; piensa en su corona de espinas y en el beso de Judas; piensa en la herida en las costillas, oculta bajo la ropa, piensa en Dios, que tuvo que ofrecer a su único hijo para desafiar a la muerte. Entonces entenderás que lo que pierdes tú es simplemente un pequeño sacrificio para honrar a Dios».

Después del desayuno, Hildegarda se siente intranquila y deja que Jutta la ayude con el abrigo. Está aterida a pesar de la capa de piel y los calcetines de lana. El cochero coge unas mantas y se las echa por los hombros a la niña. Jutta señala en silencio el caballito de piedra que Hildegarda tiene en la mano, y la pequeña sonríe, agarrándolo. Solo cuando Jutta le indica que tiene que deshacerse de él, desaparece la sonrisa del rostro de Hildegarda. La niña niega con la cabeza y aprieta las manos en torno al caballo con tanta fuerza que sus nudillos se vuelven blancos. Jutta no quiere emplear la fuerza ni que la niña se enfade, así que lo deja estar. Si no comprende que tiene que deshacerse de lo último que la vincula al mundo fuera del convento, y que debe hacerlo voluntariamente, tendrá que encontrar otro modo de hacérselo entender.

Sofia llega corriendo, sube al carruaje y besa a Hildegarda en la frente. También besa a su hija, pero Jutta no parece darse cuenta. Meinhardt no las besa, pero alarga la mano hacia el borde del carruaje y da una palmadita a Hildegarda en la mejilla. Ha estado enfurruñado y de mal humor cada vez que se hablaba de la partida, aunque la mayor parte del otoño la pasó cerca de Disibodenberg, para supervisar las obras de construcción de la celda de su hermana. Tuvo que alejar a todos los pretendientes de Jutta, y encima amenazar con la espada a su amigo de la infancia, Wilhelm, porque seguía acercándose a su casa a caballo, con insinuaciones y esperanzas, aunque era evidente que la promesa de una niña no era más vinculante que una mera fantasía. Sin embargo, tiene una espina clavada en el corazón. Sofia ha optado por mostrar paciencia y no decir nada en contra de sus duras palabras, y respecto a Jutta, nadie puede leer en su rostro qué es lo que piensa.

Sofia y Meinhardt asistirán a la ceremonia, pero viajarán en otro carruaje por deseo expreso de Jutta, para que ella y la niña puedan guardar silencio y prepararse así para la separación del mundo que les espera. Meinhardt da toda la vuelta al carruaje. Da patadas a las ruedas y pasa una mano por la superficie del vehículo. Entonces da otra vuelta, y otra más, hasta que se detiene ante Jutta. Agacha la cabeza y rasca un poco el hielo incrustado en la punta del zapato, que le rodea el pie como si fuera una serpiente. Luego asiente con la cabeza, todavía sin alzarla, y se muerde el labio inferior. Alarga la mano hacia su hermana, que no deja de mirar al frente pero acepta la mano de su hermano. Asiente, él le responde, y ella vuelve a asentir. Entonces el carruaje se pone en marcha tambaleándose, como un animal oscuro y preñado que está a punto de dar un vuelco con su carga viviente dentro.

3

El carruaje atraviesa un foso, y Hildegarda, a punto de caerse hacia atrás, suelta una carcajada del susto. Jutta se lleva un dedo a los labios y la niña asiente. El foso ya está helado, el invierno se ha adelantado mucho, y parece que será muy duro. El rosario que Jutta sostiene entre las manos es del mismo color que el foso helado, de un tono entre verde y negro, como el barro en otoño, como el cielo antes de la tormenta.

Los pensamientos de Hildegarda trotan y se tambalean, igual que las ruedas: otoño, barro, cielo de tormenta, foso, rosario. Dando vueltas y más vueltas, el barro gira, el cielo gira, el foso gira. Otoño, verano, invierno, verano, otoño. Pero ¿dónde está la primavera? ¿Dónde está el tiempo más luminoso? ¿Dónde están las alondras, las violetas perfumadas, las flores de los frutales?

Dan vueltas como una rueda: el rosario tiene el mismo color que el agua en el deshielo, que en primavera deja helada la corriente del riachuelo de Bermersheim, llena de perlas quebradizas. Tiene el color de la paja con heces de los animales, como la parte de abajo de una herradura de caballo, como las marcas después de un golpe.

Dan vueltas como una rueda: el rosario es la primavera, así es como debe ser, y fue una bonita disposición de Dios darle a Jutta justo ese rosario de entre todos los del mundo. Hildegarda estaba con ella cuando lo compró, le quedaba tan natural en su mano, yacía tan suavemente y con tanta perfección sobre la línea corazón de la palma de su mano que cualquiera vería que le pertenecía.

Hildegarda cierra los ojos, se agarra con fuerza a la rueda, que gira y gira. Cierra los ojos, su carne cambia de forma, cae como trocitos de maíz lanzados en todas direcciones, llueve encima de la tierra negra, las raíces crecen profundamente, el rostro se gira hacia un cielo sin color. Son los trocitos de carne en las gachas, es el maíz y el rosario, el carruaje y la montaña que nunca ha visto, el convento que Jutta ha construido con oro del más puro. Todo junto y esparcido, son sus pies dentro de los zapatos de piel, los zapatos de piel junto a la manta, la manta tocando el suelo del carruaje, el camino de tierra, que danza y pasa de largo en silencio, la escarcha rompiéndose bajo el peso de las ruedas, se quiebra y se abre, pero nunca lo suficiente para que pueda verse qué esconde la tierra ahí debajo. Todo puede tener varias formas: la respiración es a la vez gotas de agua en la manta de piel y la nubecilla blanca que se forma delante de la boca cuando hace mucho frío. El viento es una huella en el campo de maíz, en el follaje, en el agua, lágrimas en los ojos, aunque uno no esté triste ni alegre. El frío que tiñe las caras de rojo, el calor que hace salir la humedad a través de la piel. Todo cambia de forma, solo la Luz Viviente tiene tantas formas que para una persona es imposible conocerlas todas. Hildegarda echa la cabeza atrás. El olor a nieve, el ruido de los cascos de los caballos, el vaivén adormecedor del carruaje. Cierra los ojos un instante, los abre de nuevo mucho para no dormirse. De las herraduras de los caballos salen chispas, la respiración blanca de Jutta danza con la suya. Ante ellas, el camino se divide en tres: Dios, Cristo y el Espíritu Santo. Los caminos están hechos de nubes, el carruaje avanza por los tres senderos, y Hildegarda sabe que lo que tienen enfrente es la eternidad.

4

A un par de cientos de metros de distancia, los dos carruajes, con Jutta y Hildegarda y Sofia y Meinhardt, cruzan el río Nahe y pasan por Bad Sobernsheim, que no es más que el olor de leña quemada y un conjunto de casas de madera mirándose entre sí. Justo al dejar atrás el pueblo, el camino traza una curva siguiendo el río. Detrás de las ramas, el cielo se abre, ancho e infinito; el agua está cubierta bajo una fina capa de hielo. El paisaje está solidificado; el único movimiento que se percibe es el de los dos carruajes que avanzan.

Más hacia arriba, donde el camino desaparece, se divisa el monasterio. Aunque Disibodenberg no sea para Hildegarda más que un sonido, la visión de los campanarios medio terminados y los edificios en la cima de la colina no encajan en ese sonido. Puntiagudos edificios se alzan, ambiciosos, hacia el cielo invernal. Las grises paredes rocosas, los surcos y las grietas que parecen rostros de ogros, el camino angosto, el río, los abetos inmóviles, el monasterio, que solo es una obra en construcción, paralizada completamente tan pronto como empezó a helar. Jutta levanta la mirada y señala lo que Hildegarda ya ha visto. Asiente en silencio a la niña y le acaricia la bufanda. Hildegarda está bien acurrucada entre mantas, tapada hasta la nariz; su aliento hace que el pelaje se le pegue al labio superior. Asoma un poco el rostro, señala con el dedo, Jutta asiente, ella vuelve a señalar. Un cuervo alza el vuelo desde la copa de un árbol y sobrevuela a baja altura el río. Hildegarda lo sigue con los ojos, y cuando vuelve a mirarlo, el monasterio ha desaparecido. El carruaje rodea ahora el acantilado serpenteando por un sendero que sube, todavía más estrecho. Las ramas de los árboles ocultan tanto los edificios del monasterio como el río.

Acuden a recibirlas dos monjes. Uno tiene una marca roja en el rostro, como si alguien hubiera roto un huevo contra su cabeza, dejándole la clara blanca encima. Uno de los ojos le cae un poco hacia un lado, y tiene la nariz achatada hacia ese mismo lado. Hildegarda lo observa, no logra apartar la vista del monje, hasta que Jutta le da un empujoncito para que entienda que es hora de bajar del carruaje. El monje de rostro deformado le tiende una mano, pero en señal de castidad evita mirarla tanto a ella como a Jutta. El otro, más joven y de rostro estrecho y severo, las guía hacia la entrada. Delante de la puerta del monasterio, Jutta se detiene y apoya las manos en los hombros de Hildegarda. Luego se arrodilla ante ella y le mira el rostro asombrado. Hildegarda no entiende qué quiere Jutta; le sonríe, y ella le devuelve la sonrisa. Entonces le coge ambas manos, las junta y se las inmoviliza con una sola mano, al tiempo que con la otra hurga debajo de la capa de piel de la niña hasta dar con los bolsillos y, dentro, con la piedra con forma de caballo. Hildegarda quiere soltarse, pero Jutta es fuerte y la tiene agarrada por la muñeca. Jutta sostiene la piedra un instante entre el índice y el pulgar, y luego la lanza bien lejos. Hildegarda grita, pero Jutta le tapa la boca con la mano y la empuja adelante y a través de la puerta, donde el monje joven las espera. Cuando están en el patio del convento, Jutta suelta a la niña, que no dice nada. Las lágrimas le brotan de los ojos, un arroyo de sal y mocos que desciende hasta la boca. Jutta se arrodilla otra vez, pero Hildegarda baja la mirada. Atrae a la niña hacia sí en un abrazo incómodo que la pequeña no devuelve ni rechaza. Entonces la empuja suavemente adelante, hacia la media penumbra del interior del convento, tras el hermano joven que las guía por un pasillo con ventanas arqueadas que dan al muro sur de la iglesia. El roce del hábito contra el suelo y el sonido de sus pasos arrancan del pulmón del silencio una fuerza llena y vacía.

El ruido de un carruaje, el murmullo de unas voces que se acercan, de hombres y mujeres hablando entre sí. Alguien pasa cerca de ellos, fuera, y el ruido se desvanece. A Hildegarda le parece oír la voz de Mechthild y poco después la de Hildebert, pero ambas se desvanecen antes de que pueda estar segura. Sin embargo, da un respingo esperanzado cuando la puerta se abre, y acto seguido vuelve a sentarse en el banco al ver que solo se trata de una mujer que lleva un montón de ropa en los brazos. Jutta se levanta, ayuda a la anciana con la carga, le coge las manos y se las aprieta con afecto. Hildegarda se levanta entonces también, se inclina ante la desconocida, y esta la toma por la barbilla. Sus ojos son del color de un cielo muy claro, la observa largamente. Quizá se esté burlando de ella, quizá es una mirada amable; difícil saberlo.

—Soy Uda von Golheim —dice la vieja sin dejar de mirarla—. No tienes por qué estar tan asustada —añade, y deja el montón de ropa encima de la mesa.

El rostro de Hildegarda está rojo por el llanto contenido. El día anterior le preguntó a Jutta si vería a sus padres, y Jutta le dijo que sí, aunque no debía confiar en poder hablar con ellos. Hildegarda se puso contenta solo de pensarlo, pero ahora su alegría ha desaparecido. Jutta es buena con ella; Jutta es mala. El caballo de piedra debe de estar solo, ahogándose en el lodo bajo pies y herraduras.

—Ya sé que hoy no debéis hablar, de modo que yo también callaré —dice Uda, y finalmente la suelta.

Extiende la ropa sobre la mesa. Dos vestidos blancos como la tiza, dos coronas de paja, un peine de hueso. Uda alisa la ropa con ambas manos, planchando unas arrugas invisibles.

Uda apenas tuvo tiempo de pensarlo, ya que Meinhardt se presentó inesperadamente en su casa. Detuvo el caballo y entró con su séquito en el pequeño recibidor para pedirle que acompañara a Jutta y a la pequeña a Disibodenberg. Era un honor para una viuda como ella, un honor que la acercaría un paso más al Señor y a una muerte más serena. Se encargaría de acompañar a Hildegarda cuando saliera de su celda, porque una niña no debe estar encerrada todo el tiempo. Uda les llevaría la comida y las cuidaría como una madre haría con sus hijos. Su propia hija entristeció y a la vez se alegró por su madre, aunque lloró ante la perspectiva de no poder verla más que un par de veces al año. Su madre se burló de ella: tenía diecisiete años y ya estaba casada, así que se las apañaría sin estar pegada a sus faldas.

Hildegarda, obediente, extiende los brazos y deja que Uda le pase el vestido blanco por la cabeza. Podría hacerlo ella misma, pero hay algo tranquilizador en los gestos rápidos de la anciana. A continuación le suelta el pelo y se lo alisa con aire ausente mientras espera a que Jutta termine con el peine. Hildegarda nunca ha visto a Jutta con el pelo suelto y no puede dejar de mirarla. Le llega hasta la cintura y es oscuro y ondulado, pero no denso como el de Mechthild. En algunos puntos es como si no le creciera, pero Jutta se pasa ambas manos por la cabeza y se tapa los claros. Entonces se queda de pie y descalza mirando cómo Uda arregla a Hildegarda; le pasa el peine con movimientos rápidos por el cabello rojizo, con tal intensidad que a Hildegarda le caen las lágrimas, aunque no se inmuta. El vestido blanco la hace parecer un ser sobrenatural, mientras que Jutta recuerda a un abedul sin hojas. El suelo está helado bajo sus pies, tanto que duele dar un solo paso, pero todavía es peor quedarse quieta. Hildegarda alterna el peso entre un pie y el otro para ahuyentar el frío hasta que Uda le pone las manos pesadamente en los hombros para que se esté quieta. Le ciñe la corona de paja en la cabeza, da un paso atrás y asiente. Jutta también asiente; y pequeñas manchas rosadas le afloran a las mejillas y el cuello.

Atraviesan descalzas la plaza que hay delante de la iglesia; el frío es un cuchillo que penetra en la carne. Jutta camina por los montones de nieve acumulada en un lateral y Hildegarda la sigue; el cuchillo cruje bajo sus pies. Una anciana del pueblo ha llegado cojeando en el último momento, se queda delante de la puerta y se sacude la nieve del delantal. Cuando las muchachas se aproximan, la mujer se arrodilla y se tumba bocabajo en el suelo helado. Hildegarda duda, pero Jutta no le dirige ni una mirada. Solo cuando están justo delante de la mujer, Jutta la mira. La toca con la punta del pie, y la mujer levanta la cabeza poniendo los ojos en blanco como si estuviera loca o enferma. Jutta vuelve a darle con el pie, sin decir nada. Hildegarda se acuclilla frente a la mujer. Uda coge a Hildegarda del brazo, pero la niña no quiere levantarse y dejar a la vieja en el suelo. La mujer se arrodilla, coge la mano de la niña y se la lleva a los labios. Luego se levanta, tambaleándose, se apoya en la pared; tiene lágrimas en el rostro. Hildegarda quiere consolarla, pero Uda tira de ella para que prosiga el camino.

Suena una campanada profunda y solitaria, y después dos más. Las muchachas aguardan ante la puerta de la iglesia hasta que una sombra las invita a entrar. El interior es la mitad de grande que la catedral de Maguncia. Es la gruta del Señor, iluminada con fuego, calentada por cuerpos humanos que se levantan como si estuvieran cosidos entre sí; un roce de hábitos, una respiración ruidosa y profunda. La iglesia es un animal oscuro que se pone en guardia en el crepúsculo, dejando que su interior incandescente se ilumine con numerosos ojos.

Fueron muchos los preparativos para que la iglesia estuviera lista ese día. Las paredes son grises en la oscuridad del crepúsculo, solo en los semicírculos donde hay antorchas los bloques de piedra lucen dorados y rojo marmóreo. Las columnas rectangulares que separan la nave central de la lateral están decoradas con una cinta de hojas de vid y racimos. No han tenido tiempo de decorar las paredes ni el techo de madera; es un espacio vacío y sobrio. El altar ha sido un donativo de Sofía y Hildebert; lo encargaron al mejor tallador de madera de la zona antes incluso de obtener el permiso del arzobispo. Cristo aparece sentado en el regazo de su madre, como el rey niño del cielo; está mirando a su congregación y levanta triunfante su mano derecha. Lo flanquean sus discípulos, con sus túnicas bellamente talladas y unos rostros a la vez amables y severos. El artesano recibió el encargo de no ahorrar en detalles, y hasta en la oscuridad de la iglesia brilla la pintura blanca y los ornamentos dorados del trono de Cristo.

Una parte de la nave lateral todavía está por construir, y aunque se halle protegida cuidadosamente contra las inclemencias climatológicas, el viento sopla entre los retablos y hace vacilar el fuego de las antorchas, que llamea horizontalmente. En primavera, cuando bajo el hielo aparezca la tierra, reanudarán las obras.

Durante todo el invierno, los escultores se concentrarán en el motivo del juicio final que decorará la entrada. Más adelante, las sencillas puertas de madera serán sustituidas por unas de bronce, y con el tiempo también se decorará el techo. Nadie quería posponer más la inauguración del monasterio, y la llegada de Jutta y Hildegarda ha mejorado su situación económica, de modo que los planes continúan adelante.

Hildegarda y Jutta se quedan de pie la una junto a la otra hasta que el arzobispo Ruthardt alza las manos y hace la señal de bendición a los presentes. La niña aparenta menos de diez años, un ser angelical con corona de paja en el cabello, un vestido blanco tan largo que parece que vaya a tropezar con él, las mangas bien dobladas para que las manos queden libres. Jutta mantiene la cabeza inclinada, pero Hildegarda observa a su alrededor. Echa el cuello atrás y mira la oscuridad; observa a la congregación, rostro a rostro, atenta y grave. Está tan absorta contemplándolo todo que Jutta tiene que darle un golpecito. Ambas se arrodillan ante el lecho de ramas y hojas que han dispuesto en el suelo de piedra junto a la entrada principal. El arzobispo levanta ambas manos, indicándoles que se tumben. Ellas obedecen y hunden los rostros entre las ramas, de las que se desprende un olor suave y pegajoso a bosque de pinos; las agujas se les clavan a través del vestido y les raspan las mejillas; son dos cruces con forma de cuerpo. Sus manos casi se tocan. Por el suelo corre un viento helado que sube por sus pies descalzos y por las piernas. La sangre se hiela y se corta dentro de las venas con un dolor palpitante, con un pulso lento que se refleja en las palabras de los curas y el arzobispo, que ellas apenas entienden en medio de los cánticos de los monjes: «Y se llamará Su nombre Admirable Consejero, Dios Poderoso, Padre Eterno, Príncipe de la Paz».[3]

El arzobispo encabeza la procesión por la iglesia. Las túnicas de seda crujen, los crucifijos de oro tintinean. De los incensarios llega un olor agradable, embriagador, un perfume denso, y ellas pronto se levantarán de su incómodo lecho. El arzobispo las bendice con las manos extendidas, de las que se desprenden mil luciérnagas que chispean contra sus espaldas. Esparce agua en los cuerpos yacientes; pequeñas manchas oscuras aparecen en sus vestidos blancos, unas manchas circulares que forman una bonita simetría. Jutta permanece inmóvil; la niña está temblando. Jutta, que está concentrada plenamente en todo lo que dicen, al oír la palabra adecuada se incorpora lentamente y se queda arrodillada. Mete las dos manos bajo el brazo de la pequeña y tira de ella para que se levante también. Hildegarda tiene el rostro enrojecido y blanco; las ramas han dibujado un laberinto en su mentón y sus mejillas, la corona de paja le ha resbalado hasta las cejas. Parece que vaya a caerse de un momento a otro; se tambalea, abre y cierra las manos, pero se queda de pie. Hay un cura entre las dos que les alarga dos velas encendidas a cada una. Una para el amor a Dios, otra para el amor al prójimo; huellas ardientes de sebo en las manos de Hildegarda.

«Tus muertos vivirán, sus cadáveres se levantarán. ¡Moradores del polvo, despertad y proferid gritos de júbilo!, porque tu rocío es como el rocío del alba, y la tierra dará a luz a los espíritus».[4]

Un susurro de cuerpos que se levantan, algo que cae al suelo con gran estrépito, alguien que tose, un lamento. Jutta es una rama de un árbol joven; Hildegarda, una fruta dura y verde atada al árbol por un tallo flexible; ya no se tambalea. Hildebert y Mechthild avanzan un paso y se colocan al lado de su hija. Hildebert está tan cerca que la niña inhala su olor, tan familiar; Mechthild se encuentra justo detrás de él. Con el arzobispo al frente, todo el cortejo fúnebre cruza la iglesia. Hildegarda siente un hormigueo en los pies, agarra con fuerza las velas, tiene el cuerpo como si despertara de una hibernación. Hildebert está tan cerca que puede notar su capa, el pelaje suave le roza el brazo.

«Veni, Creator Spiritus, mentes tuorum visita, imple superna gratia quae tu creasti pectora».[5]

Ante el altar deben arrodillarse tres veces.

«Suscipe me, Domine, secundum eloquium tuum, et vivam et non confundas me in expectatione mea».[6]

Las cuatro velas, las dos de Jutta y las dos de Hildegarda, tienen que depositarse en el altar. El viento casi apaga las llamas hasta que el cura las protege con la mano. El fuego se refleja en el anillo de oro y convierte a Hildegarda en una niña sonámbula que alarga la mano para tocar la llama. Hildebert la coge por los hombros, detiene su movimiento, gira a Hildegarda para que siga a Jutta y el resto del séquito de nuevo al incómodo lecho de ramas. La niña nota la calidez de la mano de su padre a través de la ropa. Durante la lectura y las plegarias yacen de nuevo tumbadas, y cuando vuelven a recibir permiso para levantarse, Hildegarda observa a la congregación y busca el rostro de su padre. Ha acudido gente de todas partes, hombres y mujeres que avanzan con pasos inquietos, capas de colores brillantes, pieles, bocas medio abiertas. Es un día sin final, el instante antes de la muerte en que sienten la atracción de la luz del paraíso lejana e imposible. Hildebert sobresale entre dos hombres, con las anchas espaldas encorvadas y las manos enlazadas. Cuando nombran a Hildegarda en medio de la plegaria, apenas comprensible, un escalofrío recorre su rostro, que por lo demás se mantiene impertérrito. El rostro de Mechthild se pierde entre sombras y luces, campos suaves e inquietos que cubren sus ojos y su boca inmóvil. Hildegarda observa atentamente antes de tener que tumbarse otra vez en el lecho de agujas de pino; nota los ojos secos pero los rostros renuevan en ella una nostalgia que casi ha olvidado. Pequeños golpes cálidos del badajo contra la parte interior de una campana de hierro.

Las muchachas se arrodillan en el suelo ante su celda. La pala es tan pequeña que casi desaparece entre las manos del arzobispo. Una fina capa de tierra polvorienta se acumula en la corona de paja en torno a la cabeza de Hildegarda. Luego el arzobispo espolvorea también tierra en la cabeza de Jutta, y la muchacha parpadea. «De terra plasmasti me et carne induisti me. Redemtor noster resuscita me in novissimo die».[7]

Mechthild mete el brazo debajo del de Hildebert, pero él se aparta. Sofia asiente en dirección a Mechthild, y esta le responde con una inclinación de la cabeza, pero las lágrimas brotan sin cesar de sus ojos y se deslizan por las mejillas hasta la boca, aunque Hildebert la observa con una mirada dura, llena de reproche. Mechthild mira a su hija, arrodillada de espaldas. Jamás podrá pisar la celda donde su hija menor pasará el resto de sus días. Hasta ahora ha podido mantener la añoranza a raya con fantasías acerca del reencuentro, pero en la cima de esa montaña las ensoñaciones diurnas no tienen cabida. Como mucho podrá hablar con su hija una vez al año a través de un ventanuco con barrotes. En esa iglesia vacía se sentará en una silla de madera y escuchará la voz de su hija, pasará los dedos entre los barrotes para acariciar sus manos, verá cómo los años irán puliendo el rostro infantil que ella conoce, sustituyéndolo por el de una mujer adulta. Fue idea suya enviar a Hildegarda al convento, y aunque no veía otra salida, la duda la ha corroído desde el día en que enviaron a la niña a Sponheim. En varias ocasiones ha estado a punto de cabalgar ella misma hasta la finca de Sofia y llevarse a su hija. Ha sido imposible hablarlo con Hildebert. Ya casi nunca dice nada, pero se comporta como si entre ellos hubiera cuentas pendientes

«Señor, tú me has examinado y sabes todo de mí. Tú sabes cuándo me siento y cuándo me levanto; aunque me sienta lejos de ti, tú conoces cada uno de mis pensamientos».[8]

Las voces del coro de hombres resuenan bellamente en la iglesia; las dos muchachas avanzan de rodillas y la congregación se queda detrás. Algunos murmullan el salmo, la mayoría observan a las niñas en silencio, y al arzobispo, a los curas ya los hermanos que las siguen en la pequeña celda con el incensario, el agua bendita, el cubo de mortero y una paleta. Jutta desaparece en primer lugar, seguida de cerca por Hildegarda. El vestido blanco y reluciente de Jutta acaba siendo engullido por la oscuridad; solo les llega la voz del arzobispo a la celda, fuerte y clara.

«Llegarás a la tumba cargado de años como se recogen a su tiempo las gavillas».[9]

Los curas responden con un murmullo tan débil que la mayoría de los presentes dan un paso adelante.

«En verdad les digo: Si el grano de trigo no cae en tierra y muere, queda solo; pero si muere, da mucho fruto. El que ama su vida la destruye, y el que desprecia su vida en este mundo la conserva para la vida eterna».[10]

Hildegarda desaparece, la oscuridad engulle su grano de trigo, y Mechthild se coge las manos con tanta fuerza que se hace daño. Sofia le toca el brazo. Le dice algo que Mechthild no oye. Solo piensa que es como si Hildegarda nunca hubiera estado en este mundo, como si se hubiera arrastrado desde la oscuridad de su vientre materno a su tumba dentro de esa iglesia extraña.

5

Una vez finalizada la misa fúnebre, sellaron la puerta entre la celda de Jutta y la de Hildegarda. El mortero húmedo olía a lluvia y a grava sucia. Los monjes trabajaban en silencio, se oía el ruido del mortero contra la piedra de arenisca labrada. Hildegarda pudo observar durante largo rato el rostro de Jutta, que relucía por el aceite con que el arzobispo le había hecho el signo de la cruz sobre los ojos, la frente y la boca. El rostro de Jutta desprendía la misma calma que si hubiera estado durmiendo. Fila tras fila, piedra tras piedra, se llevaron a Jutta lejos de Hildegarda, primero los pies, luego las piernas, luego el abdomen y las manos, el cuerpo, los brazos. Al final, Hildegarda solo podía ver el techo de la celda de Jutta, iluminado con una sola vela, las manos manchadas de mortero, el monje con la espalda curvada encerrando a la muchacha con la paleta, piedra tras piedra. Jutta repetía las palabras del sacerdote, su voz cada vez era más débil, no se movía ni un milímetro, no levantó los brazos como alguien que se ahoga. «Yo ya no estoy más en el mundo»,[11] dijo Jutta. Hildegarda lo entendió, aunque todavía no distinguía muchas palabras en latín, pero eso lo había dicho a menudo. «Aquí está mi descanso para siempre, en ella moraré, pues yo lo quise».[12] Hildegarda también entendía eso.

Cuando la puerta estuvo sellada, la niña percibió de nuevo a la multitud detrás de ella. La iglesia se encogía ante sus ojos, parecía un embudo en el que vertían a todos los vivos, sus padres los primeros. La miraban y ella les devolvía la mirada desde la penumbra, el dolor que sentía en el cuerpo ya no importaba, el frío y las marcas rojas en las caderas y las rodillas, las mejillas y los ojos, todo se metía en el embudo, triturado y mezclado con sus miradas, la intranquilidad de la multitud, las antorchas llameando, de modo que ella no podía agarrarse a nada. Todo mezclado en un bulto informe, una masa con grumos que alguien embutía en su boca dejándola completamente muda. Los vertían a todos en un embudo, pero ella se quedaba fuera. El arzobispo se quedó en medio de su celda. Esparció agua bendita por las paredes y el suelo, se aseguró de que el incienso penetrara en cada grieta y cada rincón. Una vez hubo hecho la señal de la cruz por toda la cámara mortuoria de Hildegarda, se retiró y le indicó que ya podía entrar. Uda se quedó en la iglesia con los demás; Hildegarda la miró mientras los monjes ponían piedra tras piedra, formando capas; Uda le sonreía todo el tiempo para demostrar a la pequeña que todo iba bien. Jutta había dicho a Hildegarda que no estaría sola en su celda, que solo ella estaba preparada para el aislamiento completo. Pero su promesa desapareció con la oscuridad de la celda, no le habían dado ni tan siquiera una vela, y no parecía que hubiera ningún hogar allí. La promesa de Jutta desapareció piedra tras piedra, quedó hecha añicos con el frío de las paredes, el perfume del incienso, que de pronto le parecía un hedor de orina y vómito amarillento. Cuando las piedras le llegaron a la altura del pecho, levantó una mano; no fue voluntario, la mano simplemente se alzó, tocando el mortero húmedo. Mechthild lo vio, la pequeña se dio cuenta, su rostro se mezcló con la masa de grumos, un rostro húmedo y salado, repleto de manchas rojas, ¿cómo podía Hildegarda contenerse?

Tuvo que ser el Señor quien le puso una mano en la garganta impidiendo que su grito saliera. Más tarde entendió la bondad que él le demostró dejándola muda, pero cuando sellaron la celda aislándola del exterior con la última piedra, el grito silencioso le atravesó el cuello.

Se tapó la boca con ambas manos, el sabor del mortero, un ser vivo enterrado, que araña y araña en busca de una grieta. Entró en su celda de rodillas, justo como había hecho Jutta, y luego no pudo alzarse de ningún modo, se caía, se daba contra el suelo golpeándose los hombros, palpaba en la oscuridad para encontrar algo que la ayudara a ponerse de pie, palpaba sin parar y se hundía cada vez más en la negrura que lo engullía todo, tierra, sal y su propio rostro. Se dio un golpe en el hombro y una paloma blanca batió las alas delante de su rostro, una explosión de luz y plumas le cayeron como lluvia cálida en las manos. «Ven, paloma —susurró la niña—; ven y sácame de aquí». Pero la paloma desapareció, y de nuevo fue presa del miedo, un miedo asfixiante y húmedo, un río apestoso de moho y sudor y mortero que inundaba la celda. «Ven como una paloma, no como un cuervo, no como un ave grande y torpe con pico de media luna y patas escamosas».

6

Cuando se recitaron las últimas plegarias fúnebres para Hildegarda y Jutta, y una vez que Uda se hubo despedido de sus familiares, fue a por un poco de pan, carne seca y leche para la pequeña. Era muy tarde para cenar, pero Uda no quería dejar de ningún modo que la niña se acostara sin tomar algo después de un día tan largo y difícil.

Jutta y Hildegarda tienen cada una su celda. Si bien la de Jutta, después del muro que han levantado los monjes, carece de puerta, la de Hildegarda tiene tres habitaciones: el dormitorio de la niña, que da a la iglesia; el dormitorio, más pequeño, de Uda, y un pequeño salón. En el salón, una ventana con barrotes comunica con la celda de Jutta, que esta puede abrir y cerrar con unas pesadas contraventanas. A través de esa apertura, Hildegarda recibirá sus lecciones. Justo al lado hay otra ventana, de menor tamaño, con una bandeja giratoria en la que Uda le dejará la comida y Jutta sus deposiciones. Tanto en la celda de Jutta como en la de Hildegarda hay una ventana que da a la iglesia, desde donde ven el altar y podrán seguir las misas. Por esa ventana, Jutta podrá confesarse y hablar con los peregrinos que acudirán a verla. Como sus celdas están construidas en el ala norte de la iglesia y el viento sopla con fuerza desde el valle y el río; Hildebert había insistido en que todas las habitaciones tuvieran chimenea. Jutta se negó, e igual que en otros aspectos, se salió con la suya. El acuerdo fue que habría un gran hogar en el salón, en la pared que no daba a la celda de Jutta. Sofia había sugerido a Jutta que tuviera un pequeño jardín delante de su celda, para romper el aislamiento y tomar el sol en verano, o para estirar las piernas de vez en cuando un poco más de lo que la estrechez de la celda permitía. Pero Jutta no había querido ni oír hablar de ello. La única forma de acceder a la celda de Jutta es rompiendo la pared, lo que no sucederá hasta que su alma esté preparada para abandonar este mundo definitivamente. Hildegarda y Uda tienen un pequeño huerto, y con la gran llave que cuelga de su cinturón, Uda puede abrir la puerta y llevar a la pequeña a pasear por las inmediaciones del monasterio.

Uda quería buscar comida, pero el maestro de cocina no aparecía por ningún lado. Primero lo esperó un buen rato a la puerta de las cocinas, luego entró para calentarse un poco frente al hogar. Era un día terriblemente frío, y le dolían los pies de tanto rato sin sentarse en la iglesia. Cuando hubo entrado un poco en calor, el maestro de cocina seguía sin aparecer, así que pidió al ayudante de este, que vigilaba el fuego, si podía ayudarle. Se puso la comida en el delantal, y sostuvo el hato con la mano en la que llevaba la jarra de leche mientras con la otra sujetaba la vela. Pensó que le gustaría dar de comer a Hildegarda. No le habría importado hacerlo también con Jutta, pero con ella tenía que ir con mucha prudencia. No quería contravenir la renuncia piadosa a la que se había comprometido. Sea como fuere, cualquiera podía entender que una niña tiene que comer para crecer.

Apenas había girado la llave en la puerta y vaciado lo que llevaba en el delantal sobre la mesa cuando la niña salió de su cámara arrastrándose por el suelo. Al principio, ni siquiera vio el bulto que, a la tenue luz del hogar, de pronto pareció crecer desde el suelo de piedra. La pequeña estaba helada, deshecha en lágrimas, con el pelo pegajoso de mocos y tierra y briznas de paja de la corona. Tenía las mangas del vestido empapadas, como si hubiera vertido en ellas todos sus mocos y llantos. Uda la sentó en el banco y avivó un poco el fuego para ver mejor a la niña a la luz de las llamas. Temblaba y le castañeteaban los dientes, y parecía tan desvalida y desesperada que Uda se santiguó. Hildegarda no quería hablar ni comer, y cuando Uda la obligó a tomar un poco de leche, estuvo a punto de vomitar. Al fin cogió a la niña en brazos. No pesaba mucho, así que de pronto la tuvo en el regazo. Uda la abrazó, la meció adelante y atrás hasta que se durmió. Se quedó sentada allí largo rato, viéndola dormir. La pequeña tenía los labios casi azules, y se agarraba al vestido de Uda. Cuando la anciana no pudo aguantar más el cansancio, la llevó a la cama y se echó con ella, tapándola con las sábanas y mantas, completamente heladas.

Despertó cuando los monjes se congregaron en la iglesia para cantar los maitines, a las tres de la mañana. La niña dormía con la cabeza apoyada en su hombro y tenía el brazo completamente insensible por el peso. Con prudencia, trató de moverlo, pero la niña se agarró en sueños a las mangas de Uda. Cuando consiguió liberarse, la anciana quiso irse sigilosamente a su propia cama, pero la contraventana de Jutta estaba abierta y de repente apareció entre los barrotes el rostro de la chica.

—¿Dónde has estado? —le preguntó Jutta.

—Estaba durmiendo a Hildegarda.

—Hildegarda debe dormir sola.

—Sí, eso mismo hace ahora.

—Nunca me lleves la contraria. Nunca.

Entonces Jutta cerró las contraventanas. Uda se sintió avergonzada e indignada. Aunque todavía era de noche, no consiguió dormir Se sentó en el salón, mirando las brasas; quizá se quedó un poco adormecida, pero sin dormir realmente. Las contraventanas de Jutta permanecieron cerradas, y no había ninguna razón para despertar a Hildegarda si Jutta no lo pedía.

Por suerte, Hildegarda no ha enfermado después de pasar tantas calamidades e incluso de haber dormido en el suelo helado. Solo se queja de un dolor en el hombro, y cuando Uda lo examina con atención descubre que tiene un moratón con forma de media luna, desde la clavícula hasta la parte superior del brazo.

—Me caí —explica Hildegarda—, por eso lloraba.

Durante varios días, Uda está sola con la niña esperando instrucciones de Jutta. No quiere salir con la pequeña mientras haga tanto frío. Hildegarda la sigue con mirada inquieta mientras la anciana gira la llave para salir, pero cuando vuelve no parece que la niña se haya sentido mal a solas. En todo ese tiempo, Jutta no ha comido nada. Uda no osa preguntarle cuánto tiene que durar su ayuno. Tampoco es asunto suyo, ella debe concentrarse en Hildegarda; si no fuera por la niña, para empezar, no estaría en el monasterio. Deja la jarra con cerveza en la bandeja giratoria, vacía el orinal sin hablar. Oye murmurar a Jutta cuando es hora de rezar, pero después de cinco días Uda no puede hacer como si nada. Espera al abad Kuno en el *scriptorium* provisional, que han habilitado en el único edificio de piedra que ya está terminado. No le gusta la idea de traicionar a Jutta, pero teme que la chica enferme o muera de hambre al otro lado de la pared. Es cierto que ella solo es responsable de la pequeña, pero si Jutta muere, tanto el lugar de Hildegarda como el de ella misma se pondrían en cuestión.

El abad se sube la capucha e introduce las manos en las mangas del hábito cuando va de la sala capitular hacia el claustro. Ha visto a otros monjes benedictinos con capucha de piel, pero el joven Kuno fue escogido como abad de Disibodenberg por su severidad. Tiene la nariz roja por el frío, y una fina línea de venas violáceas le cruzan las mejillas. Uda espera en la oscuridad, entre las columnas, y cuando sale a la luz él retrocede. Sin embargo, se toma el tiempo de escuchar lo que la anciana quiere decirle.

Al volver junto a Hildegarda, Uda se siente aliviada. La niña está sentada en el mismo sitio donde la dejó unas horas antes, dibujando con el índice garabatos de rayas y puntos en la superficie de la mesa. No cruzan muchas palabras. Hildegarda la ayuda a barrer la paja del suelo y a poner leña en el hogar. Le pregunta cuándo podrá salir con ella, y Uda se encoge de hombros. Hace rezar a la niña regularmente, y el resto del tiempo le deja hacer ganchillo para que tenga algo con lo que entretenerse. Esparce paja por el suelo, aunque todavía no sea necesario cambiarla, y a falta de otra ocupación sacude varias veces al día las mantas de la cama de la niña y alisa las arrugas de las sábanas.

El dormitorio de Hildegarda es tan pequeño que solo dista un paso entre la pared y la cama. Tiene un taburete bajo donde arrodillarse durante la misa. Uda aparta las cortinas de la ventana que da a la iglesia para ver desde ese escondrijo. No hay antorchas encendidas, y el candelabro de cinco brazos está vacío. Solo la luz invernal se filtra desde arriba, por las ventanas arqueadas de los laterales, haces de luz etérea que se cruzan en la nave central. Primero no se fija en el abad, que llega de la sacristía, y cuando lo ve se queda al lado de la ventana. Corre la cortina, pero deja una pequeña rendija abierta. Ante la ventana de Jutta, el abad Kuno golpea con su anillo los barrotes, produciendo un ruido musical. Tiene que hacerlo varias veces antes de que Jutta aparte la cortina. Él se dirige a ella con respeto, se inclina y le hace unas cuantas preguntas de cortesía. Le propone que recen juntos, y la voz de Jutta se hace un poco más audible mediante la plegaria. Uda murmulla con ellos cada vez que dicen «Amén»; con una mano se santigua y sostiene la cortina con la otra. Después el abad sugiere a la joven que acepte la comida. Jutta responde algo que Uda no llega a entender, y que provoca que el abad insista. Lo repite en latín, una lengua que Uda no entiende, y Jutta primero no responde. Luego dice «Amén» tres veces seguidas, con claridad. La conversación termina, porque en eso Jutta no puede llevar la contraria al abad.

Cuando Uda se da la vuelta, Hildegarda está de pie en el umbral, observándola. A contraluz, sus ojos tienen el mismo color que el de un cuerno pulido a través del cual pasa la luz. Uda se lleva las manos a la cadera. «Deja de mirarme», querría decirle, pero los ojos de la niña la enmudecen, así que en lugar de eso pasa por su lado y sale sin decir ni una palabra.

Una vez que ha encendido el fuego y vuelve a girarse, la niña sigue mirándola desde el umbral que separa el salón de su dormitorio. A Uda no le gusta que la mire así. Es como si la pequeña, con esa mirada penetrante, se hubiera precipitado en el silencio y el ensimismamiento, y Uda ya no sabe qué pensar. Es consciente de lo que el demonio es capaz de hacer con los corazones débiles, cómo puede inmiscuirse en la carne en forma de hielo y en la lengua en forma de silencio. Aunque todavía no conozca a la niña, hay algo que no encaja. Algo extraño e ingobernable, solitario e indulgente. La pequeña habla sola y hace gestos: alza las manos abiertas, echa la cabeza atrás y se queda mirando el techo. Si Uda le habla, reacciona al instante. Entonces se muerde el labio inferior, como si la irritase que la interrumpan, pero nunca protesta. Uda tiene que comentárselo a Jutta, y también preguntarle cómo educarla, cuando abra las contraventanas.

Una semana después de su llegada, Jutta empieza a comer, pero las contraventanas entre su celda y la de Hildegarda continúan cerradas. Mientras Uda lleva los restos de la comida a la cocina, Kuno se planta otra vez en la iglesia y llama a la ventana con barrotes de Jutta. Hildegarda está sentada en su cama y escucha. El abad parece un pájaro carpintero picoteando el tronco de un árbol. Cuatro golpecitos y una pausa, cuatro golpecitos y una pausa. Hildegarda cuenta con los dedos, y solo después de dieciséis golpes Jutta aparta la cortina. Kuno va acompañado de un sacerdote, que será el confesor de Jutta. Hablan en susurros, y Hildegarda no logra entender nada. Se oyen pasos en la iglesia, una voz nueva se mezcla en la conversación; Kuno habla con firmeza al recién llegado. Hildegarda se sube al taburete y aparta un poco la cortina. Es la voz de la anciana que se tumbó bocabajo delante de la iglesia; la mujer está pálida, tiembla y se levanta apoyándose en la pared, pero no se va, aunque Kuno quiere que se marche. El padre confesor se acerca a ella, pero Jutta le ruega que espere. Quiere oír lo que la vieja tiene que decirle. Los pasos de Kuno resuenan con fuerza; la capa del padre confesor roza el suelo. Hildegarda no entiende lo que la mujer farfulla, y se baja del taburete.

Todavía pasa una semana hasta que Jutta abre por fin las contraventanas. Es un día soleado, una rara jornada de sol en lo alto de la montaña ventosa. La nieve se ha acumulado en montones, tan altos como una persona, a lo largo de los muros de la iglesia y los dormitorios.

—Ha llegado el momento —dice Jutta, y Hildegarda lanza la labor que la ocupa, corre hacia la ventana y se agarra a los barrotes—. Hildegarda puede visitar el lugar donde vive, y pronto empezaremos las lecciones —anuncia la chica.

Uda se sitúa detrás de la pequeña y asiente. Jutta ya no parece enferma, tiene un nuevo ardor en las mejillas.

—Debe conocer los edificios del monasterio —continúa Jutta—, y rezar con los hermanos y conmigo, a excepción de los maitines, hasta que cumpla doce años.

Hildegarda se lleva las manos al pecho.

—No —dice—, no quiero saltarme los maitines.

—Los niños deben dormir más que los adultos —explica Jutta—, por eso lo haremos así.

—No —replica, desafiante—, no necesito dormir más.

Jutta levanta el índice y la niña no dice nada más.

—Los lunes, los miércoles y los viernes por la mañana estudiaremos latín —informa Jutta—. Y necesitaré ropa blanca para bordar un mantel para el altar —le dice a Uda—. Uno de los hermanos va a medirlo y Hildegarda deberá tener un lienzo sin teñir para practicar.

—Ya sé bordar —dice Hildegarda sin levantar la mirada—, me enseñaste en Sponheim.

—Aquí bordamos para el Señor —replica Jutta, severa—, de modo que no estará de más que sigas practicando, ¿no te parece?

Hildegarda asiente con la cabeza.

—Bien. —Jutta se da un golpecito en la frente con dos dedos, como si se esforzara por recordar algo que ha olvidado—. Cuando el salterio llegue de Italia, empezaremos con las lecciones de música, pero no hasta que la nieve se haya derretido y el agua corra de nuevo por el Rin y el Nahe.

—¿No pueden llegar hasta aquí en carruaje? —pregunta Hildegarda.

En vez de responder, Jutta alza de nuevo el índice. De este modo ordena a Hildegarda que vuelva a su cámara para que ella pueda hablar a solas con Uda.

Tan pronto como la niña se ha ido, Jutta pide a la anciana que se acerque a los barrotes.

—La niña tiene que obedecer —dice, y Uda asiente en silencio—. No debe hablar si no se le pregunta, no debe protestar ni cuestionar nada. Estamos aquí para renunciar a nuestra propia voz y ser invisibles al mundo, ¿entendido?

Uda asiente y vuelve a asentir. No desea imponer más restricciones a Hildegarda, casi le duele por la niña, es como una pequeña planta arrancada con raíz y trasplantada en una tierra magra y seca.

—Pero es una niña —dice Jutta, considerada, como si hubiera caído en la cuenta en ese mismo instante—. Está acostumbrada a un trato más libre, también por mi parte, así que procederemos con cautela.

Uda está de acuerdo, procederán con cautela, y entonces cobra valor.

—No sé exactamente cómo hacerlo... —Cruza las manos en el pecho y duda—. Quiero decir... —Se interrumpe de nuevo, se encoge de hombros y abre las manos—. No es como los demás niños.

Jutta niega con la cabeza.

—No —dice—, Hildegarda posee un don, pero todavía no sé el alcance que tiene.

Uda se acerca un poco más a los barrotes. Se le acelera el corazón; quiere saber más, pero no osa preguntar. Jutta permanece largo rato en silencio.

—Razón de más para formarla —dice Jutta finalmente—. Es una vid que tenemos que podar bien para que dé el fruto más dulce.

Durante el resto del día, Uda piensa en lo que le ha dicho Jutta sobre la vid. Jutta ha impuesto a la niña guardar silencio lo que queda de la jornada, como castigo por haberle replicado. Un día de silencio es un castigo leve, no es eso lo que preocupa a Uda. Por su parte, Jutta podría castigar a la niña más duramente sin que ello la afectara. Sin embargo, no consigue entender la metáfora de la vid. ¿Quién sabe hasta dónde hay que podar una vid?

Cuando Jutta abre las contraventanas al día siguiente, la niña ya está preparada al otro lado. Jutta escribe en la pequeña tablilla y Hildegarda aprende rápidamente. Empiezan con los primeros salmos; Jutta canta, Hildegarda responde. De pronto, la niña se interrumpe.

—¿Estás cansada? —pregunta Jutta.

Hildegarda niega con la cabeza.

—¿Qué ocurre?

—¿Por qué vino?

—¿Quién?

La vieja de la iglesia.

—¿Me has espiado?

—Sí.

Jutta permanece en silencio; Uda deja su labor. La niña admite sin miedo que ha espiado a Jutta, como si no supiera que está mal.

—Está mal que me espíes —dice Jutta, mirándola con severidad.

—Sí.

—¿Lo sabes?

—Sí.

—¿Y por qué lo hiciste?

—Creí que era algo importante.

Uda se esfuerza en hacer ruido para que no sospechen que está escuchando. Niega con la cabeza; si no supiera que no es así, creería que la niña no ha recibido ninguna educación. La anciana no tiene ni idea de si es obstinación o idiotez lo que hace que la pequeña pregunte con tanto descaro sobre algo que no la incumbe. Espera el juicio de Jutta.

Se hace un silencio largo. Hildegarda no aparta los ojos de Jutta, que se mira las manos.

—Había tenido una visión —susurra Jutta, y Uda deja de barrer nerviosamente.

—Oh —dice Hildegarda, encogiéndose de hombros, como si se sintiera aliviada.

—Cuando nos vio delante de la iglesia, tuvo una visión. Nos vio viviendo en armonía en Disibodenberg.

Uda suelta un bufido. Si eso es una visión, también ella es vidente. Jutta le lanza una mirada severa.

—Y vio mi muerte —añade; Uda se asusta—. Es una viuda pobre; se llama Trutwib, y según afirma nunca había tenido el don de la visión hasta ahora, pero para comprobar que decía la verdad, le advirtieron de que su propia muerte estaba cerca, y esta mañana me ha llegado la noticia de que está en la enfermería, a punto de morir.

Hildegarda se levanta y abraza a Uda, quien, asombrada, se zafa de la niña.

Jutta hace un gesto en dirección al taburete vacío que hay delante de su ventana, y la niña se sienta de nuevo con actitud obediente.

—Veinticuatro años le fueron mostrados a la viuda, y en el que hace veinticinco experimentaré la felicidad más grande de mi vida: la de encontrarme con mi esposo, Jesucristo.

Hildegarda asiente. Veinticuatro años son una eternidad. La muerte es una bendición para el que muere.

7

El primer invierno en Disibodenberg deja memorias vagas y difusas tras de sí. Más tarde, Hildegarda recuerda solamente los primeros meses, oscuros, como un destello corto y sin sentido. Una corona dorada en torno a una vela, la nieve amortiguando los sonidos, el ruido de los cinceles de los escultores, los cánticos de los monjes, el sol invernal, que la hace parpadear cuando sale de su celda para seguir a Uda, Dios sabe adónde.

Donde antes había movimiento, ahora hay quietud. Donde había palabras, ahora hay silencio. Donde había cuerpos, ahora hay vacío. Los ausentes se han llevado el aire consigo; Hildegarda vive en sus huellas y espera, desorientada, a que vuelvan para llenarlas de nuevo. Siente otra vez la añoranza de los primeros tiempos en Sponheim, y espera ver a Hildebert o a Drutwin entre los fieles en la iglesia durante la misa de Navidad, y espera que Mechthild o Agnes velen su sueño al lado de la cama.

Hildegarda se despierta de noche y espera. Palpa en la oscuridad para encontrar pruebas de que el mundo no ha desaparecido. Encuentra el sonido de dos ríos y se aferra a él. El Nahe y el Rin. Incluso en las semanas en las que el frío es más punzante, el agua murmura tozudamente en el punto donde el río se precipita por los acantilados y rompe la capa de hielo. No sabe de dónde viene el río ni dónde termina, pero se agarra a su agua espumosa. El río es aliento, son sus venas, que pueden verse a través de la piel en la parte interior del brazo. El río serpentea frío por sus pensamientos, se lleva con él el sentido común, le arranca el silencio, los sueños, las opiniones, arremolinando arena y barro, arremolinando preguntas y pensamientos.

«¿A qué cuerpo alimenta con su agua el río?».

«¿Adónde va a parar la sangre si no se acumula en las puntas de los dedos?».

«Si la sangre fluye como un río, ¿cómo puede ir contracorriente?».

Jutta dijo que su voz pertenecía a Dios. Solo Dios puede oír los pensamientos confusos de la pequeña, solo Dios puede responder a las preguntas que nunca se dicen en voz alta. Jutta respeta el silencio y se vuelve invisible en su celda. Hildegarda cree que Jutta ha atraído a Dios dentro de su cámara vacía y oscura. Se pregunta si ha hecho enfadar a Dios, y por eso la castiga y no la deja ver la Luz Viviente. Jutta dijo que hay que entrar con las manos vacías en el convento. ¿Quizá Dios está enfadado porque ella se negó, porque se aferró al caballo de piedra y se negó a soltarlo? ¿Porque rompió a llorar y, en sus pensamientos, pegó y dio patadas a Jutta cuando le quitó el caballo? A veces el río es un consuelo. A veces está lleno de maldad y demonios. En esos casos, se cuela en la oscuridad con el viento, suena como un ejército de leprosos con cencerros y basura, pero Hildegarda no se atreve a llamar a Uda. No puede oír a Jutta, su respiración es insonora como las alas de un insecto, como si estuviera muerta.

«Padre, que estás en los cielos», susurra Hildegarda, esperando una respuesta. Las palmas juntas son como un medio techo bajo el que se encoge, pero está sorda y ciega. Solo con el equinoccio de primavera regresa la Luz Viviente. Y esta vez lo hace con tanta fuerza que la deja sin sentido. Uda von Golheim se la encuentra en el suelo, hecha un ovillo como si fuera un recién nacido, con medio cuerpo bajo la cama. Uda pide ayuda, Uda susurra al Señor que tenga piedad de esa pobre criatura, débil y desamparada. Hildegarda apenas puede sostenerse sobre sus piernas; a veces se muere de frío y a veces suda sin parar, pero hacía mucho tiempo que no se sentía tan feliz. No le duele nada. El cuerpo que le ha tocado no significa nada, la fiebre solo es fiebre. Dios no se ha olvidado de ella. Le ha hablado. Y ella ha escuchado cada una de sus palabras.

8

Algunas cosas hay que verlas para poder entenderlas. Así que Hildegarda sigue a Uda dos tardes por semana y la anciana le muestra todo lo que Jutta ha dispuesto que debía ver. La enfermería, los animales y el huerto medicinal es lo que más llama su atención. No tiene acceso al *scriptorium*, ni ningún interés en ver la cocina.

Hay algo descarado en Hildegarda, en el modo como mira a los monjes mientras trabajan. Uda piensa que ese hábito puede confundirse con ingenuidad, pero cuando la niña hace preguntas, son complicadas y detalladas, y siempre se acuerda de todo lo que le dicen.

Hildegarda no debe estar inactiva, porque entonces el diablo podría entrar en su corazón puro. Hay que rezar o trabajar, que en el fondo son la misma cosa, ya que las plegarias también son un trabajo, y en el convento se dedican a rezar por todo el mundo. Estar a solas con Dios es dividirse como el pan sacramental, le explica Jutta, y Hildegarda lo entiende. Jutta repartida como una hogaza de pan.

Uda abrió la puerta para llevar a Hildegarda a ver las ovejas preñadas cuando se la encontró en el suelo. Se asustó mucho al ver el rostro traspuesto de la niña y gritó, y Jutta abrió las contraventanas.

Aunque se esfuerzan por hablar en susurros, Hildegarda se despierta. Ha dormido casi ininterrumpidamente durante tres días. La anciana cree que deben forzarla a comer, pero Jutta está convencida de que basta con que tome sopa o un poco de cerveza ligera. A Uda no le queda más remedio que aceptarlo: Jutta tiene al Señor de su lado. Reza y entona salmos para la pequeña, que dormita la mayor parte del tiempo y no parece enterarse de nada.

Uda no sabe si debe preocuparse más por Hildegarda, débil y enfermiza, o por Jutta, que primero se mostró inflexible y ahora parece desesperada, como si la pequeña estuviera a las puertas de la muerte. Pero Uda entiende instintivamente que la muerte nada tiene que ver con eso, y no comprende que Jutta sea capaz de creer las predicciones de una mujer loca y luego, de pronto, pierda todo el coraje.

Ahora que Hildegarda está despierta, Jutta pide a Uda que abra bien la ventana que da al dormitorio para que Hildegarda pueda oír lo que tiene que decirle. Luego le dice que se vaya, pues quiere hablar a solas con la niña. Uda se apresura hacia la enfermería para preguntarle al hermano responsable qué debe comer la pequeña para ayudarla a recuperarse.

Hildegarda desea incorporarse, pero sus fuerzas no responden. Jutta quiere que recen juntas, y Hildegarda une las manos encima de la manta. Cuando Jutta dice «Amén», es como si todo el silencio que Hildegarda ha tenido que guardar desde su llegada a Disibodenberg se desbordara y las palabras le salen a borbotones. Hildegarda habla de la voz y de la Luz Viviente, primero de un modo confuso e incomprensible, luego de forma cada vez más clara. La presión sobre su garganta, que hasta ahora le ha impedido explicar lo que oye y lo que ve, se desata como si de un milagro se tratara, y Jutta la escucha en silencio, sin el miedo de Agnes ni la ira de Mechthild. De pronto calla, tan repentinamente como ha empezado a hablar. Jutta guarda silencio, después asiente.

—Es Dios quien te habla —dice—, y eso no lo entiende mucha gente. —Jutta apoya la frente en los barrotes. Hildegarda yace con los ojos entornados, camuflada entre las mantas de color plomo—. Tienes que contármelo a mí, pero nunca a los demás. Si lo cuentas, se burlarán de ti y nadie querrá tener nunca más nada que ver contigo. Es importante que recuerdes mis palabras, Hildegarda: si no frenas tu voz, terminarás abandonada y sin hogar.

La cabeza de Hildegarda pende como una manzana de final de verano en una rama frágil y delgada. Se la coge con ambas manos, no quiere ser un árbol que pierde sus frutos. Jutta cree que la niña se tapa los oídos para no oír lo que le está diciendo. «Debo ser prudente», se repite Jutta; es una tarea difícil gestionar la capacidad de oír la voz de Dios y recibir las visiones de su Luz Viviente. No dice nada mientras la niña se aprieta más y más las sienes.

—Cuando veo la Luz Viviente, estoy muy contenta —dice Hildegarda, y deja caer las manos—. Nada malo puede ocurrirme.

—¿Ocurrirte nada malo? —se asombra Jutta—. No, si recuerdas que el silencio es la mejor manera que tiene una mujer de servir al Señor y prometes no decir nada de lo que ves a los demás, entonces no puede ocurrirte nada malo. Si no... —Jutta vacila. No sabe cómo hacer entender a la pequeña la gravedad de la cuestión. Mientras sea una niña, unos creerán que no son más que tonterías infantiles, y otros dirán que es cosa de Jutta y de sus excentricidades. Pero no será una niña siempre, y de adulta las consecuencias serán imprevisibles. Si las palabras de Hildegarda llegan a oídos de las personas equivocadas, eso

podría significar la muerte y la perdición de ambas—. Si no
—continúa Jutta—, Dios te abandonará y nunca más te hablará.

—Pero a los demás sí les puede pasar algo —susurra Hildegarda, como si no hubiera oído lo que Jutta ha dicho—. También soñé con Benedikta.

—Oíste la voz de Dios —replica Jutta. Si a la niña no le impresiona la posibilidad de que Dios la rechace, se lo hará entender de otro modo—. Es un gran regalo, has recibido en custodia dos joyas que debes vigilar en tu cámara de los tesoros. Dos joyas —repite Jutta— que relucen al sol. —Mete los dedos por los barrotes y dibuja un círculo en el aire—. Una de esas joyas es tu virginidad; nunca debes conocer a un hombre, porque en su lugar tomarás al Señor por esposo.

Hildegarda asiente. Han hablado de ello miles de veces.

—La otra —continúa Jutta— es que Dios te ha escogido para que oigas su voz. Tienes que esconder bien las dos joyas y no dejar que nadie las vea.   Jutta recalca cada palabra.

Hildegarda asiente. Una de las joyas es rosa como el capullo de una flor: es la virginidad. Jutta le explicó que la virginidad significa que nunca nadie debe forzar que los pétalos de la flor se abran, nunca debe dejar que desprendan su perfume seductor, que no es otra cosa que un presagio de su muerte temprana. En su capullo, la flor conserva su belleza, pero en el momento en que abre sus pétalos caen al suelo uno por uno, marchitos y arrugados, y dejan atrás solamente una inflorescencia estéril a la que nadie presta atención y lo único que querrán será deshacerse de ella.

Hildegarda alcanza a imaginar la otra joya vagamente, pero no puede verla. Ilumina del mismo modo que la voz de la luz cuando le habla directamente a ella. Ilumina con el mismo color que el aire, pero con mayor intensidad que nada en el mundo. Mirar dentro de esa luz es más difícil que mirar el sol.

9

Hildegarda ya se ha levantado de nuevo, y sigue el horario prees-
tablecido de la jornada. Uda se detiene delante de las cocinas,
donde habla con el muchacho y le da instrucciones. Todos se afanan preparando masas. Un novicio, al que Hildegarda nunca ha
visto antes, levanta la vista y la mira. El chico parpadea y sonríe.
Uda sigue la mirada de Hildegarda, como un halcón en busca de
presa; podría amonestarlos, pero el novicio ha vuelto a su tarea
concienzudamente, su frente brilla de sudor. Hildegarda solo oye
a medias lo que la anciana dice al muchacho de la cocina. Hablan
de comida en tiempo de ayuno y de un tipo de pescado, pero a
ella eso no le interesa. El ruido de la masa trabajada contra la mesa
es como el que se hace al sacudir el polvo de una cortina gruesa.

Uda continúa su ruta; Hildegarda la sigue con pasos apura-
dos. De vez en cuando, la anciana se detiene para hablar con alguien, usa frases secas, órdenes, y la niña no entiende cómo
puede tener tantas cosas que decir cuando se supone que los
monjes deben trabajar en silencio.

Después de que el abad Kuno advirtiera a Jutta sobre la incon-
veniencia de exagerar el ayuno, la muchacha ha aceptado seguir
los hábitos alimentarios de los hermanos. Una comida al día en
invierno, dos en verano.

En Disibodenberg a nadie se le ocurriría comer carne de animales impuros, pero Jutta se niega en redondo a comer cualquier tipo de carne. Nadie puede oponerse a ello, ya que la carne de animal es para los débiles, los enfermos y aquellos que trabajan con ahínco en las viñas u otros sitios similares. En invierno el agua no es potable; entonces Jutta tiene que tomar cerveza como los demás, pero tan pronto como el hielo desaparece, solo quiere beber agua, aunque es cierto que la cerveza alimenta y da color al rostro. Ha prohibido a Uda que le lleven una ración expresamente para ella, insiste en comer los restos que dejan Hildegarda y Uda. Cuando la niña está sana tiene buen apetito, y después de que Uda aparte la carne y el pescado, no queda mucho para ella, pero Uda procura que les lleven raciones mayores, aunque Jutta no come más de lo que necesita para mantenerse con vida. Uda sabe que a menudo habla con su confesor de castigo. Una vez, el padre se marchó furioso porque Jutta es testaruda: ahora solo quiere ingerir comida seca. Sabe que otros ermitaños lo hacen, ¿por qué debería ella vivir en mejores condiciones?

Hoy, Uda y Hildegarda irán a los telares, pues necesitan hilo de bordar. Durante meses, Jutta ha trabajado en un mantel para el altar de la iglesia. La tela fina, blanca como la tiza, está tensada en un marco de madera en la celda; el hilo es tan blanco como el tejido, y las formas e imágenes solo se ven de muy cerca. La que más le gusta a Hildegarda es la de la cruz, rodeada de hojas de parra y flores. De cuando en cuando enhebra la aguja para Jutta, y cada vez tiene que lavarse las manos y dejar que después Jutta se las inspeccione con detalle. Jutta tiene una jarra de agua en el suelo a su lado cuando cose. Sus manos están frías y agrietadas, pero se las lava sin cesar para que el mantel no se ensucie. Cuando Hildegarda preguntó si no era posible lavar el mantel cuando estuviera listo, Jutta asintió con actitud ausente y sin alzar la mirada, pero dijo que la cruz luce con más pureza cuando es blanca.

Hildegarda se detiene ante la puerta de los telares. Uda ha entrado en la gran sala, donde los monjes trabajan en máquinas de tejer: ropa de lana, ropa de cama, hábitos de la orden, tela vulgar y sin teñir para manteles comunes y toallas, tela fina y blanca para los manteles de altar y las labores de bordado. Un monje joven procedente de Italia está sentado en silenciosa concentración ante una máquina muy especial. Es más pequeña que las otras e hilos de lana de colores salen en todas direcciones. Está tejiendo un tapiz con bonitos motivos, y Hildegarda siente curiosidad por verlo de cerca, pero es como si no pudiera cruzar el umbral. La anciana se dirige al fondo de todo, donde está el hilo de bordar. Hildegarda la sigue con la mirada, observa su espalda, la bufanda, la forma en que arrastra un poco un pie. Quiere ir tras ella, pero los suyos no quieren moverse.

Un puño de aire retiene a Hildegarda; le cuesta un tiempo deshacerse de su asimiento. Algo tiembla en el aire, algo fluye en un punto sobre su cabeza, algo que no quiere adoptar ninguna forma. Intenta librarse de ello, y cuando por fin el puño invisible la suelta, Hildegarda tropieza en la puerta de los telares y se cae. Se levanta rápidamente, casi en el mismo instante en que su rodilla toca el suelo. Enseguida sabe que ella es la única que puede oír esos ruidos, ella, a quien una fuerza desconocida quiere mantener fuera de la sala. Dentro todo son manos laboriosas, ojos cansados, espaldas dobladas, nadie parece notar nada en absoluto.

Hildegarda mira al suelo e intenta concentrarse en otra cosa, pero el temblor del aire cada vez es más intenso, sopla, susurra y retumba como unos pasos. Ella se yergue, une las palmas de las

manos, entra directa en su visión ruidosa. El aire ya no es transparente, se dobla en círculos desordenados y se ondula, estalla
en pedazos de oscuridad, se convierte en lluvia seca, en la sangre
que fluye de un cerdo sacrificado, y Hildegarda debe afrontar la
mirada de las tinieblas, hacer acopio de todas sus fuerzas para
mantener lejos de sí misma lo que está cobrando forma: unas
manos toscas que danzan en el aire cerca de su rostro, cabello
oscuro y despeinado, uñas rotas. Ahí dentro alguien ha luchado
por su vida. Ahí dentro un hombre ha herido a una mujer, Hildegarda lo ve en esas manos que nadie más puede ver. Se toca el
cuello para forzar el aire a pasar por la garganta. Son las manos
de un hombre desconocido sin brazos ni cuerpo, garras grandes
y amarillentas, dedos que aprietan más y más un cuello blanco.
Es la mirada de una muchacha; no es Benedikta, es más joven,
pero el miedo es exactamente el mismo; tiene unos ojos grandes
y bellos, una boca como la de un lucio.

Es como si el puño invisible hubiera asido su cuerpo mante-
niéndolo levantado, pero luego la suelta y Hildegarda cae al suelo. El silencio repentino, las manos que se detienen en los telares,
un ovillo que rueda por el suelo arrastrando su cola llameante.

—¿Está enferma?
—¿Qué le ocurre a la niña?
—¿Cómo ha podido caerse así, sin más? Pero si estaba justo
ahí de pie...

Uda llega corriendo, coge a Hildegarda, la levanta tirando con
fuerza de su brazo, la saca de los telares; pasan por delante de la
cocina y los establos, cruzan la plaza. Hildegarda la sigue trope-
zando, deja que la recoja cada vez que se cae, el mundo alrededor respira como si estuvieran en pleno invierno, desaparece

delante de ella, blanco y nebuloso y lejano. Ante los muros del huerto, Uda arrastra a la niña para ver si re... ... . Intenta man tenerla de pie sosteniéndola con el codo contra el muro, pero la pequeña se le cae. Hildegarda intenta ponerse de pie, se queda a cuatro patas, se le hunden las manos en la tierra húmeda. Uda la levanta por el cuello, que le duele; Hildegarda abre la boca, pero de ella no sale sonido alguno.

10

Únicamente cuando se queda a solas con Jutta, Hildegarda habla de nuevo. El rostro inexpresivo de Jutta es una bendición, un recipiente vacío que recoge sus palabras. Jutta escucha sin preguntar. Es bueno que Hildegarda se atreva a hablar, es bueno que haya despertado después de un largo invierno.

Hildegarda se duerme apenas apoya la cabeza en la almohada. Jutta manda llamar al hermano Jacob, el cronista del monasterio, que se queda inmóvil en la iglesia vacía, con el oído pegado a la ventana de Jutta; se lleva una mano a la frente y escucha con los ojos cerrados. Un par de veces mira al techo y se santigua. Cuando Jutta termina de susurrar, se hace un silencio. Jutta escucha la respiración de Jacob, que es superficial como la de un gato. El hermano no dice nada, pero el silencio a menudo habla. Las palabras de Jacob brotan entonces como el vino de un barril agujereado que no resiste la presión. Le confirma que todo lo que ha dicho la niña es verdad. Hildegarda ha hablado con tanta claridad como si hubiera estado allí aquel atardecer desgraciado de antes de que el arzobispo Ruthardt expulsara al canónigo malvado. «Porque era un canónigo», susurra el hermano a través de los barrotes, y Jutta aparta el velo de su oído para oír mejor. Jacob guarda silencio, preferiría ahorrar a Jutta los detalles del pecado, pero ella quiere saberlo todo.

—Según dicen, los primeros hombres temerosos de Dios que siguieron al monje errante irlandés Disibodo construyeron sus viviendas como celdas de una colmena. Al principio vivían humildemente —explica Jacob—, unos junto a otros, en silencio y con frugalidad. Sin embargo, con el tiempo el diablo se adentró en la montaña; los monjes viejos murieron y llegaron otros, y los cambios se sucedieron igual que las gachas se cuecen demasiado si no se remueven con cuidado. Una capa negra y dura se forma en la parte de abajo, la más cercana al fuego, y se difunde al resto dándole un sabor amargo y estropeándola. Los canónigos se volvieron perezosos y avaros. En lugar de cultivar su propia comida, de echar sus redes en el río y mantener a los animales que podían alimentarlos, obligaban a los campesinos a llevarles lo mejor de sus campos y establos. No les gustaba cocinarse la comida, vivían en una pocilga y no respetaban el ayuno. Disibodenberg se convirtió en un montón de basura, en el que todos respiraban el mismo aire sucio y nadie se libraba del pecado.

Jacob se interrumpe, se restriega la barbilla y espera, pero Jutta lo impele a continuar.

—El deterioro llegó a tal punto que ningún campesino quería mandar a sus hijas con la comida al monasterio —dice, y vuelve a callar. ¿Entiende Jutta el significado de sus palabras o tiene que explicárselo con mayor claridad?—. Ni siquiera querían recoger su propia leña; pedían a un anciano que de joven había trabajado en el bosque que les suministrara troncos y ramas. El pobre hombre apenas podía subir el camino hasta el monasterio cargado con la leña, y como no tenía hijos, mandó a su hija mayor. Aquella noche Satanás envió a un joven diablo para que desvirgara a la muchacha en la plaza de la iglesia. El edificio que hoy ha sido renovado como sala de los telares estaba entonces fuera de uso. Tenía que haber sido un granero, pero la pereza de los canónigos lo dejó sin uso. En el monasterio había un monje que había llegado hacía poco de Turín. Dicen que había estado en una casa de...

Jacob se interrumpe. ¿Cómo explicarle a Jutta que se trataba de una casa de prostitución? En cambio, le explica que en las horas tempranas de aquel mismo día habían visto al monje de Turín subiendo la montaña borracho; lo habían visto cerca de la casa de... las muchachas, sí, y entonces...

Jutta le pide silencio, y el hermano se enfada consigo mismo por haber hablado demasiado.

La mira de soslayo entre los barrotes, en la oscuridad; el rostro de la muchacha se ve iluminado bajo el velo. El hermano empequeñece. Él no era partidario de hospedar a mujeres en un monasterio de monjes, pero ahora se avergüenza porque parece que sus dudas no eran más que un reflejo de sus propios pensamientos pecaminosos. La piel de Jutta brilla como los dorados del retablo del altar, y él no osa buscar su mirada. Ella le ha rogado que acudiera a su celda porque él es quien escribe la historia del monasterio, y porque tiene fama de hablar con claridad, y ahora resulta que le cuesta explicarse. Pasan largo rato en silencio. Él une las palmas de las manos y entona: «Busqué al Señor, en el momento de la prueba, de noche sin descanso; hacia él tendí mi mano y mi alma se negó a ser consolada».[13]

Jutta canta con él, en voz muy baja. Apenas los separa un metro de distancia y es como si la respiración de ella soplara en el rostro de él igual que la brisa. Cuando terminan, ella asiente y le ruega que continúe. El salmo ha limpiado su voz y disipado su vergüenza. Jutta escucha en silencio mientras Jacob le explica que el monje de Turín pidió a la hija del talador que metiera el carro y dejara la leña en el granero sin usar. En la oscuridad, él la mancilló, y después la ahogó con sus propias manos. Para ocultar su crimen, subió su cuerpo ultrajado y sin vida al carro de su padre, lo cubrió con telas y ramas, arrastró el carro hacia el lado norte y lo empujó pendiente abajo. Evidentemente, lo descubrieron, pero no enseguida. En aquella zona los árboles crecían densos, y hasta que un hombre del pueblo pasó por allí para tender trampas de liebres no se encontró el cadáver. El talador había preguntado con desesperación por su hija, pero el monje de Turín había afirmado que él la ayudó personalmente con la leña y luego la mandó de vuelta a casa. Que no huyera de inmediato era señal de su idiotez o de su maldad, porque en ningún momento mostró signos de arrepentimiento, ni siquiera cuando un mozo de la cocina que lo vio entrar en el granero y luego lo vio salir con el carro cargado testificó contra él. El hermano Jacob calla un instante antes de relatar el proceso, pero Jutta lo interrumpe: la sentencia no le interesa. Vuelven a rezar juntos. Jutta le dice que no debe contar a nadie lo que han hablado, tiene que prometérselo, y él se lleva una mano al corazón.

11

Ha llegado la primavera y el aire se llena de perfumes: de las agujas de los pinos y la resina, el moho tierno y un sinfín de *trientialis* que tapizan el suelo del bosque. El río susurra, un coro de pájaros chilla sin parar; de noche se oyen, a lo largo de los muros, los sonidos de la vida primaveral. El canto del cuco, el grito de una liebre cuando un zorro le clava los dientes en el cuello.

Los hombres que trabajan en las construcciones del monasterio han plantado tiendas por doquier, y durante todo el día se oyen hachas y martillos, sierras y voces. Llegan muchos obreros en busca de trabajo con herramientas atadas al abdomen. El abad tiene que autorizarlos, pero no entiende de construcción y los juzga solo por su rostro y la fortaleza de sus brazos. Por la noche arman tanto alboroto que el abad tiene que reprenderlos para que guarden silencio. A menudo desaparecen en grupo montaña abajo y no vuelven hasta el alba. A Jutta eso no le gusta nada. Manda llamar al abad y al prior y los amonesta. Uda escucha desde la ventana de Hildegarda. El abad no sabe qué hacer; agacha la cabeza ante la piadosa Jutta, pero por la noche vuelve el alboroto. «El pecado se ha instalado en el monasterio —dice Jutta—, se cuela como vapor venenoso por todas partes y atenta contra la fe más férrea e intensa». El abad intenta explicarle que las obras avanzan más deprisa de lo que nadie esperaba, lo que tiene que ser una señal de la bendición del Señor. Jutta le replica diciendo que una casa que se construye sobre malos cimientos tarde o temprano termina derrumbándose. No ceja hasta que el abad consigue que el maestro de obras despida a los obreros más conflictivos, y promete a los demás la salvación si por la noche guardan silencio. Al principio funciona, pero cuando agosto extiende sus noches calurosas sobre Disibodenberg, el bullicio empieza de nuevo. Solo en noviembre el ambiente vuelve a calmarse, y entonces las paredes de la iglesia han crecido unos cuantos metros, se han terminado de construir varias casas de madera y la escena del juicio final en el pórtico de entrada está casi lista.

Sin embargo, Jutta no está contenta. Escribe al arzobispo rogándole que vaya a celebrar una misa. Hay que purificar Disibodenberg una vez más. Cuando Meinhardt, por los mismos días, promete regalar a la iglesia un altar lateral, la misa se celebra sin más discusiones.

En Navidad, cuando Hildegarda tiene doce años, llegan muchos peregrinos a Disibodenberg. Esperan sentados pacientemente en la iglesia a que Jutta corra la cortina y rece por ellos. Individuos con circunstancias personales difíciles, atormentados por grandes desafíos, aguardan durante toda la jornada para confiarse a Jutta en privado. El abad sugiere que solo los reciba un día a la semana, pero al principio ella se niega. Son personas que llegan desorientadas y con muchas preocupaciones, y no quiere rechazarlos. La riada de peregrinos no disminuye con el tiempo, y en el tercer abril desde que llegaron al monasterio Jutta se ve obligada a aceptar la propuesta del abad. El miércoles es el día de los peregrinos, y a menudo estos ya llegan la noche anterior. El abad está satisfecho. Los peregrinos pobres duermen bajo un medio techo en la plaza de la iglesia; los ricos se alojan en las dependencias para invitados y portan consigo regalos costosos para el monasterio. Llegan muchas chicas acompañadas de sus padres. Las madres quieren que sus hijas fortalezcan su fe, algunas desean ofrecerlas directamente a la Iglesia y pagar por la construcción de otro monasterio en Disibodenberg. Son hijas de Dios, devotas y de corazón puro, muchachas aristocráticas de rasgos finos y ropas caras.

Jutta tiene que hablar largamente con el abad para conciliar sus intereses. No quiere perder un día entero de plegarias para enseñar salmos y liturgia a las jóvenes, pero al abad no le gusta mandar a nadie de vuelta a casa sin sus cuestiones resueltas.

—Yo no tengo que dar lecciones —le replica Jutta—, es una regla para los ermitaños.

El abad es demasiado listo para mencionar a Hildegarda, aunque cree que no sería malo que Jutta diera lecciones a varias muchachas al mismo tiempo. Los primeros años en Disibodenberg han mitigado su severidad y le han dado un punto de vista más pragmático de las cosas. Es como si Jutta pudiera leer sus pensamientos. Tiene que contenerse para no estallar de indignación.

—¿Cómo puedo dedicarme a mi compromiso con el cielo si estas muchachas requieren todo mi tiempo? —pregunta Jutta sin esperar la respuesta del abad—. Solo a través de las plegarias puedo estar en todos sitios a la vez.

El abad cede. Limita las visitas a las hijas de la nobleza, y Jutta deja de quejarse. Sin embargo, pocos días después Uda los oye discutir. No entiende mucho, salvo que Jutta insiste una y otra vez en una petición, suplicando con obstinación, y el abad se la niega sin cesar. Llevar su propia cruz, dice Jutta, crucificar su carne. El resto de lo que dicen se pierde, aunque Uda se pone de puntillas y aprieta el oído contra la cortina del dormitorio de

Hildegarda. Se nota que Kuno está indignado, pero Jutta no cede hasta que él promete volver a visitarla al día siguiente. Cuando do él se arrodilla ante su ventana de barrotes, ella continúa donde lo había dejado. Habla en voz baja, pero de vez en cuando suelta un chillido como un pájaro asustado. «No puedo..., no puedo..., no quiero estar aquí de este modo». Entonces el abad Kuno se levanta; Uda aparta un poco la cortina, su rostro está enrojecido de enfado. La llama, pero Jutta ya se ha recluido detrás de la cortina.

Durante varios días, permanece en silencio. El abad vuelve, pero ella no le responde. Primero él le habla amablemente; luego se enfada, golpea contra los barrotes y habla del poder del diablo. Las lecciones de Hildegarda se han cancelado, y Jutta no responde a las preguntas de Uda. Hildegarda no dice nada; es como si ella y Jutta estuvieran secretamente unidas. Jutta deja de comer, y Uda busca al abad Kuno en el pasillo del claustro para expresarle su preocupación. El abad no puede ocultar su furia. No quiere hablar con Uda, la manda fuera de su vista antes de que la anciana haya podido abrir la boca. Uda ruega a Hildegarda que hable con Jutta, pero la niña niega con la cabeza.

Una semana más tarde parece que el abad se rinde. Cuando Uda va a recoger la comida a la cocina, el bodeguero le da un mensaje: el abad las acompañará a sus celdas. Uda y Hildegarda esperan sentadas en el banco de piedra del huerto medicinal. Huele a tomillo y a lúpulo, y las mariposas revolotean alrededor de la madreselva. El abad aparece acompañado de un hermano muy joven que ni Hildegarda ni Uda han visto nunca. Tiene un rostro inexpresivo, pero los ojos amables. Sujeta un bulto envuelto en una tela tosca. Está sudando y se aparta una mosca de la cara, pero no suelta el pesado bulto. El abad y el joven hermano siguen a Uda hasta la celda. Cuando Kuno le pide que abra la puerta, ella duda un instante, y él se enoja.

—Mujer estúpida —dice—, abre la puerta, ¿o quizá crees que el pecado llega en forma de abad y de monje con un regalo para Jutta?

Uda obedece sin replicar; está tan nerviosa que tropieza en la entrada y señala la mesa de comer, donde el hermano joven deja el bulto. El abad dice que Hildegarda debe abrirlo cuando ella y Jutta estén a solas. El joven estira los brazos y relaja los hombros, se enjuga el sudor de la frente con las mangas. Hildegarda lo mira con curiosidad hasta que Uda la empuja y casi la hace caer.

Tan pronto como se han ido, Jutta abre las contraventanas. Envía a Uda afuera y ruega a Hildegarda que abra el paquete. Una gruesa cadena de hierro con una cerradura improvisada y una llave caen sobre la mesa. Jutta está de puntillas, con el rostro pegado a los barrotes.

—Acércamela —susurra.

La cadena pesa mucho en las manos infantiles de Hildegarda. La niña se queda anonadada, la sostiene ante su rostro y la acerca a sus labios, está fría como el hielo y sabe a sangre.

—Dámela, Hildegarda —le ordena Jutta.

—¿Por qué? —pregunta Hildegarda sin soltar la cadena.

—Tengo que usarla.

—¿Para qué?

—Dámela, Hildegarda, y después te lo explicaré.

Hildegarda se queda inmóvil un instante antes de obedecer. El corazón le late acelerado.

La cadena es una serpiente que se arrastra por la bandeja giratoria de una celda a la otra. Cuando ha desaparecido, Jutta señala el trozo de tela tosca.

—Dame también el camisón —susurra, y entonces Hildegarda entiende que la cadena estaba envuelta en un camisón. Lo
go hasta los tobillos. Lo sostiene ante sí, y luego lo dobla y lo
pone en la apertura entre las dos celdas. Largos pelos hirsutos
despuntan en todas direcciones y le raspan las manos.

—¿De qué está hecho? —pregunta, agarrando con fuerza
uno de los extremos, cuando Jutta intenta tirar del otro.

—Son pelos de cabra —responde Jutta, estirando de nuevo,
pero la niña es fuerte y no cede.

—¿Te lo pondrás?

—Sí; suéltalo de una vez, Hildegarda.

—¿Encima del vestido?

—No, debajo; dentro de mi vestido.

—¿Encima de la piel desnuda? —Hildegarda tira del camisón con ambas manos; le duelen los dedos cada vez que Jutta
tira del otro extremo.

—Sí.

—Me has prometido que me explicarías para qué usarás la
cadena.

—Suéltalo ya, Hildegarda.

—¿Y la cadena?

—Déjalo, Hildegarda, ¡haz el favor de obedecer! —dice
Jutta, alzando la voz, casi chillando.

—¿Y la cadena?

—¡Niña insoportable! La cadena también me la pondré, debajo del camisón.

—¿Por qué?

—¡Déjalo ya!

—¿Por qué?

—Si viven según la carne, necesariamente morirán; más bien
den muerte a las obras del cuerpo mediante el espíritu, y vivi-

rán.[14] Los que pertenecen a Cristo Jesús han crucificado la carne con sus impulsos y deseos.[15]

—¿Y yo? —susurra Hildegarda.

—¿Tú qué, Hildegarda? —Jutta deja de tirar del camisón. Le tiemblan las manos.

—¿También tengo que torturarme y crucificar mi carne?

—No somos iguales.

—¿Tengo que hacerlo?

—No, no del mismo modo, Hildegarda, porque tú y yo en verdad no somos iguales. Tu carne no quema con el mismo pecado que la mía.

Hildegarda suelta el camisón y Jutta lo atrae hacia sí. La niña tiene las manos doloridas y llagadas; presiona la frente con tanta fuerza contra los barrotes que se hace daño. Jutta está sentada en su cama con la cadena y el camisón en el regazo, como un dragón vigilando su tesoro.

—¿Te pondrás la cadena alrededor del cuerpo? ¿Con el hierro helado contra la piel? —susurra Hildegarda.

—De ese modo honraré a Dios —dice Jutta, comedida. Si pudiera, se levantaría y cerraría las contraventanas.

—Como un animal —dice Hildegarda, rompiendo a llorar—, como el oso que una vez vi en Maguncia, una vez que estuve allí con mis padres. El domador había atado una cadena tan pesada como la tuya alrededor del oso. Agarraba con mucha fuerza la cadena y el oso lo seguía como si fuera un perro y no un animal salvaje. Tenía todo el pelaje arrancado, Jutta.

—Yo no soy un oso —responde Jutta secamente desde la penumbra.

El llanto indignado de le niña le molesta.

—No, y aun así, aunque el pelaje del oso era grueso —replica Hildegarda—, la cadena le había hecho heridas en la piel.

—No entiendes nada. Es mejor que te calles antes de dar prueba de tu ignorancia —responde Jutta, levantándose. Se acerca a los barrotes, alzando un dedo amenazador.

—Papá dijo que habían atado al animal porque era salvaje y podía hacer daño a los hombres, pero que no debía ir por los mercados, y que nunca debería haber salido de los bosques, donde está su casa —prosigue Hildegarda, sollozando. Hace tiempo que no lloraba, pero ahora no puede parar.

—Hablas de osos, pero ¿qué sabes tú de lo salvaje del cuerpo humano? Solo eres una niña ¡y no sabes nada de la dulzura con que te habla el pecado y cómo te tienta! —grita Jutta, cerrando una contraventana de un golpe. Hildegarda mete los dedos por los barrotes.

—Aléjate, Hildegarda, o te pillaré los dedos —la amenaza Jutta, pero Hildegarda no se mueve.

—Si te haces heridas, podrías enfermar y morir —dice Hildegarda—. Mi madre siempre decía que una herida es...

—¡Cállate! —chilla Jutta, fuera de sí—. Intentas asustarme con tu parloteo estúpido sobre las heridas cuando la serpiente de Satán es capaz de esparcir mucho más veneno que cualquier herida que uno pueda hacerse en el cuerpo. —Jutta presiona la contraventana contra las manos de la niña, que continúa sin apartarlas.

—Pero si te mueres, ¿qué ocurrirá conmigo? —Hildegarda llora.

—¿Contigo? No debes depositar tu confianza en nadie más que en Dios, Hildegarda. Tu propia voluntad es tierra abonada para la semilla del pecado.

—Pero si el cuerpo sufre y duele todo el tiempo, quizá solo pensarás en el dolor, y no en Dios —dice Hildegarda.

Jutta duda. Agacha la cabeza. Entonces cierra la contraventana con un golpe tan fuerte que Hildegarda aúlla de dolor.

Cuando Uda ve el rostro lloroso de la niña y sus manos magulladas, quiere saber qué ha ocurrido. Hildegarda aparta la mirada.

—He desobedecido —susurra en voz tan baja que la anciana debe inclinarse hacia delante para oírla.

No importa lo que haga Uda; no consigue que la niña diga nada más, y Jutta no abre las contraventanas. Le pone un trapo humedecido en leche en sus pequeños dedos, y aunque la niña alarga los brazos sin protestar, es como si estuviera lejos de allí.

Aquella noche, Jutta vuelve a comer, y Uda observa con satisfacción su plato medio vacío cuando lo recoge en la bandeja giratoria. Hildegarda deambula por la habitación con su fino rostro desamparado, y Uda se pregunta qué desobediencia puede haberle causado un enfado tan grande a la pequeña. En su celda, Jutta se mueve como un perro encadenado; Hildegarda se estremece de frío ante el hogar.

12

¿Cómo habría reaccionado Hildegarda si el último verano en Bermersheim hubiera sabido que nunca más volvería a tumbarse, como lo hacía por entonces, de espaldas en la hierba alta, lejos de todo el mundo? Yacer en silencio, en medio de los sonidos, en medio de los olores, en verano. Si lo hubiera sabido, ¿habría pensado de forma diferente sobre su futuro? ¿Se habría aferrado a la pierna de Hildebert cuando sacaron el carruaje a la plaza de la hacienda, listo para el viaje? ¿Habría llorado durante todo el trayecto hasta Sponheim? ¿Habría rechazado a Jutta?

Recuerda la sensación del aliento de la tierra húmeda en la espalda, del aroma de la hierba como una nota sonora, más insistente que el canto vibrante de los grillos. El aroma de la hierba es el mismo en Disibodenberg, en Sponheim, en Bermersheim, en todo el mundo. El aire es un pincel que recoge los olores de la tierra con trazos anchos y jugosos. El aroma de la hierba absorbe otros aromas: el de la manzanilla, el perifollo, la tierra, el agua estancada. Es una cuerda gruesa que serpentea hacia arriba, una espiral verde que se alza al cielo, se mezcla con el azul límpido, con las nubes blancas como la tiza procedentes del oeste, un horcón que rastrilla los tonos verdosos de la hierba trazando formas misteriosas.

Hildegarda es un catálogo de perfumes melodiosos en todos los colores posibles. Se concentra en distinguir un tono de otro y ver los sonidos como colores. Cierra los ojos y escucha el canto de los monjes. Entonan alabanzas a Dios siete veces al día, notas suaves que se alzan y descienden al unísono. Cantan para acercarse a Dios, dice Jutta, y aunque es muy bonito, Hildegarda no oye la luz en su canto. Son cánticos santos que suenan como nanas, bellas y adormecedoras. Puede ver los colores del cántico cuando cierra los ojos, pero faltan muchos matices; los hermanos dominan los colores del invierno a la perfección: el azul helado del cielo, el pelaje invernal de los ciervos color alazán, una fina franja dorada en una rama de un negro carbón. También aciertan los colores del otoño, como la hierba amarilla y seca de finales de verano, pero la fuerza verde y jugosa de la primavera Hildegarda apenas puede intuirla en los cánticos de los monjes. Una vez intenta explicárselo a Jutta. «Cantan todos los salmos cada semana», se limita a responder Jutta, y Hildegarda no dice nada más.

La niña escucha con los ojos cerrados. Uda nunca puede estar en silencio; su ajetreo, el crujir de sus faldas, su tos seca se mezcla con los cantos. Los ruidos de Uda pertenecen a la misma escala de color que los salmos de los monjes, y cada vez Hildegarda ve la misma imagen delante: los escalones anchos y planos de una escalinata, desgastados por el uso y los pasos. De vez en cuando, el cántico sube o baja un par de escalones, pero cuando el salmo termina, más o menos los ha pisado todos. «¿Quién creó las melodías?», pregunta Hildegarda, pero Jutta no lo sabe y le pide que se calle. Hildegarda se avergüenza de la obstinación que la atraviesa cada vez que Jutta es incapaz de responder a sus preguntas. El orgullo es un pecado, y su confesor le impone una penitencia de tres días de silencio.

Durante los días de penitencia, Jutta interrumpe las clases, y Hildegarda puede seguir a Uda a todas partes. Los colores monótonos de los cantos de los monjes continúan ocupando sus pensamientos. No es porque no le guste cómo suenan. Es más bien una necesidad de lanzarse a través de los sonidos, de empujarlos con sus propias manos para conseguir que se eleven locamente y con alegría hasta el cielo. Colecciona sonidos: el del martillo y el cincel del escultor, los pasos que resuenan en el suelo de piedra de la iglesia, el hurgar con el atizador en las brasas del hogar. Es invierno y siente añoranza del canto de los pájaros y el rumor del río. El gallo canta todas las mañanas y el sonido se disuelve en el frío matinal como sangre en el agua. Jutta no lo entendería, ni siquiera si Hildegarda tratara de explicárselo. Ni siquiera la misma Hildegarda entiende esa añoranza de la luz en el canto. Pero la siente en el cuerpo, que es como escarcha de hielo bajo la piel, una pared entre ella y el mundo. Ya es una niña mayor, pero después de la comida siempre se echa junto a Uda, que le pasa un brazo por los hombros y le da un breve abrazo antes de apartarla. La capa de hielo no se deshace, y congelarse de esa manera duele.

Hildegarda escucha todo el tiempo. Por la noche llama a santa Úrsula y a sus diez mil vírgenes y a todos los santos a los que rezaba de pequeña, pero ninguno de ellos acude. De vez en cuando ve el rostro pálido de Benedikta en la oscuridad, pero no es ningún consuelo. La voz susurra, la Luz Viviente no brilla con intensidad. La capa de hielo se rompe en pequeños pedazos y vuelve a congelarse rápidamente.

El verano en que Hildegarda cumple trece años llega por fin al monasterio el salterio que pidió Jutta. Uda lo lleva a la celda y se lo da a Hildegarda. Jutta abre las contraventanas y pega la frente a los barrotes para verlo mejor. Las manos de Hildegarda se mueven con rapidez mientras saca el instrumento, envuelto en una tela, y Uda ríe al ver las manchas rojas de excitación que le afloran en el cuello y el rostro.

Hildegarda no se cansa de pasar los dedos por encima de la lisa madera de abedul y las diez cuerdas tensadas. Jutta debe instruirla a través de los barrotes. «Pon los dedos aquí, cógelo así; no, más arriba». Hildegarda no puede esperar, pese a tener llagas en las yemas de los dedos. El salterio la atrae terriblemente, al punto de que no soporta no saber tocarlo. Al principio, el sonido es feo y estridente, es un cuervo que quiere una voz de ruiseñor. Jutta repite sus indicaciones, y Hildegarda llora mientras los dedos no obedecen lo que dicta el oído; estúpidas garras de cuervo, un calor insoportable detrás de la frente, y entonces se obra el milagro: es la hierba, dice, la hierba veraniega, tan firme y erguida que puede atravesar la piel como un cuchillo. Es la hierba de verano y la sangre.

—¿Hierba? ¿Sangre? —Detrás de los barrotes, Jutta ladea la cabeza.

Hildegarda extrae pensamientos de las diez cuerdas, saca fragmentos de recuerdos de las cavidades del instrumento. Jutta se cuela como niebla por los barrotes, llenando toda la habitación, mientras que Uda no es más que un insecto que desaparece dentro de una grieta.

—Los prados del paraíso —susurra Jutta—. Los salmos de David —añade, en medio de un fraseo que se desvanece como la tierra se traga el agua de la lluvia, dejando sombras oscuras y húmedas.

El peso de Jutta ocupando la habitación es más de lo que las paredes de la celda pueden soportar, más de lo que el cráneo puede aguantar, y todo se ilumina y estalla como un trueno.

Hildegarda puede sacar todo el prado alrededor de Bermersheim del salterio, quizá todos los prados del mundo si Jutta le deja practicar seis días por semana. Ella escucha el parloteo de Hildegarda y guarda silencio largo rato.

—Tres días por semana —dice al fin.

Hildegarda está muy decepcionada; se queda mirando el instrumento, mira las lágrimas que le brotan de los ojos mientras lo envuelve con cuidado en la tela y lo deja a un lado. Intenta fingir que no le importa. Jutta castiga la desobediencia. Con el entusiasmo de Hildegarda por el salterio, Jutta ha conseguido un nuevo medio para castigarla, y que le quite la música es peor que tener que tragarse su propia rabia.

Se hace de noche, se hace de noche otra vez, y otra más. No hay días entremedio, ninguna luz matutina que tiña las paredes de rosa, ninguna nube que proyecte una cruz en el suelo. Jutta borda. La mayor parte del tiempo reza, pero entre plegaria y plegaria borda, hace agujeros invisibles en la tela, el hilo siempre arriba y abajo, hasta el infinito. Hildegarda no puede verle la cara, solo intuye el perfil de su silueta encorvada, borrosa y a la vez presente. «Es el alma de Jutta lo que veo», piensa Hildegarda antes de que también ese pensamiento sea cosido por la aguja de Jutta, llevado hacia abajo a través de la tela, arriba y abajo al otro lado de la tela, en una danza confusa y circular.

«Hildegarda tiene unas manos tan finas... Unas manos tan fuertes, suaves, finas y blancas como si estuvieran hechas para... hechas para... como...». Uda y Jutta hablan en voz baja mientras Hildegarda yace con fiebre en su cama. No duerme porque en la habitación hay un movimiento que le acaricia la frente de rojo, dorado y negro. Las voces le atraviesan el oído y la frente, la una se convierte en la otra, yo soy tú, yo, ella, la pequeña Hildegarda en una corriente infinita, como si el río se la llevara, el río de primavera, helado y espumando, como si hubiera tomado a Hildegarda y la hubiera dejado paralizada de frío, paralizada, ciega y confundida, y oye que hay alguien riéndose en voz baja, y no sabe si es ella misma.

El salterio está cerca del hogar, envuelto en la tela, y sin embargo danza bajo el techo de la cámara de Hildegarda. Uda y Jutta guardan silencio, escuchando la carcajada súbita de Hildegarda, que yace enferma. Hildegarda tiene un huevo entre los ojos. Tiene que concentrarse para que no se estrelle contra el suelo. Unas llamas negras repugnantes, gélidas como el hielo, lamen la parte inferior de la cáscara del huevo, que se rompe en el fuego celestial. La luz vive de nuevo, es la Voz, que ha vuelto.

—Escucha, te habla el Señor. Nunca oirás una música más dulce —dice.

Hildegarda no puede moverse, toda la energía de su cuerpo se concentra en la frente. Tiene los ojos abiertos, no duerme. Es el cielo lo que ve. No, es algo todavía más grande: es el modo en que todo está relacionado. Es la fuerza llena de fuego, es el amor de Dios, es el río, que fluye tranquilamente, que propulsa a Hildegarda hacia una orilla cubierta de hierba, refleja las nubes, su rostro, las pupilas, el destello de luz en sus pupilas, siempre más y más adentro en la corriente que fluye a través de la eternidad de su alma hasta el espacio celeste. Igual que el corazón está escondido en el cuerpo, el cuerpo se esconde en el alma, y el alma encuentra al aire, que encuentra al cielo, que se extiende hasta el límite más exterior del mundo.

El huevo crece delante de Hildegarda, se ahúsa hacia el cielo; la cáscara se convierte en fuego y emite una luz intensa, tanto que ella tiene que entornar los ojos. Alarga una mano hacia la luz, un sol claro, suave y cálido le tiñe de rojo el dorso de la mano y las uñas. El fuego negro que antes lamía la parte inferior del huevo ahora purpurea con brillo bajo las llamas límpidas y buenas. Retrae la mano, estalla una tormenta, lluvia intensa y granizo. Es el fuego del ángel caído, el elemento de Satán.

Tiene que refugiarse en el calor, mirar a través del fuego; mirar cómo la tierra cobra forma en medio del huevo: tierra, fuego, agua, aire, el hábitat del hombre, compuesto de viento y fuerzas que el ojo no puede ver.

—Vosotros, desdichados —dice la voz—, ¿quién creó las estrellas? A veces los hombres dan señales de lo que pasará, tal como dice mi hijo en el Evangelio: «Entonces habrá señales en el sol, en la luna y en las estrellas, y por toda la tierra los pueblos estarán llenos de angustia, aterrados por el estruendo del mar embravecido».[16]

Aunque Hildegarda continúa mirando, la luz disminuye cada vez más hasta desaparecer completamente. Ya ha tenido esa misma visión antes, ha visto el huevo y las llamas, ha oído la misma frase, pero por mucho que abra el alma para escuchar más, siempre desaparece.

—¿Crees que no estoy preparada? —pregunta, a punto de llorar—. ¿Por qué me dejas ver solo un destello si luego has de castigarme con el silencio? ¿De qué pecado soy culpable?

Es como un alma que se cuela en todas partes, Hildegarda está a punto de estallar de culpa cuando Jutta deja la aguja y la tela.

—¿Hildegarda?

Hildegarda asiente, pero no responde. Cierra los ojos, y es como si Jutta estuviera a su lado. Como si alguien le pusiera una mano en la mejilla y le acariciara el cabello, como si fuera una niña pequeña en la finca de Hildebert.

—¿Hildegarda? ¿Con quién hablas?

Hildegarda mueve los labios. «Con nadie», quiere decir, pero no le sale ningún sonido. Se pone una mano en el pecho y nota los latidos de su corazón con las yemas de los dedos. La puerta de la celda se abre: es Uda, que vuelve de la enfermería con unas hierbas. Jutta parece nerviosa, pero Hildegarda no puede oír lo que dice. Uda se arrodilla al lado de la cama: es difícil mantener los ojos abiertos mucho tiempo. La mano de la anciana en su frente es una bendición; Hildegarda tiembla con su suave caricia.

—Ya no tiene fiebre —susurra Uda—. Hace un momento estaba ardiendo, pero ahora la fiebre ha desaparecido.

13

Año 1111

Hildegarda tiene trece años y su cuerpo cambia. Uda lo esperaba, pero no ha hablado de ello con Jutta. Ahora se lleva a Hildegarda a la habitación del baño para ver cuánto se ha desarrollado su cuerpo. Hace un año parecía un chico, y ahora ya tiene
las caderas redondeadas y los pechos incipientes. Todavía son del
tamaño de una ciruela, pero la niña debe saber lo que le aguarda. Uda no osa decirle nada sin el permiso de Jutta, y cuando
vuelven del baño le pide a la muchacha que espere fuera de la
celda, en el jardín. También le pide que se quite el pañuelo de
la cabeza para que el cabello se le seque al sol.

«Está claro que la chica tiene que ser informada», admite
Jutta, y ella misma se encargará de ello. Más difícil es saber
cómo reaccionarán los hermanos. ¿Aceptarán que una mujer joven se pasee entre ellos? ¿Qué opina Jutta de eso? Con un dedo
huesudo, resigue primero un barrote vertical, luego otro hori-
zontal de su ventana. Jutta asiente en silencio, como si eso fuera
una respuesta. Entonces cierra las contraventanas y deja a Uda
tan desorientada como antes.

Hildegarda está sentada en el banco de jardín, en el muro
sur, y en un primer momento no parece percatarse de la presen-

cia de Uda. Sonríe con esa extraña sonrisa suya, siempre distante. Luego abre los brazos.

—¡Mira el mundo, Uda! ¡Mira lo que nos regala Dios para alegrarnos! —dice, y ríe.

Huele a flores y a polvo. Uda coge el peine y le hace un gesto a Hildegarda para que se dé la vuelta y pueda peinarla. Cuando termina, Hildegarda se libera de sus manos, se echa el cabello hacia delante, sobre los hombros, para verlo brillar al sol.

—Mira mi pelo —susurra, levantándose.

Uda asiente. Cuando llegó a Disibodenberg, tenía el cabello erizado como un polluelo; ahora lo tiene más castaño que rojo y luce como el cobre al sol.

—Vanidad —le advierte Uda, indicándole con un gesto que vuelva a sentarse.

—No —dice Hildegarda, dando un paso atrás.

—¿No?

—No es vanidad admirar la obra de Dios —replica Hildegarda con expresión seria, y se sienta.

Uda no sabe qué decir, de modo que guarda silencio. Quizá tenga razón, aunque Jutta cree que todo lo que es bonito y pertenece al mundo lleva en sí la tentación del diablo. Uda trenza el cabello de Hildegarda y se lo recoge en la nuca antes de ponerle, bien tenso, el velo blanco alrededor de la cabeza. Tendría que explicarle a Jutta lo que la chica dice, pero algo se lo impide.

Uda espera a que Jutta le explique a Hildegarda los misterios del cuerpo femenino, como le ha prometido, pero por ahora calla. Desconoce si el hecho de que Jutta no sangre es obra de un milagro de Dios o bien una enfermedad. Ha tenido la tentación de consultarlo en la enfermería, pero no se ha atrevido.

Entretanto, Hildegarda ya es capaz de leer todo lo que Jutta escribe en la tablilla. Se sabe los salmos de memoria y canta muy bien cuando toca el salterio. Los números y las operaciones matemáticas tampoco le suponen ningún problema, y aunque aprende a escribir despacio, también avanza en esa disciplina. Sin embargo, cuanto está aprendiendo no basta para calmar su sed de conocimiento. Jutta tiene que interrumpir sin cesar la lección porque no deja de hacer preguntas. A veces parece que pregunte simplemente por preguntar: cadenas interminables de preguntas, bien enlazadas unas con otras. Es un pozo sin fondo, y a Jutta eso no le gusta nada.

—Me desafías sin cesar y eres desobediente —le advierte a Hildegarda, que le responde con una expresión sincera de asombro—. No se puede explicar ni imaginar todo lo que uno quiere. No se trata de eso, Hildegarda.

—¿No se trata de eso?

—Ya empiezas otra vez.

—Pero yo solo quería...

—¿Acaso no me escuchas?

Uda no sabe qué pensar. No entiende por qué Hildegarda quiere saber cómo puede el sol cambiar de color, y qué hace que el cielo tenga tantos matices diferentes. No es un conocimiento útil, como el que tienen los hermanos sobre la elaboración del vino o el de Jutta sobre las Sagradas Escrituras. Cuando Hildegarda canta, desprende una alegría tan pura que se contagia, pero tan pronto como deja el instrumento, pregunta por qué los hermanos cantan como lo hacen y no de otro modo. Cualquiera diría que no tiene suficiente de lo que ocuparse. Apenas le queda tiempo libre, hasta el último instante está ocupado por un objetivo. Cada vez que Jutta la reprende, Hildegarda se enfada. A menudo rompe a llorar y cuesta mucho consolarla. La asaltan un sentimiento de culpa y la idea de que es una pecadora y una persona indigna. Lo oyen tanto Jutta como Uda cuando la muchacha se confiesa con el padre, pero él raramente la castiga con dureza. Jutta le impone un castigo cada vez que pone en entredicho la autoridad de Dios.

Por preguntar cuántos peces hay en el mundo y por qué Dios no se limitó a crear solo unas cuantas especies diferentes, Jutta le prohíbe hablar durante un día. Por preguntar qué hay al otro lado de la bóveda celeste y si cualquiera puede interpretar las estrellas, le retira la comida. Hildegarda crece muy deprisa y siempre tiene hambre, y Uda no soporta comer delante de ella, pero si le deja adrede un mendrugo en la mesa cuando se va a la cocina a devolver los platos, la muchacha ni lo toca. Por la noche llora, y entonces Uda se apiada de ella y se acerca a su cama. Hildegarda solloza en su mano, es una niña pequeña en un cuerpo que está a punto de traicionarla.

—Soy una persona terriblemente pecadora —susurra, y Uda no sabe qué responder.

—Todos somos pecadores —se limita a decir.

—Es peor en mi caso —dice Hildegarda—; yo no puedo contenerme, pregunto y pregunto sin parar, e incluso cuando callo mi cabeza está siempre a punto de estallar de preguntas. No sé reprimir mis sentimientos. A veces estoy sentada y concentrada en mi plegaria y de pronto algo me hace llorar o reír... —Hildegarda oculta el rostro en los brazos de Uda—. Ya no me conozco, es como si no pudiera encontrar a mi alma, como si volara sin rumbo en un bosque de pensamientos, pensamientos necios, pensamientos pecadores. —Se incorpora, se tapa los ojos con las manos y llora.

Jutta abre las contraventanas. Llama a Uda, que se deshace del abrazo de Hildegarda. Jutta la reprende con dureza: no debe entrar en la habitación privada de Hildegarda salvo que esté enferma o necesite cuidados. Hildegarda llora desconsoladamente, y Uda abre los brazos: puede oír hasta qué punto la niña sufre

—Son tribulaciones, y todos tenemos que superarlas; solo el Señor puede ayudarnos —replica Jutta, alzando la voz para estar segura de que Hildegarda la oye.

La niña salta de la cama y, descalza, confundida y despeinada, corre hasta el ventanuco.

—¡Soy una persona indigna! —grita—. No lo soporto, Jutta; da igual lo que haga: siempre me equivoco.

Jutta levanta una mano para que la niña se calle, pero Hildegarda continúa llorando desesperadamente. Al final, Uda le da una bofetada con todas sus fuerzas. Hildegarda se lleva una mano a la mejilla y la mira en silencio. Parece que ha entrado en razón, aunque tiene un aspecto horrible, con los ojos enrojecidos y el vestido empapado de lágrimas. Entonces se vuelve de nuevo hacia Jutta y alterna el peso un pie y el otro, como si reflexionara sobre algo.

—Si no es Dios quien mete todas esas preguntas en mi cabeza, ¿cómo puedo saber que es Dios quien me habla en la luz? —pregunta con un hilillo de voz.

Jutta se aparta de la ventana. Sus ojos son sombras de color violeta, tiene un cerco de inquietud sobre la boca. A Uda no le gusta el silencio. Prefiere que Jutta castigue a Hildegarda por haberla desafiado, que la mande a la cama y la encierre en el dormitorio diez días seguidos. El silencio es insoportable. Pero en medio del silencio, Hildegarda se calma; Jutta no se mueve y Uda nota que la angustia le oprime el cuello.

—Tu don proviene de Dios —dice entonces Jutta, rompiendo el silencio, y Uda suspira aliviada—. Te ha escogido a ti y te ha considerado digna. Te ha permitido sobrevivir a enfermedades que nadie creía que pudieras superar, pero el don de la visión no implica necesariamente que uno se vuelva más piadoso, ni significa que te convierta en una persona bondadosa. Todavía deberás hacer acopio de mucha fuerza para purificar tu espíritu y convertirte en mejor persona que los demás, Hildegarda. Tienes que asaltar tu alma y usarla en consonancia con los mandamientos del Señor. Pero antes de nada tienes que ser obediente y recordar que con tu silencio sirves al Señor.

Hildegarda asiente.

—Gracias, Jutta —susurra—; mil, mil gracias.

Para asombro de Uda, Jutta no castiga a Hildegarda por el alboroto que ha causado durante la noche. Al día siguiente, Jutta llama a Hildegarda y se pasan largo rato susurrando. Luego, Jutta da instrucciones a Uda: la niña necesita más instrucción de la que ella puede darle. En primer lugar, aprenderá nociones de medicina y cuidados en la enfermería, donde será testigo de cómo Dios castiga a sus hijos con enfermedades y cómo les concede la gracia de la curación. Luego Jutta hablará con el abad Kuno para encontrar a un profesor idóneo que pueda relevarla en la tarea de enseñar a Hildegarda y ofrecerle la guía espiritual que necesita. Por enésima vez impone a Uda que no revele a nadie el don de la niña, y la anciana asiente con actitud obediente, aunque la saca de quicio tener que oír las mismas palabras una y otra vez. ¿A quién quiere que lo cuente? ¿Y quién escucharía a una vieja como ella?

Uda no sale de su asombro. Si de ella dependiera, la niña no recibiría ni una lección más. No parece que todo ese conocimiento le conlleve nada bueno. Es como si Jutta leyera sus pensamientos; la agudeza mental y las ganas de preguntar también son un don de Dios, le dice. Y no hay nada que añadir.

14

El cuerpo tiene su propio reloj, y Hildegarda se despierta sola antes de que las campanas toquen a maitines. Después de semanas de sueño profundo y extenuante, los sueños llegan en tropel, como bandadas de cuervos.

Si Hildegarda hubiera osado esperar que Jesucristo se le apareciera en sueños, habría pensado que lo haría envuelto vestido de púrpura, oro y zafiro. Se habría imaginado el halo luminoso en su cabeza brillando con tanta intensidad como la Luz Viviente, mil veces más fuerte que la luz del sol. Pero el 20 de marzo, día de Cordius, en las horas previas a los maitines, se le aparece. Lleva una corona de sangre y piedra, y dice: «Levántate, querida; ven, amiga mía». Sus manos son de carne y hueso; con ellas le acaricia el cuello y las mejillas, y luego las posa en su rostro. En el sueño, Hildegarda quiere con toda su alma notar su boca contra sus labios, pero no se atreve a moverse, temerosa de que desaparezca. Él le acaricia el pecho, le pone una mano encima del corazón y dice: «El invierno ha pasado, es tiempo de cánticos, los árboles frutales están colmados y la tierra está cargada de agua».

La lleva hasta la finca de Hildebert, donde reina un silencio desacostumbrado bajo la luz grisácea. Están tan cerca el uno del otro que ella nota el calor de su cuerpo. Él abre los brazos como cuando estaba colgado en la cruz, a lo largo de su cuerpo crece un manzano con frutos verdes. Hildegarda coge una manzana de su mano y le da un mordisco; es dulce como la miel. Una intensa calidez fluye de su cerebro hasta su abdomen, un aliento alegre, un vértigo en el corazón. Una manada de zorros corren entre las piernas de él, como si fueran perros obedientes. Muerden los frutos del manzano, arañan la tierra con sus garras y dejan que él les acaricie el lomo y la cabeza. Él la guía hacia el pozo; ella nota en el rostro el frío y el olor que emana de sus profundidades. Él presiona su cuerpo por detrás y se inclina hacia delante con ella, pero en la boca negra del pozo solo se ve el reflejo del rostro de ella. Quiere quitarse el velo de la cabeza, se siente miserable por un amor incompleto. Él la detiene. De sus manos fluye una sangre perfumada que cae en su falda, tiñendo la ropa y traspasándola; ella la siente cálida y pegajosa en sus muslos. Al otro lado del muro de piedra ve a Hildebert a caballo. Su caballo es muy pequeño, y él desaparece en la madriguera de un zorro. Un viento frío le atraviesa el vestido y mueve la túnica de Jesucristo, de un blanco inmaculado. Él se arrodilla ante Hildegarda, le lava la sangre de los pies, y ella se avergüenza. Él ríe y se levanta, y se queda de pie ante ella. Le coge el rostro con ambas manos y la besa en los labios.

—Hildegarda —susurra—, tu nombre es paz. Tienes que continuar llamándome cuando yo no esté.

Un vino dulce y oscuro fluye de su boca a la suya, sobre sus dientes y labios. Él la agarra con fuerza, los dedos se aferran a sus muñecas, y un tallo sin espinas despunta en su vientre.

Cuando despierta, nota un peso agradable en los genitales. En la oscuridad danzan delicados hilos ardientes. A lo largo del día, nota varias veces destellos del sueño que le atraviesan el cuerpo. Hildegarda no lucha contra ello, solo intenta dejar pasar las imágenes sin que se le queden dentro. Es la vida secreta del cuerpo, no tiene nada que ver con ella; es como cuando las gallinas continúan agitando las alas después de que les hayan cortado la cabeza. Revive una y otra vez la sensación, con curiosidad y ávida de saber: así es como Dios ha hecho a la mujer. Así es como el Señor se cuida de que la mujer se abra a su marido con gusto, dejando que la semilla del hombre crezca en su cavidad; es así como Dios consigue que se haga la vida. Cuando era pequeña, Mechthild le contó todo lo que sabía sobre los misterios de la concepción mientras esperaban a que una vaca pariera. Le explicó que toda criatura viviente posee una fuerza que la impulsa hacia otra criatura para crear nuevos seres y alegrar a Dios, una fuerza que atrae un ser hacia otro. Entonces Hildegarda no lo entendió, pero lo recuerda.

Habla de ello con Jutta sin darle muchos detalles, y el padre confesor será llamado de inmediato. «Debilidad de la carne», dice Jutta con tono grave. Pero Hildegarda no se avergüenza. El cuerpo es fuerte, pero la fe construirá un canal sólido que llevará ese anhelo hasta Dios. Se lo explica a Jutta, pero esta no quiere escucharla. La excitación y euforia de la noche anterior, que le había dejado una sensación tan agradable en el cuerpo, una calidez en el abdomen, se transforma ahora en un zumbido que le atraviesa el cráneo, en el golpe seco con que Jutta cierra las contraventanas, en un dolor repentino bajo el ombligo. Piensa que quizá la curiosidad sea una artimaña del diablo, pero en el sueño Jesucristo era tan afable como solo el hijo de Dios puede serlo. Quisiera preguntar a Jutta si el demonio puede emular el amor de Dios, porque en el sueño ese amor ardía con más intensidad que sus genitales. Pero Jutta está encerrada en su celda, se esconde en la oscuridad con los pies sumergidos en agua helada hasta que apenas los nota.

Hildegarda no quiere avergonzarse, espera obtener una respuesta a su plegaria. Pero nadie puede escapar a la culpa, que corre con tanta intensidad por las venas de Hildegarda que se desparrama desde su rincón más recóndito, y cuando despierta tiene los muslos manchados de sangre. Un dolor nuevo, desconocido hasta entonces; una bola pesada que se mueve adelante y atrás dentro de la cadera; es el castigo y el puño de Dios. Hildegarda quiere esconderse, quiere fingir que no ha ocurrido nada, pero las sábanas y la paja manchadas la delatan. Agacha la cabeza y espera el espanto de Uda, y el castigo de Jutta. Pero Uda solamente asiente, como si se lo esperara. Asiente y le habla igual que si compartieran un secreto, como si Hildegarda ya supiera por qué le imponen ese castigo.

Solo cuando Uda ha hecho salir a los hermanos de la lavandería y ha puesto a un vigilante en la entrada se da cuenta de lo que ocurre: Jutta no le ha contado nada a la chica, como había prometido.

Uda le frota la espalda a Hildegarda hasta que la piel le quema, frota sus brazos hasta casi hacerle daño. Jutta puede enseñarle latín y los salmos, y los versículos de la Biblia, pero por lo visto no tiene ninguna intención de hablarle directamente del cuerpo al que su alma está vinculada en este mundo. Uda frota, suspira y resopla hasta que al final la muchacha se aparta, asustada, y entonces la anciana tiene que aplacarla hablándole con suma dulzura, explicándole la cuestión tan bien como ella misma la entiende, y luego le unta con delicadeza los brazos y la espalda con aceite de lavanda y grasa. Hildegarda escucha en silencio. Por una vez no la interrumpe con preguntas. Cuando llegan a la celda, mientras Hildegarda repara una sábana y Jutta sigue escondida tras las contraventanas, al final se atreve a hablar del sangrado vergonzoso.

—Entonces, ¿se trata de una purificación? —pregunta, y Uda asiente sin apartar la vista de su labor—. ¿Por eso la sangre es impura? ¿Y tan venenosa que puede estropear el vino y enloquecer a los perros?

La anciana asiente de nuevo. No se atreve a hablar de las cualidades mágicas de la sangre, porque a Jutta no le gustaría.

—¿Y es la prueba de que la mujer es fértil y que tiene que dar a luz con dolor porque Eva tentó a Adán y por ello fueron expulsados del paraíso?

Uda asiente sin dejar de mirar la labor de Hildegarda, y entonces la muchacha baja los ojos y la retoma. Permanece en silencio largo rato, pero no deja de pensar en ello.

—¿Por qué Jutta no me lo ha contado? —susurra tan bajo que casi no se oye—. ¿Por qué no protege la joya de mi virginidad? ¿Quizá Dios no cree que quiero que sea mi único amor y por eso me hace fértil?

15

Año 1113

Hildegarda insiste en tomar los votos monásticos antes de comenzar su aprendizaje en la enfermería. Jutta habría preferido que esperara hasta después de Navidad, pero lo acepta. Hildegarda afirma y entiende que no se puede pedir a los hermanos que enseñen a una mujer joven que todavía no se ha entregado completamente a Dios.

El día de su bautizo, por Santa María Magdalena, en julio, justo después de cumplir quince años, Hildegarda yace de nuevo en el suelo de la iglesia en Disibodenberg. Llora de alegría y alivio cuando recibe el velo. Sus padres han viajado para estar presentes en la ceremonia. Desde la última vez que los vio, han cambiado mucho. Ahora son unos desconocidos que guardan un vago parecido con las personas que la criaron en los primeros ocho años de su vida. Es más alta que su madre y casi no puede creer que esa pequeña vieja realmente sea Mechthild. Hildebert también ha encogido; tiene la piel amarillenta, y eso preocupa a Hildegarda. Es una preocupación inquietante que se remonta a otros tiempos, que le atraviesa la carne como una flecha, despierta los recuerdos de toda la añoranza que tuvo que sufrir cuando la mandaron lejos de casa.

Al atardecer, Mechthild se sienta en la iglesia vacía ante la ventana de su hija. Hoy nadie piensa en limitarles el tiempo que pueden pasar juntas, y Hildegarda alarga las manos hacia su madre. Con dedos envejecidos, Mechthild resigue las venas en las manos de su hija.

—Tu padre está enfermo —le explica, pero Hildegarda ya se ha dado cuenta—. En primavera estuvo muy grave, pero ahora parece que lo está superando.

Hildegarda tiene que prometerle que rezará por Clementia, porque perdió otra vez un bebé en el parto; es el quinto, y si el bebé que ahora lleva dentro tampoco sobrevive, Mechthild teme que Gerbert no tarde en pedir la anulación del matrimonio. Roricus ya no está en el convento de Maguncia; ahora es canónigo en el Sarre, y su piedad y bondad se conocen en todas partes. Odilia continúa sin tener hijos, y le ha confesado a su madre que a pesar de los muchos años que lleva casada, todavía es virgen. Ahora esperan a que un reconocimiento médico demuestre que dice la verdad para que el matrimonio pueda declararse nulo. Entonces ingresará en un convento, como desea desde hace tiempo. Hugo sigue siendo Hugo, y en ese sentido no hay ninguna novedad. Le han encontrado una esposa adecuada; Hildebert ha negociado la dote, así que solo es cuestión de tiempo que se celebre la última boda de Bermersheim. Mechthild no menciona a Drutwin, y como Hildegarda sabe que eso significa que su madre no sabe nada de él, no pregunta, aunque es justo de Drutwin de quien más desea tener noticias. La prima Kristin ha muerto víctima de la peste, dejando a un hombre inútil y cinco huérfanos de los que ahora se encarga Ursula lo mejor que puede. Por último, Hildegarda también tiene que rezar por el alma de Irmengard, que murió hace cuatro años en el parto de su primer hijo; solo tenía diecisiete. Aunque Mechthild no ose pedírselo, Hildegarda reza además por el alma desafortunada de Benedikta, y luego su madre le besa las manos, agradecida. No hablan de ello, pero Hildegarda sabe que el corazón de Mechthild se rompió con la muerte de Benedikta y nunca se ha recuperado. Es como si los humores del cuerpo se filtraran a través de su corazón roto, como si desde entonces se hubieran drenado erróneamente, dejándole la carne seca y el intelecto disminuido. Es antinatural el modo en que Mechthild continúa aferrada a la pena; es como detener el ritmo de la vida, como dejar que después del invierno llegara otra vez el inverno, y a continuación otra vez, hasta el infinito.

Hace tres años, cuando su madre la visitó por última vez, también hablaron de Benedikta. Mechthild se sentó en el mismo lugar que ahora y lloró por la pérdida de su hija. No paraba de preguntar por qué el Señor la había castigado tan duramente, y qué sentido tenía la vida cuando te lo habían quitado todo. Hildegarda rezó una plegaria tras otra, entonó salmos y guardó silencio, sin poder darle ni una sola respuesta. Esta vez Mechthild no lloraba, simplemente estaba ahí sentada en silencio, encerrada en sí.

—Según entiendo, las cosas te van bien —dice al cabo de un rato—. He oído decir que progresas en todo lo que haces.

Hildegarda no sabe qué contestar. No se ha sentido cómoda desde el día en que se convirtió en mujer. Ve la Luz Viviente más a menudo que nunca y oye la voz con más claridad que antes, pero a la vez arde en ella una obstinación perniciosa, un enfado con Jutta, en quien confiaba sin límites. Por la noche, cuando sueña, su enfado se desata, transformándose en visiones y debilidades de las que no puede hablar con nadie. Cuando une las manos al rezar, termina esperando solamente una respuesta a sus propias dudas, en lugar de rezar para los otros, como debería. Intenta dejar su corazón vacío y solitario para poder acoger a Dios, intenta salir de sí misma y ayudar a los demás, pero la fijación en sí misma es un vicio que ha arraigado de tal modo que la buena voluntad naufraga y se pudre. Está taciturna e irritable, y tanto Jutta como Uda opinan que necesita más tareas de las que ocuparse mientras no habla con Dios, y no se dan cuentan de que el sentimiento de culpa la tortura. Sabe que Jutta ha hablado de su don con el abad Kuno, y que ambos estuvieron de acuerdo en afianzar el silencio al respecto. Que su voz no le pertenece lo ha dicho Jutta tantas veces que Hildegarda oye el eco de su propia voz a todas horas en sus pensamientos. Y por eso calla, aunque rebosa de palabras que quieren salir. Calla, pero el silencio alimenta aún más su terrible obstinación.

—Pronto aprenderé a cuidar de los enfermos —le cuenta a Mechthild—. También tendré un nuevo profesor, pero el abad Kuno todavía no lo ha nombrado.

—¿Un hombre? —pregunta Mechthild.

—Uno de los hermanos, por supuesto.

—¿Jutta lo permite?

—¿Por qué no habría de permitirlo? Ahora soy novia de Jesucristo; nuestro vínculo está sellado con mi virginidad, y nada puede separarme de él.

Mechthild levanta la vista; hay algo circunspecto e incisivo en su mirada, algo inquietante, y Hildegarda se calla.

—¿A papá lo ha visitado algún médico? —pregunta, y su madre se encoge de hombros de forma ambigua.

—Podrían echarle un vistazo en la enfermería, mientras estáis aquí —sugiere—. Sé que uno de los hermanos ha estudiado en la escuela médica de Salerno.

—Siempre has sido la más despierta de mis hijos —susurra Mechthild, sin contestar a la propuesta de su hija, y a Hildegarda le da un vuelco el corazón y se llena de orgullo.

—Rezo por todos vosotros —dice ella, acariciando la frente de su madre a través de los barrotes.

—También por el alma desafortunada de Benedikta —dice Mechthild, y Hildegarda asiente. De pronto su madre se echa a llorar—. Desde aquello —dice, sollozando—, mi vida no ha contado para nada. No te imaginas cuántas veces he pensado en cómo ponerle fin, en cómo una persona puede ahogarse inesperadamente, o perder el equilibrio y caer desde una torre, o...

Hildegarda retira su mano, asustada; uno no debe hablar así.

—El Señor está cerca del corazón deshecho y salva a los de espíritu abatido. Aunque el justo padezca muchos males, de todos los librará el Señor[17] —susurra.

El llanto de Mechthild se interrumpe tan bruscamente como ha empezado. Entorna los ojos.

—Durante muchos años no he sentido que el Señor estuviera cerca de mí —dice tan alto que Hildegarda tiene que pedirle discreción.

—No debes hablar así, madre.

—No, ya lo sé —replica ella, y mira con expresión desafiante a su hija—. Pero dime, ¿cómo te parece que debo hablar? Rezo a diario, respeto el ayuno, me confieso y me arrepiento de mis pecados hasta que mi alma está a punto de partirse, y ni así Dios me responde.

Hildegarda empieza a sudar. No puede estar quieta en su taburete. Si Mechthild habla así, el Señor la castigará con dureza.

—Peor todavía si dices que no encuentras a Dios, y que después de preparar tu defensa lo esperas[18] —dice Hildegarda, uniendo las manos de nuevo.

Mechthild la mira enfurecida y la señala con el dedo.

—¿Cómo puedes estar ahí sentada tranquilamente y hablarme como si fueras un cura en lugar de una hija, sangre de mi sangre? ¿Qué sabes tú de la pena? —susurra—, ¿qué sabes de la nostalgia? Tú, que vives apartada del dolor real; tú, que has olvidado dónde creciste, que has olvidado el amor que te dimos.

—Rezo por ti, madre —susurra Hildegarda—, porque estimo que los sufrimientos del tiempo presente no son comparables con la gloria que se ha de manifestar en nosotros[19] —añade, santiguándose en el pecho y la frente—. Pero es evidente que no he rezado bastante.

Mechthild se encoge de hombros, un poco más tranquila.

—Padre está enfermo —susurra Hildegarda—, no sabemos cuándo nos castigará Dios por nuestros pecados, y cuándo se mostrará misericordioso... A menudo nos castiga a través de nuestros seres más queridos, madre. Tienes que confesarte por él y por tu propia culpa..., tienes que ayunar... y tienes que decirle que se deje visitar por los hermanos.

—No quiere —dice Mechthild y se levanta. Se apoya en la pared y evita mirar a su hija, que se agarra a los barrotes.

Hildegarda observa a su madre mientras se aleja caminando por la iglesia. Estaba tan contenta cuando fue a hablar con ella..., pero ahora siente un dolor en el pecho. Ha amonestado y reñido a su madre en el nombre de Dios en lugar de abrazarla con su amor.

Jutta la llama desde detrás de la ventana y Hildegarda se acerca a ella.

Los ojos de Jutta brillan en la penumbra.

—Has hecho lo correcto —le dice, como si pudiera leer sus pensamientos—. Le has dado la palabra de Dios, el amor más grande que se puede mostrar a otra persona.

Es una noche cálida, y Hildegarda busca la soledad en el jardín. Intenta evocar con el mayor detalle el huerto de frutales en Bermersheim. Piensa en lo que es invisible para la mayoría, en cómo circunstancias y sentimientos pueden dejar su huella en el mundo. Los lugares tienen sus propios recuerdos, que se filtran en el aire como olores secretos y solo están al alcance de unos pocos que tienen la mente abierta y que, por esta razón, sufren más tribulaciones que la mayoría. Solo ella intuyó que habían matado a una muchacha en Disibodenberg. Solo ella notó que las ciruelas del árbol debajo del cual mataron a Benedikta sabían a sangre.

Jutta le contó que hay otros que tienen ese mismo don, pero ella no conoce a ninguno ni ha oído nunca nombrarlos por su nombre. Nunca ha tenido dificultades para diferenciar entre la Luz Viviente de los sueños nocturnos, es tan fácil como distinguir la luz de la oscuridad. Pero no entiende por qué Dios no le abre la mente a sus mensajes y a las imágenes y visiones que permitan entender mejor sus palabras. Cuando la Luz Viviente no le habla, aparecen las visiones que arden ante sus ojos. Son presagios e intuiciones del pasado y el futuro, de los pensamientos o secretos más íntimos de otras personas, y le duele no entenderlo, y todavía le duele más el ruido constante que la persigue y que solo se atenúa cuando consigue concentrarse en las plegarias. Jutta no la ayuda, y cada vez le resulta más difícil confiar en ella. Hildegarda percibe con claridad que están separadas por un abismo de experiencia, y que a pesar de su buena voluntad, Jutta jamás entenderá lo que significa que te atormenten esos pensamientos y visiones sin tener una voz para expresarlos. La felicidad que siente cuando la Luz Viviente le habla se transforma en un silencio forzado y violento, y se avergüenza de su codicia por guardarse las riquezas del Señor para sí, pero a la vez se indigna solo de pensar en compartirlas con Jutta. ¿De qué serviría? Jutta se lo diría al abad, aunque Hildegarda le ha dicho muchas veces que la invade la sensación de que las palabras a las que tiene acceso iluminarán el mundo como miles de antorchas. Jutta sabe más, Jutta está más cerca de Dios, pero es Hildegarda a quien Dios habla. Jutta dice que tiene que ser invisible para el mundo y desvelar sus pensamientos solo a Dios. Tiene que demostrar humildad cuando habla, para evitar que el diablo se apodere de su lengua.

Hildegarda se muerde los nudillos. Su vanidad, su rabia, su ingratitud son pecados que revelan su naturaleza terrible y débil. Y a pesar de que se arrepiente, continúa teniendo la sensación de que Jutta se equivoca.

Pronto podrá ir al huerto medicinal a diario. Está ansiosa por aprender cómo crecen las plantas, de conocer la forma de las hojas y de notar su tacto en los dedos. El sentimiento de libertad y de paz que la envuelve cuando piensa que pronto escapará de la compañía constante de Jutta, y que aprenderá muchas cosas nuevas, se ensombrece con la culpa que lo sigue. Lamenta haber sido impaciente con Uda, se arrepiente de haber actuado como si supiera más que Jutta y que su padre confesor, incluso más que el mismo abad Kuno. Hildegarda no quería esperar a que la autorizaran a ponerse el velo y no paró hasta que cedieron. Se siente un ser indigno, con la cabeza llena de un exceso de conocimientos que deberían acercarla más a Dios, pero que, en lugar de eso, parece que solo generan una miríada de preguntas molestas y una desobediencia pecaminosa.

Algo cruje en la grava debajo del banco, el viento sopla entre las ramas. En el cielo nocturno brillan algunas estrellas, ha sido un día largo. En las vísperas se sintió aliviada e inmersa en el canto. Ahora llega la noche y algo se rompe. Cada vez que cierra los ojos, la oscuridad se agita en un torbellino de bocas abiertas, un coro de voces discordantes que cantan: «¡Infeliz de mí! ¿Quién me librará de este cuerpo, o de esta muerte?».[20]

Hace tres días la Luz Viviente, brillando con una gran pureza y claridad, le habló. En la luz cobró forma una montaña, gris y negra como el hierro. En la cima estaba sentado el Rey con sus alas de sombra. A los pies de la montaña había una figura que ya había aparecido muchas veces en sus visiones, pero hasta ese momento nunca había entendido su significado. Era una figura cubierta de tantos ojos que apenas se reconocía su silueta humana. Cada ojo brillaba, vigilando en dirección al Rey, situado en la cima de la montaña. La Luz decía: «Temor de Dios», y Hildegarda lo entendió enseguida. Mirando ininterrumpidamente al Señor con miles de ojos que nunca duermen, el hombre jamás olvidará la justicia de Dios. Al lado del Temor de Dios había un niño vestido de blanco y con zapatos de luz. La voz esparcía las nubes por encima de la montaña; la luz fluía densa como la miel y cubría el rostro del niño. El niño borraba su propio rostro para dejar sitio al Espíritu. Es el pobre de espíritu, aquel que no conoce el orgullo y sabe que todo su bien no es cosa suya sino de Dios. Hildegarda esconde el rostro entre las manos: «Bienaventurados los mansos, porque ellos poseerán en herencia la tierra. Bienaventurados los que lloran, porque ellos serán consolados»,[21] susurra. Nota su aliento húmedo en las palmas de las manos, huele a fruta y a maíz. El dedo de Dios la toca y deja una marca en su frente. Lo que antes estaba roto ahora vuelve a estar unido bellamente, y una luz dorada la ilumina, la misma que ocultaba el rostro del niño. Hildegarda se levanta mareada, se apoya en el muro, luego se inclina y cae al suelo de rodillas. Llora aliviada porque de pronto lo entiende: si no hubiera nacido de la costilla de Adán; si no fuera débil e ignorante; si su sangre no fuera tan fluida y sus cavidades estuviesen llenas de aire; si no hubiera sido creada para esconder el rostro y servir al Señor; si su cabeza no estuviera atenazada por la duda y la pesadumbre, entonces Dios habría escogido a otra persona. Escogiéndola justo a ella, era evidente para cualquiera con dos dedos de frente que las visiones que ni ella misma entendía, nunca, nunca, jamás podrían nacer de sí misma. Ni de su imaginación ni de sus vulgares pensamientos. Ni de su vano girar alrededor de puntos huidizos, ni de la arbitrariedad de su mente ni de su parloteo directo y torpe. «Dios deseaba llenar un recipiente, vacío», piensa. Un recipiente tan frágil que tarde o temprano cederá y dejará fluir sus visiones en el mundo. Jutta le impone silencio, pero ella sabe que tarde o temprano deberá compartir sus visiones, porque del mismo modo que su voz no le pertenece, tampoco le pertenecen estas.

Cuando se levanta, la esperanza es como un tronco: ha germinado en su vientre intacto y tomado la savia de su sangre. La copa extiende todo el follaje por su cráneo. En cada hoja hay escrita una palabra. La luz atraviesa las hojas verdes, suaves, calmadas. Hildegarda ríe en la oscuridad hasta que Uda abre la puerta y tiene que contenerse.

Esa noche se duerme feliz: todo vuelve a tener sentido.

16

Cuatro veces al día, dos novicias barren la sala principal de la enfermería para eliminar los olores insanos. En los lados del pasillo central yacen los enfermos. En la sala más grande se encuentran los pacientes que no tienen muchos recursos. Las mujeres están separadas de los hombres por una gruesa cortina. Algunas veces está llena, otras solo hay un par de personas. Cruzando la puerta de la pared del fondo y caminando unos quince metros por un pequeño prado, se llega a un edificio más pequeño que alberga a los enfermos graves, al lado de la sala donde están los pacientes adinerados. Desde el pasillo se puede ir a la derecha, hasta una habitación muy pequeña donde a lo sumo caben cinco personas. Allí están los moribundos, y las cortinas separan las camas. Si en lugar de ir a la derecha se gira a la izquierda, se llega a la zona de los enfermos más ricos e importantes, donde hay más distancia entre las camas y los colchones son más finos y las sábanas son de lino. La parte que acoge a los hermanos enfermos está al otro lado del claustro de la enfermería. El huerto medicinal se halla oculto detrás del edificio más pequeño. Aunque se encontraba en un estado de terrible abandono cuando el monasterio se consagró y hubo que reconstruirlo, los grandes árboles que crecen fuera de la valla no se habían visto afectados: hay carpes, membrillos, un peral joven con un gran muérdago en la copa, dos enebros cilíndricos y el gran serbal, que no aporta nada pero tampoco hace ningún daño.

Hildegarda está impaciente por empezar. Aunque no es lo que Jutta esperaba, las lecciones se interrumpen por completo tan pronto como Hildegarda toma sus votos. El abad Kuno no ha encontrado a un nuevo profesor a tiempo, y Jutta no lo presiona. En cambio, el abad presiona a Jutta para que reciba a más peregrinos. Un día a la semana debe estar disponible para recibir a cualquiera que necesite su orientación o sus plegarias, y otro tiene que reservarlo para los viajeros acomodados que llegan al monasterio con sus hijas.

A Hildegarda le hace bien pasar tanto tiempo en la enfermería y el huerto medicinal; parece más tranquila que nunca, habla menos y casi no pregunta nada a Jutta. Solo enferma dos veces a lo largo del otoño, y las dos veces se cura rápidamente. Jutta no sabe si Hildegarda todavía tiene visiones del Señor, pero no se lo pregunta. Las visiones son un regalo divino, y no hay que provocarlas ni investigarlas sin motivo. Además, piensa Jutta, no sería extraño que el Señor simplemente hubiera usado las visiones para mostrar a Hildegarda que su llamada era verdadera, y ahora que ya ha prometido sus votos y ha encontrado su lugar en la vida monástica, quizá ya no sean necesarias. Aunque no puede evitar reflexionar de vez en cuando sobre el motivo por el cual Dios llamaba con tal intensidad a la muchacha, y lo que significaba esa llamada, no le da muchas vueltas. Los caminos de Dios permanecen ocultos, y creer que ella tiene permiso para estudiar su mapa sería pecar de orgullosa.

Después de Navidad, cuando todavía la nieve y el hielo cubren la tierra, Hildegarda ha aprendido ya a desarrollar varias tareas en la enfermería. Si al principio se ocupaba de que la sala principal estuviera limpia, de ayudar a cambiar la paja de las camas, a ventilar las mantas y a dar de beber a los enfermos, ahora tiene permiso para seguir a los hermanos y participar en tareas concretas de cura y tratamiento. Hildegarda aprende deprisa, pero si bien antes su rapidez violentaba a Jutta y a sí misma, allí nadie la mira mal. Hace preguntas pertinentes y se acuerda de cuanto le enseñan: los nombres de las plantas y sus propiedades, las enfermedades más comunes, y cómo funciona el equilibrio de los humores del cuerpo.

El monje joven, al que Hildegarda conoció el día que el abad Kuno y él mismo llevaron a Jutta la cadena y el camisón de pelo de cabra, ha estudiado en Salerno y se pasa el día entre la enfermería y el *scriptorium*. El hermano Volmar posee unos conocimientos que resultan de gran utilidad a los enfermos, aunque el abad Kuno no aprueba todo lo que enseñan en Salerno. Hildegarda permanece cerca de Volmar. El hermano responde a sus preguntas y se toma tiempo para explicarle cuanto ella quiere saber. Cada vez que examina a uno de los enfermos, sus gestos se tornan delicados y su mirada distante. Hildegarda lo observa; parece un ser hecho de luz y de fuerza verde. La seriedad con la que ella se lo explica le hace sonreír. Hildegarda le pide perdón por su estupidez, y no le cree cuando él dice que sus palabras le parecen más sorprendentes que estúpidas.

—¿La fuerza verde? —pregunta él mientras cruzan el prado para visitar a uno de los enfermos más graves. Ella asiente—. Toda la fuerza proviene de Dios, Hildegarda.

Hildegarda se detiene en medio de la hierba. Se ruboriza y los ojos se le llenan de lágrimas.

—Nunca he dicho lo contrario —protesta con tanta vehemencia que Volmar se sorprende. No sabe qué decir, y se limita a unir las palmas de las manos sobre el pecho.

Una vez dentro de la sala, Volmar se inclina ante el paciente, que yace con el rostro contra la pared y las piernas encogidas.

Volmar se arrodilla al lado de la cama y pone la mano contra la espalda del enfermo, que no reacciona. El hermano que vigila a los enfermos niega con la cabeza, y Volmar asiente: lo ha entendido. El paciente vive, pero no hay ninguna mejoría, y ellos no pueden hacer nada más. La voluntad de Dios es mayor que los conocimientos de Volmar y que todas las hierbas a las que el Señor ha dado su fuerza curadora. Rezan por el enfermo, y Volmar susurra que deben mandar llamar al sacerdote para que el hombre pueda recibir la extremaunción y confesarse, si es que todavía es capaz de hablar.

El aire está cargado de un fuerte olor a enfermedad y a incienso. A Hildegarda le brillan los ojos. Primero Volmar se ríe de ella, luego la amonesta, y aunque ella sabe que no debe defenderse, es difícil soportar el malentendido. Las lágrimas le salen a borbotones, y ella se apresura a enjugarlas antes de que alguien lo vea.

Volmar se arrodilla junto a otra paciente y Hildegarda se pone a su lado. Las manos de Volmar son delgadas y lisas; ella nunca ha visto unas manos de hombre tan bonitas. Piensa en las de Hildebert, anchas y ásperas. Cuando era pequeña, su padre le cogía el rostro con aquellas manos inmensas, que olían a lana y a sudor. Le pellizcaba las mejillas y la abrazaba con tanta fuerza que casi le cortaba el aliento. La enferma, hinchada y exhausta, mira a Hildegarda con unos ojos grandes y asustados. Hildegarda escucha su respiración. La paciente continúa mirándola mientras Volmar la examina. Intenta decir algo, pero un acceso de tos se lo impide. El olor acre y a podrido que rodea a la enferma le revuelve el estómago. De vez en cuando, Volmar mira a Hildegarda, luego dirige unas miradas lentas al techo y al suelo que lo borran todo alrededor. Hildegarda alarga una mano hacia la enferma. Las manos de la mujer tiemblan cuando intenta coger la que le tiende Hildegarda, que se arrodilla al lado de Volmar. Roza con el hombro su brazo, y él se aparta.

Hay que cubrir a la paciente con varias mantas de lana. Hildegarda contiene la respiración mientras arropa bien a la enferma. Volmar toma las piedras calientes que otro hermano ha envuelto en una piel y calentado en la chimenea. Entonces explica a Hildegarda con detalle sobre qué punto exacto del estómago de la mujer tiene que colocarlas, y sostiene la manta mientras ella sigue sus instrucciones. La mujer gime débilmente, y Volmar le pone una mano en la frente. Está seca y cálida, pero pronto tendría que empezar a sudar. Da instrucciones a otro hermano sobre cómo aplicar vinagre y sal en los pies de la enferma cada hora, y cómo enfriarle la frente con agua de rosas. Si eso no surtiera ningún efecto, le aplicarán sanguijuelas por la noche, para que pueda librarse así de los humores sobrantes.

Una vez fuera, Hildegarda ya no puede reprimirse más. En medio del camino, las palabras la desbordan y le salen en tromba, pero es incapaz de mirar a Volmar mientras habla.

—La fuerza verde viene de la fuerza creadora de Dios, que canta en todo lo que vive, mueve la hierba y la respiración, da vida y salud y se hace visible al ojo en la exuberancia de la naturaleza, cuando el alma es a la vez alondra y lobo, porque Dios crea todo lo visible y lo invisible. Esta fuerza ha existido siempre, es verde como las colinas en torno a Disibodenberg, lo atraviesa todo y renueva todo lo que ha sido destruido y ha enfermado, y puedes reírte de mí tanto como quieras, pero no sospechar que yo trato de desobedecer y de no pensar en el Señor en cuanto hago. —Se calla; las manos le tiemblan tanto que tiene que apretárselas.

Volmar permanece en silencio, y ella no osa mirarlo. Están en medio del camino que lleva al huerto, detrás de cuyo recinto un hermano rastrilla los parterres con un ruido seco y rítmico.

—Perdóname —dice Volmar, tendiéndole una mano, pero antes de llegar a tocarla, la retira—. No había entendido en absoluto que...

Pero Hildegarda está indignada y lo interrumpe con un gesto de la mano. El sudor le baja por los costados del velo. Se lleva una mano a los ojos y niega con la cabeza, y Volmar no sabe qué hacer.

—Hildegarda... —le susurra con el tono que emplearía un padre ante un hijo testarudo.

Hildegarda se aparta la mano de los ojos. En su mirada arde una desesperación tan grande e impetuosa que él enmudece. Ella duda, como si quisiera decir algo, y continúa caminando hacia el huerto. Él la sigue. Tienen que cortar hierba lombriguera y tormentila. Se arrodilla ante el parterre; con movimientos rápidos arranca unas cuantas malas hierbas. Él se arrodilla ante otro parterre situado a pocos metros y hurga entre las pastinacas. Trabajan en silencio, hasta que él se levanta y se desata el cuchillo afilado que lleva al cinto. Sin mirarla, sabe que ella se ha calmado. Ella lo sigue, y él habla mientras corta los bonitos tallos de lombrigueras, que van muy bien para prevenir catarros y tos; es una planta cálida que reúne los humores que el cuerpo tiene en exceso para que no se desborden en forma de moco y bilis; se puede comer con los dulces o con la carne, si el paciente está tan débil que es aconsejable que coma carne. Hildegarda asiente y coge las flores que Volmar va cortando.

—Y la naturaleza fría de la carne de cabra ¿no actúa contra la calidez de la hierba lombriguera?

—No necesariamente —contesta él—, pero es una buena pregunta.

—¿Y la carne de ternera, que todavía es más fría? —inquiere ella, y él asiente.

—¿Qué propones, Hildegarda?

Ella alterna el peso entre un pie y el otro, como suele hacer cuando reflexiona a fondo sobre algo.

—Creo que el perro es el animal más cálido que conocemos, porque es el que más se nos parece de todas las criaturas de la creación, y porque tiene un conocimiento especial de su dueño y está en condiciones de mostrar afecto y lealtad. —Huele las flores que tiene en su regazo y sonríe—. Pero no creo que nadie en sus cabales quisiera comer perro.

Volmar también sonríe.

—El diablo odia y rehúye a los perros justamente por la lealtad que le profesan al hombre —dice—, y aunque no lo creas, los hombres son capaces de comer lo que sea si se ven en la necesidad. Pero la carne de perro es impura, y solo empeoraría la condición de los débiles y los enfermos. Las entrañas de los perros son incluso venenosas, pero he oído decir que su lengua es tan caliente que podría sanar heridas que de otra forma es imposible curar.

—¿La lengua? —Hildegarda hace una mueca.

—Sí, eso dicen, pero nunca lo he visto en la práctica.

—¿De un perro muerto?

—Sí, claro.

—Pensaba que quizá se podría dejar que un perro vivo lamiera la herida en cuestión... —Hildegarda se encoge de hombros y sigue a Volmar, que avanza hacia las tormentilas.

—No es... —No sabe qué decir ante las ideas sorprendentes de la muchacha—. No sería buena idea.

—Ya, pero entonces solo quedan la carne de cabra, la de cordero o la de ave de corral —dice Hildegarda, dejando el ramillete de lombrigueras sobre un trozo de tela en el suelo.

—¿Cómo? —Volmar se vuelve desorientado hacia ella.

—La carne que mejor sienta a los enfermos —dice, atando el ramillete con una cinta de rafia.

17

Jutta amonesta a Hildegarda porque es pecado atarse más a una persona que a otra cuando se ha escogido la vida monástica, ya que los vínculos humanos entorpecen la relación con Dios. Hildegarda no se avergüenza. Entre ella y Volmar no hay ningún pecado, e incluso ha pedido al abad Kuno que el joven Volmar sea su nuevo profesor. Jutta está escandalizada de que la muchacha se comporte con tal independencia. Bajo ningún concepto debería haber ido sola a hablar con el abad, sino que tendría que haber esperado obedientemente a que Kuno y ella misma encontraran al profesor adecuado. Hildegarda escucha en silencio las quejas de Jutta, pero se mantiene inflexible. La propia Jutta dijo que debía tener el mejor profesor posible, y Volmar es sin ninguna duda quien posee más conocimientos. Jutta cierra las contraventanas, que no vuelve a abrir hasta al cabo de una semana. Cuando retoman la conversación, Hildegarda está más segura que nunca de su decisión, y de pronto dice que el Señor ha escogido a Volmar para ella. En una de sus visiones, Volmar crecía y se convertía en una figura en el centro de la mano derecha de Dios. Jutta acusa a Hildegarda de desobediencia y engaño porque no la informó inmediatamente de su visión. La propia Jutta admitió que las visiones de Hildegarda proceden de Dios, ¿por qué tendría que ser distinto esta vez? Aunque el asunto molesta a Jutta, no osa contradecir a la muchacha.

El abad Kuno se inquieta con la sola idea de poner a una mujer joven al lado de un hombre que apenas es unos pocos años mayor que ella, pero tampoco es capaz de encontrar argumentos para contradecir la visión de Hildegarda.

Así que el deseo de Hildegarda al final se cumple, y para asombro del abad nadie se opone. Ni siquiera el prior recién nombrado, que suele castigar con dureza cualquier indicio de pecado, tiene nada que objetar. Hildegarda posee un estatus especial; todo aquel que acude al monasterio lo percibe, aunque nadie puede explicarlo si no es por su piedad y su inteligencia. Jutta y el abad continúan manteniendo en secreto las visiones de la muchacha. Solo una vez un joven novicio oyó su conversación, pero le advirtieron con tanta vehemencia que debía guardar silencio que no hay duda de que mantendrá la boca cerrada. Sin embargo, a Jutta le sorprende que tantos peregrinos quieran hablar con Hildegarda. Siempre les responde que la chica está ocupada con otros quehaceres, y siempre provoca con ello una desilusión. Que haya una ermitaña en el monasterio es de por sí un motivo de interés, y el hecho de que esté acompañada de una joven no tendría por qué acrecentarlo. El abad Kuno tampoco sabe explicárselo. Son sobre todo las hijas de nobles quienes preguntan por ella, y Jutta, que por lo demás solo habla con la palabra del Señor, se ve obligada a formular preguntas directas. La respuesta siempre es la misma: los rumores acerca de la niña tan especial que ingresó en el monasterio circula por todo el valle del Rin. De entrada, Jutta no consigue sacar más información, y es como no saber nada, pues no hay nada de insólito en el hecho de mandar a una niña a un convento.

Jutta no habla de ello con Hildegarda y procura que esta no esté en su celda los días en que recibe a los peregrinos. Apenas se dirigen la palabra, y aunque el silencio de Hildegarda le duele, no la puede criticar por dejarla en paz y permitirle que se dedique plenamente a Dios.

El abad Kuno se asombra de que a Volmar no le sorprenda la idea de enseñar a Hildegarda. Hildegarda no observa las reglas que los demás respetan, y resulta que ya ha hablado con él. Cuando Kuno le pregunta por qué, ella responde que no quería cargar a Volmar con una tarea en la que él no tuviera ningún interés, y que por eso pensó que era mejor hablar antes con él para saber si, de corazón, quería asumir esa responsabilidad o si, de lo contrario, simplemente se limitaría a obedecer la orden del abad, como hacía con todo sin excepción.

Hildegarda sigue a Volmar la mayoría de los días. En la enfermería, se convierte enseguida en la persona con quien Volmar puede discutir cuál es el mejor tratamiento para los pacientes más graves, y pronto ella sola es capaz de diagnosticar y escoger la opción correcta para cada enfermo. A Hildegarda no le basta con conocer el nombre y las propiedades de las plantas; también quiere saber cómo obtuvo Volmar tal conocimiento, y cuando él le habla de los escritos que estudió en Salerno, le pregunta las cosas más raras e inesperadas que uno pueda imaginar. ¿Estudiaba sentado o de pie? ¿Cómo era de grande, exactamente, la biblioteca de Salerno? ¿Cuántas copias hay de la importante obra *Sobre la respiración*, de Hipócrates? ¿Cómo se puede saber si todas ellas son iguales?

Él responde con paciencia, porque aunque es una mujer joven tiene la curiosidad e impaciencia de una niña. A veces lo mira largo rato y con atención o le hace preguntas directas sobre el cuerpo humano y los órganos de reproducción. No parece que sus preguntas surjan de pensamientos indebidos, y Volmar procura hacer como si nada. No ha estado cerca de una mujer desde que abandonó su casa materna, hace diez años, lo que significa la mitad de su vida. En aquellos años fue tentado y puesto a prueba, pero las tentaciones de la carne nunca duraron mucho. Después de acostumbrarse a la soledad y la separación de sus padres y hermanos siguieron unos años tranquilos. Ahora debe confesarse de nuevo y hacer penitencia para purificar el deseo de la carne y los pensamientos pecaminosos.

Volmar es capaz ahora de descifrar el rostro de Hildegarda. Se trata de un lenguaje no menos complicado que la gramática que él le enseña. Si no fuera por los grandes esfuerzos que hace para vivir con verdadera humildad, para contenerse y mejorar, sería una chica terriblemente caprichosa. Ahora él registra sus fluctuaciones en los detalles pequeños que nadie más es capaz de detectar: el modo en que se mete los mechones de cabello bajo el velo insistentemente cuando está nerviosa, la forma peculiar de contraer la boca, la alegría desbordante que brilla en su mirada de vez en cuando. Lo que más les cuesta es reprimir la ira, y le confía a Volmar que siempre tiene que confesarse por ello.

Él le habla de los cuatro temperamentos: colérico, flemático, melancólico y sanguíneo. Pero a ella eso no le basta y le pregunta más de lo que Volmar sabe responder. Sí, el temperamento de una persona se ve en la constitución física y en el espíritu; no, los animales no tienen los mismos temperamentos que las personas; sí, el temperamento determina en parte el comportamiento de las personas; sí, evidentemente todo el mundo puede mejorar viviendo una vida con Dios, y no, él no sabe por qué Dios decidió crear a las personas así. Al cabo de un tiempo le sorprende con nuevas preguntas sobre el tema, preguntas para las que él apenas tiene respuesta: ¿qué temperamento es más adecuado para la vida monástica? ¿Qué es mejor en el matrimonio, que hombre y mujer tengan el mismo temperamento o que sean diferentes para lograr el equilibrio? A veces él le pide que se mode-

re para tener un poco de sosiego, pero si bien ella puede ser una
compañía exigente, no lo molesta en absoluto. Aunque Hildegarda es una mujer, Volmar puede hablar con ella de temas espirituales y científicos como nunca lo ha hecho con nadie. Incluso
cuando no están juntos piensa en ella. Piensa en lo que tiene
que acordarse de contarle, en lo que le queda por aprender; pero
pronto en lo que más piensa es en los temas que quiere debatir
con ella y de los cuales quiere conocer su opinión.

A lo largo del primer año, Hildegarda aprende mucho más de
lo que Volmar habría podido esperar. Poco a poco, las lecciones
van cobrando la forma de una conversación, porque Hildegarda
indaga en todo lo que ve y oye, y sintetiza lo que ha observado
en nuevas reflexiones. Está convencida de que el conocimiento
de los temperamentos tiene una relevancia decisiva para muchas
más cosas de las que Volmar imagina. Hildegarda analiza el temperamento de los pacientes fijándose en su físico y en los síntomas que presentan, y discute apasionadamente con Volmar sobre
el tratamiento idóneo en cada caso. A veces, cuando un enfermo
que habían confiado que sobreviviría muere, se lo toma muy
mal; otras, lo vive con una gran serenidad.

En septiembre, cuando Hildegarda lleva como alumna de Volmar un año, la muchacha pasa varios días seguidos taciturna y extrañamente callada. Cuando él intenta retomar el hilo de una conversación empezada hace días, Hildegarda se muestra distraída e
indiferente. Están sentados el uno frente al otro en la sala de lectura, vacía. Ella se rasca nerviosa el cuello y el dorso de la mano.

—No sé por qué razón nunca te he pedido perdón —lo interrumpe, hurgando con una uña en el extremo de su tablilla.

—¿Perdón por qué, Hildegarda? —Volmar está acostumbrado
a que ella salte de un pensamiento a otro, a que empiece a hablar
sin contexto, sin preocuparse de decirle en qué está pensando.

—Tienes tanta paciencia conmigo, Volmar..., mucha más de la que merezco. —Hildegarda se tapa el rostro con las manos.

—No sé a qué te refieres —responde él.

—Para mí es como si fueras mi padre —dice ella, todavía con el rostro oculto tras las manos—, y aunque Jutta diga que es pecado atarse a otra persona, no me arrepiento.

—Jutta es más estricta —dice él, porque sabe que la fe de Jutta es casi inhumana. Pero rectifica y dice—: Jutta quiere lo mejor para ti.

—Pero eso da igual —susurra Hildegarda—. Dios puede ver en mi corazón, y sé que no ve nada pecaminoso en la relación de una hija con su padre.

Volmar nota en su tono que ella está sonriendo, y eso lo confunde.

—No entiendo...

—Perdón, Volmar, porque no soy clara contigo. No sé qué me pasa hoy, pero me he sentido culpable y arrepentida todo este tiempo porque perdía los nervios y estallaba al ver que no entendías lo que quería decirte.

Volmar se reclina contra el respaldo de su silla. Echa la cabeza hacia atrás y cierra los ojos un par de segundos. No tiene ni idea de a qué se refiere Hildegarda.

—Y ahora estoy haciendo lo mismo —dice en voz baja, negando con la cabeza y evitando mirarlo—. Fue cuando empecé a ayudar en la enfermería, cuando mencioné la fuerza verde por primera vez y no entendiste lo que quería decir porque no te lo había contado, y creí que desconfiabas y te burlabas de mí cuando en realidad simplemente sentías curiosidad, y me acaloré y enfadé muchísimo porque al mismo tiempo que me avergonzaba... estaba convencida de que tenía razón. —Esto último lo dice en voz tan baja que Volmar apenas lo oye.

—Te habría podido preguntar qué querías decir. Me lo expliqueste, y ni entonces ni ahora pensé que estabas enfadada conmigo.

—Ya lo sé —susurra ella.

—Pero cuando dices que estabas convencida de que tenías razón, no sé si es humildad u orgullo, Hildegarda. —Volmar tamborilea con aire distraído sobre la mesa.

Ella se levanta de repente. Se dirige hacia la puerta, pero a medio camino se detiene y da la vuelta. Cuando vuelve a sentarse tiene los ojos llenos de lágrimas.

—Jutta dice que no debo hablar de ello con nadie, en ninguna circunstancia. Dice que nadie que no sea ella o el abad Kuno lo comprenderá y creerá que estoy loca o poseída por el diablo —añade con voz trémula.

Él quiere decir algo, pero ella levanta un dedo como si quisiera advertirle de algo.

—No consigo convencerme de que Jutta tiene razón, Volmar. Hasta ese punto desobedezco, ¿lo habrías creído posible de mí?

—Tienes que hablar con tu confesor... —empieza a decir él, pero ella lo interrumpe.

—Ni siquiera puedo hablar de ello con mi confesor, Volmar. Tienes que escucharme, porque de entre todas las personas eres tú en quien más confío.

Y Hildegarda se lo cuenta. Habla con frases cortas.

—La Luz Viviente —dice—. Ver lo que es invisible para el resto del mundo. —Volmar pregunta desde cuándo le ocurre—. Desde siempre —responde ella—. Cuando tenía tres años vi una luz tan poderosa que mi alma tembló, y desde entonces he visto muchas cosas. El ternero, el feto muerto, la muchacha asesinada, cosas más generales como por ejemplo qué visitantes acudirán al monasterio, cosas y relaciones que nadie me ha contado. —Volmar quiere saber a quién se lo ha contado—. A mi madre, a mi niñera, a Jutta y al abad Kuno. Jutta dice que es el Señor quien me habla.

Volmar permanece en silencio un instante antes de pedirle más detalles.

—Estoy despierta —aclara ella—, con plena conciencia; es como si viera con otros ojos, pero a la vez son los mismos ojos con que te veo a ti ahora mismo. Lo veo todo tan claro ante mí que cada detalle es perfectamente visible, como si lo viera a plena luz del día, y nada se resiste a mi mirada, y aunque todavía era muy pequeña cuando entendí que nadie más ve y oye lo que yo puedo ver y oír, la voz y la visión son tan reales como si cualquiera pudiera verlos con sus ojos y oírlos con sus oídos.

Volmar le pregunta de nuevo si se lo ha contado a alguien más. ¿Quizá a Uda? La anciana lo sabe aunque no se lo haya dicho nunca, porque cada vez que ha tenido una visión intensa Hildegarda ha caído enferma, con fiebre y en un estado de confusión, y ha tenido que guardar cama.

—Aunque creas que no hay otros que conozcan tu don, la gente habla de ti —dice Volmar, levantándose.

—¿Quién habla de mí? —pregunta Hildegarda, que permanece sentada en la silla.

—Los novicios, los hermanos, los peregrinos, los enfermos. A menudo alguien cuenta que ha oído rumores acerca de tu devoción y tus visiones. Algunos llegan hasta Disibodenberg solo para conocerte, Hildegarda, para estar cerca de la virgen a quien, según dicen, Dios quiere tanto que la ha convertido en su portavoz.

—Necesito tu consejo. —Su voz casi desaparece—. No sé qué debo hacer.

—No estoy seguro de ser la persona más indicada —contesta Volmar.

—Yo sí —replica ella, recalcando las palabras.

—Entonces puedes hablarlo conmigo siempre que quieras —dice él—. No podemos hacer otra cosa, teniendo en cuenta que el abad y Jutta te han aconsejado guardar silencio.

—Me han obligado a guardar silencio —susurra ella.

—Por tu propio bien —replica él, alzando un dedo admonitorio.

18

Sincerarse con Volmar fue más una consecuencia natural de su amistad que un modo de desfogarse. Volmar no le hace preguntas, pero la escucha cuando habla. Es exactamente como Hildegarda desea que sea, y él lo sabe sin que ella tenga que decírselo. Ni Jutta ni nadie más se atreve a hacer comentarios sobre su amistad. Son como un puchero con la tapa ajustada, siempre juntos, indistinguibles desde fuera.

El verano en que Hildegarda cumple veinte años, Volmar intenta hablar con el abad de las visiones de Hildegarda y de si es justo mantenerlas en secreto, pero no consigue sacar nada en claro. La sola idea de cómo reaccionaría el mundo vuelve remiso a Kuno, que conoce a Hildegarda y su devoción, pero las personas de fuera de Disibodenberg no, y nadie puede estar seguro de que creerán que la muchacha dice la verdad. En el mejor de los casos se burlarán de ella; en el peor, la condenarán, y eso afectaría no solo a su reputación, sino también a la de todo el monasterio. Si llegara a oídos del arzobispo, no podría hacer la vista gorda mucho tiempo y se vería obligado a iniciar una investigación. Y aunque el abad sabe muy bien que Hildegarda no hace daño a nadie, no está seguro de que el entorno del Papa lo vea igual. Una cosa sería que consideraran que la muchacha está poseída por el demonio, pues al demonio se le puede ahuyentar

con la cruz. Pero si decidieran expulsarla de la comunidad ecle-
siástica, el asunto sería más grave. La excomunión no puede tomarse a la ligera, pues en tal caso su alma estaría perdida. Mientras el abad no confirme públicamente los rumores de que
Hildegarda alberga el don de la videncia, todo continuará como
hasta ese momento. Volmar se horroriza al oír las palabras del
abad. El demonio y Hildegarda. Ningún pacto podría parecerle
más improbable.

Volmar creía erróneamente que las visiones disminuirían
cuando Hildegarda madurara, pero al cumplir los veintidós son
más frecuentes que nunca. Hildegarda intenta entender si existe
un patrón para saber cuándo se mostrará la Luz Viviente, pero
al parecer solo sigue su propio ritmo imprevisible. Lo único que
sabe con certeza es que siempre enferma después de tener una
visión especialmente intensa. Con el tiempo, la fiebre va seguida de una parálisis dolorosa en las piernas y los pies que siempre
la llena de miedo pero que desaparece al cabo de unos días de
guardar cama, y que hasta ahora no le han dejado secuelas. Volmar la visita durante sus convalecencias, pero ha desistido de
buscar un remedio. Se dedica a rezar por ella y le lleva infusiones de cebada y corteza de abedul contra la fiebre, y ámbar gris
hervido para expulsar los humores impuros.

Las visiones sobre el futuro, los presagios y el conocimiento
sobre el pasado a veces se presentan en forma de impulsos breves
y súbitos, otras como visiones a plena luz del día, que no van
acompañadas de la Luz Viviente. Y aunque a menudo, justo
después, siente miedo, se da cuenta de que mientras dura la visión nunca está asustada, sino llena de un sentimiento inexplicable de sabiduría, de tener acceso por un momento a cosas some-
tidas a las leyes del Señor. Ese tipo de visiones siempre llegan en
días bulliciosos, en que los colores brillan y chillan, las gachas

queman en la boca y el caldo tiene un sabor que nadie más percibe. Esos días, la mente de Hildegarda es como una vejiga que se tensa, duele y finalmente estalla. Entonces la materia gris desciende a través del tiempo, recoge en una fracción de segundo retazos de situaciones que todavía no se han dado, o de otras que se dieron hace tiempo, pero de las que ella nada sabe. A veces lo que ve son cosas insignificantes: un caballero con una carta importante para el abad, una vaca que pare dos terneros a la vez, el matorral donde la gallina con manchas rojizas pone sus huevos. Otras veces las visiones son inquietantes: uno de los hermanos enferma y tiene que abstenerse de comer alubias y nueces; otro morirá pronto; un tercero pierde la vista de repente, después de unas fiebres aparentemente inocuas; los viñedos quedarán destrozados por una tormenta si no empieza la vendimia una semana antes de lo previsto. Al principio, Hildegarda confía fielmente en Jutta y Volmar, pero con el tiempo se vuelve reservada y solo le cuenta algo de vez en cuando a Volmar, si la visión contiene una advertencia y sería perjudicial guardar silencio.

Ni ella ni Volmar saben qué hacer con la muerte o la enfermedad inesperada. Ella ruega a Dios que le explique el sentido de ver todo ello si no recibe indicaciones para apaciguar el dolor. Pero la mayor parte del tiempo Dios guarda silencio. Está en ella, en forma de fragmentos de salmos que aparecen tras la lectura de las reglas benedictinas, en forma de nuevas melodías que sus dedos de pronto son capaces de arrancar al salterio, o en forma de parábolas que se traducen en un sinfín de imágenes que bailan repetidamente en su cabeza a lo largo del día.

Es solo en la Luz Viviente donde Hildegarda oye Su voz, pero las respuestas que recibe nunca contestan a las pequeñas cosas que suelen atormentarla. En la Luz, la voz proviene de la cima de la montaña celestial, y habla a todos los hombres, fluye por todos los valles, y ella misma es el lecho de un río seco que se llena del agua rumorosa del deshielo y da la vida, a la vez que anula su propia voluntad.

Las garras de los pájaros chirrían contra un cielo de cuarzo con un ruido que pone la piel de gallina. Es justo antes de la Candelaria y la luna de invierno está baja, dominando el valle, que se halla cubierto de hielo bajo la gran bóveda celeste. El resplandor lunar es blanco como la tiza; todo, incluso las cosas más pequeñas, tienen una sombra negra. Hildegarda está en el jardín mirando las estrellas: el hexágono invernal con Sirio, brillante, el Auriga, Orión, el Can Mayor. La helada nocturna no contiene canto alguno; solo desprende un tono bajo, verde oscuro, igual que un murmullo. De repente es como si alguien la empujara por detrás, y tiene que sentarse en el banco, donde el frío le atraviesa el vestido y la capa. El pico de un halcón aparece entre las nubes, amarillo y puntiagudo, cruzando la oscuridad de la noche, de modo que la luna se vuelve roja como la sangre. Casi nunca piensa en Clementia, pero ahora sabe de inmediato que se trata de ella. La ve en un destello, el rostro petrificado de dolor; ve a Gerbert, que baja por una pendiente nevada y deja a su paso un rastro negro y rojo. Un solo destello y luego nada más. Hildegarda se frota los ojos. Tiene que hablar con Volmar enseguida.

Volmar escribe sobre piel de animal, el pergamino, que en un tiempo fue la protección del ternero, de la oveja, de la cabra, ahora cortada en trozos cuadrados y alisada con piedra pómez. Escribe con pluma de ganso y una tinta elaborada con hierbas a las que añaden larvas de avispas. Ante él tiene los recipientes de tinta negra y roja. Se ha sentado a terminar un manuscrito que le llevará la noche entera. La tutoría de Hildegarda y el cuidado de los enfermos no le dejan mucho tiempo libre para escribir, pero con el semicírculo luminoso de una vela puede hacerlo, aunque le escuecen los ojos y aunque al prior no le gusta que haya demasiado trajín en el *scriptorium*. Son las horas más silenciosas; no se oyen pasos ni campanadas, ni ladridos, cloqueos o quiquiriquíes.

Uda debería vigilar mejor a Hildegarda, pero es vieja y duerme más profundamente que un recién nacido. No está bien que Hildegarda vaya a buscarlo en plena noche. Se acerca sigilosa como un ladrón; Volmar no oye que se abre la puerta, no repara en su presencia hasta que está a pocos pasos de él. Se levanta de un brinco, asustado, y al hacerlo salpica de tinta roja el pergamino, malogrando su trabajo. Siente el impulso de reñir a Hildegarda, pero cuando abre la boca, ella se arrodilla ante él y se agarra a su túnica. Él retrocede un paso, pero ella se aferra, cogiéndose con ambas manos al trozo de tela oscura e intentando ocultar su rostro. Ya la ha visto llorar de rabia otras veces, pero nunca tan desesperada. Su rostro iluminado y sus ojos asustados refrenan el enfado de Volmar, que le tiende una mano para que se levante. Le acaricia la frente y las mejillas húmedas; su piel es suave y cálida. Ella suelta la túnica y en su lugar le coge la mano, apretándola con tanta fuerza que le hace daño, y presionándola contra sus labios. Volmar se horroriza ante la muda desesperación de Hildegarda. Ha luchado sin tregua contra el pecado que quería instalarse en su carne, contra el diablo, que lo tentaba con visiones nocturnas de la sonrisa suave y poco frecuente de Hildegarda, de sus miembros gráciles. En todas esas ocasiones, Dios lo ha salvado mostrándole el camino a través de la actitud recta de Hildegarda y su ajenidad a los pensamientos inmorales. Pero ahora ella se ha lanzado a sus pies, sin poder contenerse, y él teme que la serpiente se haya apoderado de ella y esté allí para tentarlo.

—Tienes que ayudarme —le ruega ella, dejándole la mano húmeda de lágrimas y mocos.

—¡Levántate, Hildegarda!

—Tenemos que escribir una carta —continúa ella, como si no lo hubiera oído.

—En el nombre del cielo, ¡levántate, Hildegarda! —exclama él, zafándose de su mano.

Hildegarda tropieza y se queda a gatas en el suelo delante de él. Al darse cuenta de lo inadecuado de su conducta, la vergüenza le palpita en las sienes. Volmar aprovecha la confusión y el silencio para limpiar la tinta de la mesa. Luego rasca con el cuchillo alisador el pergamino, aunque es evidente que no tiene solución. El pergamino es caro y él no puede permitirse semejante negligencia si pretende que el abad y el maestro del *scriptorium* acepten que, sacrificando el sueño, se dedique a copiar durante la noche.

Hildegarda continúa arrodillada.

—¿Una carta? —resopla él, negando con la cabeza. El cuchillo raspa de nuevo el pergamino, dejando una marca en forma de estrella—. ¿Apareces en plena noche para decirme que quieres que escriba una carta?

Hildegarda no responde. Oculta el rostro entre las manos y su vergüenza se atempera un poco. Las manos de él se han calmado. Limpia el cuchillo y la pluma y enrolla el pergamino. Ella no se levanta. Permanece en el suelo, llorando en silencio.

—A ver, Hildegarda —dice él.

Al principio no sirve de nada, pero continúa hablándole con un tono tranquilo hasta que ella retira las manos y muestra su cara, húmeda de lágrimas.

Se levanta y se agarra al escritorio.

—¿Podrás escribir esa carta por mí? —le pregunta, testaruda, y él está a punto de reírse ante su insistencia.

—Ya he escrito suficiente por hoy —replica, mirándose las manos. Las manchas de color rojo vino se han secado y parecen de sangre. Se escupe en el dorso de una mano e intenta frotarse con el pulgar.

Y sin embargo, él termina por escribir la carta. Hildegarda ya no llora, pero le cuenta con detalle lo que ha visto, y él tiene que ceder.

—Es posible que la vida de un hijo de Dios esté en peligro —dice ella, y una vida humana es lo bastante importante para mantenerlos despiertos a los dos.

Hay que advertir al conde Gerbert, y aunque Volmar deja la pluma un par de veces y niega con la cabeza porque considera inútil la advertencia, ella insiste para que prosiga. ¿Tiene que prohibir al conde Gerbert que vaya a cazar con los halcones mientras haya nieve? ¿Y la advertencia se refiere solo a ese invierno o también al siguiente? Hildegarda le ruega que se calle abriendo las manos, irritada.

—¿Qué quieres que te responda? —refunfuña—, ¿que las visiones a las que Dios me da acceso no importan? ¿Es algo que debamos decidir tú y yo? ¿Acaso Dios no debe permitir que Gerbert sepa lo que tiene que hacer?

Entonces él calla y termina la carta en silencio. Solo son unas pocas líneas, y aunque vaya en contra de las reglas, Hildegarda insiste en que sea sellada antes de enviarla. Cuando Volmar expresa sus reservas, se limita a decirle que no es ella quien ha decidido guardar en secreto sus visiones, es algo que le han impuesto, y él mismo dijo que era por su propio bien. Enviar la carta sin sellar, una carta que habla de su don como vidente, sería como dejar que el mensajero gritara el contenido en la plaza de cada ciudad por donde pasara. Sin embargo, debe aceptar que hay que enseñársela antes al abad Kuno, y él le promete que lo hará tan pronto como pueda.

Volmar no puede dormir. Se frota sin cesar las manchas de tinta hasta que le salen llagas. Luego sumerge las manos en agua helada varias veces. Consigue quitarse la mayor parte, pero le queda un rastro que parece un mordisco.

El abad Kuno no lo ve con buenos ojos. No quiere que se envíe la carta, ni sellada ni sin sellar. Pero Volmar no se da por vencido. Con habilidad y con sus maneras siempre correctas, le pregunta cómo justificará ante Hildegarda que el abad no la ayude a respetar la voz del Señor. Kuno carraspea. Cuando no es Jutta con su fanatismo ascético quien le causa dolores de cabeza, es Hildegarda. Sin duda, el monasterio no habría podido construirse con tanta rapidez ni sería tan rico si Jutta y Hildegarda no hubieran llevado consigo importantes donaciones, y si sus familias no continuaran haciendo generosos regalos. Y aunque, entretanto, el monasterio es prácticamente autosuficiente, no puede imaginar cómo terminarían la iglesia, por no hablar de la decoración final, si los peregrinos no acudieran asiduamente y realizaran sus contribuciones económicas. Los viñedos crecen bien alrededor de Disibodenberg, pero solo desde hace poco producen más de lo que necesitan. Además, la cosecha podría perderse, los mecenas podrían morir, y bastaría con que un día hubiera un pequeño incendio o que una tormenta causase daños para que las reservas que han ido acumulando desaparecieran. Mientras solo corran rumores vagos y sin confirmar acerca de Hildegarda, el monasterio seguirá atrayendo peregrinos sin que eso afecte a la tranquilidad conventual. Está de acuerdo con Jutta en que Hildegarda es demasiado joven para recibir a peregrinos, pero eso no impide que los enfermos pregunten por ella en la enfermería. Muchos de ellos, sobre todo las mujeres, están convencidos de que las curas son más efectivas si se encarga Hildegarda. Desde su punto de vista, el número de pacientes que sanan en Disibodenberg no es ni menor ni mayor que antes de que ella empezara a colaborar en la atención a los enfermos, aunque nadie discute que la muchacha es buena en todo lo que hace. Si bien el abad piensa que Hildegarda tiene un don especial, al mismo tiempo también lo ve como un problema. Si él dijera que no cree que sus visiones procedan de Dios, sería más o menos lo mismo que haber acogido a un discípulo del demonio.

Kuno confía en Volmar. Desde que ingresó en el convento le ha dado muestras de humildad y obediencia, y nunca se da importancia. Cuando surgen diferencias entre los monjes, poner a Volmar a mediar entre ellos siempre surte un efecto tranquilizador, y si tiene alguna duda sobre cómo medir el castigo por ofensas cometidas entre los hermanos, le pide consejo. Y ahora lo tiene ahí delante, con sus ojos negros, que evitan la mirada del abad pero que arden con insistencia a sus espaldas cuando él se da la vuelta. Se queda de pie con la carta sellada, la dichosa carta que advierte a una hermana sin hijos, a quien Hildegarda no ha visto desde que era una niña, acerca de la muerte prematura de su marido. Y para complicarlo todavía más, la hermana y el conde Gerbert viven a varios días de camino.

—¿Y si ya hubiera ocurrido? —pregunta Kuno, dando la espalda a Volmar.

—No lo sé.

—¿Y si resulta que no es el futuro lo que ha visto, sino el presente o el pasado?

—No sé más de lo que Hildegarda me ha rogado que dijera.

—Es un problema —dice Kuno, y se sienta a la mesa con gesto apesadumbrado.

Le hace una seña para que se acerque, pero Volmar o bien no lo ve, o bien no quiere obedecer, pues se queda de pie delante de la puerta.

—¿El conde Gerbert? —pregunta.

—Sí, el conde Gerbert, de Aquisgrán.

—¿Es un hombre temeroso de Dios?

—No lo sé.

—Mmm...

—Pero por lo que parece, Dios quiere tenderle la mano al permitir que Hildegarda tenga la visión que ha tenido, así que ¿quizá el Señor tiene algún propósito con el conde?

Kuno alza la mirada. Volmar le corresponde haciendo lo propio en lugar de bajarla, y Kuno lo entiende: la hermana de Hildegarda, Clementia, le hará caso por miedo a perder a su marido o porque conoce el don extraordinario de su hermana. Si al conde todavía no le ha ocurrido ninguna desgracia, en el mejor de los casos su mujer le convencerá de que ha sido salvado de un gran peligro, y probablemente él mostrará su agradecimiento en forma de ofrendas a Disibodenberg. Kuno se rasca la coronilla, se aclara la garganta, tose y mira por la ventana. Volmar sigue inmóvil, observando ahora el suelo irregular.

—De acuerdo, enviadla —dice Kuno finalmente, y con una seña indica a Volmar que puede irse.

Las cosas suceden justo como Kuno esperaba. Aunque él personalmente hubiera preferido que contribuyera al monasterio con tierras o propiedades, el conde Gerbert muestra su agradecimiento con la construcción de un bonito altar lateral. Volmar tiene permiso para leer la carta de respuesta de Gerbert a Hildegarda, que escucha con atención su agradecimiento. Precisamente había organizado una gran cacería que debía celebrarse pocos días después de la fecha en que recibió la misiva. Los invitados ya habían llegado a su castillo, y primero —no tiene reparos en admitirlo— se enojó al leer la extraña carta de la cuñada, a quien no ha visto desde que era una chiquilla y todavía vivía en Bermersheim. Ya que no había nieve, como en su visión, decidió llevar a cabo la cacería, aunque Clementia, que confiaba ciegamente en su hermana pequeña, le rogaba que no lo hiciera. El día en que iba a empezar la cacería bajó al patio después del desayuno a ver los halcones y escoger caballo. Justo acababa de salir cuando se puso a nevar. Primero no le dio importancia, creyendo que amainaría enseguida, pero al rato el aire se llenó de grandes copos blancos, y cuando acabó de hablar con el halconero, la tierra ya estaba cubierta de un fino manto de nieve. Entonces no dudó: suspendería la cacería. Al principio se planteó dejar que el resto de la comitiva que tenía que acompañarle saliera a cazar para no decepcionarlos, pero Clementia le aconsejó que la cancelara, y él le hizo caso. A los invitados les contó lo que ocurría: Hildegarda había tenido visiones desde pequeña, y ahora le había enviado una advertencia desde Disibodenberg.

Hildegarda suspira mientras Volmar continúa leyendo. Al llegar al fragmento en que Gerbert habla del altar lateral, ella asiente como si estuviera lejos de allí, sin hacer ningún comentario. Cuando termina de leer, parece aliviada; luego se muestra preocupada por cómo reaccionarían los invitados de Gerbert ante el mensaje que les dio su anfitrión. Volmar también se lo pregunta, pero resuelve que el objetivo tanto de la visión como de la carta era asimismo que el conde compartiera la información con sus huéspedes. Hildegarda lo mira en silencio. Su rostro está blanco como el papel; se tira de la oreja hasta que se le enrojece. Luego, de pronto, esboza una gran sonrisa, que deja al descubierto sus dientes. Hildegarda no sonríe así muy a menudo, y Volmar se alegra.

El altar del conde Gerbert se tallará en arenisca dorada, como un bloque sólido y sin ornamentar en la capilla lateral que se ve oblicuamente desde las ventanas de Jutta y Hildegarda. La pared del fondo se decorará con una pintura mural, y el conde Gerbert ha mandado llamar a un maestro de Colonia que llega tan pronto como deja de helar. El hombre se presenta con sus dos hijos, a quienes se pasa el día riñendo. Hildegarda sigue el avance de las obras desde su ventana: a lo largo de la jornada ve cómo surgen y se perfeccionan dedos, ojos y flores en colores claros. Justo detrás de donde se colocará el altar pondrán una imagen de san Eustaquio, protector de los cazadores, que se arrodilla ante el reno que una vez se le apareció durante una cacería. En la cornamenta brillaba una cruz, y una voz le dijo que sufriría por Cristo. Se convirtió, y tanto él como su familia fueron bautizados. Tuvo que someterse a las pruebas del Señor, pero, igual que Job, Eustaquio nunca perdió la fe. Cuando se negó a adorar ídolos, lo encerraron junto con su esposa y sus hijos en una estatua de bronce con forma de toro, debajo de la cual encendieron una enorme hoguera que los abrasó a todos. A los pies de la imagen del santo arrodillado hay una cinta con pequeños motivos: el toro de bronce sobre las llamas, el cuerno de caza, los perros corriendo, hojas de roble y un halcón de caza que Gerbert describió detalladamente. A la izquierda de la gran imagen, el maestro pinta al conde Gerbert y a Clementia con los dos hijos que nacieron vivos. Detrás de una cortina de un rojo intenso, pintada tan vivamente que uno creería que es de tela real, ambos se arrodillan con las manos unidas.

Fue una decisión acertada por parte de Gerbert escoger un altar de piedra simple con la decoración pintada. De este modo, podrá inaugurarse ya el 20 de septiembre, día de San Eustaquio.

El conde ha prometido que llevará un relicario muy especial, con el hueso de uno de los dedos del santo, que en su momento fue rescatado del toro de bronce por uno de sus familiares.

Hildegarda obtiene permiso para recibir a los miembros de su familia en el patio de delante de la iglesia cuando lleguen para la consagración. No ha vuelto a ver la iglesia con esa perspectiva desde que llegó a Disibodenberg hace casi doce años, y le cuesta creer lo que ven sus ojos. Si bien su vida en el monasterio ha transcurrido acompañada del ruido del cincel de los escultores, ni en sus fantasías más audaces habría podido imaginar un resultado tan espectacular: encima del pórtico, Dios está sentado en el trono del día del juicio final con una túnica llena de pliegues. Su rostro es severo y elegante; cada rizo de la barba está cincelado detalladamente. Alrededor del aura tiene estrellas de cinco puntas; a sus pies hay ángeles con antorchas y trompetas. Dios abre los brazos como su hijo en la cruz, separando las ovejas de las cabras, enviando a la derecha, hacia el jardín del Edén, a las almas salvadas, y a la izquierda, hacia el infierno, a las almas perdidas. Entre los santos que hay a su derecha, Hildegarda reconoce rápidamente a María, a Pedro con las llaves y a san Disibodo, con su bastón de caminante. Entre Dios y las almas perdidas montan guardia cuatro ángeles protectores con un quemador de incienso, con las Sagradas Escrituras, escudos y lanzas. La parte de encima de las puertas de bronce, bellamente decoradas, es tan intrincada en detalles que Hildegarda se marea solo con mirarla. A mano derecha están las almas salvadas, bellas y ordenadas entre columnas y arcos, y aunque sus rostros traslucen una paz bendita y piadosa, los ojos de Hildegarda se van al caos del otro lado. Un demonio desnudo y con el cabello hirsuto atrapa con su cola a las almas perdidas y las conduce a la boca del infierno, que es un monstruo de lengua larga, dientes afilados, y ojos pequeños y malévolos. Un hombre ya tiene la cabeza dentro de las fauces del monstruo; tres más se empujan entre sí, presas del pánico. Abajo de todo, las llamas trepan por las piernas hasta la cintura; en lo alto, desnudos y delgados, las almas perdidas son torturadas por pequeños diablos con cola y cuernos. Cuando Hildegarda distingue a un monje junto a una mujer desnuda, esculpida de modo que se muestra absolutamente ante sus ojos, se lleva las manos al pecho.

—Apartaos de mí, malditos —susurra, y el abad Kuno, que está a su lado, continúa:

—Al fuego eterno preparado para el diablo y sus ángeles.[22]

Aunque ella ya sabía que el abad estaba allí, al oírlo da un respingo. Se tapa la boca con una mano, incapaz de añadir nada; hasta ese punto la han impresionado las imágenes que tiene ante sí.

19

Ojos que salen de las órbitas, costillas que hacen que los cuerpos de las almas perdidas parezcan carroña.

El hombre rico se viste de purpurina y quiere a la Lujuria más que al Señor, mientras que Lázaro yace en su portal y deja que los perros laman sus heridas. Los ángeles de la muerte ponen al pobre Lázaro en el seno de Abraham, mientras que la muerte llena al rico de miedo y dolor. Uno consigue su esplendor en la tierra, el otro en la muerte. La Lujuria está tallada en piedra justo bajo las llamas del infierno; su cuerpo desnudo enciende un fuego en la mirada. La Lujuria tiene el cabello largo y ondulado y no ofrece ninguna resistencia al diablo, que presiona su bajo vientre contra ella. La Lujuria se limita a levantar las manos, separa las piernas, su vientre se arquea tierno como un melocotón, la cola del demonio se yergue en el aire, un perro cazador husmea su presa. La Lujuria abre las piernas, la serpiente le muerde los pechos, un sapo le salta sobre su sexo, pero ella no muestra indicio alguno de sufrimiento, solo esa expresión eternamente inexpresiva.

Hildegarda mira con fijeza el relieve situado sobre la puerta de la iglesia, lo mira hasta que le brotan las lágrimas. Las mejillas se le humedecen, gotas saladas le llenan la boca. Ve a Hildebert delante de ella, tan claramente como si estuviera allí. Su rostro es una mancha de luz que parpadea por encima de las figuras de piedra, posándose ahora sobre Lázaro, ahora sobre el hombre rico, y Hildegarda sabe que todas las almas serán juzgadas el último día.

El abad la llama, ella asiente, pero sin oír lo que le pregunta. Oye el ruido de los carruajes, de las ruedas que crujen sobre las hojas y entre los cascos. El arzobispo presidirá la consagración del nuevo altar, su comitiva se mezcla con la de Clementia y el conde Gerbert, huele a caballo y a agua de río estancada, el sol es suave como un ovillo de lana.

Los caballos tienen ojos de mujer, con largas pestañas y la mirada húmeda. Hildegarda inclina la cabeza ante la fila de prelados, un muestrario de capas de seda; un anillo reluce ante ella: busca a Clementia.

Una luz gris encuentra el cielo encapotado, se convierte en centenares de alas, en una bandada de pájaros que rompe el cielo en pedazos y la luz se desparrama. La iglesia se enciende en tonos rojos y lilas; el cielo es verde y amarillo. Se oye un trueno en la distancia, los pájaros huyen pendiente abajo, tras las ramas oscuras.

Cuando era pequeña, Hildebert la lanzaba en volandas, hacia el alto cielo. Ataba una cuerda a un peral, colgaba una tabla a modo de columpio y le decía que ella era un tordo o un gorrión. Una mujer se acerca caminando en su dirección; sonríe, pero a ojos de Hildegarda es como si por su rostro se derramara jugo de cereza; parece sangre, aunque desprende un olor dulzón.

—Hildegarda, soy yo: Clementia. ¿Eres tú, de verdad, Hildegarda? Qué buen aspecto tienes, estás tan guapa y sana..., eres una mujer adulta, Hildegarda. ¿Qué ha sido de ti todos estos años?

Años, días, escamas de pescado que saltan con un cuchillo afilado, una rueda que gira y gira hasta que se desmonta. Han pasado quince años desde la última vez que se vieron.

—Sí, soy yo, Clementia. Os agradezco a ti y a tu marido el precioso altar que habéis donado a nuestra iglesia.

—Somos nosotros quienes debemos darte las gracias. Salvaste la vida a mi esposo.

—Dad las gracias a Dios, no a mí; yo solo soy su pobre mensajera —responde Hildegarda con voz apagada.

—Ay, Hildegarda. Parece increíble que esté ante ti después de tantos años. En un día de celebración como hoy quisiera no traerte noticias tristes...

—No te preocupes, Clementia. Ya me han llegado.

—¿A qué te refieres? ¿Quién te ha traído noticias, y cuáles?

—Papá ha muerto.

—¿Quién se me ha adelantado?

—Nadie. Nadie en absoluto.

20

Hildegarda siente unos dolores terribles en las piernas. Durante la ceremonia de consagración del altar en la iglesia apenas puede sostenerse de pie; el olor a incienso le da dolor de cabeza, se mezcla con los cánticos de los monjes y la atrae hacia el suelo. Cadenas infinitas de tonos planos y marrones, un agujero de lodo, una capa gruesa de hielo que le raspa la frente. No puede asistir al banquete después de la misa, y Uda tiene que ayudarla a meterse en la cama.

Volmar la visita tan pronto como la comida con los visitantes nobles llega a su fin. Cuando le da unos golpecitos en las piernas con un martillo, Hildegarda no nota nada en la parte externa, mientras que apenas se acerca a la interna, gime de dolor. La parálisis es más aguda que otras veces, pero Volmar no conoce ni la enfermedad ni el remedio. Más tarde le lleva un frasco de extracto de beleño para calmarle el dolor e inducirle un sueño tranquilo. Jutta cierra las contraventanas mientras Uda sigue a Volmar, nerviosa y trágica como de costumbre. Quiere quedarse con el frasco para darle más a Hildegarda si despierta en plena noche, pero Volmar le explica que una dosis indebida puede tener consecuencias mortales. Uda chasquea la lengua, contrariada, y hurga con el atizador en las brasas del hogar. Sus ojos desaparecen entre las arrugas, y aunque lo irrita,

Volmar le pregunta por sus caderas y espalda. Le duelen tanto como siempre. Se queja sin ninguna consideración hacia Hildegarda, que yace en la cama con un dolor inexplicable y mucho más fuerte que sus achaques de la edad. Hildegarda todavía no se ha dormido y llama a Volmar.

—Mi padre... —murmulla.

—Lo he oído —dice él—; el conde Gerbert y Clementia se lo han contado al abad Kuno después de la misa.

—Mi padre... —repite Hildegarda con los ojos cerrados. Volmar la calma, y ella guarda silencio.

Cuando cree que se ha dormido se levanta, pero ella se queja como una niña pequeña.

—Señor, no me reprendas en tu enojo ni me castigues en tu furor. Pues en mí se han clavado tus flechas, tu mano has descargado sobre mí[23] —susurra.

—Hildegarda —dice Volmar—, debes dormir.

—Mis miembros arden y en mi carne no queda nada sano. Estoy paralizado y hecho pedazos, quisiera que mis quejas fueran rugidos.[24]

—Puse en el Señor toda mi esperanza; él se inclinó hacia mí y escuchó mi clamor[25] —contesta Volmar.

Hildegarda llora con los ojos cerrados.

—Lloras por tu padre —susurra Volmar.

Uda tose; al otro lado de la pared, Jutta suspira.

Hildegarda niega débilmente con la cabeza.

—No, Volmar, lloro por mis propios pecados —murmura—, por mis malos pensamientos y mi corazón enfermo. El Señor es justo, ve mi orgullo y mi enfado, ve mi desafío...

—Aun cuando pase por el valle más oscuro, no temeré, porque tú estás a mi lado. Tu vara y tu cayado me protegen y me confortan[26] —susurra Volmar, pero Hildegarda se ha dormido y no le oye.

El cuerpo recobra las fuerzas más rápidamente que la mente. Hildegarda permanece en silencio y encerrada en sí misma. Los pensamientos siguen el ritmo del año, el frío y la oscuridad ciñen su cerco en torno a la voz. Cuando se confiesa, cada pensamiento y cada recuerdo es sopesado y destilado, de forma que, ante su confesor, puede alcanzar los turbios sedimentos del pecado. Después por lo general experimenta unas horas de calma, pero todas las mañanas despierta con el mismo sentimiento de culpa. No canturrea como suele hacer cuando se halla sumida en sus propios pensamientos, y ni siquiera Volmar consigue arrancarle algunas palabras seguidas. Cuando por fin habla, la mayoría de las veces lo hace porque está obsesionada en ejercitar la mejor penitencia ante el Señor, o en detectar cuál es su pecado, por el cual el Señor la castiga con tanta dureza.

Volmar ve cómo esos pensamientos la torturan, pero no se le ocurre modo alguno de apaciguarlos. Tampoco él puede evitar pensar por qué Hildegarda, que todavía no es perfecta pero se esfuerza en mejorar, tiene que sufrir semejante penitencia cuando otros, auténticos pecadores, aparentemente salen indemnes de su pecado. A principios de diciembre deben castigar con la expulsión del monasterio a un hermano por sus pecados repetidos. No mostraba ni moderación, ni humildad, ni obediencia, y ningún castigo lo había hecho cambiar. Volmar lo acompañó hasta la puerta, y al despedirse, en lugar de mostrarse como un hombre destrozado y abrumado por la culpa, el hermano se rio en su cara.

Sin duda, la justicia del Señor se hará plenamente el día del juicio final, pero aun así cuesta entender dónde se halla la justicia ante tales desigualdades. Volmar formula las mismas preguntas en la confesión, y el confesor lo castiga con varios días de silencio por no someterse a la voluntad divina en todo lo que piensa. Cuando caminan juntos para ir a cuidar de los enfermos, no parece que Hildegarda se dé cuenta de si Volmar habla o no. Por lo que se refiere a ella, quisiera que le impusieran castigos más duros, pero ha de ceñirse a lo que le impone su confesor, que solo le dicta ayunar o reflexionar sobre determinados pasajes de las Escrituras.

Solo a principios de mayo los oscuros pensamientos de Hildegarda parecen remitir. Vuelve a tocar el salterio, y más bellamente que nunca; incluso Jutta abre las contraventanas para escucharla. Uda ha envejecido durante el invierno y ya no se levanta de la cama. Hildegarda la alimenta con sopa y pan blando, y la cuida con el afecto de una hija. Uno de los días más cálidos de agosto, el Señor se muestra misericordioso y se la lleva consigo. Hildegarda se queda de pie ante su tumba después de que hayan echado tierra sobre el ataúd. La tierra es seca y luminosa, el aire vibra con el canto de las cigarras y la canícula.

No te tambalees
cuando el Señor te pruebe.
El Señor burló la muerte,
destruyó la serpiente,
que tentó a Eva
en el jardín del Edén.

La comitiva se detiene ante la puerta del cementerio. Escuchan. Es Hildegarda quien canta, pero nadie conoce el salmo.

No te tambalees
cuando el Señor te pruebe.
Una mujer trajo la muerte,

una virgen la superó
al hacerse Dios humano
en una bendita virgen.

Su voz es clara como la de los novicios más jóvenes. Hay algo inquietante en la canción, familiar y extraña a la vez. El abad Kuno hace que los hermanos salgan, pero él se queda de pie con Volmar. Están callados, Hildegarda vuelve a entonar el mismo salmo. Esta vez la voz llena el aire con mayor claridad si cabe; es un baño fresco en el calor del mediodía. Entonces se arrodilla ante la tumba un momento, antes de girarse y echar a andar por el camino de regreso bajo los olmos.

—¿Qué salmo es? —El abad Kuno está sudando, busca la sombra.

Hildegarda asiente con expresión seria. Mira el cementerio. Cuando llegó a Disibodenberg, el muro de piedra estaba derrumbado en varios sitios; ahora lo han reconstruido, y el número de tumbas casi se ha duplicado.

—Lo he compuesto yo misma —dice.

—¿Y el texto?

—También. He compuesto el texto y la melodía.

—¿Cuándo?

—Mientras velaba a Uda en la cama; las palabras fueron como un relámpago que cae y deja una melodía, como un... —Duda un momento y sonríe tímidamente.

—¿Como qué?

—Como una guirlanda de flores; como las enredaderas que trepan por las paredes de piedra, por los troncos de los árboles, abriendo sus trompetas y soltando su perfumado canto.

El abad Kuno mira las tumbas. Nunca había oído hablar así a Hildegarda. Volmar también está sorprendido. Sabe que ella adora la música, y evidentemente la ha oído cantar y tocar el salterio. Pero siempre entona los salmos de David, las mismas palabras y melodías que los hermanos todas las semanas.

—Es un salmo muy bonito —dice Kuno, enjugándose el sudor de la frente con los brazos—; diferente pero bonito.

Hildegarda busca la mirada de Volmar. Tiene un destello extraño y triunfal en los ojos.

—Quizá demasiado bonito —dice Kuno, dando un paso de nuevo hacia el sol—; no puedo permitir en ninguna circunstancia que los hermanos lo escuchen.

Hildegarda se detiene. Volmar está entre ella y Kuno; abre los brazos y sigue al abad.

—¡Hacer música es alabar a Dios! ¿Cómo puede algo ser demasiado bello para Dios? —Hildegarda los alcanza.

Volmar advierte que se siente ofendida.

—Las voces femeninas pueden encender el fuego del pecado en los pensamientos y la carne de los hombres —responde Kuno sin detenerse.

—¡Los cantos de alabanza llevan a la piedad, no encienden ningún pecado! —replica ella, aunque Volmar, detrás de Kuno, intenta indicarle con gestos que controle su temperamento.

—¡Hildegarda! —Kuno se vuelve hacia ella, indignado—. ¿Cómo te atreves a replicarme?

A Hildegarda se le llenan los ojos de lágrimas, y Kuno, que confunde el enfado de la muchacha con la rabia y la pena por la muerte de la mujer que la había cuidado, se calma un poco. Le hace una seña con la mano para alejarla y entra en su casa sin añadir nada. La puerta se cierra tras él.

Volmar se queda desconcertado ante la casa del abad. Puede leer hasta el último sentimiento en el ánimo de Hildegarda. Ella se da la vuelta.

A medio camino de la enfermería se detiene. Levanta una mano y el índice oscila en el aire, como un péndulo, pero no dice nada.

—Hildegarda... —Volmar la sigue; su voz no la tranquiliza.

Ella suspira, se recoge la falda y aprieta el paso hacia la enfermería.

En lo que queda de día no hablan de ello. Antes de separarse para la plegaria de la tarde, Volmar no puede contenerse más.

—Si esto fuera un monasterio de monjas, Hildegarda... —dice.

—¿Sí?

—Quizá tu salmo tendría más... —Se encoge de hombros.

—Tendría que bastar con el hecho de que esto es un monasterio, Volmar. Soy consciente de que el pecado corroe el corazón de cualquier persona, pero... —También ella se encoge de hombros.

Volmar no sabe qué decir. Le parece una estupidez haber empezado esa conversación, y ahora quiere terminarla lo más rápidamente posible. Deseaba calmar las aguas y, en cambio, solo consigue agitarlas.

—Tú amas la tranquilidad, Volmar —dice Hildegarda. Su voz de pronto se atempera—. Pero no es justo prohibirme que alabe al Señor con las capacidades que él mismo me ha dado.

—Justicia... —Volmar une las palmas de las manos sobre el pecho. ¿Qué pueden saber ellos de la justicia divina?

—Esto es un monasterio, Volmar. Rezamos y trabajamos y alabamos al Señor. Dios ha creado la belleza para alegrarnos.

—Los hombres y las mujeres son distintos —intenta explicar él—; el deseo del hombre se enciende más fácilmente, su fuego es más fuerte, su lucha contra los apetitos de la carne es mayor.

—La lucha contra el pecado es la lucha de cualquier persona —se apresura a replicar ella—; la belleza piadosa aleja el pecado.

—En este monasterio hay monjes que están tan atormentados por las tentaciones de la carne que tengo que darles extracto de cicuta a fin de atemperar su frenesí —susurra él, y por una vez Hildegarda permanece en silencio—. Sé que muchas voces se opusieron a aceptaros a ti y a Jutta justo por esa razón.

—Entonces quizá será mejor que me vaya —responde ella duramente—. Debería encontrar un sitio donde no haya hombres, solo mujeres, que recen al Señor con el corazón limpio.

A Volmar no se le ocurre qué contestar. Las palabras de Hildegarda suenan como una amenaza, y eso lo asusta. ¿Quizá el Señor quiere castigarlo por haberse atado tan fuertemente a Hildegarda? Perderla sería su pena más grande. Suele rechazar ese tipo de pensamientos, pero ahora que Hildegarda menciona la posibilidad de irse de Disibodenberg, igual que antes, cuando ha visto desaparecer el cuerpo de Uda en su tumba; su corazón se encoge de miedo. Se inclina hacia delante, apoyándose en las rodillas.

—¿Volmar? —La dureza ha desaparecido de la voz de Hildegarda—. Volmar, ¿te encuentras bien?

Él asiente con la cabeza, se yergue y se frota la cara. No puede contárselo, no sería correcto.

—¿Volmar? Dime algo.

—Dios te enseñará el camino y te dirá qué debes hacer —dice con tono neutro, y Hildegarda se queda allí de pie, desconcertada y de pronto entristecida.

21

Algunos de los hermanos tienen que tomar extracto de cicuta para combatir los deseos de la carne, y sin embargo gozan de buena salud. Hildegarda se pregunta si su propio pecado es mayor que el de ellos, ya que ha de sufrir tanto dolor.

Uda ha muerto y ha dejado un vacío inmenso. Hildegarda pregunta a Jutta si no deberían buscar a otra asistenta, y Jutta le responde que hablará con el abad y le pedirá que decida. Entretanto, Hildegarda debe ocuparse de Jutta. Va a buscarle la comida a la cocina y le retira el orinal.

Solo cuando toca el salterio para Jutta, sus pensamientos hallan sosiego. Jutta abre las contraventanas y escucha. Una pena nueva, una nota de desesperación fluye de Hildegarda a través del instrumento. Jutta lo percibe.

—Nos apenamos por los que nos abandonan, aunque sabemos que nos reuniremos con ellos en el jardín del Edén —dice, y Hildegarda asiente.

Ella misma puede oír la tristeza y el enfado en su música, y se da cuenta de que eso la hace más profunda e incluso más bella que antes.

—Primero tu padre, luego Uda; por eso no debemos atarnos más a una persona que a otra —dice Jutta—. Si lo logramos, las pérdidas inevitables no obstaculizarán nuestra atención a Dios.

Hildegarda no contesta, porque lo único que podría decir apenas se atreve a formularlo para sí misma.

Lo que la sume en esa desesperación no es ni la muerte de Hildebert ni la de Uda. Lo único que la tortura es que no deja de pensar en la prohibición que le ha impuesto el abad de no cantar para los demás. Se avergüenza de su testarudez: tendría que ser suficiente con que Jutta y el Señor escucharan sus alabanzas, pero ella ambiciona más. Hildegarda escucha las notas que el silencio atrae. Hay un espacio en ella donde los sonidos y las imágenes cotidianos se funden con la Luz Viviente y renacen en formas nuevas y bellas. Se concentra y busca notas diferentes, el pájaro en la jaula, el corazón entre los barrotes de las costillas. La pena es como el humo que se hace visible a la luz; se tensa como el arco ante la flecha y sale disparado hacia el cielo. Hildegarda no halla consuelo. Sus dedos inquietos rasgan las cuerdas, tallos gruesos se entrecruzan, delicados gruñidos, un coro de bocas abiertas, una escalera de cristal hacia el cielo.

Por la noche, Hildegarda sueña con la boca del infierno. Unas piernas delgadas salen por entre los dientes, los pies llevan las botas de Hildebert. Ella tira de las piernas para liberar al hombre y comprobar que realmente es su padre, pero se ve arrastrada dentro de la boca apestosa. Lucha para liberarse, agujerea la carne del interior de la boca monstruosa, pero no lo consigue. En las profundidades de la garganta alguien ríe; parece la voz de Hildebert. Renuncia al combate y cede, las piernas le fallan y empieza a caer, a caer, hasta que la ansiedad desaparece. Todavía puede oír la risa de Hildebert en la lejanía, cada vez más clara y franca, hasta que la rodea por completo en un fragor de mil voces.

Cuando despierta está tranquila, hasta que empieza a pensar. ¿Es el canto lo que la empuja a la boca del infierno? ¿Acaso el pecado la atrae tan poderosamente que es capaz de abandonar su devoción para obtener lo que quiere? ¿O es más bien el canto lo que libera al pecador de su perdición atándolo bien fuerte con sus hilos hasta el cielo?

En la enfermería hay una mujer embarazada, a quien atormentan la culpa y los dolores. Los hermanos esperan a Hildegarda, porque ellos ni siquiera quieren tocarla. Yace en la sala de los enfermos adinerados, duerme con el rostro girado hacia la pared bajo una fina manta de lana. Hildegarda se sienta al lado de la cama. Una columna de luz se abre ante ella. La Luz Viviente le habla, aunque no esté sola. Ella levanta las manos abiertas hacia el techo.

—Mostradme, por favor —susurra—; mostradme lo que tengo que saber.

La pared desaparece en un mar de puntitos luminosos. Toda la habitación está llena de luz, un pozo amplio y profundo se abre y desprende una niebla pestilente. El hedor es tan fuerte que Hildegarda debe taparse la boca con la mano. La niebla sale reptando de la abertura del pozo, se convierte en una serpiente de ojos rasgados. Justo al lado del pozo yace un hombre bello; no lleva ropa alguna y se avergüenza de su desnudez. La serpiente le muerde en la espalda; él se pone la mano detrás de la oreja y escucha el pozo oscuro. Una nube blanca atraviesa la costilla del hombre; tiene forma de mujer, su vientre está repleto de estrellas parpadeantes. La serpiente sopla sobre la nube, cuesta respirar. Es Lucifer, que Dios ha convertido en su ángel más bello, pero se ha enamorado hasta tal punto de su propia belleza que quería ponerse a la altura de Dios y construir su propio trono en el cielo. Lucifer debe caer: ruedas de fuego, lenguas ardiendo, plumas negras, puño apretado, dedos que no pueden abrirse para recibir los dones del Señor. Dos corazones no pueden latir en un mismo pecho; dos dioses no pueden reinar en el cielo. Satán se viste de caos y de la carne de una serpiente, se yergue ante el rostro de Hildegarda para que ella note su aliento caliente. Oye a la serpiente tan claramente como cuando el Señor le habla: «Mi poder descansa en la concepción del hombre. De este modo se convierte en mi propiedad. En el vientre de la mujer crearé mi reino, extenderé mi veneno, que se propagará por toda la humanidad».

Hildegarda se queda mirando la pared mientras la visión desaparece. No tiene miedo. Eva se dejó tentar por las palabras de la serpiente, quería ser su propia dueña y le volvió la espalda a Dios. Hildegarda baja la cabeza. Lo entiende. Tiene que luchar con todas las fuerzas y convertirse en parte del plan de salvación de Dios. El Señor no abandona a sus hijos; venció al pecado original dejando que su hijo fuera concebido en el vientre de una virgen. Ha de tener paciencia y esperar a que Dios le muestre qué quiere y qué tiene que hacer ella. Así que debe mantenerse pasiva como una pluma que se deja llevar por el río.

22

La mujer encinta llegó la noche anterior, muy tarde, y no ha dicho ni una sola palabra. Cuando despierta y ve a Hildegarda sentada al lado de su cama, rompe a llorar. Se llama Margreth von Schmie, tiene quince años y no está casada. Le explica a Hildegarda que el bebé que espera fue concebido cuando un amigo de la familia la mancilló. Hildegarda le pide más detalles, pero ella tartamudea y casi no puede pronunciar las palabras. No duda de que la muchacha dice la verdad. Es de buena familia; su propio hermano, que ha pasado la noche en los aposentos para invitados, fue quien la llevó a Disibodenberg. Margreth había oído hablar de la devoción de Hildegarda y de su arte musical, y se negó a que la viera nadie que no fuera ella. El culpable pagó una dote generosa a la familia cuando se hizo evidente que ella estaba encinta, y como se muestra dispuesto a casarse con ella, el problema debería estar resuelto. Aunque la perspectiva de no tener un niño fuera del matrimonio habría de apaciguar a Margreth, le ha causado el efecto contrario. El culpable se rio en su cara, y ella le escupió. Aquella misma noche la asaltaron unos fuertes dolores, y desde entonces no pudo levantarse de la cama sin ayuda. La muchacha pasó todo el viaje hasta Disibodenberg tumbada en el suelo del carruaje y quejándose. Su hermano tuvo que llevarla en brazos hasta la enfermería.

No suelta la mano de Hildegarda. Le susurra algo, de modo que Hildegarda tiene que inclinarse para oírla. Aparta la manta a un lado, quiere mostrarle un secreto que guarda con gran angustia. Desde la rodilla hasta el bajo vientre le corre una cicatriz gruesa y roja. Allí donde empieza el vello del pubis, se divide en dos, y a cada lado la piel forma una protuberancia dura. Hildegarda le toca la cicatriz con cuidado. El violador le puso un cuchillo en la garganta y le separó las piernas con el atizador tras sostenerlo un rato entre las brasas del hogar: la marcó como si fuera un animal. «Me perteneces —le susurró—, porque ahora ningún otro hombre querrá tenerte».

Hildegarda le pregunta si gritó, si intentó escapar, si sintió algún tipo de placer. Margreth cierra los ojos y niega con la cabeza. Entonces se asoma por el borde de la cama y vomita.

Hildegarda se queda de pie mientras uno de los novicios lo limpia. Margreth lleva la marca de la serpiente, pero no ha abandonado su lucha contra Satán. Reza por ella, que se tranquiliza un poco. Margreth no tiene fiebre, pero su rostro brilla, empañado de humedad. Con los ojos cerrados, le habla de su familia. Siempre dijo, desde que era una niña, que quería ingresar en un convento, pero su familia se opuso. A menudo sus hermanos se burlan de ella y la llaman «la Santa». Desde el incidente, tiene visiones. Unas veces revive la violación, otras está segura de que lo que lleva en el vientre es un hijo del diablo. Por la noche la asaltan unas pesadillas horribles, en las que varios hombres la capturan y la desnudan para violarla por turnos.

Hildegarda guarda silencio mientras Margreth habla. Luego la riñe porque se niega a comer, y le dice que no cuidar a un nonato es un pecado tan grave como privar de comida a un recién nacido.

Volmar está en el huerto medicinal, arrodillado junto a un parterre de olivarisa y manzanilla. Lleva un sombrero de ala ancha para protegerse del sol. Hildegarda sonríe y le dice que parece un campesino.

—Soy un campesino al servicio del Señor —responde él, levantándose, y se sacude el polvo de las rodillas.

—Todavía no he podido examinar bien a la muchacha encinta —le cuenta Hildegarda—. Está tan asustada y atormentada por lo que le ocurrió que he tenido que rezar por ella hasta que se ha calmado.

—Ha sido lo más acertado —replica Volmar, y asiente. De pronto entiende que es algo más que el cuidado de los enfermos lo que Hildegarda lleva en el corazón.

—No está casada y el padre del bebé la forzó. —Hildegarda duda; Volmar asiente, pensativo—. No sé... —continúa, y aparta la mirada.

Unos venenosos acónitos trepan por los muros; sus flores de color violeta se mecen al viento.

Volmar coge con el índice y el pulgar la cabeza de una manzanilla y la restriega por una arruga en el dorso de su mano.

—Cuando he llegado dormía, y me he sentado al lado de su cama para despertarla. Entonces vi... La Luz Viviente se me apareció..., o más bien... —Se aprieta las sienes. Al ver la expresión desconcertada de Volmar se echa a reír—. Lucifer —dice sin bajar la voz, y Volmar da un respingo—. Sí, Lucifer me ha hablado, pero es la Luz Viviente la que me lo ha mostrado —continúa ella, asintiendo, como si solo ahora lo comprendiera—. Ha sido exactamente así.

Volmar echa la cabeza hacia atrás y mira el cielo. El profundo azul de octubre le hace bien, piensa, imaginándose que fluye directamente dentro de él.

—No me explico con claridad —añade Hildegarda, disculpándose—. No había pensado en absoluto que mis palabras te asustarían, Volmar.

Él hace un gesto con la mano, como si ahuyentara algo.

—En la visión he entendido cómo el pecado penetra en el mundo..., he entendido... Tengo que adaptarme..., no ser tan testaruda... He entendido... He visto que la obra de la creación todavía no está terminada... Volmar, la chica tiene una lengua de serpiente en un muslo, que trepa buscando su sexo... Por cierto: no puede dar a luz ahí, tenemos que cuidarla nosotros y por eso debe disponer lo antes posible de una habitación para ella sola.

—Hildegarda, no entiendo ni una palabra de lo que dices. —Volmar niega con la cabeza lentamente—. Ni una palabra.

—Que tenemos que cuidarla nosotros lo has entendido, ¿verdad? —pregunta ella con tono conciliador, y él asiente mordiéndose el labio. Se arrodilla ante el parterre y prosigue con su tarea.

Hildegarda se acuclilla a su lado. Por un instante, le pone una mano en el hombro. Cuando la retira, él todavía la nota.

—Perdona, Volmar; podré explicártelo mejor en otro momento.

Él asiente sin alzar los ojos. Nunca había estado tan seguro de que Jutta y el abad tienen razón cuando prohíben a Hildegarda que hable de sus visiones.

—A veces debo explicarlo para entenderlo yo misma —susurra, levantándose.

Se queda de pie detrás de él. El olor de la altamisa es dulzón e intenso; sus pensamientos corren en diferentes direcciones a la vez—. ¿Te acuerdas de aquel joven que padecía un dolor tan

agudo en la sien que tuvo un ataque? Se curó cuando le di alta-
miaa, tal como esperaba, pero le salió una herida en la boca, con
la misma forma que la hoja que mantenía bajo la lengua... Quizá parezca lo contrario, pero la visión de Lucifer no daba miedo,
Volmar. ¿Adónde podemos llevar a la chica encinta?

Volmar deja un puñado de flores en la cesta.

—La herida desaparece cuando la cura ha surtido todo el
efecto, y a la chica podemos trasladarla al almacén, junto a las
cocinas. Tienes que pedir permiso a los hermanos para poner su
cama allí... Lo mejor es que solo te ocupes tú de la joven. No
podemos quedarnos con el niño; tendrá que decidir enseguida
quién deberá hacerse cargo de la criatura cuando haya nacido.

Margreth se queja cuando Hildegarda le toca el vientre. A Hildegarda le cuesta saber la posición del feto, porque no tiene experiencia y el vientre está duro y tenso. Mover a Margreth es
una proeza, pues apenas puede andar y se apoya tan pesadamente en los hombros de Hildegarda que a duras penas consigue
sostenerla. Da igual qué hierbas le dé; no sirven de nada. Por
una vez, Hildegarda no enferma después de haber visto la Luz
Viviente. Ella misma se da cuenta, pero tiene tanto trabajo cui-
dando a Margreth y cumpliendo con sus tareas que no le queda
tiempo para reflexionar sobre ello.

Al cabo de una semana empieza a tratarla con sanguijuelas.
Pero eso tampoco parece dar resultado. Margreth tiene un temperamento fácil de identificar con el tipo flemático: es más bien
morena, tiene una barbilla vellosa, los rasgos marcados y un
poco masculinos. El tipo flemático atrae fácilmente al sexo
opuesto, y aunque suele beneficiarles vivir con un hombre, por
su constitución no es de las que da a luz sin dificultad. No es
como la mujer del tipo sanguíneo, que tiene el útero más bien

desarrollado y que a menudo padece dolores si no tiene hijos, pero tampoco es como la mujer melancólica, que tiene un útero delicado y débil apenas capaz de acoger la semilla del hombre.

De vez en cuando, Margreth pasa ratos tranquilos; entonces Hildegarda se sienta junto a su cama y le habla. Margreth no saber leer ni escribir, pero conoce muchos salmos, y Hildegarda se los canta.

Su vientre crece de semana en semana. Cuando el bebé patea, Margreth da un respingo, y Hildegarda se inquieta. Quizá, después de todo, se equivocó con la visión de Lucifer; quizá Dios quería mostrarle simplemente que la mujer lleva la semilla del diablo, un feto malformado que espeta a su madre con los cuernos afilados. Volmar, que en este tiempo le ha enseñado todo lo que él mismo sabe, no tiene más conocimientos que ella sobre el embarazo, y no puede responder a todas sus preguntas.

Hildegarda piensa en Margreth tan pronto como despierta por la mañana. Piensa en la posibilidad de que haya algo que se le escape, algo que las mujeres con más experiencia en ese tipo de cuestiones identificarían, y que ella, en cambio, no entiende.

Le sugiere a Volmar que manden llamar a una comadrona del pueblo para pedirle consejo. Es un asunto que debe someterse a consideración del abad, que responde que en ninguna circunstancia se satisfará tal demanda, y Volmar regresa junto a Hildegarda con el asunto sin resolver.

Entonces Hildegarda se dirige a la sección de mujeres, ubicada en la parte de la enfermería reservada a los pobres, en la que hay un par de ancianas y tres chicas jóvenes casadas. Una de ellas padece una enfermedad en un estadio tan avanzado que ya no hay esperanza, pero ese otoño ha sido muy duro y no hay plazas libres en la sección de moribundos. Por eso yace oculta bajo su manta de lana, sin parar de toser. Debido a la fiebre desvaría, y la más joven de las otras llora de miedo cuando la oye gritar o abrir los brazos al aire. El acre hedor a podrido de la muerte ya se esparce a su alrededor, aunque Hildegarda le lava constantemente el rostro y los pies con agua de rosas.

—He vivido en este monasterio desde que tenía diez años —dice Hildegarda, sentándose entre las mujeres.

Las camas están tan cerca las unas de las otras que las enfermas pueden tocarse si estiran los brazos.

—Madre Hildegarda, bendita seas —susurra una de las viejas desde su cama, y las jóvenes asienten.

—He visto y estudiado más de lo que la mayoría de la gente puede imaginar —dice—, pero hay cosas que mi virginidad me impide llegar a conocer, y aunque sé que estáis cansadas y enfermas, necesito vuestra ayuda.

Hildegarda pasa mucho rato entre las mujeres. No se contiene a la hora de formular preguntas y las anima tan encarecidamente a explicarse que ellas olvidan su timidez y se abren para contar lo que saben por experiencia propia. Ella las escucha y atesora sus explicaciones. Las mujeres intentan contestar a cuanto Hildegarda quiere saber: la atracción entre hombres y mujeres, la naturaleza ingobernable del deseo, la consumación del matrimonio, el placer de la mujer al recibir al hombre, qué se siente cuando la vida cobra forma en el vientre materno, y los dolores indescriptibles cuando la criatura va a llegar al mundo.

23

¿Se puede amamantar a un hijo del diablo? ¿Todas las almas de seres vivientes son obra de la creación de Dios?

Margreth sufre unos dolores terribles. Volmar llama a la puerta de la celda de Hildegarda. La luna está moteada de nubes azules, la escarcha brilla sobre la hierba. Hildegarda tiene que arreglárselas sola. Volmar solo la ayudará en caso de extrema urgencia, porque la mujer es impura y su sangre es venenosa para un hombre.

¿Puede un hijo del diablo rajar el útero de la madre con sus cuernos? ¿Muestra Dios misericordia permitiendo que el niño viva o dejando que muera?

Una presa se viene abajo. Tiene que haber un equilibrio entre calor y frío, sequedad y humedad, sangre, bilis, mucosidad. Dios creó a Adán de la tierra caliente y seca, Eva salió de la carne fría.

Mujeres frías, esquivas e infieles. Mujeres húmedas y avaras. El útero es frío, el deseo atrae al hombre, exige calentar a la mujer con su semilla ardiente. La serpiente mostró que la indignación de Satán puede seducir a una mujer; ella no logra mantener las piernas cerradas.

Las mujeres, con su cavidad llena de aire; un paisaje desierto formado por tormenta, nieve, lluvia. La mujer está atada a la tierra, como los reptiles que viven en hoyos sombríos y cerca de pozos de agua. Tu tierra es suave y negra, el hombre tiene las manos llenas de semillas. El hombre es el fuego, el sol que enciende la luna.

Mujer, tu deseo te dará frutos para madurar, tu deseo no rasga vestidos ni marca a nadie con atizadores ardientes. En la medula ósea se cuece el anhelo, latiendo, respirando espantosamente. Las contracciones empiezan como un calor en el cráneo que se propaga a lo largo de la columna vertebral, hasta que las contracciones en la vagina llaman a la semilla para sí, la vigilan en la oscuridad, agujeros húmedos como un puño que aprieta una piedra muy valiosa.

Tan apretado está el puño que no puede abrirse sin dolor. Las hijas de Eva, pecadoras repudiadas y compadecidas. Margreth ha dejado de quejarse, su vientre está duro como una piedra; Hildegarda se lava las manos. «Dios bendito, favorece a esta pecadora. Dios bendito, que se haga tu voluntad. Dios bendito, dame fuerzas».

Las manos de Hildegarda están húmedas y pegajosas. La vaca pare como la mujer, pero un bebé humano no es un ternero con los ojos blancos. Hildegarda está de rodillas entre las piernas de Margreth, el olor intenso y acre traza un dibujo de rojos y verdes en el suelo. La cabeza del bebé está cubierta de pelo negro, pero no tiene cuernos. Un rostro pequeño, desconocido; un pez oscuro y blanco en las manos de Hildegarda; el cordón umbilical late, es atado y cortado; ahora el niño ya no pertenece a su madre.

Hildegarda sostiene en brazos al recién nacido, que durante una eternidad no respira. Hasta un niño del pecado echa raíces en el corazón de una madre. Margreth se incorpora apoyándose en un codo, teme por la vida del pequeño. El niño busca el aire, gime, llora, llora con más fuerza, y Hildegarda se ríe, asustada. Lo lava, lo envuelve en paños que ciñe bien al pequeño cuerpo y se lo tiende a Volmar.

24

Después del parto, Margreth se recupera deprisa. El dolor desaparece en una semana, y pasa más tiempo durmiendo que despierta. Aunque suponga una dificultad para los monjes, tiene que guardar cama durante la cuarentena, y solo Hildegarda puede visitarla. Los monjes están nerviosos, y al abad Kuno tampoco le gusta que Margreth pase tanto tiempo en la enfermería.

Hildegarda se alegra de que la muchacha, con la fuerza de la fe y la ayuda de Dios, haya ganado en la lucha contra el demonio. Ahora que su cuerpo es un recipiente vacío y flácido, la serpiente de Satán ha encontrado otros sitios donde hacer de las suyas. Quizá esté enrollada en los talones del recién nacido, quizá haya desaparecido en las profundidades del infierno y esté al acecho, dispuesta a atacar. El hermano de Margreth se ha llevado al niño; él se encargará de encontrar a una mujer sin hijos cuando regrese a Schmie, ya que si Margreth no quiere casarse con el padre, es mejor que nadie sepa dónde está la criatura.

El cuerpo de Margreth ha cambiado, tiene los pechos hinchados de leche, y ella echa en falta a su hijo. No habla, apenas responde cuando Hildegarda le dice algo, así que la deja descansar. Si el demonio le ha quitado la facultad de hablar, es una prenda modesta a cambio de su pecado. Hildegarda observa la espalda de Margreth. Su nuca delgada desaparece bajo el cabello enredado. Hildegarda la peina. Su cabello es suave, e incluso después de yacer semanas en la cama los rizos de Margreth se deslizan suavemente entre los dedos de Hildegarda.

Cuarenta días después del parto, llenan la tinaja en el baño para Margreth. Hildegarda la ayuda a desnudarse. Es enero, y la muchacha tirita de frío en la habitación húmeda. Cuando se sumerge en el agua caliente, sus mejillas enrojecen; apoya la nuca en el borde de la tinaja, la nariz se le perla de sudor. Hildegarda le lava el rostro con un paño. Sus pestañas tiemblan, con los labios y las mejillas teñidos de rosa, las ojeras moradas destacan más claramente. Ya no tiene los pechos tan hinchados, pero una fina niebla de leche fluye de cada pezón hasta el agua. Tiene la piel lisa y brillante, sus orejas son como conchas. Hildegarda está acostumbrada a los cuerpos de los pacientes en la enfermería; cuerpos enfermos, pestilentes, macilentos; cuerpos marcados, plagados de cicatrices, infecciones y llagas. En la tinaja, Margreth parece una princesa; tiene los ojos cerrados, coge agua con las palmas de las manos y se lava el rostro. El agua le gotea por encima de los hombros y el cuello; huele a jabón y a lavanda.

Hildegarda la seca con una toalla. En su casa, Margreth está acostumbrada a que la cuiden y deja que Hildegarda le seque también los pies. Pequeños dedos rosados, redondos, arrugados. Hildegarda le coge un pie cálido y suave y se lo seca con cuidado. La lengua de la serpiente todavía juega en los muslos de Margreth, pero la cicatriz ya no es tan abultada.

—Has luchado contra el diablo —dice Hildegarda.

—Donde está la cicatriz no tengo sensibilidad —dice Margreth, pellizcándose la piel con ambas manos.

—Tu fe es fuerte —dice Hildegarda, ayudándola a levantarse. Le extiende aceite de almendras por el cabello y se lo recoge en un pañuelo.

—¿Qué será de mí? —susurra Margreth.

Hildegarda no responde. Le frota la espalda con aceite, con ademanes amplios. Tiene la piel suave como el más fino pelaje animal.

Hildegarda se despertó apesadumbrada, con una sensación desagradable en el cuerpo. Por la tarde está de un humor todavía alterado, y cuando después de comer toca el salterio, no suena como debe. Se equivoca y ha de empezar de nuevo, aunque los que está practicando son los salmos más fáciles. Al final termina dejando el instrumento a un lado. Está preocupada por Margreth, que espera a su hermano en la casa de invitados. No puede hablar de ello con Jutta; Hildegarda le ha contado acerca de la muchacha embarazada, pero Jutta no muestra ningún interés por lo que ocurre en la enfermería. Hildegarda se plantea ir a ver a Volmar y pedirle que hable con el abad en su nombre. Pero luego cambia de opinión y va ella misma a llamar a la puerta de Kuno.

El abad conoce lo suficiente a Hildegarda para saber que el asunto que se trae entre manos es importante, pero está irritado porque lo ha interrumpido, y no la invita a entrar.

—Se trata de Margreth von Schmie. Llegó encinta y hoy tiene que marcharse —dice sin más preámbulos.

—Bien. —El abad se apoya contra el marco de la puerta y se cruza de brazos—. Según tengo entendido, ya está recuperada y ahora mismo aguarda en la casa de invitados a que su hermano la recoja.

—Quiero que se quede —dice Hildegarda sin rodeos.

Kuno está asombrado. Es una mujer, una cabeza y medio más baja que él, y aun así le expone su deseo con la misma seguridad que si fuera el arzobispo.

—Tengo una terrible premonición —continúa Hildegarda, impacible— Si Margreth se va, no la espera más que la muerte.

—¿Quieres decir que alguien pretende hacerle daño?

—Solo digo que no podemos dejar que se marche.

—¿En condición de qué iba a quedarse aquí? —Kuno está más sorprendido que enfadado.

—Uda está muerta, y su cámara, vacía —responde Hildegarda, que lo ha pensado todo minuciosamente.

—¿Pretendes que Margreth sea vuestra sirvienta? Según tengo entendido, es hija de un conde, Hildegarda.

—Es hija de un conde que ha sido llamada por Dios. Puede traerse a su propia sirvienta, si lo desea.

—¿Y qué hará Margreth en el monasterio? ¿Pasearse entre los hermanos? —Kuno suspira ante semejante estupidez.

—No, se quedará en la celda, y a lo sumo se aventurará hasta el jardín, eso está claro. Imagino que se la puede aceptar en el monasterio bajo la tutela de Jutta, como novicia, y que pasado un tiempo prudencial podrá jurar sus votos.

—¿Imaginas, dices? —El abad Kuno raramente se queda sin palabras, pero ante las insensateces de Hildegarda no sabe qué contestar. Se gira, dándole la espalda, y entra de nuevo en el recibidor. Hildegarda se queda de pie ante la puerta.

—No quiero ser desobediente, padre —dice ella.

—Esto es más que desobedecer, Hildegarda. —El abad se sienta en una banca situada junto a la pared—. No sé qué decir, ni qué castigo imponerte.

—Siempre nos ha tratado con justicia —replica Hildegarda en voz baja—, y sea cual sea el castigo que me imponga, lo aceptaré sin protestar, pero antes quisiera pedirle que me perdone porque no me he tomado el tiempo suficiente para explicarme bien y rogarle que escuche lo que tengo que decirle.

—Explícate con fidelidad a Dios —dice el abad, uniendo las palmas de las manos.

—En primer lugar, le ruego que me escuche con las puertas de su corazón abiertas en lugar de hacerlo como un animal que solo oye el sonido, no las palabras. Yo soy quien habla, Hildegarda, pero es la Luz Viviente, que no sabe de injusticia y mentira, la que me ha traído hasta su puerta. No envuelvo mis palabras en alabanzas, me olvido de hablarle con la adecuada formalidad, porque todo el tiempo me dejo guiar por la voluntad de Dios y no la mía. —Hildegarda se interrumpe un instante.

El abad Kuno, que no sabe si debe enfadarse todavía más o sentirse aliviado, le indica que continúe.

—Hace unos días noté que el Señor me guiaba en esta dirección, pero, como pecadora que soy, intenté fingir que no entendía lo que él deseaba que hiciera. Una mañana desperté con una inquietud tan grande en el corazón que no pude escapar más. No soy una erudita, solo soy una pobre mujer, un reci piente inestable, y no sé de qué modo podemos permitir que Margreth se quede en el monasterio. Solo soy una trompeta del Señor, e igual que una trompeta no suena si nadie sopla, yo solo hablo de la voluntad del Señor cuando esta me es mostrada a través de la Luz Viviente. Solo transmito las palabras que yo misma oigo, y que no son mérito mío. Margreth von Schmie ha pecado, pero su pecado debe interpretarse en el sentido del acto vil que fue cometido contra su voluntad. Cuando la serpiente ve una piedra preciosa, la sopesa y pregunta: ¿qué es? Y la ataca con sufrimientos y tribulaciones que le manchan el espíritu, aunque en realidad ella lo único que quiere es acercarse a Dios. Durante su enfermedad, Margreth se ha aferrado a las palabras santas y a los salmos, y ni una sola vez he visto que su fe se tambaleara. Me confió que desde muy pequeña se ha sentido llamada a servir a Dios, pero que sus hermanos mayores se burlaban de ella. Ahora quiere regresar al castillo de su padre, con la virginidad, la más preciada y noble posesión de una mujer, usurpada. Usted y yo solo podemos imaginarnos qué destino inhumano le espera (ningún hombre de bien querrá casarse con ella, y ningún convento sabe de su piedad y de la lucha contra el mal que ha librado y ganado en su propia carne). Dios ama a todos sus hijos y nos ruega que ayudemos a cuantos llegan en su nombre. Por eso deseo que Margreth se quede en Disibodenberg. —Hildegarda se calla y respira hondo.

—Hablas con claridad, Hildegarda, y hay mucha verdad en tus palabras. Sin embargo, es imposible que podamos acoger a esa mujer, a quien solo conozco de nombre. Aunque entre las celdas de Jutta y la tuya y el resto del monasterio se erige un muro sólido, y aunque se te ha permitido que hagas tareas en la enfermería con los hermanos, un monasterio de monjes no es lugar para mujeres.

—Pero en muchos sitios hay hermanas y hermanos conviviendo piadosamente y en armonía. Separados físicamente, pero unidos en su servicio a Dios. ¿Por qué no tendría que ser así en Disibodenberg?

—¡Porque no es así, Hildegarda! ¡Porque este lugar no fue creado así, porque nunca fue ese el propósito! —Kuno se levanta. Llegan voces de fuera, y el abad cierra la puerta.

—El mundo cambia. A veces Dios nos envía los regalos más espléndidos disfrazados de tal forma que no son reconocibles —dice Hildegarda—. De este modo nos pone a prueba y de este modo observa a nuestros corazones. Si Margreth no hubiera sido violada, quizá nunca habría tenido la oportunidad de llegar hasta Disibodenberg y de hablarme sobre su profunda fe en Dios. No es ningún secreto que muchos de los hermanos y las hermanas que ingresan en un convento no lo hacen por piedad, sino por razones prácticas. ¿Cómo podemos expulsar a alguien que ha sentido la llamada de Dios y quedarnos con la conciencia tranquila? ¿Y cómo puedo atreverme a desoír la voz que siempre dice la verdad, y que me ha rogado que desafíe mi promesa de no hablar de cosas que no entiendo, y que me envía hasta su puerta porque es el pastor del rebaño, siempre justo y bueno?

—Te lo preguntaré de otro modo: ¿con qué excusa deberíamos acogerla? ¿Acaso queremos que en el futuro se nos conozca en todo el mundo como lugar de acogida para mujeres jóvenes que se hallen en una situación difícil? Ambos sabemos que en ciertos conventos aceptan a ese tipo de mujeres, pero la pregunta que debo hacerme es: ¿debemos dejar que semejante rumor acerca de Disibodenberg se extienda por el reino? Tienes que entender, Hildegarda, que si Margreth ha llegado hasta aquí desde Schmie no es porque no haya encontrado otros monasterios por el camino. Vino porque le habían llegado rumores acerca de ti, Hildegarda, y aunque algunos son ciertos, no es conveniente ni para ti ni para nosotros que seas conocida de norte a sur por personas que nunca te han visto. Se habla de ti, Hildegarda, y ahí donde los hombres hablan, tergiversan la verdad y a menudo la empeoran. Y no, no es necesario que me repliques. Ya has hablado bastante. No puedo prometerte nada salvo que pensaré en tus palabras y rezaré a Dios para que me muestre qué debo hacer. Puedes irte, Hildegarda, y no vuelvas si no te llamo. —Kuno entorna los ojos.

Hildegarda lo irrita, pero no puede desoír la sabiduría de sus palabras; cada vez que ella habla de lo que ve y lo que oye, se da cuenta de que es imposible que su inteligencia provenga de sí misma.

A la mañana siguiente, el abad está listo para recibirla de nuevo. Hildegarda ha pedido a Volmar que la acompañe hasta sus dependencias después del rezo de las nueve. Volmar no sabe de qué se trata, de modo que ella se lo explica mientras cruzan el patio. Afortunadamente, no hay tiempo para que él pregunte, pero no puede ocultar que no está contento; Hildegarda se da cuenta.

El abad los hace pasar al recibidor y no pierde el tiempo con prolegómenos.

—Iré directo al asunto —dice, rogándoles con un gesto que tomen asiento a la mesa. Solo Volmar se sienta, obediente—. Tu padre era un hombre piadoso y generoso, Hildegarda. No solo hizo grandes donaciones al convento cuando llegaste, sino que año tras año siguió mostrando su gran generosidad. Fuera lo que fuere lo que nuestra comunidad necesitara, siempre pude contar con su buena voluntad, y consiguió recabar grandes sumas también entre sus amistades. Tras su muerte, Disibodenberg ha pasado por tiempos de necesidad, y solo gracias a nuestros ahorros nadie ha tenido que sufrir por ahora. El invierno ha sido duro y no sabemos cuándo el hielo abandonará la tierra. La cosecha es imprevisible y depende de muchos factores, el muro sur está a punto de caerse y habrá que reconstruirlo, el techo de la iglesia todavía está por decorar, y muchas otras cosas no están como deben. La familia de Jutta ayuda cuando puede, pero tras la muerte de Sofia, Meinhardt no ve el monasterio como una prioridad. Por eso he decidido escucharte y dejar que Margreth sea novicia en Disibodenberg, siempre que su familia esté de acuerdo en pagar una dote adecuada. —El abad permanece en silencio y espera la reacción de Hildegarda. No está seguro de si solloza o suspira.

—Valoro su sinceridad —dice Hildegarda, todavía de pie—. Y por ello yo también seré sincera con usted, aunque no me haya pedido que hable. Las palabras que salen de su boca pertenecen a un hombre de este mundo —continúa, pero el abad se pone en pie y levanta una mano para indicarle que se calle.

—No digas nada, Hildegarda. He oído lo suficiente y no te he pedido que opines. He tomado la decisión que me rogaste; no lo estropees con tu parloteo estúpido. —El abad da media vuelta, pero luego se gira y regresa a donde estaba.

Hildegarda lo mira, aunque no dice nada.

—Quiero hablar con el hermano de Margreth, que está a aquí para recogerla. Serán sus palabras lo que decidirán el asunto —dice Kuno, y deja caer pesadamente la mano sobre la mesa.

Hildegarda asiente, y Volmar se remueve en su asiento, inquieto.

—¿Puedo...? ¿Cómo...? —empieza a decir, y el abad lo mira como si se hubiera olvidado por completo de su presencia.

—¿Sí?

—¿Cómo lo haremos para que ella..., es decir...? —Volmar se interrumpe.

—Será una pequeña comunidad de mujeres piadosas —explica el abad—. Jutta será su superiora, aunque por supuesto estará bajo mi tutela. Mientras no sean más, pueden estar en la celda, pero si en adelante decidiéramos acoger a más mujeres, tendremos que ampliar las dependencias. En la cara norte de la iglesia hay unas que están cerradas, de modo que hay sitio para ello, y...

—¿Más mujeres? —Hildegarda no puede ocultar su asombro.

—Eso lo decidirá el tiempo —aclara el abad.

—Sí, pero... —continúa Hildegarda.

—¡Cállate, Hildegarda! Solo Dios sabe qué nos traerá el tiempo. Solo Dios sabe lo que necesita el convento. Dejaré que él me aconseje, no tengo nada que añadir sobre el asunto. Puedes

irte a tu celda y esperar allí a que te llame. Te prohíbo tocar el
salterio el resto del día, y te saltarás la comida de hoy. Es un castigo leve para tu desobediencia, Hildegarda; sé que eres consciente de ello.

Hildegarda asiente. Tiene ganas de estar sola.

El hermano de Margreth no tarda mucho en decidirse. A Jutta
no le consultan nada; más bien la informan del asunto. Hildegarda escucha desde su celda mientras Kuno habla con ella, y sorprendentemente Jutta no replica. Hildegarda nunca ha estado
en las dependencias para invitados, pero ahora Kuno le pide que
lo acompañe a hablar con Margreth.

La noticia enciende un poco de alegría en el rostro de Margreth, apesadumbrado por la pérdida de su hijo. Cuando ve a
Hildegarda acercarse con el abad Kuno, se arrodilla ante ella. Su
hermano es un hombre alto, de rostro redondo e infantil. No
fue difícil para el abad llegar a un acuerdo; el joven está contento de haber hallado una solución para su hermana que lo libera
de especulaciones y de la vergüenza de regresar con ella a Schmie.
La única condición que pone es encontrar una sirvienta que
cuide de su hermana en el monasterio.

25

Año 1123

Donde antes había dos, ahora hay cuatro mujeres. Hildegarda y Jutta, Margreth y Elisabeth, una viuda del pueblo que cuidará a las otras tres. Elisabeth duerme en un jergón delante del hogar, en la sala; Margreth ha heredado la cama de Uda.

Las joyas de Margreth tintinean en la mano de su hermano. En el monasterio no se puede poseer nada. Primero le dio la cadena de oro con la amatista con forma de lágrima. Los pendientes, tres anillos y un brazalete con zafiros. Hildegarda la ayudó a ponerse la túnica de novicia, porque ni el hermano de Margreth ni el abad consideraron que hubiera motivo para alargar el periodo de prueba.

La túnica negra era tan larga que estuvo a punto de tropezar con ella. Hildegarda tuvo que subirse a un taburete para atarle el velo blanco. Los ojos de Margreth brillaban en un tono gris a medio camino del blanco y el negro. Rompió a llorar y dijo que eran lágrimas de alivio. Sus labios brillaban como si se los hubieran untado con aceite.

Por la noche, Hildegarda la oye llorar. Nunca le pregunta qué le ocurre; la pena es propiedad de cada persona y ninguna otra puede llevarla. Margreth habla con Jutta, borda, hace las tareas que le encargan, reza y guarda silencio. Volmar no pregunta y Hildegarda no explica nada. Él se mete pequeñas piedras de cantos afilados en los zapatos para castigarse por sus pensamientos pecaminosos. Los ríos del Edén nacen de la fuente de vida: el Gihón, el Pisón, el Éufrates y el Tigris. El agua es pura, la penitencia aleja el pecado, el estercolero es la vivienda de los humildes. Las heridas en los pies de Volmar se curan cuando se quita las piedras.

Hildegarda quiere conocer las noticias del mundo que llegan a Disibodenberg desde Schmie. Volmar le ha hablado de la querella de las investiduras y del Concordato de Worms, pero Margreth no sabe nada de ello. Hildegarda se lo explica: los obispos y los abades ya no serán servidores del rey, como en el pasado. El Papa es el representante de Dios en la tierra, y los laicos ya no tendrán derecho a nombrar a los cabecillas de la Iglesia, porque sirven más a sus propios intereses que a la voluntad divina. La querella empezó antes de que Hildegarda naciera, y se resolvió el año anterior en el Concordato de Worms. Con la mediación de los príncipes, el emperador Enrique V y el papa Calixto II llegaron a un acuerdo en 1122 en virtud del cual el Papa recibe el poder que le corresponde. Jutta se enfada al oír a Hildegarda hablando de ese modo. Los pensamientos de Margreth deben centrarse únicamente en Dios, no en las cosas de este mundo. La actitud de Hildegarda es desafiante.

—También tenemos que conocer el mundo —insiste ella—, ya que también ha sido creado por Dios.

Jutta reza por el alma frágil de Hildegarda. Y por Margreth, víctima del miedo, que no cree que el mundo le reserve nada bueno, sino que está lleno de engaños. El camino hacia Dios es duro y empinado; Jutta observa a Margreth: tiene que demostrar que realmente busca a Dios, más allá de haberse refugiado en el monasterio para evitar su condena moral. Debe mostrar fervor en su servicio a Dios, ser obediente y perseverante. Ser uno mismo consiste en unirse a Dios, y eso exige una larga peregrinación.

Los labios de Margreth brillan de aceite, su voz está hecha de viento. Ha dejado de llorar. Sostiene en las manos el mantel que ha bordado, enseñándolo a Hildegarda. Los puntos perfectamente trazados en blanco sobre tela blanca, y el Espíritu Santo como una gran paloma.

Entre las vísperas y la última plegaria del día, Margreth y Hildegarda pueden conversar. Se sientan en el jardín y se ponen a deshuesar cerezas. Margreth le cuenta cosas del paisaje en Schmie y de su hermano mayor, que perdió una mano en un torneo. Después del accidente estuvo sin hablar durante años y, cuando por fin recuperó la voz, sonaba como la de una mujer.

Hildegarda se santigua ante la boca y el pecho; es verano y el calor penetra en la ropa. Margreth casi nunca suda, su piel es cálida y seca. Sus labios brillan, pero no todo lo que dice es suave y agradable.

—Hablan de ti, Hildegarda, desde Schmie hasta Disibodenberg. Dicen que solo con posar tus manos sobre ellos, los enfermos se curan. Dicen que eres la elegida de Dios, y que la tierra se ilumina bajo tus pies. Dicen que puedes ver el futuro y predecir la muerte.

—Eso no es cierto —replica Hildegarda con tono tranquilo—; supongo que lo sabes, ¿verdad, Margreth?

—También dicen que tus padres quisieron deshacerse de ti porque tu pecado era oscuro. Dicen que cuando te fuiste, en Bermersheim lo celebraron durante semanas, y que el monasterio exigió ingentes riquezas a cambio de acogerte. Dicen que solo Jutta, con su fe fuera de lo común, se atreve a estar cerca de ti, y que demonios negros danzan bajo tus párpados; que caes en trances durante los cuales hablas con voz de hombre. Y dicen que a menudo tienen que encerrarte porque te comportas como un animal salvaje, y que una vez estuviste a punto de matar a un monje solo con tus manos, porque un demonio te dio una fuerza sobrenatural.

Los labios de Margreth brillan, el jugo de las cerezas le tiñen de rojo el delantal y las manos. Hace calor y el jardín huele a jugo, a árboles, a piedras.

—Margreth, refieres rumores malévolos, y solo expresando tus pensamientos te librarás de ellos. Lloras lágrimas de vergüenza, y tienes todo el derecho a hacerlo. Lo que digan los hombres no vale mucho, porque la serpiente solo puede ser asfixiada con la palabra de Dios.

Margreth baja la cabeza y continúa con su tarea. Bajo el sol de la tarde, los pajarillos se bañan en el polvo. Baten las alas, echan la cabeza hacia atrás y muestran la garganta. El silencio se propaga en ondas que ahuyentan la ira de Hildegarda.

Se seca las manos en el delantal. El sol está bajo, las nubes son un ramo de plumas de color carne sobre el pálido cielo azul. En la sombra, a Margreth le entra frío.

—Ten paciencia y te hablaré —dice Hildegarda al fin—. Lo único que necesitas saber ahora es que no soy como dicen. Soy débil, mi cuerpo sucumbe a las enfermedades que padezco, mi espíritu sufre tribulaciones. Igual que el lago y el hielo se unen durante el invierno, así mi voz está congelada. No me pertenece, y sin embargo me torturan terriblemente con el silencio. Ten paciencia, Margreth, y con el tiempo te hablaré. Tú no escuchas con los ojos ni ves con los oídos, tú que brillas fría y bellamente como la luna. En cambio, yo atraigo todos los ruidos, que se mezclan de forma confusa con todos los colores del mundo, y ardo de tal manera que mi sudor huele intensamente. Ten paciencia, Margreth. Sé obediente y cumplidora, y guarda silencio.

TERCERA PARTE

Disibodenberg (Alemania)
1140-1148

1

Diciembre de 1140

Hildegarda ha estado en la enfermería porque Volmar necesitaba su ayuda. Ya no pasa tanto tiempo allí como antes. Desde que Jutta murió, hace cuatro años, ella se encarga de la dirección de la sección de las mujeres. Al parecer, el abad Kuno teme asignarle demasiado poder, y por eso la nombró superiora en lugar de abadesa. Eso tranquiliza a los hermanos, a quienes no les gusta la presencia de las mujeres en el monasterio, y Hildegarda tampoco se opuso.

Cuando Jutta murió, eran ya diez hermanas. Ahora son dieciocho, y ya no cabe ninguna otra en un espacio tan limitado. Dios muestra su voluntad de muchas maneras, y pocos años después de que Margreth se quedara en el monasterio, se quemó el muro del jardín. Algunos hermanos lo interpretaron como una señal de que tenían que echar a las mujeres de inmediato, pero Hildegarda dijo que los hermanos veían la señal divina equivocadamente y se comportaban como gallinas sin cabeza.

Nadie supo explicar cómo empezó el incendio. De pronto, altas llamas ondeaban al viento, aunque el muro estaba construido con piedras sólidas y no montadas sobre un armazón de madera. Por más que los hermanos sacaran agua de la fuente y la arrojaran sin cesar al fuego, no hubo forma de apagarlo. Pasó al final del verano, cuando la hierba y los troncos de los árboles estaban secos. El abad se quedó allí de pie estrujándose las manos, y Volmar tuvo que encargarse de organizar las tareas para combatir el fuego. Las mujeres se refugiaron en la iglesia y Volmar propuso derribar el muro de la celda de Jutta. Como era de esperar, Jutta se negó y se hizo su voluntad.

Durante el incendio, Hildegarda no podía quedarse de brazos cruzados. Abandonó la iglesia, se plantó en medio de la lluvia de cenizas entre los hermanos y ayudó en lo que pudo. El fuego rugía furiosamente, los cubos de agua pesaban y les provocaban ampollas en las manos. El incendio se extinguió tan súbitamente como había empezado. Era como si hubiera adquirido su violenta fuerza de la luz para morir con el crepúsculo. Rostros encendidos, un silencio sobrevenido y el olor especiado a humo y a hierba quemada. Tan ilógico era el hecho de que el fuego hubiera prendido en las piedras como que las chispas no se hubieran extendido hacia la sección de las mujeres ni al otro lado, a los establos. No era lógico, y cuando Hildegarda lavó las manos negras y agrietadas de Volmar, en una de ellas apareció una marca con forma de cruz, perfectamente visible.

El prior recién nombrado insistió con sus profecías del día del juicio final y exigió en nombre de los hermanos que se trasladara a las mujeres a otro monasterio. Pero cuando Hildegarda apareció con Volmar para mostrarles su herida, el abad no pudo contradecirla. El prior contaba con el poder de la palabra y el apoyo de una parte importante de los hermanos, pero Kuno continuaba siendo el abad y conocía las capacidades de Hildegarda tan bien como Volmar. El prior había llegado al convento pocos años antes de la muerte de Jutta, primero como simple hermano de la orden, luego como prior. Fue el mismo abad quien había pedido al arzobispo que le enviara a un monje estricto y experimentado, porque durante todo el invierno había albergado grandes dudas y sufrido muchas tribulaciones. Con el prior a su lado tenía un pilar importante en el cual apoyarse. Cada vez que el abad sucumbe a la tentación de hacer la vida en el monasterio un poco más cómoda, el prior lo frena.

Cuando Hildegarda pidió que el incendio se interpretara como el deseo de Dios de que se acogiera a las mujeres en unas dependencias más amplias, Kuno dijo que necesitaba reflexionar sobre ello. Las palabras de Hildegarda lo confundieron y no deseaba que surgieran diferencias entre él y su prior, pero ella permaneció inmóvil ante el abad fingiendo no haber oído lo que acababa de decirle.

—Podemos ocupar el espacio de detrás de los establos y construir un nuevo muro entre las dependencias de las mujeres y las de los hombres, más cerca de las cocinas, de forma que nosotras dispongamos de más sitio —dijo.

Una cruz sangrando en la mano de un hombre piadoso, un muro que arde contra toda razón. Volmar retiró la mano cuando Hildegarda le puso el índice en medio de la herida.

—No todos opinan que sea una buena idea —respondió el abad, impaciente.

—Él es nuestra paz. Él ha destruido el muro de separación, el odio, y de los dos pueblos ha hecho uno solo[27] —susurró Hildegarda, tan quedamente que el abad apenas llegó a oírla.

Si fue mala intención o inconsciencia citar las palabras de la Biblia sobre los judíos unidos a los paganos en Cristo, no supo determinarlo. Pero como Volmar se mostraba impertérrito, el abad decidió pasar por alto aquella observación. Sin embargo, la imagen con que se quedó fue la del muro derruido, y no la de las llamas del infierno del prior.

Todas las personas tienen un punto débil. El del abad es su miedo a la pobreza y la necesidad, que fácilmente puede confundirse con la avaricia. Acoger a muchachas jóvenes y vírgenes de la nobleza ha llevado riquezas a Disibodenberg. Hildegarda conoce al abad y no tuvo que dar demasiados rodeos para hacerle comprender que sus palabras estaban llenas de sentido común. Con la mediación de Volmar consiguió calmar al prior, que después de todo continúa siendo un recién llegado y, por tanto, debe encontrar un equilibrio entre la necesidad de recalcar sus ideas dictadas por el temor a Dios y el respeto a las tradiciones del monasterio.

Incluso después de la ampliación, el espacio de que disponen las mujeres sigue siendo insuficiente. Hildegarda dispone de una celda propia; las demás hermanas duermen en el dormitorio; tienen una estancia para la conversación donde con buena voluntad hay sitio para cuatro personas, y tres celdas pequeñas, donde pueden recogerse y sumirse en sus plegarias. Por último está el refectorio y una pequeña cocina donde Elisabeth ordena y delega tareas a las hermanas, que asisten en la cocina por turnos. En el refectorio comen y trabajan. Allí rezan las plegarias y entonan los salmos, como hacen los hermanos. Hildegarda las instruye en los rudimentos del latín, y goza con sus cánticos. Las hermanas solo pueden entrar en la iglesia durante las misas solemnes o en días determinados.

Diciembre llega a su fin, y Hildegarda ha estado en la enfermería ayudando a Volmar. Abre la puerta que lleva a la sección de las mujeres y se queda de pie en el jardín. Una ardilla ha trepado por el muro y busca comida entre los matorrales desnudos. Su pelaje rojizo destaca entre las ramas negras; gira las orejas un poco, y escarba aquí y allá, como si hubiera olvidado dónde ha escondido sus provisiones.

La mayoría de las hermanas se reúnen en el refectorio; allí pueden hablar o bordar entre la nona y las vísperas. Desde el otro lado de la puerta Hildegarda no oye sus palabras, solo el rumor de sus voces. Se cansa con solo pensar en el calor que hace en el refectorio, en los rostros y en la charla y las labores que se muestran las unas a las otras. Cuando entra, se señala a sí misma con el índice y hace el signo de silencio. Tanto si creen que debe guardar silencio por propia imposición o que le ha sido impuesto por el padre confesor, la dejarán en paz. Las hermanas retoman su charla y sus tareas; solo la joven Richardis von Stade, prima pequeña de Jutta, la sigue con la mirada. Hildegarda asiente esperando que su intención de tranquilizarla ahuyente el miedo que ella misma siente. Richardis frunce el ceño y baja la mirada.

Una vez en su celda se quita el velo y lo deja en la cama. El frío penetra por las paredes, pero ella no osa encender el fuego ni cubrirse con la húmeda manta de lana. El día siguiente hará cuatro años que murió Jutta, y en el curso del último año ha sido presa de una silenciosa y creciente desesperación. No la echa de menos, pero se justifica diciéndose que es así porque la sabe en compañía de su esposo celestial. Intenta explicarse que la ausencia de pena tiene que ver con el hecho de saber que todo lo terrenal se pierde y que lo único que se gana es la vida eterna, pero no es cierto. Cada vez que piensa que Volmar puede morir, enloquece de angustia. Y el invierno anterior, cuando Richardis yacía en cama con fiebre, no tuvo descanso hasta que estuvo fuera de peligro. Cierra los ojos y une las palmas de las manos. Richardis llegó al convento el año que murió Jutta. Entonces solo tenía doce años, y Hildegarda se opuso con firmeza a que la acogieran en el monasterio. No era suficiente que fuera la prima de Jutta, o que esta dijera que Richardis era muy madura. A ojos de Hildegarda solo era una niña, y su negativa fue tal que cuando su enfado estalló, tuvo que compensarlo con ayuno y silencio. Hildegarda quiere que las hermanas que llegan al monasterio lo hagan porque buscan a Dios. Las niñas desorientadas y con la nariz llena de mocos no tienen nada que hacer allí, y la irritación de Hildegarda es mayor que su instinto de cuidado maternal. El abad Kuno dice que la vocación puede desarrollarse con el tiempo, y que Dios llama a sus hijos con intensidades diferentes. Pero Hildegarda se muestra inflexible en sus exigencias, y desde que llegó Richardis con Agatha, sobrina de Jutta, ha tenido permiso para decidir.

Richardis era alta para su edad, y parecía mayor de doce años. Era sorprendentemente rápida, y tenía unos rasgos delicados y el cabello de un negro azabache. Hildegarda sintió una extraña incomodidad la primera vez que la vio. Si Richardis era silenciosa y comedida, Agatha lloraba sin parar, como Hildegarda había temido. Echaba de menos a su madre, a sus hermanos, a su padre, incluso a un perro de la hacienda familiar, por el que sollozaba día y noche. A Hildegarda la irritó todo aquel alboroto y la castigaba con un silencio ostentoso. Catorce días después, el enfado la sacó de sus casillas y dio un palmetazo en la mesa ante la niña llorona, quien del susto se mordió tanto el labio que se hizo una herida. El padre confesor castigó a Hildegarda obligándola a caminar descalza durante siete días, porque había desatendido el precepto benedictino de cuidar de los pequeños y atemperar el enojo. Sin embargo, parecía haber funcionado. Agatha se conformó con su destino, y aunque no es especialmente lista, muestra un auténtico fervor a la hora de someterse a las reglas de la vida monacal, y tiene una voz bella y pura que guía a las demás en el canto.

Hildegarda se frota las manos y piensa en Richardis. Al principio no encontraba las palabras adecuadas para dirigirse a ella, y eso la confundía. Ahora es con quien más habla y nunca se cansa de sus preguntas. Cuando la muchacha juró sus votos, a los quince años, el abad le dio permiso para ir con Hildegarda a la enfermería una vez por semana. Aunque se daba cuenta de lo rápida y útil que era Richardis, Volmar advirtió varias veces a Hildegarda que no se apegara demasiado a ella. En un primer momento, ella no le hizo caso, pero luego empezó a notar que las demás no veían con buenos ojos la estrecha relación que mantenía con Richardis y la criticaban a sus espaldas. Lo mejor en tales casos es callar, pero cuando el abad Kuno le pidió explicaciones, fue difícil mantener la estrategia.

—Cuando llegó era una niña y yo la acogí como una madre habría acogido a su criatura —repuso Hildegarda.

El abad dijo que una madre debe repartir su amor por igual entre sus hijos, y no añadió nada más.

Pronto será el aniversario de la muerte de Jutta y el cura lo mencionará tras el sermón en la iglesia. Hildegarda no lloró cuando murió Jutta, y tampoco lo hace ahora. Mira hacia arriba, al techo, pensando en los últimos tiempos de Jutta, pero no siente nada. Le ha crecido un gran silencio dentro. Un silencio que es como un decaimiento que hace que le broten flores negras en el alma. Padece una abulia inexplicable que le quita el placer de casi todas las cosas, y que impide que la palabra de Dios le anime el espíritu. Después de la muerte de Jutta tiene más trabajo que nunca. Sin embargo, está insatisfecha e irritable, se desconcentra en las plegarias y no consigue entusiasmarse por nada. Lo oculta tan bien como puede. Las jóvenes siguen pidiéndole consejo, y es su tarea guiarlas. Le preguntan sobre la vida y la muerte, echan en falta su hogar y a sus padres. Ella les dice que el mundo no es su hogar, y que con la muerte se unirán a su esposo celestial. Les dice: «El buen humor hace bien al organismo; si el espíritu está triste, los nervios se deprimen».[28] Hildegarda contesta a sus preguntas, pero luego su alma deambula tontamente como un perro viejo. Tiene ganas de preguntar: «¿Cómo queréis que lo sepa?». Cuuuc de decir «Preguntad a otra persona, dejadme en paz».

Explicó brevemente a Volmar lo que le pasaba, pero cuando él dijo que quizá la tarea de dirigir la sección de las mujeres era demasiado para ella, Hildegarda lo rechazó con tanta dureza que los dos se asustaron. Desde entonces no le ha dicho nada más y tampoco se lo ha contado a su padre confesor, y eso hace que se sienta como una traidora. No está bien fingir que nada ocurre cuando sabe que se está muriendo por dentro. No está bien refugiarse en el silencio si no es para hablar con Dios, sino porque es más fácil no tener que hablar con nadie. No es porque ya no busque a Dios. Le abre su corazón estúpido y silencioso para que pueda oír el viento que sopla en las cámaras. Se dirige a él con todas sus fuerzas, pero él no le responde.

Recuerda vagamente el invierno después de haber llegado al monasterio, cuando parecía que no existía nada más que aquel mundo extraño y frío en que era como si Dios se hubiera marchado y no quisiera tener nada que ver con ella. Hildegarda piensa que ahora pasa lo mismo, solo que es peor. Jutta, el abad y Volmar le dijeron que es portavoz de Dios, pero ahora no hay ninguna voz. Ese silencio es su infierno; sin la energía que fluye de la voz es como si dejara de existir, como si estuviera condenada a vagar por fuerza sin rumbo. Cuando piensa en Jutta, debe esforzarse en recordar su rostro, y cuando aparece en sus sueños, es porque Hildegarda ha hecho algo horrible que se niega a expiar ante Jutta.

Jutta se ha ido, y desde fuera el monasterio es el de siempre. A finales de diciembre, las copas de los árboles están cubiertas de hielo. Por la tarde, la oscuridad trepa por los pinos y viñedos. La campana de siempre llama a la plegaria. Pero dentro todo ha cambiado, y Hildegarda está segura de que a Jutta no le gustaría si pudiera verlo. Hildegarda se calienta las manos con su aliento blanco. A través de la ventana que hay bajo el techo se intuye una franja de cielo. Las nubes parecen la cola de un pez, el viento patea los muros con pies húmedos.

Richardis llama prudentemente a la puerta de la celda de Hildegarda antes de la víspera, pero hoy ella no se puede levantar. Más tarde llega Elisabeth para ver si está enferma, pero vuelve con las hermanas a decirles que está ayunando y quiere estar sola. A través de la pared, Hildegarda oye a Margreth leer las reglas de san Benito mientras las demás hermanas comen. Por lo general, cuando está enferma en cama pronuncia las mismas palabras a la vez que ellas, pero ahora desaparecen en un susurro sin sentido. Intenta ver el rostro de Jutta en la penumbra, el de Hildebert, Mechthild, Drutwin y Benedikta, pero todos ellos aparecen vacíos e inexpresivos. Une las palmas de las manos, se desliza a través de los años pasados, que se suceden en orden inverso y la arrastran a un pozo oscuro y sin fondo.

Hildegarda sabe que nació el día de Santa María Magdalena, en el año 1098 después de que el Hijo de Dios deviniera hombre. Se acuerda vagamente de los campos de alrededor de Bermersheim y de la atención que Jutta le prestó cuando se trasladó a Sponheim. Sabe que, con toda probabilidad, pasará el resto de su vida entre esos muros, exactamente del mismo modo en que vive ahora día tras día. Sabe que el silencio es el camino que conduce a Dios, y que el silencio la petrifica. Es como si ahora no supiera nada más, y lo que creía o sabía la hubiera abandonado. Antes a menudo se sentía confundida, apesadumbrada por cientos de preguntas e ideas. Entonces soñaba con el deseo estúpido del silencio absoluto de la mente, pero ahora entiende que la letargia del pensamiento es aún más lamentable. Se siente como un tronco seco que antes o después se partirá por la mitad y caerá al suelo con un estruendo hueco.

Un año antes de su muerte, Jutta empezó a hablar de la profecía que la vieja Trutwib había expresado el día en que Hildegarda y ella llegaron al monasterio: después de veinticuatro años, Jutta moriría en su celda.

A lo largo de los meses que siguieron, Jutta llamaba a Hildegarda de vez en cuando para darle instrucciones acerca de su muerte, que se avecinaba. Jutta esperaba con fervor el momento de ver a Cristo cara a cara, y se preguntaba con cierta inquietud si él la encontraría agradable. Hablaba de su propio lecho de muerte como si se tratara de una boda, y Hildegarda tenía que repetir varias veces sus deseos para que Jutta estuviera segura de que los haría cumplir: tan pronto como Jutta mostrara el primer signo de debilidad seria o de un síntoma mortal, el muro tenía que ser derribado para que comulgara a diario a fin de poder presentarse ante su prometido limpia de pecados. Estaba tan convencida de que Trutwib tenía razón que Hildegarda no se atrevía a decir que otras profecías anteriores no se habían cumplido. Pero cuando llegó el invierno, Hildegarda experimentó cierta impaciencia. Jutta no decía nada ni se quejaba. No la llamaba muy a menudo y se ocultaba la mayor parte del tiempo tras las contraventanas.

Tres semanas antes de su muerte, las abrió y se le apareció como un espíritu tras los barrotes agarrado a ellos. Una visión le había revelado el momento exacto en que moriría. Aunque nunca había tenido el don de la videncia, se le había aparecido, rodeado de luz, el rey inglés y mártir san Osvaldo. Iba vestido como un guerrero, y Jutta describió sus rasgos, su cabello rubio y sus ojos azules con tanto detalle que Hildegarda casi pudo verlo. En la visión, el santo había plantado una cruz de madera en el suelo de piedra, y le había sonreído dulce y misteriosamente.

Jutta había sentido una paz inmensa y una gran felicidad al recibir a Osvaldo; después se había mareado y desde entonces no se encontraba bien, lo cual interpretó como una señal segura de que el rey y santo inglés se le había aparecido como mensajero de Dios. Pidió a Hildegarda que aguardara un par de días. Aquella misma noche la oyeron delirar, y aunque Hildegarda, Margreth y Elisabeth la llamaron desde el otro lado de la ventana, ella no les respondió. La noche se hizo larga e insoportable. Su muerte fue tan violentamente ruidosa como moderada y silenciosa había sido su vida. Cuando estaba consciente, yacía en calma y rezaba con las manos unidas, pero tan pronto como los demonios de la fiebre se ponían a danzar de nuevo, empezaba a gritar y a gesticular, como si quisiera oponerse con todas sus fuerzas a la muerte que tanto había anhelado.

Hildegarda la veló toda la noche al lado de la ventana, pero en la oscuridad no podía verla. En más de una ocasión estuvo a punto de desobedecer la petición de Jutta de esperar a que pasaran quince días antes de llamar a los hermanos para que derribaran el muro. Por la mañana, Jutta se había calmado; despertó tras el rezo de las seis con una sed terrible, incapaz de levantarse por su propio pie.

Toda la solidez del muro, el gran grosor que había separado a Jutta del mundo se derrumbó fácilmente bajo los martillos y picos de los hermanos. Hildegarda no esperó a que retiraran los últimos ladrillos para entrar a ver a Jutta. Se arrodilló ante su cama, posó la frente en su mejilla ardiente. El cura llegó con el viático para darle fuerza espiritual y ayudarla a emprender con confianza el viaje a la eternidad. Hasta que murió, todos los días acudió el sacerdote con la estola blanca y la bolsita de seda con el copón engarzado en piedras preciosas que contenía el pan de la transustanciación. Todos los días encendía dos velas sobre una pequeña mesa que había dispuesto a los pies de la cama de Jutta para que pudiera ver fácilmente el crucifijo de marfil y el vaso con el agua bendita. Le mostraba el cuerpo de Cristo sosteniéndolo entre el índice y el pulgar.

La premonición de san Osvaldo resultó ser cierta. Pasado el día de San Tomás, corto y oscuro, Jutta se despertó el 22 de diciembre con una energía que no había mostrado durante semanas. Se incorporó en la cama por primera vez en veinte días y pidió su velo. Hildegarda se lo ató cuidadosamente alrededor de su rostro magro. Después, Margreth, Hildegarda y Elisabeth tuvieron que arrastrar un colchón de punzantes crines hasta la puerta de entrada a la sección de las mujeres y esparcieron cenizas frías por encima. Las otras hermanas observaban en silencio desde el refectorio, esperanzadas o asustadas, pero Jutta les ordenó que salieran mientras Hildegarda la ayudaba a llegar a su lecho de muerte.

En el jardín, el hielo les quemó la garganta y la nariz. Como una bandada de pájaros empujados por el viento, las hermanas buscaron refugio junto al muro, temblando y cubriéndose los rostros con los brazos. Hildegarda trasladó sin esfuerzo el delgado cuerpo de Jutta, aunque la cadena pesaba contra el suelo. Tras dejarla en el colchón cubierto de cenizas, quiso taparla con una manta de lana, pero ella lo rechazó por ser un lujo innecesario. Sus pies desnudos, que sobresalían del vestido, estaban blancos por el frío, como si ya pertenecieran a una muerta. Llamaron otra vez a las hermanas, que entonaron los salmos bellamente, y el sacerdote leyó un pasaje de las Sagradas Escrituras sobre los últimos días de Cristo.

Justo antes de morir, Jutta se santiguó. Previamente había advertido a las mujeres que no estorbaran en su encuentro con Cristo con sus llantos sin sentido. Cuando expiró, mandaron de nuevo a las hermanas afuera, al frío punzante, porque Jutta había dado órdenes estrictas a Hildegarda de que solo ella y Margreth se encargaran de preparar su cuerpo tras su muerte.

Hildegarda no lloró. Cerró los ojos de Jutta, sin hacer caso a los sollozos de Margreth. Hildegarda acarició las mejillas y las manos de la difunta y le rozó suavemente los labios, finos y blancos, pero no lloró. Permaneció de rodillas a su lado, esperando a que Margreth consiguiera controlar sus emociones. Hildegarda habría querido pedir a Richardis que les echara una mano, pero se negaba a incumplir el deseo de Jutta y a arriesgarse a los rumores de las hermanas. Por entonces, Richardis no tenía más de trece años y hacía solo uno que había llegado a Disibodenberg. Hildegarda habría podido justificar su decisión alegando que Richardis era prima de Jutta, pero en el fondo ella misma sabía que lo que buscaba con su compañía era consuelo, y eso no era correcto. Sin embargo, la idea había aflorado en su mente y era como si Richardis lo hubiera intuido, porque la miró y se detuvo un momento ante la puerta antes de seguir a las hermanas al exterior oscuro y frío.

Aunque Hildegarda la había avisado de que Jutta llevaba una cadena atada al cuerpo, Margreth dio un respingo de horror al desvestir a la muerta. Para quitarle la cadena tuvieron que hacer acopio de todas sus fuerzas. La llevaba tan apretada que le había abierto surcos en la carne, tres franjas rojas la atravesaban desde los hombros hasta las caderas. Hildegarda no hizo ningún comentario y obvió las manos nerviosas de Margreth. Para no torturarla, le ahorró la tarea de limpiar el cuerpo pidiéndole que peinara a la difunta. Margreth se sentó medio girada hacia Hildegarda, mientras pasaba el peine con manos trémulas por el escaso pelo de Jutta. Una vez vestida con la ropa de la orden, Hildegarda roció con aceite de flores el cuerpo y le enlazó un rosario entre los dedos.

Unos días después, Hildegarda oyó hablar a las hermanas más jóvenes del encantador perfume de rosas que envolvía el cuerpo Agatha incluso creía haber visto una cruz iluminada en el cielo mientras estaban de pie en la oscuridad del patio y esperaban el permiso para entrar. Hildegarda ni siquiera tuvo que levantar la voz para que guardaran silencio. Agatha lo entendió, bajó la cabeza y lloró sobre las zapatillas que estaba bordando para el abad.

En la sección de las mujeres reina el silencio. Pronto sonará la campana de las completas, y Hildegarda se levanta. Tiene las rodillas hinchadas y débiles, y se frota las piernas por encima de la túnica. Se arrodilla ante el crucifijo de la pared. «Ayúdame —susurra—. Ayúdame, porque no puedo ver ni oír».

Los hermanos rezan la última plegaria del día en la sala capitular mientras Hildegarda guía a las hermanas a la iglesia. Sus voces descienden y se elevan al ritmo de las manos de Hildegarda. Hubo un tiempo en que creyó que se sentiría bendecida por el cielo si un día llegaba a vivir un momento como ese. Ahora los cánticos no la conmueven en absoluto. ¿Qué es la belleza? ¿Qué es la fealdad? Cada uno de sus pensamientos crece bajo una maleza salvaje, como huellas que desaparecen en el bosque.

Cuando era niña, una vez persiguió una liebre en el jardín de Bermersheim. Un halcón había acechado terriblemente al pobre animal asustado, y ella lo encerró en el recinto de los perros. Pero luego no la encontraba. Buscó y buscó; seguramente había dado con un agujero y se había refugiado en él, escapándose. Le dio pena, aunque lo único que había querido era ayudar a la liebre a salir del jardín. De cuclillas en la hierba, lloró con los ojos cerrados. Cuando los abrió de nuevo, vio la luz filtrándose entre las nubes y el riachuelo iluminado poderosamente entre los juncos. Se arrodilló y dio las gracias a Dios por tanta belleza. Ahora no halla siquiera satisfacción al oír los salmos, que primero salen delicadamente de una sola boca, luego los siguen muchas otras voces, como campanas de plata dedicadas al Señor.

Hildegarda alza las manos, y las muchachas guardan silencio. El sacerdote lee, ella se aferra a sus palabras, que ondean sin sentido bajo el techo pintado de la iglesia. «¿Qué es la belleza? ¿Qué es la fealdad? —se pregunta de nuevo—. ¿Qué tipo de persona soy, incapaz ya de distinguir la obra de Dios y de conmoverme por ella?».

La enfermedad puede aparecer en la piel en forma de protuberancias, marcas, llagas similares a flores. A veces, el canto monótono de los monjes le corta la respiración, al punto de que le parece que la asfixian. Las voces claras de las hermanas siempre le han gustado, igual que sin duda placen a Dios, pero incluso cuando una nota suena con la máxima pureza, un tono pesado o marrón puede atravesar el canto como un charco de barro. Entonces Hildegarda empieza de nuevo, aunque el salmo está a punto de terminar. Normalmente es incansable cuando quiere explicar cómo debe sonar el canto, aunque ni Agatha ni Margreth entienden lo que quiere decir cuando dice: el viento en abril, el rocío, el cielo de septiembre, el perfume de los manzanos de mi padre.

Cantan de la forma en que ella les ha enseñado, pero es como si en sus voces hubiera lasitud, y el cántico no se eleva. Esa noche no las interrumpe; solo desea terminar cuanto antes para estar tranquila. Las diez hermanas más altas están al fondo formando una pared semicircular en torno a las siete de enfrente. Richardis se halla a la izquierda de todas; su nombre es una iglesia de piedra con torres sólidas. Tiene la costumbre de pasarse el pulgar por las cejas cuando se sume en sus pensamientos.

Margreth está al lado de Richardis. Nunca ha mencionado al niño que le quitaron poco después de su llegada al monasterio. Tiene la piel fina como masa de pastel de harina; no habla mucho, suele estar en silencio. Once jóvenes con títulos nobiliarios. ¿Las ama a todas por igual, como debería? ¿Es realmente su madre? Observa los rostros, las manos unidas. Conoce sus pensamientos más íntimos; se lo confían todo sin reparos. Hildegarda les enseña a aprender de sus diferencias, también de la irritación que de vez en cuando surge entre ellas. Las personas pueden ser leales y quererse mutuamente solo por el hecho de haber nacido en la misma familia, sin necesidad de entender los actos del otro. Pueden crecer juntas, vivir codo con codo y no conocerse realmente, pero eso no tiene la menor importancia allí. Allí tienen que apreciar y cultivar la recíproca compañía sin crear vínculos estrechos con nadie excepto con Dios. No deben observar a las demás, solo amonestarse a sí mismas por los pecados y debilidades. Entre los muros del monasterio nadie debería sentirse solo. Allí reúnen sus fuerzas para rezar juntas a Dios. Dios enciende una luz en sus corazones por cada alma por la que rezan. Sin embargo, con el tiempo Hildegarda ha terminado sintiéndose como un tronco arrancado por el río. Sus pensamientos revolotean en todas direcciones, de modo que ha dejado de intentar explicar lo que piensa o ve. Aunque a menudo habla con Richardis, no está segura de que la muchacha la entienda. Soñar con que la entiendan es un deseo del que se avergüenza. Tendría que bastarle que Dios mire en su alma y sopese lo bueno y lo malo. Sin embargo, siente una sorda y pecaminosa alegría cuando Richardis termina sus frases o le plantea preguntas acertadas con las que demuestra que reflexiona sobre lo que Hildegarda dice. Volmar sigue siendo la única persona con quien puede hablar sin tener que preguntarse si él la sigue. En su compañía ha desarrollado muchas ideas que la han acercado más a Dios. Una vez ella dijo bromeando que sus almas habían crecido juntas, pero a él no le hizo gracia. Se estremeció y abandonó precipitadamente el huerto medicinal. Eso no era propio de él, siempre tan tranquilo y paciente. Después, ella no osó molestarlo, y tuvo que esperar varios días en un penoso silencio. Al final, él fue a buscarla. Ella estaba limpiando escaramujo con el que luego prepararía aceite para las quemaduras. Volmar se excusó por su comportamiento injusto, reconociendo que había sido atolondrado e infantil. Hildegarda aceptó sus disculpas, pero cuando le preguntó por qué se había enfadado tanto, él simplemente levantó una mano y se llevó la otra a la boca.

En la iglesia hay una corriente de aire y los ojos de Hildegarda se llenan de lágrimas; los sonidos confluyen formando un extraño círculo. Parpadea para aclararse la vista; parpadea una y otra vez, se santigua con el índice sobre los párpados, y entonces lo que ve se transforma: encima de los rostros de las hermanas flotan unos signos, signos de un alfabeto desconocido. El sacerdote alza las manos para bendecir a las hermanas, y flotando entre ellas ondea un mensaje invisible para todo el mundo excepto para Hildegarda. *Lingua ignota*, la lengua desconocida, dice en letras de un rojo intenso. Cuando él vuelve a bajar los brazos, las palabras desaparecen. Hay veintitrés letras. Richardis es la única que tiene tres letras en la frente; las demás tienen dos. Hildegarda da un paso adelante, como si quisiera tocar las letras. Aunque nunca había visto esos signos, sabe cómo se pronuncian. Conoce algunas de las palabras que las letras forman: *liuionz, dieuliz, jur, vanix.*[29]

Tan pronto como el cura calla, la visión desaparece. Hildegarda alterna el peso entre un pie y el otro. Tiene que hablar con Volmar inmediatamente.

2

El viento ha amainado. Hildegarda no sabe exactamente qué es lo que tiene que decir a Volmar, pero no teme caminar en la oscuridad. Cada paso que da es como si pisara esa apatía muda, como si la aplastara a través de la tierra y en dirección al diablo, que es donde debe estar. Con la mano a la altura de la cara, traza en el aire cada una de las veintitrés letras.

Encuentra a Volmar en la enfermería, como esperaba. Cubre el turno de noche y está adormilado en un jergón en el almacén de las medicinas. Se levanta de golpe y se sienta rápidamente al escritorio.

Hildegarda empieza a hablar sin pensar lo que dice. Cuando acaba, casi se ha quedado sin aliento y se da cuenta de que él no ha entendido nada. Ríe; él le ruega silencio, pero ella no puede parar. La risa prende fuego en el silencio largamente acumulado, le explota en el diafragma y la hace doblarse por la cintura. Cuando él consigue convencerla de que se siente en un taburete, por fin se deja caer, con el labio inferior hacia fuera, como una niña enfadada. Él se acuclilla delante de ella, que evita mirarlo.

—Hildegarda —susurra él—, ¿has venido para contarme algo importante?

Ella hace un gesto ambiguo con la cabeza y alza las manos abiertas antes de posarlas de nuevo en las rodillas.

—Ya no sé qué es importante —susurra.

Volmar asiente. Aparta la mirada. Alguien ha cerrado mal el frasco de bálsamo de limón. Se levanta, lo tapa bien y da media vuelta a la botella.

—Necesito tu ayuda, Volmar —le dice ella.

Él quita el polvo de los frascos más altos con el índice. Castaña, flor de tilo, lúpulo triturado. Asiente, se queda de pie un instante sobre el taburete para ganar tiempo. Entonces vuelve a sentarse delante de ella.

Cada vez que intenta hablarle del extraño alfabeto, él le ruega silencio y le pide que se espere. En cambio, la interroga sobre el silencio doloroso que ella describe. Le pregunta si ha tenido somnolencia, algún tipo de dolor muscular o debilidad, sobre todo en las rodillas. Ella reconoce todos los síntomas y asiente sin prestar demasiada atención. También padece insatisfacción, aburrimiento, dificultad para concentrarse en la plegaria. Volmar le hace preguntas simples y directas, y ella responde como una sonámbula, con indiferencia. Después de tomarle el pulso, ella se aparta y se levanta.

—No estoy enferma, Volmar —dice, dando un puñetazo en la mesa—. No he venido para que me visites ni para que me cures, sino porque quiero que escuches lo que he visto.

Él apoya la espalda contra la pared. Asiente en silencio.

—¿De qué tienes miedo, Volmar? —le pregunta, pero él no responde.

Ella espera. Volmar se aclara la garganta. Ella continúa mirándolo sin hablar.

—Solo pienso —dice él al fin— que has estado en silencio mucho tiempo. Y ahora te presentas aquí corriendo a esta hora intempestiva, en que todo el mundo debería estar durmiendo... Durante los veinticinco años en que he sido tu profesor... Hildegarda, la última vez que viniste corriendo a mí de este modo no eras más que una muchacha desorientada, ¡pero ahora! No entiendo por qué no puedes esperar a mañana. Me parece...

Hildegarda aguarda, pero él no añade nada más. Cruza los brazos.

—¿Sí? —Hildegarda tamborilea con los dedos en la mesa. Sabe que no tiene sentido empezar enseguida desde el principio. Solo cuando Volmar le diga lo que encierra su corazón estará segura de que la escucha atentamente.

—La tristeza propia del mundo, la imposibilidad de actuar, la pena universal —dice él, y suspira antes de continuar— son algunos de los pensamientos más diabólicos que aplanan.el camino de la tentación, Hildegarda.

Ella se encoge de hombros, enojada. No tiene ganas de hablar de eso.

—He estado en silencio porque no me encontraba llena de palabras. Aunque en general tengo que morderme la lengua para guardar el silencio que me fue impuesto, durante mucho tiempo no he tenido nada que decir. La visión que he tenido en la iglesia esta noche ha puesto un pilar en el vacío insoportable.

Volmar se sienta en el jergón con las piernas cruzadas. Ha sido un día largo. Los enfermos exigen mucho, y los había puesto a dormir antes de que Hildegarda llegara. Ella sigue sin hablar, pero él nota su mirada. Volmar ha echado en falta sus conversaciones.

—Cuéntamelo otra vez, Hildegarda —dice él con calma.

—Eran veintitrés letras que nadie ha visto excepto yo —empieza a explicar—; flotaban sobre los rostros de las hermanas. Estaban dispuestas componiendo palabras extranjeras que significan «salvación», «diablo», «hombre» y «mujer». Y cuando me acerqué, fluyeron hacia mí más palabras, con tanta naturalidad como si fuera una lengua que conozco desde hace tiempo.

—Pero ¿nunca habías oído esa lengua?

—¿Dónde habría podido hacerlo, Volmar? No es una lengua que nadie hable; tiene un nombre, pero ese nombre es *lingua ignota*.

—¿También lo has visto?

—Es lo que decía el mensaje entre las manos del sacerdote.

—¿Del sacerdote?

—Sí, sus manos.

—¿Entre las manos del sacerdote?

—Eran letras, Volmar. Un alfabeto que forma una lengua: *lingua ignota, litterae ignotae,* ¿es que no lo entiendes?

—No lo sé.

—Dios me abre una pequeña rendija para llegar a sus secretos, y tú lo recibes como si estuvieras a punto de dormirte.

—Es tarde, Hildegarda. Cuando has llegado estaba durmiendo. Los secretos de Dios no son efímeros, no desaparecen por el simple hecho de esperar a que amanezca.

Hildegarda niega con la cabeza. Rompe a llorar, pero Volmar no se levanta. Solo cuando ella se dirige a la puerta, él le ruega que se quede.

—Discúlpame —susurra ella—. ¿Puedes perdonar mi egoísmo, Volmar?

—A mí no me cuesta perdonarte, Hildegarda, pero...

—¿Sí?

—Mi perdón no hará que... —Volmar sopesa sus palabras.

—¿Cómo? ¿De qué hablas?

—Nada ha cambiado —dice, levantándose—. Que hayas estado en silencio los últimos años no ha acallado a la gente. Aunque el abad amonesta a los hermanos que rumorean, y aunque por ese motivo dos de ellos han sido expulsados de Disibodenberg en estos últimos años, el rumor es una enfermedad contagiosa ahí donde haya hombres juntos, incluso en los sitios en que deberían vivir en armonía. Y cuando el abad por fin consiguió que los hermanos guardaran silencio, fueron los peregrinos los que empezaron a difundir habladurías. Hablan de tus visiones, Hildegarda; no hay nada nuevo en ello, pero también cuentan que la disciplina con que Jutta llevaba la sección de las mujeres ha desaparecido desde que tú la diriges.

—Yo no soy Jutta, nunca he tenido la intención de...

—No, no eres Jutta, y nadie pretende que lo seas, Hildegarda. Pero divides las aguas; muchos te apoyan, dentro y fuera de los muros del monasterio, pero hay otros que están contra ti y lo único que desean es hacerte daño y difundir feos rumores. Dicen que la vida en la sección de las mujeres es laxa...

Hildegarda suspira, enojada.

—Es lo que han hecho siempre los pecadores —dice, cruzando los brazos. Volmar no dice nada—. Pero ¿quizá tú te los crees, Volmar? —Se ríe con frialdad. Ha ido a contarle algo importante y en cambio se ve arrastrada a una conversación estúpida.

—Sabes muy bien que no —replica él despacio—. Lo único que digo es que tienes que saberlo y actuar en consecuencia.

—¿Actuar en consecuencia?

—No debes alimentar las habladurías. No puedes presentarte aquí en plena noche, corriendo; no debes... En fin, olvídalo, Hildegarda.

—¿Qué es lo que no debo?

—Tú misma sabes qué es lo más adecuado —dice él, evasivo—. Sé lo piadosa que eres y conozco la claridad de tus pensamientos, Hildegarda; no tiene sentido que te aconseje.

—Eres mi amigo —susurra ella—, quiero que me aconsejes.

—No debemos hablar de amistad, Hildegarda. —Volmar levanta una mano admonitoria—. Aquí debemos amarnos todos con igual intensidad.

—Eres mi amigo —susurra ella otra vez—. Mentirse a uno mismo y a los demás es un pecado más grave que...

—¿Y Richardis? —Volmar recalca cada sílaba del nombre.

—¿Richardis?

—Richardis von Stade. ¿También es tu amiga?

A Hildegarda se le llenan de nuevo los ojos de lágrimas. Se sienta en el taburete sin mirarlo.

—¿Qué insinúas, Volmar?

—¡A eso exactamente me refiero, Hildegarda! No insinúo nada, pero otros sí lo hacen. Hablan de favoritismo, dicen que tu...

—¡Cállate! —grita ella, tapándose los oídos con las manos—. ¿Acaso no lo entiendes, Volmar? No quiero infectarme de pensamientos maliciosos, me niego a dejar que las ideas pecaminosas de los demás me contaminen. No quiero oírlo, no quiero oírlo, ¡no quiero oírlo!

Uno de los enfermos se despierta, quejándose y llamando a Volmar, y él tiene que ir a atenderlo.

Cuando vuelve, casi espera que Hildegarda se haya ido, pero ahí sigue, sentada en su jergón con los brazos alrededor de las rodillas.

—Soy una estúpida —susurra—. Soy increíblemente débil y tonta, y no puedo soportar que tengas que pagar por mi estupidez teniendo que escuchar estos rumores.

—Irreflexión y estupidez no es lo mismo —dice él, cansado, quedándose de pie ante la puerta—, y la única razón que se me ocurre de que no entiendas las malas lenguas es que no piensas como ellos.

Hildegarda asiente. Le duele la cabeza. Intenta pensar en las letras secretas para recuperar la alegría con la que ha ido a ver a Volmar. Se levanta, y él se aparta para dejarla pasar.

—No sé si alguna vez podré hablar de ello de modo que alguien lo entienda de veras, Volmar. Es como si mi energía vital, incluso mi respiración, estuviera enlazada a la Luz Viviente y la voz que Dios me ha dado. Cuando no él no se me muestra, cuando no puedo hablar, es igual que una muerte, una pérdida terrible... Volmar, tienes que perdonarme que hable con tanta torpeza. Cuando intento explicártelo, es como si el demonio sujetara mi lengua y alterase mi voz, haciéndola sonar como el parloteo de una pecadora.

—¿Vamos a tener que transcribir las letras? —pregunta Volmar con calma.

Ella arquea las cejas y una leve sonrisa aflora a su rostro.

Abre la puerta exterior. Él asiente. Ella hace la señal de silencio con tres dedos.

3

Hildegarda niega con la cabeza, irritada, y dibuja el mismo signo en la tablilla por décima vez. Su letra es torpe, sus manos obedecen lentamente e insiste en que sea Volmar quien escriba en el pergamino. Es como si él no quisiera usar sus ojos, como si lo hiciera mal para enojarla. Los signos son increíblemente sencillos, pero no han pasado del tercero. Volmar suda y le tiemblan las manos. Hildegarda se apoya en el escritorio porque quiere ver lo que hace, pero entonces hace que la pluma se mueva, y de nuevo todo el trabajo queda estropeado. Uno de los hermanos está inclinado sobre un manuscrito en el extremo opuesto del *scriptorium*. Los mira fijamente, pero a Hildegarda no le importa.

Volmar vuelve a intentarlo, y esta vez parece que lo consigue porque Hildegarda aplaude sin hacer ruido. El reto se plantea de nuevo con el cuarto signo: Hildegarda garabatea en la tablilla, lo repite al lado hasta que está satisfecha del resultado, pero tan pronto como él tiene que escribirlo con tinta, la cosa va mal. El abad Kuno preguntó qué objetivo tenía ese trabajo, y Volmar solo pudo responder que durante la plegaria Hildegarda había tenido una visión en la que aparecía el alfabeto. Tras un año de silencio y calma, Hildegarda había visto un alfabeto completamente incomprensible. Les dieron permiso para que usaran trozos de pergamino descartados, irregulares, defectuosos, que solo se emplean para que los monjes practiquen la escritura.

El sexto signo sale más o menos bien, pero con el séptimo Hildegarda se pone tan nerviosa que decide irse.

Después de la nona va a la enfermería con Richardis. Volmar ignora si ella no le hace caso deliberadamente o es porque está absorta en explicar a la muchacha cómo se tratan los abscesos. Él supervisa a sus propios pacientes; no la evita a propósito, pero se espera para no estar codo contra codo atendiendo cada uno a sus enfermos. Poco antes de que Hildegarda se disponga a volver a la sección de las mujeres para rezar la víspera, se encuentran en el almacén de las medicinas. Bajo la supervisión de Hildegarda, Richardis lava raíces de acanto que se usarán a modo de emplastos contra la insensibilidad de manos y pies.

—¿Lo haces adrede? —le susurra Hildegarda.

Él se pone rígido, pues no entiende cómo se permite hablarle así; al fin y al cabo, no están solos. Richardis deja el cuchillo.

—No comprendo... —dice él, pero ella lo interrumpe.

—Las letras. ¿Es porque no quieres? ¿Te ha dicho algo el abad? —le espeta.

Él niega con la cabeza, desesperado. Señala a Richardis. Hildegarda se encoge de hombros.

—Podemos hablar igual, Volmar —dice con voz templada, como si ya no estuviera tan enfadada.

—Me puse muy nervioso en el *scriptorium* —susurra él, y Richardis retoma su tarea—. Quizá sean las letras, quizá solo es que... —Niega con la cabeza de nuevo—. ¡Ni siquiera pude explicar al abad para qué serviría lo que estamos haciendo!

—Dios me habla, pero no siempre lo hace con las palabras que nos gustaría oír —replica Hildegarda con voz neutra—.

¿Qué desea el abad? ¿Un glosario? —Se echa a reír, y a Volmar no le gusta ese tono.

—Hildegarda, yo...

—Perdóname, Volmar —lo interrumpe ella—. No era mi intención burlarme de ti, pero ¿qué puedo hacer? Mis capacidades innatas son pobres, y sin embargo Dios me señaló y me escogió para hablar a través de mí. ¿Qué quieres que haga? ¿Tengo que ignorar los deseos divinos y hacer como si no oyera lo que dice porque no entendemos lo que significa? ¿Tengo que dar instrucciones a Dios como si fuera mi sirviente, y rogarle que me lo muestre claramente para así poder explicar la obra de su creación con el máximo detalle, aunque nunca llegue a saber su alcance? Dios me muestra un alfabeto y una lengua, ¿qué puedo hacer, salvo transcribirlo e intentar pronunciar las palabras con la precisión que él desea? Mi voz no me pertenece, nunca me ha pertenecido —dice, acercándose a Volmar—. ¿No lo entiendes? No confío en nadie más que en ti

Richardis deja descansar las manos y suspira. Hildegarda está de espaldas a ella y no se apercibe de ello. Solo cuando vuelve a suspirar, se da la vuelta.

—¿Richardis? —le dice directamente.

—¿Sí, madre Hildegarda?

—Espérame al otro lado de la puerta.

La chica se seca las manos en el delantal y obedece. Cuando llega al umbral, se da la vuelta y mira a Volmar con sus ojos negros.

—No sé qué es lo que debes hacer —susurra Volmar con expresión sincera—. Siempre he confiado en ti, Hildegarda, y seguiré haciéndolo. El abad desea que tú y las hermanas continuéis aquí, y no duda de la veracidad de tus visiones. El prior es desconfiado por naturaleza, pero no contradirá al abad abiertamente. No quiero preocuparte más hablándote de rumores y de la presión que ejercen algunos hermanos contra ti, pero me veo en la necesidad de pedirte que estés alerta. No lo digo para hacerte daño ni para que desobedezcas a Dios. Sé que te utiliza como instrumento, y que de ese modo no solo habla contigo, sino también con todos nosotros. Escucho todo lo que puedo, Hildegarda. Aguzo el oído y la mente. Observo con detenimiento cuanto quieres que vea, me sobrepongo al cansancio y a mis pensamientos errantes para servir a Dios sirviéndote a ti. Sin embargo, a menudo siento miedo, y si me pides que te explique el trasfondo de mi inquietud, te debo una respuesta. No tengo el don de la videncia; no soy capaz, como tú, de ver inmediatamente qué significan ciertas cosas, porque están más allá de mi entendimiento. Te serviré, Hildegarda, pero no soy un recipiente vacío. Soy un pecador, me falta paciencia, yo... —Volmar se interrumpe, pierde el hilo, los ojos se le llenan de lágrimas.

—Estás llorando... —susurra ella—. Nunca te había visto llorar —añade, negando con la cabeza.

—Soy tu maestro, tu servidor. Soy tu padre, tu protector, tu hermano, tu alumno... No te pido que me dejes en paz, sino que me lo cuentes todo con sumo detalle y precisión, que me sirva de escudo contra la desconfianza y como arma para saber qué decirle al abad cuando me pregunte en nombre de otros. Cada vez que alguien te ataca, yo también salgo malherido, Hildegarda.

Ella asiente, pensativa.

—No sé cómo he podido ser tan irreflexiva —dice—. Tienes que creerme si te digo que estoy tan confundida como tú. Cuando antes me marché del *scriptorium* porque no podía dominar mi enfado, pensé que después de todo sería mejor no escribir el alfabeto. Que quizá me ha confundido el hecho de sentirme aliviada por volver a notar la presencia del Señor en mí y que, por tanto, en realidad no obedecía sus deseos, sino mi propia voluntad. Después de la nona pensé justo lo contrario: que era mi voluntad pecadora la que quería olvidar el alfabeto, y al Señor, que persiste en llamarme con tanta paciencia. Ahora ya no sé nada. ¿Quién puede ayudarme a encontrar respuesta a estas preguntas, Volmar? ¿Y quién las siembra en mi alma, Dios o el demonio?

Él no responde. Recoge en un montón las raíces que ha lavado Richardis antes de que Hildegarda la echara. Separa las pieles en otro montón y seca el cuchillo con un trapo. Hildegarda no dice nada. Cuando lo ha ordenado todo, Volmar se da cuenta de que ella está temblando. Una fiebre súbita hace que le castañeteen los dientes. Se niega a acostarse en una de las camas de la enfermería y se apoya en Richardis, que está asustadísima y la ayuda a regresar a la sección de las mujeres. Volmar las sigue. Richardis no para de preguntar qué ocurre, pero ni Hildegarda ni Volmar responden. Las enfermedades van y vienen. Hildegarda ha padecido fiebre muchísimas veces.

4

Richardis tiene unas manos fuertes. Acaricia el cabello de Hildegarda, porque es como una niña que llora y no puede moverse sin sentir dolor. Llega Elisabeth con salvia de parte de Volmar, se pone a hervir vino y especias, mezcla la infusión con clara de huevo y se la da a Hildegarda con una cuchara.

La cuchara choca contra los dientes. A través de la ventana, Hildegarda ve cómo despuntan unas flores blancas, de un blanco inmaculado; nunca las había visto. El frío enciende los ojos del cuervo; el viento arrastra el golpeteo de cascos de caballo. El río resigue el pie de la montaña; en la noche de fiebre, sus aguas heladas se desbordan y llegan a meterse bajo la manta de Hildegarda. El río es un semental negro que el caballero sujeta con rienda corta, copos de espuma, campos negros de sudor. El agua hace que la ropa se pegue al cuerpo; siente dolor hasta dentro de los huesos; el mundo gira y gira, y Hildegarda tiene que gritar a través del rugido del agua que Richardis no la abandone, que Richardis tienda entre ellas una red de pelo y la lance al río agitado, porque de lo contrario se ahogará.

Unas finas gotas empañan el rostro de Richardis. Tiene un aura verde alrededor del cabello negro; alarga los brazos hacia Hildegarda, pero no pueden cogerse. El frío se le cuela entre los muslos y el pubis; el río tiene una capa granulada de hielo, es la semilla del invierno, y Hildegarda lleva en brazos un feto de nieve. Un dolor agudo le lacera el cuerpo; un animal salvaje aúlla entre los árboles. Richardis avanza a gatas por el sotobosque; la hierba verde de primavera se parte en dos por donde ella pasa, dejando una huella de tierra negra a su paso. Se arrodilla ante Hildegarda, le susurra algo en la lengua secreta, como si fuera su lengua materna, y Hildegarda ríe.

Cuando Hildegarda despierta, al cabo de quince días, Margreth está sentada donde estaba Richardis cuando se durmió. Margreth tiene los ojos cerrados; los párpados tocan sus anchos pómulos. Hildegarda se nota el cuerpo pesado, el dolor ha remitido, y también la fiebre. La enfermedad la ha dejado con una sed terrible y un acre olor a sudor, bilis y azufre. Hildegarda quiere llamar a Margreth, pero en cambio llama a Richardis. Margreth se despierta con la misma calma con que dormía. Le alarga un vaso sin decir una palabra y le lava el rostro con un paño áspero.

Hildegarda todavía no puede mover las piernas, de modo que se queda tumbada mientras las hermanas rezan la víspera. No entra demasiada luz en la celda, el techo parpadea con una luz azul y amarilla. Piensa en el alfabeto y la lengua secreta. Cuando se cure, hablará en persona con el abad. No es justo que Volmar tenga que responder por ella. Le dirá que el mundo está lleno de cosas ocultas y secretas, que Dios revela solo con destellos. Ocurre lo mismo con la música. Nadie le ha enseñado a componer, pero las notas ya están ahí antes de que ella las oiga. Es como si el canto del cielo que los hombres no pueden oír se hiciera eco en los árboles y las hojas, en los animales, las piedras y las personas. Como si las notas nacieran en la carne y en el alma y pudieran oírse desde dentro antes de que existan para los oídos. Las hermanas alaban a Hildegarda por sus salmos, y ahora que son muchas, el abad ya no se opone tanto. Hildegarda les dice que no deben darle las gracias, porque lo único que hace es estar en silencio y escuchar. Del mismo modo, la lengua secreta podría ser una de las maravillas del Señor. Hildegarda cierra los ojos. El abad lo entenderá, y ella solo puede culparse porque, en su impaciencia, se olvidó de explicar las cosas como es debido.

Guirlandas de sombra se arrastran por el techo. A lo lejos se oye el canto de las hermanas. El sonido es un humo que huele muy bien; se cuela por las grietas y aperturas y llega en oleadas suaves hasta su celda. Reaparece el sueño del río, el feto de nieve se deshace en su regazo. Se clava las uñas en los muslos. La fiebre le calienta la sangre, baila y se regodea en sueños vivaces. Abre los ojos de nuevo. El dolor en las piernas casi ha desaparecido. Se sienta y da gracias a Dios. El color desaparece de su celda, la hora del crepúsculo es gris y blanca. Se coge la cabeza, aunque ya no le duela. Tiene los ojos abiertos, pero la mirada pierde fuerza y todo adquiere un contorno suave, amable. Oye la voz de Dios en la Luz Viviente; tiene que estar preparada.

En la Luz Viviente relampaguea una llama. Cambia de color, pasa del amarillo al rojo, del rojo a un blanco brillante. Escupe una esfera oscura de aire que crece y supera el tamaño del monasterio. La llama quiere atrapar la esfera, como si intentara fecundarla con sus chispas. La llama transforma la esfera en cielo y tierra, completos y luminosos. De la tierra crece una montaña enorme, de la montaña sale una mujer tan grande como una ciudad. En la cabeza lleva una corona de oro y piedras preciosas; viste una túnica de un blanco luminoso, cuyas mangas tienen una apertura que va del cielo a la tierra. Su vientre es una labor trenzada de columnas y huecos; en la tierra nadan niñas negras por el aire, como peces en el agua. Sus cuerpos resplandecientes cimbrean y se doblan en la apertura de su sexo. La mujer tiembla, inhala profundamente, aspira a las niñas hasta arriba de todo, hasta su cabeza, y luego las escupe por la boca. La llama prende de nuevo, alarga sus manos y tira de la piel negra de cada niña para vestirlas con túnicas blancas y velos. Dios le habla muy claramente: «Deja a tu persona pecadora y vístete en tu nueva santidad. Te has reconocido en mí, y yo te he acogido. Hay dos caminos: uno lleva al este, que es el lugar de Dios; el otro lleva al norte, que es el lugar de Satán. Si me amas con fervor, haré lo que me ruegas».[30]

Los ojos de la mujer son tan dulces... Ella es la iglesia, y sus niñas renacen y son bautizadas a través de ella, de forma que nunca más tendrán que caminar a oscuras. «Yo concebiré y daré a luz —dice—. Muchas me traerán penas, porque me combatirán con conflictos estúpidos, pero otras tantas se arrepentirán y tendrán su lugar en la vida eterna».

La montaña y la mujer y el fuego y la esfera desaparecen. En su lugar queda un coro de chicas vestidas de blanco. Llevan un velo de seda en los cabellos sueltos y coronas doradas en la frente. Su canto es más bello que cualquier canto terrenal, y Hildegarda reconoce el pequeño rostro de Richardis.

5

Cuando las hermanas vuelven de la iglesia, Hildegarda está levantada. Elisabeth insiste en que se acueste, pero ella se niega. Está sentada a la mesa del refectorio, pálida y sombría, aunque dice que se encuentra bien. Elisabeth insiste en llamar a Volmar; la noche anterior, Hildegarda estaba ardiendo y deliraba. Hildegarda acepta para que la dejen tranquila, y Elisabeth sale corriendo en busca de Volmar. Todas las mujeres, con sus túnicas negras, entran a la vez en el dormitorio al oír que Volmar llama a la puerta. Él visita a Hildegarda, le observa la lengua y le toma el pulso. Asiente, y ella le corresponde, y se quedan sentados el uno frente al otro.

—De momento no escribiremos el alfabeto —dice ella, y Volmar arquea las cejas, asombrado—. He tenido la visión más bella que uno pueda imaginar.

—¿Anoche?

—No, mientras las hermanas estaban en la víspera y yo yacía en mi cama. La fiebre y el dolor habían desaparecido; yo estaba tumbada, exhausta y sin fuerzas, especulando sobre el alfabeto y pensando que iría a explicarle personalmente al abad lo que significa. De pronto me sentí con fuerzas para incorporarme y ahí estaba: Dios se me ha vuelto a aparecer. Todavía no puedo contártelo, pero te pido que vayamos juntos a ver al abad, porque tengo cosas importantes que decir.

—¿Ahora? —pregunta Volmar, frotándose las manos para entrar en calor.

—Mañana —contesta Hildegarda.

Como de costumbre, Hildegarda no se sienta en la silla que el abad le ofrece, sino que se queda de pie delante de la puerta. Tanto Volmar como el prior tienen que girar un poco sus sillas para no darle la espalda. El abad está sentado entre los dos, en su asiento de respaldo alto. Afortunadamente para el prior, él y el maestro de la bodega estaban en las dependencias del abad repasando el inventario cuando Hildegarda y Volmar llamaron a la puerta, y si bien el maestro fue invitado a irse con el encargo de volver más tarde, a él le rogaron que se quedara a escuchar lo que Hildegarda quiere decirles. El abad no desea enemistarse con su prior y estima que lo mejor es que esté presente en las reuniones siempre que sea posible e implicarlo en todo lo que sea justo.

Si la cuestión que ha traído a Hildegarda es justa, todavía nadie lo sabe. No dice nada, pero mueve los labios débilmente. Tiene cuarenta años, ya no es joven. Vista de espaldas, todavía podría parecer una chica. Se mueve con agilidad y decisión, lo que la hace parecer más fuerte y sana de lo que en realidad es. Durante un tiempo dio la impresión de que con los años su salud había mejorado, pero tras la muerte de Jutta ha vuelto a padecer crisis muy duras. Su rostro no ha cambiado demasiado, aunque tiene finas arrugas alrededor de la boca y en la frente. Hay una mirada especial, penetrante en esos ojos de una claridad sobrenatural, y a los que el abad nunca ha conseguido acostumbrarse.

—Adelante, Hildegarda —dice el abad—. Ya que vienes con Volmar, deduzco que deseas hablar conmigo de una cuestión espiritual. Por eso he pedido al prior que se quede —añade, y abre las manos invitándola a hablar.

Hildegarda asiente.

—El prior puede quedarse. Lo que tengo que decir se sabrá de todos modos en el monasterio.

El prior se remueve un poco en su silla. Evidentemente, sabe que Hildegarda tiene el don de la visión, pero nunca la ha oído hablar de ello. A juzgar por cómo le está costando exponer la cuestión y por su expresión reservada, parece que lo que ha de decir es importante.

Hildegarda los mira de uno en uno. Cuando llega a Volmar, el prior está seguro de que una sonrisa casi imperceptible ha aflorado a su rostro. Volmar se balancea adelante y atrás, como si estuviera sentado con un bebé en brazos al que quisiera dormir.

—Anoche vi a la Luz Viviente —dice ella, y cierra los ojos—. Dios se me apareció y me mostró su voluntad en una visión. Vi a la Iglesia en forma de mujer, vi a las hermanas lavándose el pecado con el bautismo sagrado, oí a Dios hablando de salvación y perdición. —Se detiene y abre los ojos.

Los tres hombres la miran. No hay nada clamoroso en lo que ha dicho, y el prior se pellizca una oreja distraídamente. Si eso es cuanto tiene que decir, cualquiera podría ser portavoz de Dios. Hildegarda permanece en silencio largo rato, e incluso Volmar se inquieta y se remueve en su silla, que cruje. Ella lo observa con la mirada perdida y prosigue. Refiere la visión con todo detalle y reproduce literalmente las palabras que Dios le dijo. Se aplica sobre todo en describir el coro de vírgenes y sus ropajes: los velos de seda que llegan al suelo, cubriendo el pelo suelto de las muchachas; las coronas de oro con tres piedras preciosas como símbolo de la Santísima Trinidad; los vestidos blancos y largos con mangas anchas y sisas bordadas en oro.

—Así vestirán mis hermanas en las celebraciones solemnes y en los días festivos —concluye inesperadamente, y el prior se yergue.

—¿Cómo dices? —la interrumpe, y entonces Hildegarda repite las últimas palabras sin dudar.

—Eso es imposible, Hildegarda —tercia el abad, dejando caer la mano plana en la mesa—; va contra las reglas benedictinas.

—Contradice absolutamente las Sagradas Escrituras —conviene el prior, levantándose.

Hildegarda había empezado describiendo su visión bellamente y con vivacidad, incluso lo había casi emocionado. Pero ahora lo ha estropeado todo con esa exigencia ultrajante.

Hildegarda no dice nada. Volmar no para de moverse en la silla, inquieto, y cuando el prior lo mira con aire interrogativo, abre las manos de forma ambigua.

—Es de todo punto inaudito —insiste el abad—. Entiendo que, además, estabas enferma cuando tuviste la visión.

Hildegarda niega con la cabeza. Su rostro inexpresivo no permite saber cuál es su estado de ánimo.

—Por la noche tuve fiebre, es cierto. Todavía me sentía débil, pero ya no estaba enferma cuando me sobrevino la visión. Volmar puede confirmarlo, me visitó justo después de que Dios se me apareciera.

El prior y el abad miran a Volmar, que no puede más que asentir. Hildegarda estaba pálida y cansada, pero no enferma, ni padecía ningún trastorno.

—Cuando venía hacía aquí, unas nubes blancas y gruesas flotaban como una cinta en torno al campanario. Como las coronas que Dios me mostró en la visión —dice ella, impertérrita.

—¿Qué es lo que estás imaginando? —resopla el prior—. «Asimismo, que las mujeres sepan revestirse de gracia y buen juicio, en vez de adornarse con peinados rebuscados, oro, joyas o vestidos caros. Si una mujer ha recibido una formación realmente religiosa, las buenas obras han de ser sus adornos».[31] Eso dicen las Sagradas Escrituras, por si las reglas benedictinas no fueran suficientes —le espeta, indignado.

—«Alegrémonos, regocijémonos, démosle honor y gloria, porque han llegado las bodas del Cordero. Su esposa se ha engalanado, la han vestido de lino fino, deslumbrante de blancura»[32] —replica Hildegarda con calma, usando palabras de la Biblia.

—«¡El encanto es engañoso, la belleza pasa pronto, lo admirable en una dama es la sabiduría! Reconózcanle el trabajo de sus manos: un público homenaje merecen sus obras»[33] —rebate el prior, furioso—. ¿Cómo te atreves...?

El abad lo interrumpe con un gesto de la mano.

—Dejemos que Hildegarda se explique —dice sin mirar al prior.

—Empezaré de otro modo —dice ella—. ¿Cuántas veces me he equivocado? —pregunta, y sonríe impúdicamente.

—No muy a menudo, pero... —responde el abad.

—Te equivocaste cuando estimaste que tendríais listo el mantel del altar para la misa de bendición a María —lo interrumpe Volmar—. Te equivocaste cuando no pudiste refrenar tu enfado hacia Elisabeth y cuando recetaste valeriana a un enfermo del pulmón, que empeoró porque deberías haberle recetado helenio —continúa, apartando la mirada. No le gusta destacar los errores de Hildegarda, pero intuye que su pregunta era sincera.

Ella asiente y lo mira aliviada.

—Como ha explicado Volmar —dice—, cometo errores a menudo, y peco más de lo que debería. La indignación y la impaciencia tientan a mi mente, me cuesta no dar rienda suelta a mi boca cuando me piden que guarde silencio; esto creo que lo sabe mejor que nadie —le dice directamente al abad, que asiente mientras el prior se mantiene en guardia—. Pero permítanme que les pregunte cuántas veces me he equivocado cuando Dios se me ha mostrado o cuando me ha dado acceso al don de la visión, en el que mi alma se eleva hasta llegar al firmamento. ¿Cuántas veces mis premoniciones o advertencias fueron falsas? ¿Cuántas veces puse mi huella en las palabras de Dios?

El abad mira al prior y luego a Volmar. El prior toma aire, pero no sabe qué decir.

—Vuestro silencio es una respuesta elocuente —dice Hildegarda después de haber esperado tanto que el prior casi no puede contenerse—. Dios ha escogido a una mujer tan vacilante, débil e inexperta para que nadie pueda dudar de la verdad de sus palabras. Habría sido imposible que por mí misma hallara acceso a todos esos misterios, o que pudiera decir verdades tan grandes con mi simple voz —añade en un susurro.

El silencio se instala en el estudio del abad hasta que el prior, que es conocido por su contención, no puede estar quieto en su silla.

—¡Esto es intolerable! —exclama, levantándose de golpe—. No se puede ni siquiera considerar la posibilidad de que las hermanas lleven corona y un velo de seda sobre el cabello suelto.

—A mí también me sorprendió —susurra Hildegarda—, pero no puedo alterar la voluntad de Dios.

—¿Qué creéis que dirá la gente? —espeta el prior, mirándolos uno a uno.

Volmar mira al suelo, el abad no se inmuta.

—«El que de veras quiera gozar la vida y vivir días felices, guarde su lengua del mal y que de su boca no salgan palabras engañosas»[34] —susurra Hildegarda sin mirar al prior—. Del mismo modo, no podemos dejar que los rumores guíen nuestra devoción.

—¿Nuestra devoción? —El prior se precipita hacia ella y se queda a un palmo de distancia. Hildegarda baja la vista, aparentemente indiferente.

Tanto el abad como Volmar se han levantado. El abad pone una mano en el brazo del prior para calmarlo. Es un pecado perder la cabeza de ese modo, aunque tiene que admitir que es difícil no alterarse ante las palabras de Hildegarda.

—Hildegarda... —dice.

El prior se zafa de su brazo y se acerca a la ventana. Se queda ahí de pie, dándoles la espalda y apoyándose en el alféizar con ambas manos.

—¿Sí? —La mirada de Hildegarda es difícil de sostener. Penetrante, libre, abierta como la de un niño.

—Te doy otra oportunidad para que te expliques —le dice, pidiéndole de nuevo con un gesto que se siente, gesto que ella ignora.

Volmar se remueve en su sitio y carraspea. El prior no se da la vuelta; su cuerpo alargado tiembla. Fuera, la luz del sol atraviesa el cielo blanco en grandes franjas.

—Primero recemos juntos —propone Hildegarda, arrodillándose.

El abad se ha dejado caer en la silla donde hasta ahora estaba sentado el prior, y su rostro queda justo delante del de Hildegarda.

Nadie puede oponerse a la petición de rezar. Volmar se arrodilla, el abad se levanta y se mueve vacilante de un lado a otro antes de arrodillarse también en el suelo de piedra. Solo el prior permanece de pie ante la ventana. Esperan en silencio, pero no da la impresión de que quiera participar.

—¿Prior Simón? —dice el abad, secamente—. ¿No quieres unirte a la plegaria?

El prior se da la vuelta lentamente hacia ellos; su rostro es un mosaico de manchas blancas y rojas. Mira hacia la puerta como si esperara que alguien fuera a entrar para sustituirlo. Agacha la cabeza y se apoya contra la pared. Luego por fin se arrodilla.

Después de la plegaria, Hildegarda se explica.

—Las Sagradas Escrituras solo hablan de mujeres casadas —afirma—. Porque al contrario de las mujeres piadosas y puras, ellas ya se han sometido a la serpiente. Las vírgenes pueden equipararse a Eva antes de que se dejara tentar —continúa—. La mujer pura es alabada y exaltada; independientemente de su edad, se mantendrá llena de energía verde y del frescor de la juventud. Una mujer casada es una flor cuyos pétalos se llevó el invierno. Su belleza, que un día fue inocente, se ha marchitado, y solo debe llevar oro y perlas con moderación y únicamente para gustar a su esposo.

—¿De dónde has sacado eso? —pregunta el prior—. ¿Quién te lo ha dicho?

Hildegarda cierra los ojos y se lleva las manos al corazón sin decir nada.

—¿Quieres responder al prior? —pregunta el abad, atropelladamente—. ¿De dónde has sacado esos conocimientos acerca de las mujeres casadas?

Hildegarda lo mira asombrada. Abre y cierra la boca un par de veces, como si su pregunta le chocara. El abad analiza sus propias palabras, sin entender por qué ella reacciona así.

—¿Me tientan a preguntarles qué saben ustedes de las mujeres piadosas que yo no sepa? —pregunta en lugar de responder—. Aunque soy una mujer y no pueda ocultar mi fragilidad, conozco a mis hermanas e hijas mejor que nadie. No creo que nadie lo dude. —Hildegarda los mira a los ojos, pero ninguno responde. ¿Qué hermano osaría expresarse de tal modo que pudiera indicar que tiene conocimientos acerca de la vida secreta de las mujeres?

—Yo solo sé de tu devoción —dice Volmar lentamente. Si antes ha señalado el error de Hildegarda, ahora sale en su defensa—. No parece que nadie tenga motivo para dudar de ella.

Hildegarda asiente en actitud reflexiva.

—Si bien la más piadosa de todas nosotras, la buena de Jutta, me mostró con su ejemplo impecable cómo dirigir la sección de las mujeres, también hubo cuestiones de tipo práctico y espiritual en las que ella no tenía experiencia por la sencilla razón de que estaba tan fielmente dedicada al Señor y tan intensamente atada a su santo esposo que a menudo tuvo que distanciarse de este triste mundo. Afortunadamente, pude aprender de usted, estimado abad, en cuanto hago y digo a mis hijas. Sé que ha afrontado importantes retos con hermanos desobedientes, y que a menudo no ha sido suficiente con castigarles dentro del monasterio, sino que tuvo que expulsarlos tras sucesivas advertencias. Es una gran suerte que nunca fuera necesario hacer nada similar con las mujeres, pero si algún día ocurriera, no dudaría en mostrar la misma rectitud y severidad que he aprendido observándole —declara, asintiendo varias veces.

Ninguno de los tres dice nada. El abad mira confundido a Volmar, que evita a propósito su mirada. El prior toma aire ruidosamente, y suelta leves suspiros en el silencio.

Antes de que puedan determinar si ha ofendido al abad y los hermanos o los ha alabado, Hildegarda prosigue.

—La virgen está en la pureza sin contaminar del paraíso —dice, sonriendo—; es bella e inaccesible como el capullo de una rosa. No necesita cubrirse el cabello, pero lo hace gustosamente a causa de su gran humildad. Una persona piadosa oculta su belleza por miedo a que los lobos y los halcones le claven sus garras y se la roben —susurra, alzando una mano—. Por ese motivo, lo más adecuado para una virgen es llevar vestido y velo blancos como un símbolo diáfano de que pertenece a Dios, de que su espíritu está unido al Señor, y de que ella es una de las «que llevaban escrito en la frente el nombre del Cordero y el nombre de su Padre»,[35] y que a todas horas «siguen al Cordero adondequiera que vaya».[36] —Hildegarda baja la mano y guarda silencio. Mira más allá de sus cabezas, a través de la ventana, como si se concentrara para asegurarse de que no ha olvidado nada.

—Esto es... —empieza a decir el prior, levantándose de nuevo—. Eres... —Señala a Hildegarda, que lo mira sin titubear.

—¿Sí? —dice ella, levantando las manos abiertas.

El prior niega con la cabeza. Algo se ha desatado dentro de él. Está confundido por sus palabras y no sabe qué responder. Sin embargo, tiene la honda impresión de que es absolutamente imperioso que abra la boca y diga todo lo que se ha acumulado en su mente en forma de queja silenciosa contra Hildegarda y las mujeres a quienes, aun sin ostentar el título de abadesa, tiene la osadía de llamar «hijas».

—No es en absoluto admisible que solo quieras aceptar a mujeres de la nobleza —dice con aplomo—. ¿Cómo quieres que te defienda cuando la gente afirma que haces diferencias entre personas, contradiciendo a Cristo, que ama a todos sus hijos con la misma intensidad?

—Querido amigo —dice Hildegarda, alargando las manos hacia él—. Qué contenta estoy de que exprese esta preocupación y de que me formule esta pregunta. Sobre todo, porque se trata de algo a lo que, a pesar de mi ignorancia, creo que puedo responder de forma adecuada. Espero que quiera hacer suyas mis palabras, de modo que de ahora en adelante no tenga que sufrir ninguna inquietud cuando la gente le pregunte, y pueda simplemente contestarles con la sencillez y claridad que corresponde. Dios ha dispuesto a los hombres en jerarquías como si fueran ángeles. De la misma manera que existen diferentes temperamentos y capacidades entre las personas, la semilla del hombre no es siempre igual —declara con serenidad.

El prior da un respingo.

—No hay nada raro en ello —continúa Hildegarda, asintiendo con expresión benévola—. Dios ama a todas sus criaturas, en especial a los hombres, a quienes ama con la misma intensidad, y eso deberíamos hacer también nosotros. Por esa razón acogemos a los enfermos sin atender a su clase ni tener en cuenta su vida pasada, y por eso cuidamos tanto de prostitutas como de damas. Sin embargo, hemos de mantener las diferentes clases separadas para evitar que las bajas se eleven por encima de las altas, creando desorden en la jerarquía. Lo único que se consigue con el desorden es destrucción y, en último término, perdición. ¿A quién se le ocurriría guardar a todos los animales que Dios creó en un mismo establo? ¿Vacas, asnos, ovejas, cabras, patos y puercos? De la misma manera podríamos preguntarnos qué harían las muchachas nobles con las campesinas bajo un mismo techo.

—Entre los hermanos no hacemos distinciones —replica el prior con firmeza—. Nunca ha sido necesario.

—No. —Hildegarda los mira de uno en uno—. Pero vosotros sois hombres y nosotras, mujeres, nacidas para someternos a vuestra fuerza e intelecto. Nosotras no poseemos la fortaleza espiritual que se requiere para tender puentes y superar las distancias que Dios creó.

De nuevo los hombres guardan silencio. El prior tiene la impresión de que Hildegarda le ha tendido una trampa, como si le hubiera atado una cuerda alrededor de las piernas y, tirando de ella, pudiera hacerlo caer en cualquier momento, antes de que logre reaccionar. Si dice algo más, correrá el riesgo de parecer un ignorante, pero si no responde, parecerá que le da la razón. Cuando Volmar sale a su rescate, se siente agradecido.

—Quizá el prior y el abad quieran debatir la cuestión en privado —propone Volmar—. Sobre un asunto tan importante no deberían tomarse decisiones precipitadas.

Hildegarda une las palmas de las manos ante el vientre y se balancea sobre sus pies adelante y atrás. El abad parece estar muy lejos de allí y haber oído apenas lo que Volmar sugiere, pero el prior se apresura a aceptar la mano tendida.

Después de siete días, el abad llama a Hildegarda a su estudio. Esta vez no están presentes ni Volmar ni el prior, y el abad manda afuera rápidamente al hermano asistente que la ha dejado entrar.

—Primero quiero hablar contigo del alfabeto, de la *lingua ignota* —dice lentamente.

Hildegarda asiente en silencio.

—Hace apenas un par de semanas, Volmar me pidió permiso para, con tu ayuda, transcribir la lengua y el alfabeto secretos que al parecer te habían sido revelados. Habló de una forma tan correcta que le di mi permiso para que empezarais. Entretanto, me he enterado por Volmar de que al final no habéis llevado a cabo la tarea.

—Resultó más difícil de lo que había imaginado —replica Hildegarda escuetamente.

—¿Por qué? Si viste los signos con tanta claridad, se trataba simplemente de ponerlos por escrito. De hecho, estaba convencido de que no necesitarías la ayuda de Volmar.

—Leo mejor que escribo —replica Hildegarda con brusquedad.

Creí que se trataba de eso, de un problema de gramática. Pero no puede ser el caso si resulta que en tu visión te fueron reveladas a la vez las letras y la gramática.

—Vi las letras y oí algunas palabras, pero la *lingua ignota* es una lengua que no utiliza la gramática latina, pues solo consta de sustantivos —aclara Hildegarda.

—Entonces, ¿cuál es el problema? —pregunta el abad, y endereza el crucifijo de marfil que hay sobre la mesa—. Solo tenías que escribir signos y palabras...

Hildegarda no contesta. Sigue mirándolo, pero no responde.

—¿No tienes nada que decir?

—Tengo la impresión de que lo que realmente quiere preguntarme se halla oculto detrás de sus palabras —le dice sin tapujos—. Y no sé a qué debo responder exactamente. Me pregunta por las letras, pero quiere saber por qué necesito la ayuda de Volmar. Me ruega que le hable de gramática, pero en realidad me pregunta sobre la relación que mantengo con mi maestro.

El abad asiente. Que Hildegarda responda con destreza no es una novedad, pero su osadía no deja de asombrarlo.

—Debes responder a lo que creas que es más importante —dice, tocando de nuevo el crucifijo.

—Ambas cosas me parecen completamente secundarias —replica Hildegarda. El abad se inclina sobre de la mesa—. Pero sé de la estimación que nos tiene a mí y al resto de sus hijos, y quiero ayudarle con lo que le preocupa —continúa—. Ni yo misma entiendo como llegué a ver el alfabeto, del mismo modo que solo tengo una vaga intuición de qué sabiduría divina puede hallarse escondida en los signos. Poseen una fuerza y una energía que también Volmar ha percibido. Le pedí ayuda a él porque, con su piedad, nunca ha cuestionado la importancia de las visiones a que Dios me da acceso, y porque soy muy torpe con la pluma. Pero enseguida me di cuenta de que esa tarea no le resultaba nada fácil, aunque en principio era muy sencilla. Se inquietó y no lograba concentrarse, y usted sabe tan bien como yo que esa actitud no es propia de él. Por eso pensé que tenía que estar relacionada con el carácter sagrado de los signos, que ejercían una especial influencia sobre él. Y decidí preguntar a Dios si yo había ignorado o entendido mal algo. Inmediatamente después caí enferma, como me ocurre a menudo después de ver la Luz Viviente. No sé por qué pasa, pero creo que es porque Dios quiere castigarme por ser una pecadora tan miserable, hasta el punto de que día tras día debo esforzarme terriblemente para acercarme un poco a él. Cuando la fiebre remitió, seguí guardando cama a fin de recuperarme mientras las hermanas asistían a las vísperas. Rogué con todo mi corazón al Señor que me mostrara qué deseaba que hiciese con el alfabeto. Fue entonces cuando vi la Luz Viviente y tuve la revelación que vine a contarle hace una semana.

El abad asiente. Cada vez que habla con Hildegarda le asalta la duda de si a sus palabras razonables subyace un conato de locura. No es tonta, como algunos hermanos han insinuado, insinuaciones por las que él mismo los ha castigado. Tiene un don que él no acaba de entender. Raramente habla con palabras duras, pero su lengua puede herir. Cada vez que cree saber por qué camino discurren sus palabras, estas de pronto dan un giro inesperado y toman otra dirección o bien se bifurcan, y él tiene que esforzarse para no mostrar su confusión. Se frota el mentón, flexiona y estira el empeine.

—Entonces, ¿no obtuviste respuesta? —insiste él. La pregunta acerca del ridículo alfabeto es el pilar de su argumentación y no está dispuesto a renunciar a él.

—Por supuesto que sí; justo es lo que obtuve —se apresura a responder ella—, Dios desea que mostremos nuestro amor hacia él en todo lo que hacemos, pensamos y decimos. Desea salvar a los hombres de la perdición porque ama a cada una de las almas con una intensidad que va mucho más allá del amor del que los hombres son capaces. Él sacrificó a su Hijo por nosotros —prosigue, y los ojos se le llenan de lágrimas—. ¿Con qué frecuencia lloramos por los sufrimientos de Jesús? ¿Cómo puede ser que no suframos más por el daño que los hombres le hacemos dando la espalda a Dios? Solo un corazón de piedra se mantiene inconmovible; ni siquiera las llamas del infierno pueden fundir los corazones de piedra. —El abad aparta la mirada. Unas lágrimas gruesas fluyen por las mejillas de Hildegarda, que no se molesta en enjugárselas—. De modo que Dios me envía, con su lengua secreta, alguna advertencia que podría evitar la muerte de alguien, o la Iglesia con apariencia de mujer; todo sirve al mismo propósito: enseñarnos a amar y a temer Dios en lo más profundo de nuestro ser, y a hacer siempre todo lo que hacemos en su honor. Estoy segura de que Dios volverá a mostrarme el alfabeto cuando sea el momento oportuno —añade—, y junto con las vírgenes vestidas de fiesta, se elevará hacia al cielo como un salmo infinito de amor a Dios.

El abad se levanta. Busca una escapatoria, pero con sus palabras, Hildegarda pone piedra sobre piedra erigiendo una fortaleza. Si el prior hubiera estado presente, su indignación habría estallado de nuevo, pero de nada habría servido. Es imposible contradecir a Hildegarda. Da igual lo que él proponga: ella siempre tiene una respuesta que supera su capacidad de comprensión y, por tanto, no puede proceder sino de Dios. Que Hildegarda solo quiera admitir a mujeres nobles en el monasterio le parece bien. Que de ahora en adelante se vistan con bellos y caros ropajes solo puede satisfacer a sus familias, que consideran un honor que sus hijas estén en Disibodenberg con Hildegarda, poseedora de un don especial, como todo el mundo sabe por los rumores que corren sobre ella. La mayoría han aportado cuantiosas sumas al ingresar en el monasterio. Los vestidos de seda bien pueden costearse, y las coronas de oro son una buena forma de preservar la riqueza. El problema es que no consigue convencer al prior, y que es difícil mantener a los hermanos callados teniendo en cuenta que tan pronto como cruzan el umbral del monasterio los despojan de cuanto poseen, y constantemente se les recuerda que son pobres. Ver a las hermanas con ropas lujosas cuando ellos visten túnicas sucias y oscuras no ayudará a acallar las habladurías. A fin de contentar al prior y ganarse su apoyo, después de la muerte de Jutta el abad prohibió a Hildegarda que recibiera a los peregrinos. Ocuparse de las almas atribuladas no debía ser cosa suya, y ahora se encargan de atenderlas unos cuantos hermanos piadosos. En la enfermería los enfermos preguntan por ella, pero el prior dispuso que nadie halagara a Hildegarda con los rumores que sobre ella circulan por todo el valle del Rin. El abad objetó que no era el tipo de persona que se deja impresionar por los halagos, pero el prior insistió. Por eso, uno de los hermanos más viejos siempre la sigue cuando visita a los enfermos; no para vigilarla, sino para asegurarse de que los pacientes no hablan más de lo necesario. El abad se sume en sus pensamientos. «Creer es también guardar silencio», dijo el prior, y el abad le dio la razón. Hildegarda lo saca de su ensimismamiento tosiendo secamente.

—Tienes mi permiso —dice, y no añade ni una palabra más.

Las hermanas pueden coserse ellas mismas los vestidos, pero las coronas hay que encargarlas al fraguador en un convento próxi-

mo a Tréveris. Toman las medidas de la cabeza de cada una de
ellas, que casi estallan de emoción cuando el primer modelo
de prueba hecho con hierro barato llega de la mano de un hermano mensajero. Hildegarda saca poco a poco la corona, envuelta
en una tela. La sostiene ante sí, llama a Richardis y se la pone.
Entonces niega con la cabeza, insatisfecha. No es así como la
quiere. Es demasiado pesada y tosca, e incluso si estuviera fra-
guada en oro y decorada con las piedras más preciosas, no sería
como la que vio en su visión. Intentó explicar bien al monje
cómo debía ser; no podía dibujar una con sus manos, pero se la
describió vivamente con palabras para que todos los presentes
pudieran imaginarla con precisión. Sin embargo, algo no encaja, de modo que con la corona en la mano cruza a zancadas el
patio y llama a la puerta del abad.

Cuando el hermano asistente la deja entrar, ella pone la corona encima de la mesa. Si bien al defender su causa ante el abad
y el prior se mostró tranquila y comedida, ahora está alterada y
nerviosa. Empieza a hablar sin freno, quejándose de lo terrible
que es la corona, de lo lamentable que resulta que alguien haya
perdido el tiempo elaborando una pieza tan mediocre. El abad
coge la corona de metal y la hace girar entre las manos.

—Será perfecta cuando la fragüen en oro —intenta decirle,
pero ella suspira sin consuelo.

Es cierto que el oro brilla con un destello que dirige el pensamiento hacia la inmensidad del reino de los cielos, pero ni
el material más noble puede salvar una forma tan malograda. El
abad propone que envíen al mensajero de regreso, pero Hildegarda se lleva las manos a las caderas. Irá ella misma. Y aunque
el abad se niega y, más tarde, el prior abandona la sala capitular
dando rienda suelta a su indignación, Hildegarda consigue imponer su deseo.

6

Han pasado más de treinta años desde que Hildegarda vio el monasterio por primera vez. Cuando llegó con Jutta, era un lugar en obras. Ahora es un reino cerrado que rodea con los brazos a sus hijos. El portón se cierra tras el carruaje medio cubierto. Volmar no ha querido ir a Tréveris, y Hildegarda no ha insistido. Ella sabe que hace bien comportándose con prudencia y sin llamar innecesariamente la atención en una época en que los muros del monasterio vibran con las habladurías. Hildegarda no para de rezar, pero no tiene miedo. Se da cuenta de que el abad está preocupado, aunque no se lo haya dicho. Ante los hermanos hace como si nada ocurriera, y quizá sea lo mejor. Él nunca le habla de sus preocupaciones, por temor a que las palabras de ella incluso las agraven. Hildegarda ha pedido consejo a Dios, y se ha prometido el silencio en todas las cuestiones importantes mientras no obtenga su respuesta.

Marzo acaba de empezar. Es uno de los primeros días templados del año. El aire vibra con la fuerza verde y regeneradora del mundo. El viento le golpea el rostro, ella yergue la espalda, el cochero toma las riendas hacia el camino empinado, los caballos mueven sus enormes colas y esparcen hacia atrás, donde van los pasajeros, un olor dulzón y acre a animal y a estiércol. El hermano Heine acompaña a Hildegarda. Ella apenas lo conoce, aunque llevan casi el mismo tiempo en el monasterio. Habla rara vez y le tiemblan las manos.

El río reluce al sol y Hildegarda entorna los ojos. Es casi mediodía, y el deshielo ha comenzado. El repentino calor ha desatado el río; la capa rugosa de hielo parece una piel de animal tensa y brillante. El agua destella; el río está repleto de oro, da la impresión de que uno podría sacarlo a puñados con las manos.

En treinta años apenas ha pensado en la vida fuera de Disibodenberg. Ha borrado las casas, los árboles, las personas, los animales, todo el mundo vivo y violento, que ahora se venga y se remueve en su interior. El pueblo desaparece dejando un rastro de hedor a orina y a niños sucios. En el bosque, los árboles tienen una altura sobrenatural, sus copas parecen una trama tejida en libertad contra el cielo.

Hildegarda reza todo el tiempo. Tiene el rosario de Jutta entre los dedos; el mundo crece ante sus ojos y oídos: la huella de una rueda, la maleza, viandantes descalzos. Reza por cada cuenta del rosario, en el pasado Jutta lo tuvo en sus manos en un viaje como ese, y ella estaba muda ante su belleza.

Cuando se acercan a Tréveris, Hildegarda señala en todas direcciones sin decir nada, pero el hermano Heine se ha quedado dormido y no se percata de nada. Mira las cabras, los niños, el bastón, al hombre que tira de la cadena de un oso, los bueyes, la tierra y al niño que está solo a un lado del camino, llorando. Hubo un tiempo en que ella también fue una niña que lloraba de soledad y hablaba con la luna. Piensa en Hildebert y en Mechthild, en sus hermanos y hermanas, y en las excursiones de su infancia a Maguncia. Piensa en un hermano que desapareció, en una hermana que murió; intenta recordar los nombres de los sirvientes y se inquieta cuando de pronto no recuerda el nombre de Agnes. De pequeña tenía perros, y los caballos de Hildebert eran los más bellos del mundo. Cabalgaba con su padre por el bosque, los árboles suspiraban, las piedras cantaban con voces frías y melancólicas. Cuando abandonó el hogar de su infancia, el cochero le contó que en el bosque vivía una niña sola. Era una niña de su misma edad, que deambulaba por la zona y dormía con los animales. De vez en cuando, alguien aseguraba haberla visto. Con el tiempo le salieron unas manchas en la piel, verdes, marrones y negras, de modo que se confundía con la espesura. En invierno, la nieve hacía crecer sus pestañas, gruesas y densas como el pelaje de un animal.

Hildegarda se pierde en sus recuerdos, el sol está bajo en el cielo y hace que todo brille con un tono plateado: las piedras, los caballos, el carruaje, el camino, incluso la piel. Se acercan a las puertas de entrada a la ciudad de Tréveris. Todo está unido por la luz y destella con la misma fuerza vivificante. Alguien señala el carruaje, alguien ríe, alguien se inclina hacia ella. Una muchacha guía unas ocas, hay un perro delgado que parece un lobo: es el perro del vendedor ambulante que arrastra un carro cargado con lana sucia. El muro del monasterio y su puerta abierta engullen a una gran cantidad de personas. El campanario es cien veces mayor que el de la iglesia de Disibodenberg; la piedra es gris y marrón; las nubes se juntan pesadamente como un tejado de pizarra y empieza a llover.

Hildegarda retira la cabeza bajo el toldo del carruaje, primero son unas finas gotas, como polvo pesado, luego caen con más fuerza, salpicando; el pelaje de los caballos queda empapado, y cuando al llegar el cochero los mete en el establo, los pobres animales tiemblan de frío. Hildegarda se queda de pie en la plaza, delante del albergue del monasterio, donde dormirá antes de visitar al orfebre a la mañana siguiente. Le duelen las piernas y la espalda de ir sentada tanto rato en el incómodo asiento del carruaje. Le duelen los ojos de haber visto tantas cosas por el camino. Es un monasterio de monjes; Heine comerá con ellos y Hildegarda dormirá en el albergue.

El hermano Heine ha desaparecido. Hildegarda espera en la plaza embarrada a que alguien acuda a recogerla y le indique el camino para ir a comer y dormir. La lluvia ha amainado un poco, pero su manto está empapado. El bullicio de la muchedumbre es insoportable; se tapa las orejas con las manos, y cuando las retira, es como si todos los sonidos se hubieran intensificado todavía más. Los cuerpos de la gente, los animales, el frío que asciende de la tierra: ese lugar no le da la bienvenida. Heine la ha dejado atrás y ella espera, reza, busca, observa a la multitud, no consigue animarse a cruzar la plaza e ir al albergue. Por fin, se le acerca un monje mayor cojeando, que la saluda en silencio. Sus ojos la observan amablemente; asiente varias veces. Como si las personas surgieran de debajo de la tierra, de repente aparecen un montón de mujeres y niños tendiendo las manos hacia ella.

—¡Madre Hildegarda! ¡Madre Hildegarda!

Mujeres pobres con niños entre las faldas, con las bocas abiertas y sin dientes.

—¡Ayúdeme, madre Hildegarda! ¡Cúreme, rece por mí, ayúdeme!

Una mujer se destaca en la multitud; se abre el blusón y deja un pecho al descubierto. Lo tiene hinchado, con la piel agrietada con tonos azulados y lilas, y una aureola de pus seco alrededor del pezón. Lleva en brazos a un bebé, cuyo pequeño rostro enrojecido cuelga hacia atrás.

Hildegarda alarga una mano y acaricia el rostro de la mujer, que arde de fiebre.

—Confiesa tus pecados, hija mía; solo Dios puede ayudarte.

—No, ahora me curaré porque la madre Hildegarda me ha tocado la frente. —La mujer estrecha al bebé contra su seno, triunfante, con los ojos brillantes de fiebre.

—¡Madre Hildegarda! ¡Aquí, aquí! ¡Madre Hildegarda, he perdido a muchos bebés!

Una joven levanta en alto a un niño escuálido para que lo vea. Debe de tener más de un año, pero apenas consigue mantener la cabeza erguida. Hildegarda se agacha un poco para verlo mejor: sus ojos están vacíos y son obtusos, y la barbilla está roja de saliva.

El viejo monje guía a Hildegarda por el comedor hasta la mejor habitación del albergue. Hay gente por todas partes; algunos son nobles con vestidos bonitos y caros, también hay campesinos con camisas gruesas y el rostro curtido por el sol. Cuando ella entra, dejan de hablar, la miran y susurran. Hildegarda se siente incómoda. Pide que le lleven la comida a la habitación para comer sola. La sopa desprende un olor acre, difícil de definir, y el pan se le deshace en las manos.

Cuando termina de cenar, abre el pequeño altar de viaje que el abad le ha dado y lo coloca en la mesa. Es un altar tallado bellamente en marfil, de tres hojas. Acaricia el cuerpo de Cristo en la cruz, pasa los dedos por una rama de vid y por las uvas. Reza hasta que oscurece completamente. Parece que Dios no tiene nada que decirle. Se quita el velo y lo cuelga en el respaldo de una silla antes de acostarse en la amplia cama. Las mantas huelen intensamente a grasa rancia y a aceite floral. Al otro lado de la pared se oye un ruido, como si alguien rascara el suelo con las uñas. Los pensamientos se agolpan en su mente: las mujeres que había delante del monasterio conocían su nombre. Los cuerpos se deshacen, pero las almas salvadas pertenecen a Dios, que las sostiene con riendas de oro y cristal.

Aunque le duele todo el cuerpo de cansancio, no consigue dormir. Se levanta varias veces para arrodillarse al lado de la cama. Reza por su propio corazón inquieto y por todas las almas infelices del mundo. Reza por las mujeres con el pecho inflamado y por sus hijos, que pronto tendrán que acostumbrarse a la ausencia de su madre. Reza por el niño de ojos vacíos y por los hijos que la mujer joven ha perdido. Reza por Volmar y por el abad y por sus hermanas, por Disibodenberg, que se diluye en la noche a muchos kilómetros de distancia.

Cuando por fin se duerme, la despierta un trueno en la oscuridad. La tormenta de primavera llega de pronto; un relámpago brilla fríamente y lo ilumina todo. En Disibodenberg, algunas hermanas temen a los truenos, aunque allí nunca ha caído un rayo. Hildegarda juega a imaginar que está en su cama en el monasterio. Al otro lado de la pared está Richardis acostada escuchando el fragor de la tormenta. Su piel brilla en contraste con su pelo negro, posee la misma belleza de Jutta antes de privarse de la energía vital. Sus sienes se curvan finamente hacia dentro, las venas pulsan con suavidad bajo su piel blanca y delicada. Las personas pueden acostumbrarse tanto las unas a las otras que sus pensamientos se entrelazan. Hildegarda acaricia el cabello a Richardis y le dice: «Querida hija». Dos personas pueden conocerse hasta el punto de notar la mirada del otro incluso con los ojos cerrados. Richardis bebe de la luz que mana de su corazón puro a través de la caja torácica. Sus miembros son gráciles y suaves, sus manos finas. Hildegarda trabaja bien y con confianza teniéndola a su lado. La primera corona de oro brillará en su cabeza. Richardis, la esposa más bella de Cristo.

7

Hildegarda se despierta antes del amanecer. Le duele la cabeza y quiere visitar al orfebre tan pronto como sea posible para regresar después a su monasterio. La noche anterior entendió hasta qué punto sus pensamientos eran pecaminosos: en ellos, Richardis era como una bardana, una flor rodeada de un pequeño puñado de púas, imposible de acariciar.

—En mi soledad —susurra, uniendo las palmas de las manos—, tuve la soberbia de creer que me habías enviado a Richardis para que fuera mi hija más amada. Pero ¿cómo puedo sentirme sola si nunca me abandonas, Señor? ¿Por qué tengo necesidad de hablar si tus palabras siempre resonarán en las Sagradas Escrituras?

El taller del orfebre está detrás del monasterio, al sur de la iglesia, entre el horno y la destilería de los hermanos; a un lado está el orfebre, al otro el herrero. El orfebre no pertenece a la orden, pero vive con su mujer e hijos detrás del taller. Hildegarda sigue al hermano Heine y a un hermano del monasterio, un hombre joven, rubio, cuya apariencia da prueba de que en ese monasterio la moderación no goza de gran crédito.

Ante el taller se ha congregado un grupo de hombres y mujeres. Esperan a Hildegarda, y en cuanto la ven extienden las manos hacia ella y le ruegan que los bendiga. El monje rubio los empuja con dureza, y cuando la puerta del taller se cierra tras ellos, Hildegarda lo amonesta.

—Esos hombres y esas mujeres buscan la salvación —dice secamente—, y vosotros los tratáis como si fueran perros.

El hermano desconocido se sonroja. Fija la mirada en el hogar y no se defiende.

No resulta fácil acordar con el orfebre cómo debe llevarse a cabo la tarea, y Hildegarda no puede evitar preguntarle qué salió mal cuando el mensajero se marchó de Disibodenberg con sus instrucciones. El orfebre no parece muy interesado en contestarle; aparta la mirada y se encoge de hombros.

—¿Lo hizo adrede o es que no fue capaz de explicarse? —pregunta Hildegarda sin rodeos, para ayudarlo.

—No, seguro que no fue adrede —susurra él sin alzar la mirada.

Hildegarda asiente. Ahora ha ido personalmente a Tréveris y no hay ninguna razón para hurgar en el asunto. Si un monje de su propio monasterio la está saboteando, tampoco podrá solucionar el problema con un orfebre a quien no conoce. En cambio, quiere escoger las piedras preciosas que adornarán las coronas. El orfebre abre sus cofres, donde guarda las piedras dispuestas en hileras.

—Todas las piedras preciosas contienen energía y humedad porque están hechas de agua y fuego —dice Hildegarda—. Poseen propiedades inmensas y ahuyentan al demonio. El diablo las odia y menosprecia porque le recuerdan que él poseía la misma belleza antes de caer del sitio que Dios le había asignado. —Hildegarda duda un instante; toca los rubíes y los granates—. El diablo también odia estas piedras porque algunas están hechas con el mismo fuego con que se le castigó. Por voluntad de Dios, Satán cayó en el fuego, y es vencido por la llama del Espíritu Santo cada vez que este, con su aliento vital, salva a un alma del diablo. —Hildegarda alza la cabeza y mira con severidad a los tres hombres.

El hermano Heine guarda su silencio habitual y la media penumbra suaviza su rostro. El monje rubio se arrodilla al suelo.

—Los rumores sobre ti son ciertos, madre Hildegarda —susurra, uniendo las palmas de las manos—. Hablas desde la devoción, y desearía vivir siempre cerca de ti.

Hildegarda retrocede un paso, asustada por la intensidad de sus palabras.

—Un rumor no es ningún testigo de mi devoción —replica ella secamente—. Si te arrodillas, ha de ser para honrar al Señor, no para alabar la piedad de una hermana insignificante.

El monje se levanta, confundido y avergonzado.

—Yo, yo... —tartamudea, evitando la mirada de ella, y se sacude nerviosamente el polvo de la túnica.

Hildegarda asiente. Levanta una mano ante su rostro como si quisiera bendecirlo. Entonces dirige su atención de nuevo hacia el cofre del orfebre.

—¿Qué conocimiento tienes sobre el poder de las piedras preciosas? —le pregunta mientras el hombre se toca con inquietud el anillo de oro que lleva en el meñique. Se aclara la garganta, pero abre las manos sin saber qué decir—. ¿Qué te ocurre? —pregunta Hildegarda—. ¿Has perdido el habla?

El orfebre mira de soslayo a los otros dos hermanos. El hermano Heine parece que no está escuchando la conversación. El monje rubio une y separa las manos, se pellizca una oreja con inquietud. Hildegarda niega con la cabeza. Se lleva una mano a la boca y abre burlonamente los ojos como platos.

—Dime: ¿sabes algo de los poderes de las piedras? —le pregunta de nuevo, impaciente.

El orfebre rebusca en el cofre y carraspea otra vez.

He aprendido algo de los hermanos —responde al fin—. Sobre los zafiros, que sirven de amuleto a los que viajan a Tierra Santa para luchar en las cruzadas; también sé algo del cristal de roca, que transmite a su portador un poco de la fuerza de la roca, y luego... —Se encoge de hombros.

Hildegarda asiente pensativa.

—Dios deja su huella en todas las cosas —dice—. Las piedras preciosas vienen de Oriente, donde el sol arde con intensidad. Las montañas de esa zona son cálidas y secas como el fuego. Los ríos llevan agua muy caliente, y cuando a veces se desbordan, suben hacia las montañas, que escupen una especie de espuma en cuanto el agua las rodea. Ocurre lo mismo que cuando el agua toca hierro candente, y chispea y salpica. La espuma es como un pegamento que se seca y se convierte en piedra preciosa en pocos días, y entonces cae a la tierra como semillas. Cuando el río vuelve a subir, arrastra las piedras consigo y las deja en diferentes sitios, donde los hombres las encuentran con gran alegría. —Hildegarda asiente, mirando el cofre—. Ya he escogido.

Las coronas constarán de una serie de piezas planas unidas por bisagras. De esta forma, cuando lleguen nuevas monjas al monasterio, podrán adaptárselas ellas mismas. Cada pieza llevará una rosa de oro de adorno. En el centro, un pequeño ópalo blanco simbolizará su pureza. La pieza que quedará en la frente llevará incrustadas tres piedras, exactamente como Hildegarda lo vio en su visión. Las coronas de las novicias portarán un zafiro y dos perlas blancas; las de las hermanas, un zafiro y ópalos, y la de Hildegarda, un zafiro y esmeraldas. La única que no llevará corona es Margreth, porque no era virgen cuando ingresó en el monasterio. Su vestido negro entre las túnicas blancas recordará, tanto a las hermanas como a la comunidad, qué don valiosísimo es la virginidad y con qué facilidad puede perderse.

Cuando terminan con el orfebre, Hildegarda se siente aliviada. Ha prometido que tendría las coronas listas en verano, de modo que las hermanas puedan llevarlas el día del nacimiento de la Virgen María, en septiembre.

Quiere regresar a casa cuanto antes, pero el hermano Heine afirma que es imposible llegar a Disibodenberg antes de que anochezca, y a Hildegarda le apetece menos tener que pernoctar en algún albergue desconocido que pasar una noche más en Tréveris. Así que asiste a misa y luego se retira a su habitación. Por primera vez en mucho tiempo, siente que una gran calma y alegría recorren su cuerpo, y no le cuesta concentrarse plenamente en la plegaria.

A la mañana siguiente se oye alboroto fuera de la habitación de Hildegarda. Ella no imagina que sea por su causa. Recoge el pequeño altar y se prepara para el viaje. No tiene ganas de salir hasta que el carruaje esté listo, y espera a que vayan a buscarla.

Alguien llama a la puerta y mueve impacientemente la manija intentado abrir.

—¿Quién es? —pregunta Hildegarda a través de puerta cerrada.

—¿Madre Hildegarda? ¿Es usted? —pregunta un hombre desde fuera. Vuelve a coger la manija, pero la puerta no cede.

—Soy Hildegarda de Disibodenberg, ¿quién eres tú? —Se lleva las manos al pecho, apretándolas para calmar su corazón desbocado.

—Soy Evald von Echternach. No me conoce, pero como todo el mundo en el reino he oído hablar de usted y necesito su ayuda.

—No conozco ni tu nombre, ni tu corazón ni tu mente —dice Hildegarda, acercándose a la puerta con sigilo . ¿Y aun así ruegas a una virgen piadosa que te reciba en su habitación?

Al otro lado de la puerta se hace un silencio. Se oye un ruido y susurros. Alguien tose, un niño rompe a llorar.

—No soy el único que ha venido a buscarla, madre Hildegarda —dice—. Ha llegado gente de todos sitios. Todos esperamos su bendición.

8

Antes incluso de saludar a sus hermanas, Hildegarda se precipita en la penumbra hasta las dependencias del abad. Llama varias veces a su puerta, y aunque el sirviente le pide que espere en el recibidor, ella hace caso omiso y entra en el estudio del abad, que se levanta de la mesa, confundido, y abre los brazos con asombro.

—¿Por qué no me lo contó? —le pregunta ella. Todavía lleva la capa puesta, salpicada de barro hasta la altura del pecho—. ¿Por qué me ha mantenido en la ignorancia como si fuera una niña? ¿Cómo puede permitir que salga al mundo sin ninguna preparación para eso, como una idiota? ¿Por qué no me había dicho lo grave que era la situación?

El abad está completamente desconcertado. Solo piensa en cómo detener ese torrente de palabras.

—Hildegarda —dice, indignado—, ¿por qué entras en mi estudio corriendo e interrumpiéndome de este modo?

Ella alza los dos puños, y él tiene que contenerse para no echarse a reír. Solo le llega al mentón, pero se comporta como un gallo listo para pelear.

—Llama a Volmar —dice el abad al sirviente, que está al lado de la puerta boquiabierto—. Hildegarda, siéntate, cálmate y explícame qué es lo que ocurre.

Por una vez, Hildegarda se sienta. Se deja caer en la silla y no dice ni una palabra. Solo cuando el sirviente regresa a toda prisa acompañado por Volmar, rompe el silencio y llora desconsolada. Volmar no entiende nada y mira al abad, que pone los ojos en blanco y se sujeta la cabeza. Entonces Volmar se arrodilla ante Hildegarda y le pone la mano en el brazo.

Ella se calma un poco. Volmar le coloca dos dedos en la muñeca y finge estar tomándole el pulso. No cuenta los latidos, solo evita encontrarse con su mirada.

—Debe de haber supuesto un trastorno considerable salir al mundo después de tantos años —dice el abad amablemente, sentándose—. Por eso no era partidario de que fueras a Tréveris, Hildegarda —continúa—. Los sentidos no se adaptan tan rápidamente; creo que Volmar estará de acuerdo conmigo.

Hildegarda niega con la cabeza.

—Desde el momento que Dios me pide que salga al mundo, me da fuerzas para hacerlo —dice. Las lágrimas continúan deslizándose por sus mejillas.

—¿Fuerzas? —repite el abad, riendo—. ¿Y por qué has llegado aquí corriendo con tal desesperación?

Volmar le pone una mano en la mejilla, pero ella se aparta y se levanta.

—Porque... —Hildegarda tiembla de indignación. Cierra los ojos para controlar la respiración. Se aprieta el rostro con ambas manos.

Durante un rato largo nadie dice nada. Se oye el ruido de una silla rascando el suelo, los pasos del sirviente del abad pasando por delante de la puerta.

—Había gente por todas partes —susurra entonces.

—¿Y qué esperabas? Es un monasterio inmenso, y Tréveris es una gran ciudad, Hildegarda. —El abad se encoge de hombros y mira a Volmar con aire interrogativo.

—Daba por descontado que habría mucha gente y animales —dice ella en voz baja—, pero no había previsto que conocieran mi nombre, ni mucho menos que me llamasen «madre Hildegarda» y «Sibila del Rin». —Se calla y mira a Volmar, confundida—. Iban con sus hijos y estaban convencidos de que yo podía salvarlos de la enfermedad y la muerte. Se acercaban con sus pecados y sus tribulaciones, y me rogaban que les predijera el futuro. Un hombre joven de Echternach llamó a mi puerta de buena mañana para pedirme consejo sobre asuntos mundanos —dice—. Conocían mi nombre, Volmar, ¿lo oyes? ¡Conocían mi nombre! —Se apoya contra la pared y guarda silencio.

—Hildegarda, ha sido un viaje largo; tienes que descansar —dice Volmar, intentando calmarla.

—Pero antes el abad tiene que aclararme por qué toda esa gente conocía mi nombre —replica testarudamente.

El abad se levanta.

—Te he contado infinitas veces que corrían rumores sobre ti, Hildegarda, y sé que Volmar también lo ha hecho. Ya hablamos de ello cuando Margreth llegó al monasterio. No puedes decir que te lo hemos ocultado. Aunque al prior no le guste que seas consciente de ello, tú misma oyes cómo los enfermos preguntan por ti en la enfermería, y sabes suficiente geografía para entender que no todos vienen de los alrededores de Disibodenberg —contesta él.

—Rumores... —susurra ella—. Sí, habíais hablado de rumores, ¡pero nunca dijisteis que tenían un alcance tan desproporcionado! Unas cuantas habladurías que circulaban entre algunos hermanos pobres de espíritu, rumores estúpidos y ridículos sobre supuestas facultades mágicas, ¡pero cómo iba a imaginar semejante barbaridad! Jutta tenía a sus peregrinos, cuidaba el alma de los pecadores, pero yo solo cuido a enfermos.

—Se deja caer arrastrando la espalda por la pared hasta quedar en cuclillas

Volmar intenta ponerla en pie.

—Estoy cansada y mareada —susurra—, eso es todo. Siento una pena profunda por la ignorancia y el sufrimiento de la gente. Cuando veo que dan la espalda a Dios, quien dejó que su Hijo muriera en la cruz por nosotros, rompo a llorar. Me desespera que mi propio abad me ocultara el alcance real de la cuestión y con ello me impidiera hacer todo lo posible para acabar con esos excéntricos rumores sobre mi supuesta santidad.

—¿Acaso no entiendes nada, Hildegarda? —protesta el abad—. ¿No entiendes que trato de protegerte? ¿Que el prior, justamente y en consonancia con lo que tú misma estás diciendo ahora, ha exigido en todo momento que no recibieras a peregrinos porque todos somos iguales y ningún ser humano tiene que ser elevado por encima de los otros? Sabes muy bien que los hermanos a quienes no les gusta estar rodeados de mujeres dicen que es un error que estéis aquí y que solo tú y Jutta fuisteis bienvenidas en su día. Temen que la degradación moral de Disibodenberg empezara con la llegada de Margreth. Puedo controlar sus habladurías, Hildegarda. Son obedientes y devotos, desean acercarse cada vez más a Dios. A los que no son capaces de mantener la boca cerrada puedo expulsarlos; al resto, puedo recordarles tu gran piedad o las grandes dotes que aportan las hijas de la nobleza que ingresan aquí. Pero fuera de Disibodenberg, mis palabras no tienen ningún poder. A ojos de la gente común, Disibodenberg es tu monasterio, yo soy un abad insignificante y el prior ni siquiera existe. ¿Cómo puede alguien a quien nadie conoce corregir a aquellos que no creen que tus palabras procedan de Dios? ¿Por qué los impíos deberían imaginar que mi tarea principal va más allá de atraer a vírgenes acomodadas al monasterio? Todo el mundo sabe que el oro se acumula en los monasterios mientras la moral se degrada, y tú, Hildegarda, a ojos de cierta gente eres parte de esa decadencia. Otros buscan una figura salvadora en la tierra. La madre que ha perdido a sus hijos está dispuesta a creer lo que sea para recuperarlos. El pecador arrepentido busca un agujero por donde colarse en el paraíso, y cree encontrarlo tocando un pedazo de tu capa. También existen los falsos profetas, y si hasta a los eclesiásticos nos cuesta diferenciar entre lo que procede de Dios y lo que simplemente es un juego de artificio de Satán, ¿cómo esperar entonces que la gente común sea capaz de hacerlo? Las malas lenguas hablan, Hildegarda, y tú cargas con parte de culpa. Lo único que deseo es protegerte igual que deseo proteger al resto de mis hijos. ¿No lo entiendes?

—¿Culpa? —Hildegarda se pone en pie—. Si es culpa mía, no entiendo cómo —dice, y suspira—. En esta cuestión, la ignorancia no me protege, sino que me hace todavía más inútil.

—El silencio te protege —dice el abad—. Y es lo único que se te ha pedido. No comprendo por qué ese sacrificio tiene que pesarte más a ti que a los demás. Si desde el principio hubieras guardado silencio, nada de esto habría ocurrido.

—¿Cómo podía guardar silencio si Dios me habla? —pregunta Hildegarda, indignada—. Es pecado desoír la palabra del Señor, y a sus oídos han llegado siempre únicamente advertencias y asuntos de suma importancia, abad. Cosas con las que imagino que no pretendía que lidiara sola.

El abad se ha girado y le da la espalda. Asiente varias veces, como si hablara consigo mismo.

—Tienes razón, Hildegarda —dice—. Pero por lo visto lo que yo crea o piense no convence a nadie.

9

Las hermanas no se han quitado el velo después de las completas para recibir a Hildegarda, como si hubiera estado fuera varios meses. En esos momentos, ella desearía ser invisible para el mundo. Evita las miradas y las manos tendidas y busca refugio en su habitación; desea dormir. Está mareada y deja la vela encendida. Le asalta la imagen de una muchedumbre que se multiplica sin cesar, invadiendo las paredes y el techo, y tiene que apretarse los ojos para que esa locura desaparezca. Detrás de los ojos cerrados bailan el color dorado y el naranja. Hildegarda ahuyentó a Evald von Echternach, amonestándolo y señalando a todos los enfermos y desgraciados que lo rodeaban, cuyos problemas eran mucho más graves que los suyos. En vez de avergonzarse, se enfureció. Las maldiciones de un joven noble no significan nada para ella, y lo incluye en sus plegarias.

—«No devuelvan mal por mal ni insulto por insulto; más bien bendigan, pues para esto han sido llamados; y de este modo recibirán la bendición»[37] —susurra Hildegarda.

La vela parpadea como si una corriente cruzara la habitación; la llama se extingue, la oscuridad se cierne a su alrededor igual que un ser viviente. De pronto, la llama se enciende de nuevo, recta contra la pared, proyectando en ella las sombras negras y alargadas de la cama y la silla.

—Tú me has dado la vida y la voz —sigue susurrando, con un hormigueo en el rostro—. Enséñame a utilizarlas según tu voluntad.

Tiene la impresión de que algo le estalla en un ojo, pero sin dolor. La luz es mil veces más intensa que la del sol. Aguarda, dispuesta a ver qué ocurre. Aguza el oído, pero durante largo rato solo puede oír su propia respiración. Entonces percibe un grito que atraviesa la celda y la carne: «Tu, frágil ser, polvo y cenizas perecederas: escribe y difunde lo que ves y oyes. Escríbelo no según tu propia voluntad o la de otras personas, sino según Su voluntad. Él, que todo lo sabe, todo lo ve y todo lo controla».

La voz y la luz desaparecen al mismo tiempo sin dejar rastro. Solo un espasmo en el cuerpo. Hildegarda se aferra al colchón con ambas manos hasta que los nudillos se le vuelven blancos y los dedos le palpitan. Su cama es la celda de una abeja reina que gravita dulcemente en la oscuridad. Su palabra tiene que fluir como miel sobre los hombres para llevarlos más cerca de Dios. Todo lo que ha sufrido debe abrir un camino ancho como un océano. Lo único que debe hacer es escribir y difundir. Y el Señor no podía haberle impuesto una tarea más difícil.

Hildegarda se levanta para rezar los maitines como si nada hubiera ocurrido. A sus hermanas no les cuenta la experiencia en el monasterio en Tréveris. Solo cuando ella y Richardis se dirigen a la enfermería después de la tercia, le habla del taller del orfebre. El rostro de Richardis se ilumina y su entusiasmo llena de alegría a Hildegarda.

—Tú llevarás la primera corona —le dice, y se arrepiente de su pecado al instante.

Richardis la mira con expresión grave. Entonces ríe. Es como una lluvia de ópalos y perlas, y Hildegarda desea que nunca deje de reír.

—Serás la primera, como todas tus hermanas vírgenes —añade mientras entran en la enfermería, con un tono tan bajo que es imposible que Richardis la oiga.

Volmar no deja de observarla. Se da cuenta de que todavía le preocupa algo; escucha su voz mientras da instrucciones a Richardis, y nota la sumisa desesperación que subyace a las palabras corrientes. Confía en que ella irá a verlo cuando haya terminado el trabajo de la jornada, pero no lo hace. Los días siguientes no se deja ver, y Volmar piensa que seguramente solo está cansada después del viaje y que él se equivocaba.

Cinco días después de su regreso, Hildegarda lo manda llamar. Elisabeth se presenta ante su puerta, hablando atropelladamente de parálisis y ceguera. Volmar se asusta. Se apresura detrás de Elisabeth; la luz de la vela danza ante sus propios pies, pero donde pisan está completamente a oscuras. Hildegarda dijo una vez que sus almas habían convergido, y a él le habían parecido palabras cercanas al demonio. Ahora siente su verdad más que nunca. El alma de ella atraviesa los muros del convento y se funde con él en un ocho perfecto.

Cuando oye su voz, Hildegarda rompe a llorar. Manda salir a los demás y se aferra a su mano. Él sostiene la vela ante su rostro; las pupilas se mueven de un lado para otro. Ocurrió de repente. Después de comer, sintió una necesidad imperiosa de leer las reglas benedictinas, aunque no es algo que haga a menudo. A mitad del texto tuvo la sensación de que los ojos se le llenaban de agua. Al principio no le molestó y continuó leyendo. Antes de terminar empezaron a escocerle, y el agua se convirtió en una niebla que le impedía ver con claridad. Creyó que era el cansancio, porque no había mucha luz, pero entonces se sintió exhausta. Al levantarse de la mesa de lectura perdió el conocimiento, y las hermanas tuvieron que llevarla a la cama. Era como si el peso de su cuerpo se hubiera multiplicado por mil, como si sus huesos fueran de plomo y la aplastaran contra la cama. Llora de miedo y dolor, y Volmar no sabe qué hacer. Se arrodilla junto a su lecho, y sus plegarias ayudan a calmarla.

—No hay mayor pecado que alejarse de Dios —susurra ella, y él asiente en silencio—. Solo puedo ver el contorno de tu rostro —gime—; tus ojos son como dos huellas en la nieve, nada más.

Él intenta tranquilizarla. Le dice que desde buen comienzo intuyó que ese viaje era un esfuerzo innecesario para ella, y que no debe olvidar que nunca tuvo una constitución fuerte.

Ella niega con la cabeza.

—Soy una pecadora, ¿no lo entiendes? Dedico mis días a rezar, pero mis oídos se cierran a la palabra de Dios —dice sin dejar de llorar.

Volmar le replica que no entiende qué quiere decir, y que debe dormir para recuperarse.

—Dios se me apareció —dice, intentando incorporarse y temblando a causa del esfuerzo—. Me dijo que tengo que escribir y difundir, Volmar, pero yo no quiero ni oír hablar de ello. Me castiga por mi desobediencia. Me honra con su presencia, carga con mi sufrimiento, y yo le doy la espalda. ¿Qué clase de persona soy, Volmar? ¿Cómo puedo ser tan miserable?

Volmar niega con la cabeza, incapaz de decir nada.

—Él me convierte en su portavoz y yo no logro canalizarlo, de modo que lo único que se oye son sonidos malogrados. Entonces me encadena a esta cama y sé que solo tendré permiso para levantarme cuando haya conseguido, de todo corazón, prometerle que seguiré su orden. —Hildegarda respira rápida y esforzadamente.

—¿Cómo puedo ayudarte? —susurra él, poniéndole una mano en el brazo—. Dime qué quieres que haga.

Ella vuelve otra vez el rostro hacia Volmar. Llora.

—Sí, Volmar, debes ayudarme. Sé lo bien que iluminas los manuscritos y cómo te gusta hacerlo. Tienes que escribir lo que oigo y dibujar lo que veo. Tienes que ir a ver al abad esta noche y rogarle..., no, exigirle su permiso. Confío en ti, Volmar; sé que te escuchará.

Hildegarda se humedece los labios con la lengua y se enjuga las mejillas con las mangas. Sabe que Volmar acepta, aunque no pueda verlo.

10

Día de San Vito, 15 de junio de 1146

Por la noche, Hildegarda sueña que la primavera acaba de empezar. Sin embargo, ya huele intensamente a manzanas maduras y a flores, tomillo y salvia. Se pasea sola por el huerto medicinal en fina ropa interior. Las flores deberían estar a punto de brotar, pero en algunos sitios ya se han marchitado y su cabeza cuelga. La hierba está seca como en septiembre. El suelo cruje bajo sus pies como si hubiera helado y por donde pasa va dejando un rastro amarillento.

Hildegarda se despierta y todavía es junio. Es el día de San Vito; una mariposa bicolor revolotea alegremente entre las flores de unas acederillas de tallo esbelto. Los gansos corren tras sus crías, los helechos que crecen junto a los muros despliegan nuevas yemas.

Hace más de cinco años que Hildegarda salió del monasterio hacia Tréveris. Más de cinco años desde que visitó al orfebre y enfermó a su regreso porque en un primer momento no quiso obedecer la voluntad de Dios. Desde que se levantó de la cama, tras la enfermedad, Hildegarda ha recorrido a diario después de la tercia el camino que va desde la sección de las mujeres hasta el estudio del abad. Los miércoles, Kuno manda a su secretario y a su sirviente a realizar otras tareas mientras él revisa las cuentas del monasterio junto con el prior, y entretanto permite que Hildegarda y Volmar trabajen en secreto en su estudio; esa es la solución que se le ocurrió. Hildegarda se ha fortalecido y ahora casi no padece fiebres. De este modo, el abad se ahorra sus quejas e indignación, y el prior, de momento, no sospecha nada.

Al principio, Hildegarda rebosaba de euforia. El abad dio su bendición para que todas las revelaciones que había tenido y todas las que tuviera en adelante se transcribieran. Ella era un águila y un halcón, podía mirar el sol directamente sin quedarse ciega. Las palabras le salían a borbotones; la palabra del Señor se plasmó en tinta tal como Él había mandado. Con el tiempo, la primera alegría nerviosa se entrelazó con otros mil estados de ánimo cambiantes, una red de pesca de la que, con la ayuda de Volmar, Hildegarda saca todo tipo de peces brillantes y llenos de vida.

Escamas, piel de pescado, branquias. ¿Quién puede respirar libremente cuando la imposición de silencio queda sustituida por una nueva imposición, la de guardar un secreto a cualquier precio? Al principio no fue un problema. Por aquel entonces, Hildegarda sentía un inmenso agradecimiento hacia el abad, que no preguntaba nada y se limitaba a poner su estudio a disposición de ella y de Volmar. Cuando llama a la puerta, es Volmar quien abre. Se sienta en la silla baja o se queda a su lado. Él está junto al escritorio, de espaldas a la ventana, de modo que la luz se proyecta sobre el pergamino. Solo trabajan mientras la luz del día lo permite. Los ojos de Volmar ahora se cansan con facilidad, a menudo le lloran y entonces comete errores. Aun así, es impensable que alguien que no sea él se encargue de dirigir la pluma. Solo un alma que ha crecido dentro de la suya puede ver sus palabras como imágenes, plasmar sus pensamientos en frases. Hildegarda garabatea letras rápidamente en la pequeña tablilla mientras él trabaja en el esbozo de un dibujo de la imagen que ella le describió la semana anterior, y sobre la cual ha estado reflexionando. Luego él lee lo que ella ha escrito, le pregunta lo que no entiende y corrige su gramática torpe antes de empezar a escribirlo en tinta.

Hay semanas en las que Hildegarda está de muy buen humor. Salta de aquí para allá como si fuera una liebre y Volmar se contagia de su alegría desbordante. Ella señala sus manos manchadas de tinta y lo llama su «pequeño ternero moteado». Otras veces se muestra taciturna y silenciosa.

—Soy vieja —le dice, sacándose un mechón de cabello de debajo el velo. Ya no es rojizo, sino casi blanco.

—Yo soy más viejo que tú, Hildegarda —replica él—; tengo cincuenta y cinco años.

—¿Por qué escribimos la palabra de Dios si de todos modos solo tú, el abad y yo podemos leerla? Ya está enraizada en mi alma; tú te acuerdas de todo lo que te cuento. Este trabajo asiduo no tiene ningún sentido.

—Dios tiene un plan que no nos ha sido revelado —replica Volmar. No se le ocurre una respuesta mejor—. Lo único que sabemos con seguridad es justo que sí tiene un sentido.

—Ambos somos viejos —dice ella—. ¿Es así como debe ser? ¿Es que Dios nos tiene en tan alta consideración que solo nos revela su grandeza a nosotros? ¿Me deja oír su voz únicamente para que la guarde como un hombre acomodado guarda su cofre lleno de riquezas?

Volmar está inclinado encima del escritorio coloreando cuidadosamente círculo tras círculo, cada uno dentro del otro, los nueve coros angélicos; una rueda roja y dorada, blanca y azul.

—El círculo del centro no debes colorearlo —dice Hildegarda, señalándolo. Tiene la mano salpicada de pecas, las uñas cortas y descuidadas.

—¿Lo pinto de blanco? —pregunta él, levantándose para observar el dibujo a distancia.

—No, no debemos pintarlo de ningún color; el pergamino debe quedar como está. —Suspira y niega con la cabeza. No puedo continuar así —susurra entonces. Está de pie junto a la ventana, tapando la luz.

Volmar dibuja el aura de los ángeles más exteriores con tinta negra. La línea del círculo más grande manda, de modo que a algunos les queda un aura cortada por el medio.

—«Todos estos ángeles son llevados por el viento como antorchas»[38] —susurra sin girarse hacia Hildegarda.

—«La alabanza del mar es la alabanza de la creación de hombres y ángeles»[39] —continúa ella—. ¿Quizá la culpa es mía, Volmar? Una mujer tiene el deber de callar y adorar a Dios con humildad y en silencio. Una mujer debe amoldarse, someterse y servir al Señor sin estridencias. ¡Creer es seguir obedientemente la voluntad de Dios, Volmar! ¿Soy yo el problema? ¿Se trata de mi naturaleza pecadora, que me impide ser obediente? ¿Es mi vanidad lo que me hace insoportable pensar que nadie pueda contemplar esa grandeza de Dios? Mira qué belleza, Volmar; mira la huella de Dios en todo lo que dibujas y haces. Nos alegramos con solo verlo, y aun así mi corazón se rompe de pena.

Hildegarda se abre paso entre las mujeres, aunque en verdad no las ve. Sin descuidar sus deberes, piensa en cuán efímera es la paz. En octubre descubren que hay gusanos en casi todas las manzanas que guardaron para el invierno. Túneles negros, manchas oscuras en la fruta. Se queda de pie ante la despensa, observándolas. Richardis le muestra un puñado de manzanas dañadas, sosteniéndolas con ambas manos, pero ella apenas reacciona. Simplemente se encoge de hombros: «Mientras no sean las uvas...», dice. Richardis asiente sin entender nada; a veces Hildegarda es capaz de montar un auténtico drama por una pequeñez, pero otras parece que ni se da cuenta. En una ocasión, cuando iban a la enfermería, Hildegarda se detuvo en mitad del camino y se quedó allí plantada con los ojos cerrados. Richardis no se atrevió a decirle nada y esperó a su lado, en silencio.

—Águila noble, cordero frágil —susurró Hildegarda—, tómame, porque mi cuerpo y mi sangre te pertenecen. —Al abrir los ojos, miró a Richardis con una expresión que la enorgulleció y avergonzó al mismo tiempo.

La vez que regresó de Tréveris, tan pronto como estuvo a solas con ella le cogió el rostro con ambas manos. Le susurró que sus ojos habían ansiado ver el rostro de su hija y que deseaba tenerla a su lado el resto de su vida. Richardis echa en falta la atención de Hildegarda. Cumple con todas sus tareas y se sume en las plegarias. Sabe que Hildegarda escribe con Volmar en las dependencias del abad, y cuando Hildegarda está lejos o ausente, se conforta pensando que es la única hermana que conoce el secreto.

Hildegarda mira a través de las manzanas podridas las manos de Richardis, ve hasta los huesos de la muchacha. El olor acre canta como un coro de cigarras. Tierra, vino y moho; necesita salir a respirar ahora mismo. Richardis la sigue arrastrando los pies, haciendo un ruido irritante. Hildegarda se vuelve para reprenderla, pero entiende enseguida que no tiene sentido y hace un gesto evasivo con la mano. Hildegarda suda; sube la escalera, piensa en tinta y en pergaminos, teme y desea a la vez que vuelva a ser miércoles.

—En la muerte —dice de repente, girándose hacia Richardis, que la mira asombrada—, solo en la hora de la muerte se sabe si las luchas emprendidas han sido inútiles, si nacieron del pecado o la piedad.

11

Hildegarda ha oído hablar de Bernardo de Claraval, pero no lo conoce. Sabe que es uno de los hombres más piadosos del mundo. Una noche sueña que él está al borde de un acantilado, mirando directamente al sol sin parpadear. En el sueño aparece Drutwin, sentado a su mano derecha y comiendo a su mesa. Cuando despierta, se siente aliviada y apesadumbrada a la vez.

De vez en cuando, Volmar le lee en voz alta pasajes escritos por Bernardo. Quiere refundar y recuperar los principios de sencillez y severidad sobre los que se creó la orden benedictina. Es el líder de la orden cisterciense, y desde el monasterio de Claraval, donde ejerce como abad, denuncia las interpretaciones erróneas que se hacen de las Sagradas Escrituras y habla de reformar el monacato. A veces, sus palabras son tan afiladas que cortan los pensamientos de Hildegarda como un bisturí. Un monje que los visitó hace poco habló a Volmar acerca de la predicación de Pascua que dio Bernardo en Vézelay, Francia. Entre los presentes se hallaba Luis VII de Francia, su esposa Leonor de Aquitania y otros nobles, que se mostraron muy receptivos cuando Bernardo, en nombre del papa Eugenio III, predicó que era necesario emprender una nueva cruzada. Los peregrinos regresaban con un mensaje de los cristianos de Siria, que pedían ayuda; Edesa había caído en manos de los infieles y necesitaba todo su apoyo. Los presentes en la iglesia en Vézelay, personalidades de suma importancia, se arrodillaron de inmediato a los pies de Bernardo de Claraval y juraron que defenderían la cruz. Incluso Leonor, madre de un niño pequeño, insistió en que ella misma participaría a caballo en la cruzada. El emperador del Sacro Imperio Romano Germánico, Conrado III, comandará el ejército sagrado contra Constantinopla.

Hildegarda escucha y piensa que se trata de una señal que todavía no sabe interpretar. La primera cruzada tuvo lugar el año en que ella nació. Ahora, la segunda parte hacia Tierra Santa justo cuando ella anhela con más intensidad que nunca algo que no es capaz de expresar.

Cuando dice que quiere escribir una carta a Bernardo de Claraval, Volmar se opone de forma tajante. Bernardo tiene cosas más importantes que hacer que ocuparse de leer sus cartas, espeta secamente. Volmar ha oído que Rodolfo, uno de los hermanos cistercienses de Bernardo, ha llegado a Renania, donde predica contra los judíos. Aunque Bernardo desea, como es lógico, que la cruzada ponga fin al paganismo en todo el mundo, a la vez aspira a la paz e intenta que Rodolfo modere sus palabras cargadas de odio. En Colonia, los cristianos intentaron forzar al rabino Simeón de Tréveris a recibir el bautismo sagrado, y al negarse lo decapitaron sin más. En otros sitios, los cruzados perforan las manos y los pies de los rabinos para que recuerden el sufrimiento y la muerte de Cristo. Hildegarda aprecia que Bernardo se pronuncie en contra de las masacres. Que luche con justicia contra la barbarie fortalece su deseo de escribirle. Dice que sería un honor invitarlo a Disibodenberg y tener la oportunidad de conocerlo personalmente. Volmar dice que eso es impensable, y ella no responde.

Hildegarda se quema la lengua con las gachas del desayuno; piensa en la Tierra Santa y en la cruzada, que vencerá bajo un sol brillante que enciende el cielo, encima de cenizas y arena, animando los corazones de los cristianos. Piensa en una paz tan efímera como lo es la alegría; piensa en la muerte, que acecha desde el fuego gris de la luz. En medio de una conversación con Margreth y Ágata, piensa en la huella que dejan los cascos de los caballos en la tierra oscura y fangosa, en un caballero al galope que lleva una carta en su talega, y de pronto se levanta. Las hermanas permanecen sentadas cabizbajas, creyendo que Hildegarda se ha enfadado, temerosas de haber dicho algo malo. Pero ella simplemente se va sin decir una palabra.

—Quiero escribir una carta a Bernardo de Claraval —le repite a Volmar—. Si no me ayudas tú, lo haré sola.

—Pero el abad... —aventura Volmar.

—Me aseguraré de que el abad sea informado en el momento oportuno —contesta ella rápidamente.

—¿Antes o después de que la carta sea enviada?

—¡Será informado en el momento oportuno!

—Eso no le gustará.

—¿Cómo podemos saberlo nosotros? Y por cierto, ¿qué sabes tú de lo que voy a escribirle?

Volmar cede. Preferiría mil veces continuar ilustrando la lengua de fuego del dragón en la imagen que acompaña la visión de Hildegarda de Satán, que seduce a los hombres haciéndoles creer que no existe. Hildegarda lee sus pensamientos y se ablanda un poco.

—Te doy las gracias por tu fidelidad —le dice, asintiendo hacia la imagen—. Verás como no has iluminado todos estos manuscritos en vano. Verás como Dios nos recompensará a ambos por nuestra paciencia.

Hildegarda escribe: «Muy honorable padre Bernardo». Y luego: «A ti, que ardes de amor por el hijo de Dios, te ruego: por la luz radiante del Padre, por su maravillosa Palabra, por su sonido sagrado, que resuena en toda su obra de creación, por el Padre supremo, que a través de su fuerza llena de dulzura y verdor envió su Palabra al vientre de la Virgen, donde se transformó en carne y sangre como la miel en un panal».

Le suplica humildemente comprensión. Le confía que llora de pena porque los rumores y las divisiones la han forzado a guardar silencio, y solo puede confiar en Volmar y en el abad, pero que desde que era niña ve cosas increíbles, que no pueden verse con ojos corrientes; que de este modo ha recibido enseñanzas sobre los salmos y los evangelios que le han llegado a lo más profundo de su alma y su corazón. También escribe que desde su infancia no se ha sentido segura ni un solo instante, y le ruega de todo corazón que le diga qué debe hacer: ¿callarse o hablar? Cada vez que guarda silencio, el Señor la castiga haciéndola enfermar, pero no confía en su propia capacidad de juicio. Escribe:

> *Tú estás en armonía; yo me tambaleo.*
> *¡Tú elevas el mundo entero hacia la salvación!*
> *Tú eres el águila que mira directamente al sol.*

Volmar relee las palabras en la tablilla varias veces. Sus mejillas arden, lo invade un sentimiento indefinible, una mezcla de miedo y expectación. Ya no le pregunta a Hildegarda si está segura de hacer lo correcto. De pronto ya no se siente como su mentor sino más bien como un alumno lento que tiene que ganarse la paciencia de su maestro. Relee el párrafo sobre la miel y el panal. Siente que le falta el aire y tiene que sentarse. Hildegarda lo mira preocupada y le sirve cerveza. No le pregunta qué opina; se limita a esperar impasible. La grasa dorada de la miel, el inquieto zumbido de las abejas. Se apoya en el escritorio, alisa el pergamino, aunque ya está liso, sumerge la pluma en la tinta oscura; su voluntad ya no le pertenece.

12

Al prior le gustan las reuniones de los miércoles con el abad. Aunque tienen opiniones distintas sobre muchas cosas, se ha acostumbrado a la forma tranquila en que el abad habla a los hermanos, y le complace visitar la despensa, los telares, los viñedos, los establos, el granero y el vertedero. Le complace revisar las cuentas y el diezmo de los campesinos del pueblo, y la lista de cuentas que detalladamente ha preparado el encargado de la despensa. No hay cambios demasiado significativos de semana en semana, el año avanza con su propio ritmo pausado.

Ha llegado agosto y hay mucho trabajo. Las uvas se redondean y endulzan, del huerto medicinal llega el olor a lúpulo y a tomillo. Por primera vez, ese año han plantado lino. Fue decisión del prior, aunque la mayoría opinan que será inútil. El lino no debe plantarse como la vid, dicen; allí la tierra no tiene suficientes nutrientes. Tanto el prior como el abad sueñan con que un día el monasterio llegue a ser del todo autosuficiente. Él mismo supervisa las plantas de lino a diario. Tan pronto como las linazas empiezan a volverse amarillas, debe recogerse la planta a fin de obtener el fino hilo de sus tallos, que se usará para bordar manteles de altar. Si se espera demasiado tiempo, los tallos se debilitan y se estropean. Por eso, el prior se irrita cuando el abad, después de la tercia, le pide que lo acompañe a sus dependencias. Hildegarda le ha solicitado un encuentro con ambos, y tanto ella como Volmar ya están esperando en casa del abad. Los últimos cinco años, Hildegarda se ha comportado con bastante discreción, aunque cada vez que celebran una misa solemne lo tortura verla a ella y al resto de las hermanas con ropajes de seda y oro en la iglesia. Pero se limita a guardar silencio y agachar la cabeza. No quiere causar discordia, y al fin y al cabo parece que ceder ante el capricho de esa mujer testaruda ha funcionado: desde entonces se ha mostrado mucho más reservada y solícita. Solo alguna vez aislada ha habido alboroto en el monasterio a raíz de alguna de sus visiones sobre esto o aquello. Hasta los hermanos más piadosos ceden cuando se le ocurre hablar del futuro. Escuchan asustados, con aprensión, y hacen lo que ella dice sin rechistar. El prior no entiende cómo puede tener un poder tan grande sobre los hombres, aunque no dice nada. De vez en cuando se confiesa por su propia rabia y su desobediencia ante el abad, pero en algún lugar, muy en el fondo de su alma, justifica su desconfianza hacia Hildegarda con sentido común y respeto hacia el Señor.

En lugar de supervisar él mismo las plantas de lino, tiene que mandar a dos hermanos, y eso le fastidia. El área donde han plantado el lino es tan pequeña que no se perderá mucho si la tentativa falla, pero le satisfaría sobremanera demostrar que tenía razón. Da instrucciones a los hermanos acerca de lo que deben observar y en qué deben fijarse; sin embargo, le parece que no están suficientemente atentos y se ve obligado a levantar la voz de un modo del que luego se arrepiente. El sol calienta, aunque el aire es húmedo. Las plantas de lino son curiosas: cuando florecieron, sus flores azules se movían tiernamente como mariposas y caían al suelo apenas soplaba el viento. Cada una de las flores casi no resistía un día, pero cuando el suelo quedó cubierto de pétalos azules, nuevas flores coronaban ya los tallos.

Hildegarda tiene un aspecto sano y parece contenta. Le pregunta al prior por su salud, como de costumbre. También por las plantas de lino, y si le permitirá acompañarlo a verlas antes de la cosecha. Le dice que es un proyecto magnífico, y él no sabe qué contestar.

El abad parece nervioso e impaciente. Ni Hildegarda ni Volmar le han informado de lo que quieren hablar, y se teme lo peor. Le alegra la solución de los encuentros secretos de los miércoles, pero a menudo se despierta en plena noche preocupado por el futuro y por el cisma que se produciría en el monasterio si alguien descubriera lo que se traen entre manos.

Volmar lleva en brazos un bulto envuelto en una tela, y hay algo ligero, casi infantil, en el rostro de Hildegarda mientras conversa con el prior sobre las plantas de lino.

El prior y el abad se sientan en las sillas bajas y acolchadas. Volmar permanece de pie al lado de Hildegarda, mirando el suelo de piedra; incluso en esa habitación fresca su rostro brilla de sudor.

—Esto de aquí —dice Hildegarda, señalando el bulto que Volmar sostiene— es la razón por la que he solicitado esta reunión.

El abad carraspea; el prior cambia de posición en su silla; se oye el ruido de los gansos en el patio.

Hildegarda señala tres veces seguidas el paquete, y por fin Volmar se da por aludido y lo desenvuelve con cuidado, de manera que el abad confirma sus peores temores. Volmar extiende poco a poco el primer grupo de pergaminos manuscritos sobre la mesa ante el prior y el abad. Luego desenvuelve otro paquete más fino y muestra tres documentos donde unas iluminaciones muy detalladas encabezan el texto. Las deja una a una encima del montón de pergaminos y retrocede un paso. El prior está completamente desconcertado. Se inclina sobre el escritorio para estudiar las imágenes. No se parecen a nada que haya visto hasta entonces. En la primera imagen se ve a una monja vestida de negro, con una túnica ricamente detallada y drapeada que ciñe con claridad el contorno de sus piernas. Sostiene una tablilla y un estilete; tiene unas manos pequeñas, estrechas y blancas, de dedos largos y elegantes. Está sentada bajo un arco de medio punto flanqueado por dos torres; tiene los ojos abiertos y la frente medio cubierta en llamas que atraviesan el techo abovedado. A su derecha, por una apertura en la pared, se asoma un monje con barba. Es más menudo que la monja y parece flotar sobre el suelo sostenido por una fuerza sobrenatural. Sujeta un pliegue de pergaminos y mira atento a la mujer con sus cálidos ojos.

—Esto es... —empieza a decir el prior, pero se interrumpe.

—Es obra de Volmar —se apresura a decir Hildegarda—. Nadie, salvo él, es capaz de crear imágenes tan bellas.

—¿Volmar? —El prior alza la vista y mira alternativamente a Hildegarda y a Volmar, una y otra vez.

A Volmar le corren hilillos de sudor por el cuello.

—Sí; es asombroso, ¿verdad? —continúa Hildegarda—. Fijaos en los detalles, en la túnica, incluso en el cinturón del monje se ve hasta el más precioso detalle.

El prior mira las iluminaciones con fijeza. Entonces empuja la silla atrás, separándola de la mesa, y se levanta pesadamente. El abad también se levanta, alargando las manos hacia el prior, que arde de indignación.

—Nadie es capaz de crear unas ilustraciones tan bellas —repite Hildegarda, pensativa—. Excepto el Señor, claro.

El prior se yergue. El abad le pone una mano en el brazo para detenerlo.

—¿El Señor? —dice el prior, resoplando—. ¿Cómo te atreves a inmiscuir al Señor en semejante pecado?

—¿Cómo voy a pasar por alto —replica Hildegarda con voz calmada— que es el Señor, y nadie más que Él, quien me ha mostrado lo que todos nosotros, aquí reunidos, estamos viendo ahora mismo?

El prior se zafa del brazo del abad, que intentaba retenerlo. Avanza hacia Hildegarda, se detiene a pocos pasos de ella, y entonces se da la vuelta y pega un puñetazo en la mesa del abad.

—Hace cinco años tuve una visión en la que Dios me dijo que debía escribir todo lo que me había revelado. Desde entonces, Volmar y yo nos hemos encontrado todos los miércoles aquí, en las dependencias del abad, para escribirlo.

—¿Tú? —El prior señala al abad, que se encoge como si ya hubiera renunciado a continuar dirigiendo el monasterio.

Volmar se sienta. Se afana con los pergaminos; le tiemblan las manos.

—Debes entender, estimado prior, que nunca fue mi intención que estas palabras acabaran bajo otros ojos que no fueran los de Hildegarda y Volmar. Mientras mantengamos los pergaminos bien ocultos en el monasterio, el Señor mismo decidirá si Hildegarda debe ser castigada o recompensada —dice el abad con inquietud.

El prior escruta los pergaminos. En una de las imágenes aparece enmarcado un campo azul claro; dentro, un círculo blanco encierra un círculo más pequeño rojo y dorado. En medio de la imagen destaca una figura de un azul zafiro con las manos abiertas tendidas hacia el que mira. Tanto su ropa como su piel son del mismo azul, solo el cabello ondulado es negro.

—Ah, sí. Es la Santísima Trinidad —dice Hildegarda, siguiendo la mirada del prior—, y el amor maternal de Dios —continúa, señalando el campo azul—. El mar maternal.

—Hay que destruirlo todo —dice el prior—. Nadie tiene que llegar a ver nunca estas horribles imágenes.

El abad sigue de pie. Se ha rascado con tanto frenesí el cuello que ahora tiene tres franjas rojas y gruesas entre la mandíbula y la túnica.

—Eso no es posible —objeta con un hilo de voz—. Conoces bien a Hildegarda y sabes que es piadosa, y que nada la ha llevado nunca a decir algo que no fuera verdad —añade.

—¿Que no fuera verdad? ¡Esto supera todos los límites! —estalla el prior—. No estamos hablado de la verdad o la mentira. Hablamos de hasta qué punto alimentamos la semilla del mal, incluso la encarnación de Satán, con nuestra propia misericordia. ¿Volmar? ¿Kuno? ¿Acaso estáis ciegos y sordos? ¿Es que no entendéis que no se trata solo de Hildegarda, sino también del futuro del monasterio entero? ¿No veis que ella nos arrastra a todos en su propia caída? Así opera el mal, así operan las fuerzas más terribles de la oscuridad; la serpiente nunca se cansa de servirse de la debilidad femenina para tentarnos con el camino que nos llevará a la perdición.

Volmar se levanta de golpe. Hildegarda le ha rogado que permaneciera callado, pero ahora apenas puede contenerse. Hildegarda lo mira con severidad y alza una mano, en señal de advertencia. Él se pasa una mano por la barba.

—No comparto ese punto de vista —dice el abad—, y tampoco me parece que debas hablar así.

—Solo digo lo que otros ya piensan —replica el prior, apartando ostensiblemente el rostro del pergamino iluminado—. Quizá también opines que necesitamos a Hildegarda para atraer las riquezas de las jóvenes de la nobleza. O que un poco de magia y superstición atraerá a más peregrinos con sus ofrendas y que, por tanto, ganaremos más de lo que perderemos. ¡Pero te olvidas del diablo! —La rabia le ha hecho perder el control y habla fríamente y con dureza.

—¡No creo lo que oyen mis propios oídos! —espeta el abad con una furia súbita—. ¿Es mi prior quien está hablando?

—No está equivocado en todo lo que dice —susurra Hildegarda—. El diablo ofrece a las almas débiles todo tipo de pecados, presentándolos como pecados vulgares o inofensivos. Nos hace creer que los necesitamos y que no podemos vivir sin ellos. Eso es verdad en relación con el oro, pero también con pecados como el orgullo o la vanidad. Y el prior tiene razón: es hora de acabar de una vez por todas con cualquier duda, de encender una antorcha que sea tan intensa que pueda iluminar todos los rincones de mi alma y determinar si es la vanidad o la piedad lo que me impiden guardar silencio.

—¡Ella misma alberga dudas! —exclama el prior con tono triunfal—. Acabas de oírlo igual que yo —dice, levantando un dedo ante el rostro del abad.

—No, no albergo ninguna duda —dice Hildegarda—; no siento en absoluto que tenga nada que ocultar. Sé de todo corazón que Dios desea que su palabra fluya al mundo como una llama todopoderosa. Y aun así... —prosigue, sentándose—, aun así, sé muy bien que la serpiente en su día escogió a la mujer como presa, porque su naturaleza es más débil que la del hombre. Sé que el pecado de la mujer es mayor que el resto de los pecados del mundo. —Cierra los ojos—. Mujer, tu nombre es Eva, y convenciste a Adán, a quien Satán no había podido convencer, y por esa razón eres el medio de Satán —susurra.

Volmar mira por la ventana. No entiende adónde quiere llegar Hildegarda, y cree que lo único que está haciendo es meterse en más problemas de los que ya tiene.

—Es cierto —conviene el prior con calma—. Por eso no podemos permitir en ninguna circunstancia que...

—Por eso hay que investigar la cuestión de una vez —lo interrumpe el abad—. ¿Qué propones que hagamos? —pregunta, mirando directamente al prior.

—Tenemos que escribir al arzobispo Enrique en Maguncia —responde el prior, observando a Hildegarda.

Desde su punto de vista, ella debería estar temblando de miedo; sin embargo, continúa sentada en la silla con la espalda recta, aparentemente impasible—. El arzobispo conoce nuestro monasterio e inauguró nuestra iglesia cuando estuvo terminada. No pierde ocasión para predicar contra los cátaros y los infieles, sabe distinguir entre Dios y el diablo. Sin duda, sabrá lo que hay que hacer.

—Eso mismo esperaba que dijera —susurra Hildegarda, sonriendo—; y para mostrar mi buena voluntad, yo misma he dado el primer paso en esa dirección —añade.

Sus ojos brillan de alegría, y al prior le parece vislumbrar un destello malicioso en su rostro.

—Hace cuarenta días escribí una carta a Bernardo de Claraval, y el pasado miércoles, cuando fuisteis a supervisar los viñedos, llegó un mensajero a caballo con una carta suya. Volmar la recibió, ¿no es así, Volmar?

Volmar se yergue y asiente. No consigue entender por qué ella lo implica tan directamente en la cuestión, cuando lo único que gana así es que el abad se enfade por no haberle informado de la carta.

—Aquí la tengo —dice Hildegarda, sonriendo y sacándose la misiva de un pliegue de la túnica—. Es muy breve, pues, según dice, en estos tiempos difíciles no puede permitirse una respuesta larga. Lo más importante está aquí. —Entorna los ojos y se concentra en unas líneas—: «Has recibido un don digno, que debes aceptar humildemente, pero con el mayor celo». También dice que él mismo no se considera el más indicado para dar consejos de tal índole, porque su conocimiento en la materia es limitado. —Hildegarda ríe brevemente y mira a los tres hombres.

Que Bernardo de Claraval confiese a Hildegarda que tiene un conocimiento limitado sobre el tema significa, con total claridad, que bendice su carta y está convencido de que la voz que Hildegarda oye proviene de Dios.

El prior no está nada satisfecho, pero se tranquiliza un poco cuando a finales de octubre llega una carta del arzobispo. Ha escrito al papa Eugenio III, que por pura fortuna se encuentra en Renania; allí participará en un sínodo en Tréveris, motivo por el cual ha podido responder enseguida. El Papa ha rogado al arzobispo que se ocupe de enviar a una delegación de altos prelados a Disibodenberg para realizar una investigación detallada acerca de la situación. Confían, por supuesto, en que Hildegarda esté a disposición y responda a sus preguntas, pero lo más importante es que se presenten ante la delegación el mayor número de testigos acerca de cuanto ha escrito con la ayuda de Volmar.

Que tanto el arzobispo como el Papa hayan reaccionado con prontitud complace al prior. El abad, en cambio, no está tan tranquilo: si resulta que la delegación resuelve que los manuscritos de Hildegarda son sacrílegos o menoscaban la autoridad papal, es fácil deducir cuáles serán las consecuencias. Hildegarda recibirá un duro castigo, claro está, pero por lo que respecta a él, el hecho no solo de que tuviera conocimiento de los pergaminos, sino también de que precisamente gracias a su mediación pudieran elaborarse le pasará factura. Que Bernardo de Claraval apruebe los dones proféticos de Hildegarda no es garantía de nada. Aunque se trate de un hombre piadoso y severo, bien podría haber caído en una confusión a raíz de las palabras de Hildegarda, y en todo caso siempre podrá mantener su reputación intacta diciendo que no había leído ni una sola de las visiones de Hildegarda plasmadas en los manuscritos iluminados. Por otra parte, siempre podrá alegar que ya tenía bastante trabajo ocupándose de poner en marcha la cruzada.

El abad se despierta por las noches entre oración y oración, y cada día que pasa tiene peor aspecto. Al final pide que saquen de la biblioteca la obra inacabada de Hildegarda y se la lleven. En lugar de dar vueltas insomne en la cama, se levanta y enciende una vela en su habitación. Se dedica a leer la obra entera, estudiando una por una y detalladamente las magníficas iluminaciones de Volmar. Al principio le asustan los conocimientos que posee Hildegarda. Su maestría en cuestiones teológicas parece tener mayor alcance que la de cualquier hombre que él haya conocido. Que sea imposible que una mujer, *motu proprio*, logre mostrar un pensamiento tan sabio y elaborado lo tranquiliza. Significa que no hay más posibilidad que la que él mismo siempre defendió: que la voz que Hildegarda oye es, realmente, la voz de Dios.

Un par de veces intenta hablar con el prior sobre los manuscritos, pero este se niega categóricamente, y repite que su intención es esperar a que llegue la delegación; hasta entonces prefiere no pensar en ello. Insiste en fingir que nada ha ocurrido. Ignora completamente el deseo de Hildegarda de acompañarle en su tarea de supervisión de las plantas de lino. Por otro lado, no hay mucho que ver: la cosecha se ha llevado a cabo como estaba previsto, los tallos se han secado al viento y ahora están en el suelo, listos para ser enriados.

13

A finales de noviembre se oye el grito negro de los cuervos y las cornejas. La primera helada nocturna esparce su velo blanco por la hierba. Hildegarda se quedó de pie en el portón, contemplándolos mientras desaparecían. La delegación papal pasó cinco días en Disibodenberg. Volmar y ella tuvieron que pasar las mañanas en las dependencias del abad para responder a las preguntas de los prelados. Querían saber si Volmar había añadido algo de su propia fantasía en las iluminaciones, y si había cambiado palabras o detalles de las ilustraciones. Le preguntaron por la relación entre él y Hildegarda, y él respondió con tono tranquilo. En esa época del año, los pequeños insectos buscaban refugio en el interior, y mientras la delegación analizaba minuciosamente las palabras de Volmar, Hildegarda observaba un pequeño grupo de arañas que había en la ventana. Una de ellas se dedicaba a tejer arriba y abajo entre el techo y el alféizar mientras las demás se amontonaban en una telaraña blancuzca y tupida.

Luego llegó su turno. Permaneció de pie ante los delegados durante horas. De vez en cuando parecía que le preguntaban lo mismo una y otra vez, de modos distintos, como si quisieran extenuarla. A menudo, Hildegarda perdía la orientación y olvidaba lo que acababa de decir.

«Scivias conoce los caminos, sí; el título también se me reveló en la visión; no, siempre estoy consciente; no, no es como un éxtasis o un sueño, mis ojos y oídos están abiertos de par en par, oigo la voz de Dios, anula mi voluntad, soy una pluma que se mueve con su aliento; sí, esto solo es el principio, la obra todavía no está completa, tendrá tres partes en total: el tiempo del Padre, el tiempo del Hijo y el tiempo del Espíritu Santo; es la obra de creación de Dios y su plan de salvación. He visto al Redentor, al nuevo Adán, al hombre de luz venciendo a la muerte, he podido ver el misterio de la Santísima Trinidad y he notado la fuerza ardiente de Dios».

Ahora los delegados abandonan el monasterio, y ella los ha acompañado hasta el portón. El rostro del prelado que encabeza la delegación no desvela nada; sus ojos son de piedra. Durante el tiempo que han estado allí ella no ha notado el cansancio, pero ahora es como si se filtrara con el frío a través de las plantas de los pies, como si se apoderara de su cuerpo y de su pensamiento. Richardis la espera en el patio, donde lleva mucho rato, y tiembla de frío. Alarga una mano hacia Hildegarda, pero ella no la toma. Hildegarda se sienta en el banco gélido; Richardis se sienta a su lado. Ni la capa ni el velo protegen del viento del crepúsculo. Hildegarda se rodea el cuerpo con los brazos. El río murmura; la noche reúne su ejército de nubes oscuras.

—Nacemos del agua y desaparecemos como el viento —susurra Hildegarda, poniendo su mano sobre la de Richardis—. Acuérdate de las cosas que nunca cambian, aunque pronto todo parezca diferente. Acuérdate de las estaciones, que todos los años se suceden del mismo modo; acuérdate de que por muchas veces que recorramos el mismo camino, es imposible que nuestros pies pisen exactamente las mismas huellas que dejamos la última vez.

Richardis duda. Hildegarda habla mediante adivinanzas, y la turba la gravedad de su tono.

—¿Puedo ver los manuscritos? —pregunta en voz muy baja. Hace tiempo que quería pedirlo, pero la oportunidad no se había presentado.

—Se los han llevado —responde Hildegarda sin mirarla. Tiene lágrimas en los ojos—. Cuando los devuelvan, el mundo habrá cambiado.

Hildegarda guarda cama todo noviembre y la mayor parte de diciembre. Sus enfermedades no suelen durar tanto. Pregunta a Dios, a Richardis y a Volmar, y se lo pregunta a sí misma, qué ha hecho para desatar la ira del Señor. Le duelen todos los miembros, le ha salido una erupción amarillenta en los muslos. Invoca a los santos, a su madre y a su padre, a Drutwin y a Volmar, a Benedikta y a otras personas de quienes Richardis nunca ha oído hablar. Justo antes de Navidad, la situación da un vuelco. Ahora puede incorporarse en la cama y comer sopa; se la ve menuda y exhausta, pero el día de Navidad rebosa energía.

—Pronto recibiremos respuesta —susurra a Volmar cuando aparece para visitar a su paciente—. Será una gran alegría.

¡«Pronto recibiremos respuesta»! ¿A qué viene semejante afirmación? Volmar ha tenido los nervios de punta desde que la delegación partió de Disibodenberg. La enfermedad de Hildegarda lo ha distraído de sus pensamientos y del pánico que le provoca la posibilidad de que los acusen de herejía. Pero cada vez que su corazón hallaba un poco de calma, Hildegarda volvía a empeorar. Ha intentado prepararse ante la posibilidad de perderla, pero cada vez ha tenido que admitir que le resulta imposible familiarizarse con la idea. «Es mi hija, mi hermana, mi madre», declaró ante la delegación. Cuando le preguntaron si alguna vez había existido alguna relación indebida entre ambos, pudo responder que no con absoluta tranquilidad. Cuando Hildegarda lo escogió era difícil olvidar que ella era una mujer y él un hombre. Cuando dijo que sus almas estaban unidas, Volmar se asustó. Ahora sabe que Hildegarda tenía razón. Y que el alma está separada de la carne.

El prior lo provocó varias veces. La primera vez le preguntó qué imaginaba que los enviados del Papa hacían a los herejes. Sin esperar a que Volmar respondiera, giró sobre sus talones dejándolo aturdido en el refectorio. La segunda vez le formuló la misma pregunta, pero se quedó delante de él, esperando su respuesta.

—¿Sabes cuál es el castigo por herejía? —repitió el prior. Su rostro no traslucía el menor sentimiento.

Volmar enmudeció, como un niño pequeño, con las mejillas encendidas por la vergüenza.

—Lo sé tan bien como usted, prior —respondió, evasivo.

Pero el prior negó con la cabeza.

—¿En serio? —preguntó con tono de burla—. Entonces, ¿por qué fuiste detrás de Hildegarda como un perro?

Volmar evitó contestar. Solo pensaba en huir, pero el prior todavía no había terminado con él.

—Excomunión —dijo el prior lentamente, como si Volmar tuviera problemas de sordera—. La proscripción más terrible, la exclusión absoluta de la Iglesia y sus sacramentos, la prohibición a las personas devotas de frecuentar a los excomulgados. —El prior calló y esperó la reacción de Volmar, pero al ver que permanecía en silencio, continuó—: Y si no se abandonan todos los pecados en el plazo de un año, el castigo es la ejecución. —Se encogió de hombros—. ¿Y qué muerte te espera, Volmar? Por el color de tu rostro, veo que conoces la respuesta, pero permíteme que aun así te la diga en voz alta: la perdición eterna en la boca del infierno —dijo, tocándose el crucifijo que llevaba colgando al cuello.

Volmar se quedó inmóvil, con la cabeza agachada, incapaz de hablar.

—Pero tú, Volmar —continuó el prior con un tono un poco más suave—, todavía puedes salvarte.

Volmar alzó la mirada rápidamente, desconfiado. Había algo en la voz del prior que no le gustaba en absoluto.

—Si desde ahora mismo pones distancia entre Hildegarda y tú, si explicas que te tentó —susurró el prior—, los delegados del Papa entenderán que no eras tú mismo, y cuando el abad y yo testifiquemos que eres un hombre absolutamente recto y piadoso, quizá obtengas el perdón por tus pecados. Lo único que debes hacer es mantenerte a flote —añadió el prior.

Volmar no pudo contenerse más.

—Habla como si ya se hubiera dictado sentencia —le espetó—, pero la realidad es que todavía no la hay.

—Ah, sí, la delegación —dijo el prior, sonriendo—. Me alegré muchísimo de que la Iglesia nos enviara a sus hombres más severos y estrictos, así podremos llegar al fondo de la cuestión de una vez, sin correr el riesgo de que alguien se muestre indulgente. Volmar, no eres un idiota. Solo quiero ayudarte, así que sigue mi consejo. Aléjate de Hildegarda, reconoce tus pecados y empieza tu penitencia. Si no lo haces, deberás seguir sus pasos, que llevan directamente al infierno, porque te prometo que su desobediencia y su herejía no serán perdonados. Y aunque es posible que ella tenga que rondar como una vagabunda y conformarse con un lecho en el bosque o en algún establo sucio, sus últimos días serán solo un pequeño avance de lo que le espera después de la muerte.

—Habla como si estuviera sentado al lado del Señor —replicó Volmar, furioso—, pero solo es un justiciero sin autoridad.

—¿Te atreves a desafiar a tu prior? ¿Quieres beber voluntariamente el veneno que te ofrece Hildegarda? Entonces ya estás perdido. —El prior unió las palmas de las manos ante el pecho y asintió con calma.

Volmar no pudo soportarlo más. Se dio media vuelta y tuvo que contenerse para no echar a correr.

Eso ocurrió varias semanas antes, pero el miedo sigue torturándolo cuando el abad, después de la reunión del capítulo, lo llama a un aparte. Se interesa educadamente por la salud de Hildegarda, pero Volmar enseguida se da cuenta de que es otra cosa lo que le preocupa.

—Bernardo de Claraval participará en el sínodo en Tréveris, donde se reúnen el papa Eugenio III y los altos prelados de todo el país. Me ha enviado un mensaje para que pueda estar presente cuando el manuscrito de Hildegarda sea presentado y discutido. ¿Tiene Hildegarda alguna impresión de cómo irá? —le pregunta, escrutando a Volmar.

Volmar asiente, pero no dice nada. El abad alterna el peso entre los pies. Se sube la capucha y se estremece por el frío. No pregunta nada más.

El abad se levanta antes del amanecer. A Volmar le alivia que no le haya pedido que lo acompañara en el viaje; se llevará al prior y a un hermano. Las tareas en el monasterio lo distraen, y dado que Hildegarda ha empezado a levantarse de la cama, ya no puede ir a verla con la excusa de visitar a su paciente. En la iglesia evita mirarla, y ella no aparece por la enfermería. No tiene sentido hablar cuando los pensamientos están llenos de miedo y de dudas que nadie en Disibodenberg puede resolver.

Una semana después de que el abad se haya marchado, Richardis se acerca a la enfermería. Va contra las reglas que acuda sola, y Volmar se ve en la obligación de recordárselo.

—Ya lo sé —dice ella—, pero me envía la madre Hildegarda.

Él se siente como si le hubieran dado un puñetazo en el pecho y trata de recobrar el aliento.

—¿Sí?

—Me ruega que vuelva con jarabe para la tos; tres de nuestras hermanas tosen por las noches.

—¿Jarabe para la tos?

Richardis asiente. Tiene ojos de pez y boca de frambuesa.

Volmar va a buscar lo que le pide sin decir una palabra.

Cuando vuelve, Richardis tiembla de frío.

—Hildegarda tiene que observar las reglas como todo el mundo y no puede enviarte aquí sola —dice, sorprendido del rigor de su voz—. Solo en el caso de que ella misma esté enferma puedes acudir sola, y solo para llamarme a mí o al abad.

Richardis agacha la cabeza. Se le encienden las mejillas de rabia por su tono despectivo.

—¿Lo has entendido?

—La madre Hildegarda ha hecho voto de silencio hasta que el abad vuelva del sínodo —dice, y levanta la cabeza. Tiene la boca apretada y lo mira a los ojos.

—¿Y aun así ha podido darte instrucciones?

—Nos indicó con señales que... las hermanas tienen que...
—Richardis se encoge de hombros. Hay algo desafiante en su mirada.

Volmar alza una mano como si quisiera pegar a una niña desobediente. Richardis retrocede un paso. Él baja la mano, su corazón late con fuerza, le da la espalda y cierra la puerta de la enfermería con un golpe.

Está desesperado. Tanto el abad como Hildegarda lo alaban por su temple, por su ánimo tranquilo, pero ahora no logra controlar su indignación y su inquietud. Tenía ganas de dejar caer la mano y descargarla contra el rostro de Richardis. Había un desafío burlón en el modo en que ella lo miraba. Y Hildegarda la ha mandado en su lugar, aunque no está enferma. Es más difícil dar instrucciones en silencio a Richardis que indicarle a él directamente que no puede hablar. La duda lo consume. Quizá Richardis no haya dicho la verdad, quizá Hildegarda le ha rogado que mintiera porque no se atreve a mirar a Volmar a los ojos. Quizá haya tenido una visión en la que Dios le ha revelado que ya no debe servirse de Volmar como su consejero. ¿Quizá en cambio ahora tiene que concentrarse en sus hermanas? ¿Estará enfadada con él por algo que dijo durante el interrogatorio ante la delegación, o la última vez que estuvo sentado al lado de su lecho de enferma intentando apaciguarla? No halla sosiego en ningún sitio, y el calor y el sudor que desprenden los cuerpos enfermos enrarecen el aire hasta hacerlo irrespirable. Sale corriendo por la puerta. El frío le araña el cuello y la garganta, le presiona los ojos, que se le llenan de lágrimas. Se precipita por el camino que lleva al huerto medicinal. El limoncillo y la cola de león están completamente helados. El viento sopla entre las copas de los árboles. Se deja caer de rodillas y empieza a sollozar, no se reconoce. Conoce el camino, conoce a Dios, conócete a ti mismo. Un coro burlón canta en sus pensamientos, duele estar de rodillas en la tierra fría. Volmar, siempre tan tranquilo y reflexivo... Los celos son una carcoma. Richardis calienta las manos de Hildegarda y está a su lado, a punto para servirle. Volmar hurga en la tierra, se llena las manos de pequeñas piedras afiladas y las aprieta con tanta fuerza que el dolor casi anestesia la furia de sus pensamientos.

—Tienes miedo, Volmar —dice para sí—. Tu futuro es tan incierto como el de ella.

Pero cuando uno ha consagrado su vida a Dios, la ansiedad también es un pecado. Se levanta, la cabeza le da vueltas y se apoya en las rodillas.

En la enfermería se lava las manos. Se restriega el jabón grasiento entre las palmas para limpiarse la tierra y la sangre. Ruega al Señor que lo perdone. Piensa en formas de ejercer penitencia por su enfado. Encomienda a uno de los hermanos el cuidado de los enfermos. Se arrodilla en la iglesia, habla con el sacerdote. No halla paz en ningún sitio. Nunca ha dudado de la verdad de las palabras de Hildegarda. Ahora no sabe si ese es su mayor pecado. O si el diablo juega con él, tentándolo con la duda y un vacío que todo lo engulle.

14

Por la noche no hay nubes. La luna está baja, pende tan cerca de los árboles que parece que vaya a romper las ramas. La oscuridad está repleta de respiraciones, camas que crujen bajo el peso de los cuerpos, toses y murmullos incomprensibles entre sueños. Hildegarda sale al huerto medicinal y alza la mirada. Habla con Dios, dirigiéndose al cielo aterciopelado; palabras calladas que solo Él puede oír. Después de las vísperas, dos de las hermanas que padecían tos tuvieron que ser trasladadas con fiebre a la enfermería. La más afectada es la pequeña Endlin, que llegó al monasterio en otoño.

Por la mañana, el monasterio está envuelto en niebla. Aunque suele ser la época más fría del año, la naturaleza ha estado anunciando la primavera desde Año Nuevo. El hielo ha dejado de aferrarse a la tierra y eso es bueno, porque Endlin no ha superado la noche y tiene que ser enterrada inmediatamente. Las hermanas visten y arreglan el cadáver. Hay que coser la ropa para ajustarla bien al cuerpo. Margreth es la única que llora. Aunque no han tenido tiempo de conocer a Endlin, la silenciosa Margreth, que nunca exterioriza sus sentimientos, se desmorona cada vez que alguien muere.

Dios ha tendido su mano protectora sobre la sección de las mujeres. A lo largo de los últimos cinco años, solo han tenido que despedirse de dos hermanas. Entre los monjes hay un entierro como mínimo cada medio año, y aunque sean más del doble que las mujeres, la diferencia es evidente. Las hermanas cantan ante la tumba. La niebla barre el terreno, cayendo en forma de gotas encima del cadáver y de las túnicas de las hermanas.

Hildegarda ha prometido al Señor guardar silencio hasta que llegue el mensajero de Tréveris. Se imagina que Dios acoge su valioso silencio y lo valora como cuando un orfebre sopesa una piedra preciosa.

—Que mi voz sirva siempre en tu honor —reza—. Que haya siempre silencio en mis pensamientos para poder llenarlos de tu voz. Permíteme ser como un abrevadero en tiempos de sequía.

Margreth llora por todos. Llora por los que han muerto y por los que aún viven. Llora por sus propios secretos, y no puede parar ni siquiera cuando Hildegarda levanta una mano con aire reprobador. Las hermanas más jóvenes cambian la paja del lecho vacío de Endlin y esparcen la nueva por el suelo. Huele a ramas, el hedor a enfermedad ha desaparecido.

Al anochecer, la niebla empieza a disiparse. Hildegarda apaga las velas, pero no consigue conciliar el sueño. Por la noche se oyen unos gatos peleando y maullando como si fueran recién nacidos. Justo antes de los maitines, Hildegarda renuncia a intentar dormir y se levanta. Se sienta a la mesa del refectorio y espera a sus hermanas, que se levantan antes de que tañan las campanas. Quizá tenga que ver con el don del Señor que a esas alturas ya no sienta nada. Ni expectación, ni inquietud, ni alegría.

Hacia el mediodía llaman insistentemente a la puerta de la sección de las mujeres. Richardis se levanta enseguida dispuesta a abrir, pero Hildegarda la detiene con un leve gesto de la cabeza. Sabe que es la hora, y debe ir sola. Volmar es incapaz de hablar.

Después de tantas noches insomnes, Hildegarda tiene unas ojeras muy marcadas, pero sus ojos brillan. Abre la boca, mas no le sale ni una palabra.

—¿Han regresado? —susurra, y él asiente—. Entonces dime, Volmar, ¿has oído ya qué han decidido?

Volmar le pone una mano en el hombro y cierra los ojos. Ella se da cuenta de que ha llorado, pero ahora le sonríe. Lo abraza, y él no la rechaza.

—Todo va bien —le susurra Volmar al oído—. Bernardo de Claraval te defendió en la iglesia de Tréveris. El abad ha regresado con una carta del papa Eugenio; has obtenido su aprobación. El Papa confirma que tienes el don de la visión y que es Dios quien te habla. Dice que debes salir al mundo y explicar cuanto ves y oyes, porque nadie debe acallar una voz que procede del Señor.

Epílogo

Hildegarda de Bingen nació en el sur de Alemania hacia 1098 y murió en 1179. Fue monja benedictina y se la conoce como mística, herbolaria, poeta y compositora.

Se sabe poco de la vida de Hildegarda de Bingen, más allá de lo que se desprende de sus propias obras. No ha sido mi intención escribir su biografía. Aunque he intentado ser lo más precisa posible desde un punto de vista histórico, por lo que se refiere a lugares, años y personas, esta novela ha sido concebida principalmente como una ficción literaria.

Hildegarda de Bingen escribió toda su obra en latín. Para los pasajes de la novela en que la protagonista habla usando expresiones de la Hildegarda real, me he inspirado en la traducción inglesa de Mark Atherton (*Hildegard von Bingen. Selected Writings*, Londres, Penguin Classics, 2001) y en la traducción danesa de Kirsten Kjærulff (en la obra de la misma Kjærulff y Hans Jørgen Frederiksen, *Hildegarda af Bingen. Det Levende Lys*, Copenhague, Forlaget Anis, 1998).

Notas

PRIMERA PARTE

1. Nuevo Testamento, Epístola a los Efesios 5, 24.
2. Antiguo Testamento, Salmos 91, 4.

SEGUNDA PARTE

3. Antiguo Testamento, Isaías 9, 5.
4. Antiguo Testamento, Isaías 26, 19.
5. Estas palabras en latín se pronunciaban en las misas fúnebres. [Una de las traducciones más populares en español es la del himno del Primer Imperio Mexicano: «Ven, Espíritu Creador; visita las almas de tus fieles. Llena de la divina gracia los corazones que Tú mismo has creado»].
6. Antiguo Testamento, Salmos 119, 116.
7. «De tierra me formaste y me revestiste de carne; Señor, Redentor mío, resucítame en el último día». Antiguo Testamento, Salmos 139.
8. Antiguo Testamento, Salmos 139, 1-2.
9. Antiguo Testamento, Job 5, 26.
10. Nuevo Testamento, Evangelio según San Juan 12, 24-25.
11. Nuevo Testamento, Evangelio según San Juan 17, 11.
12. Antiguo Testamento, Salmos 132, 14.

13. Antiguo Testamento, Salmos 77, 3.

14. Nuevo Testamento, Epístola a los Romanos 8, 13.

15. Nuevo Testamento, Epístola a los Gálatas 5, 24.

16. La primera parte del texto proviene de las visiones de la misma Hildegarda. La segunda, del Nuevo Testamento, Evangelio según San Lucas 22, 25.

17. Antiguo Testamento, Salmos 34, 19-20.

18. Antiguo Testamento, Job 35, 14.

19. Nuevo Testamento, Epístola a los Romanos 8, 18.

20. Nuevo Testamento, Epístola a los Romanos 7, 24.

21. Nuevo Testamento, Evangelio según San Mateo 5, 3-4.

22. Nuevo Testamento, Evangelio según San Mateo 25, 41.

Tercera parte

23. Antiguo Testamento, Salmos, 38, 1-2.

24. Antiguo Testamento, Salmos 38, 8-9.

25. Antiguo Testamento, Salmos 40, 1.

26. Antiguo Testamento, Salmos 23-4.

27. Nuevo Testamento, Epístola a los Efesios 2, 14.

28. Antiguo Testamento, Proverbios 17, 22.

29. Entre 1150 y 1160 Hildegarda puso por escrito una lengua con alrededor de novecientas palabras. No se sabe muy bien para qué servía. Las palabras *liuionz, dieuliz, jur* y *vanix* significan «salvación», «diablo», «hombre» y «mujer», respectivamente.

30. Palabras inspiradas en la obra *Scivias* de Hildegarda, segunda parte, visión 3: «La iglesia, madre de los creyentes». Véase también Nuevo Testamento, Carta a los Efesios 4, 22-24.

31. Nuevo Testamento, Primera epístola a Timoteo 2, 9-10.

32. Nuevo Testamento, Apocalipsis 19, 7-8.

33. Antiguo Testamento, Proverbios 31, 30.

34. Nuevo Testamento, Primera epístola a San Pedro 3, 10.

35. Nuevo Testamento, Apocalipsis 14, 1.

36. Nuevo Testamento, Apocalipsis, 14, 4.

37. Nuevo Testamento, Primera carta a San Pedro 3, 9.

38 y 39. De *Scivias*, primera parte, visión 9: «Los nueve coros angélicos».

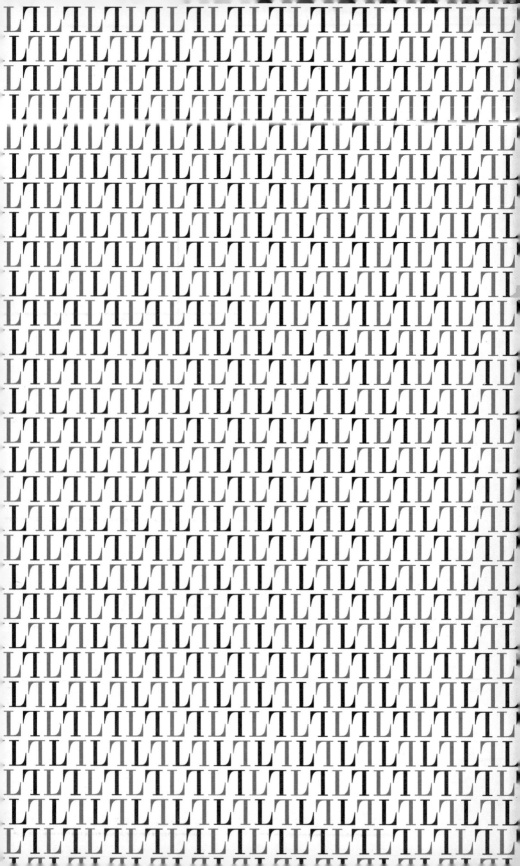